南无袈裟理科佛 著

金蚕往事

③

上海社会科学院出版社

本故事纯属虚构。

目录

第十一卷　明珠叙事　　　　　　　　　　001

第十二章　四大黄金组合　　　　001
第十三章　山路空间折叠　　　　005
第十四章　积年老鬼出笼　　　　009
第十五章　死亡之后是？　　　　013
第十六章　韩月的故事　　　　　017
第十七章　秦伯出现，震慑当场　021
第十八章　所谓天地不仁　　　　025
第十九章　龙骨纯阴之气　　　　029
第二十章　香岛诸事已了　　　　033

第十二卷　闹鬼广场　　　　　　　　　　037

第一章　工友　　　　　　　　　037
第二章　苟富贵，毋相忘　　　　041
第三章　镜灵化阴，午后阳光　　045
第四章　阿根出事，陆左救场　　049
第五章　雁过拔毛　　　　　　　053
第六章　同行　　　　　　　　　057
第七章　杯米喊魂　　　　　　　061
第八章　浴室里传来的淅沥声　　065
第九章　夜幕降临　　　　　　　069
第十章　湾浩广场　　　　　　　073

第十一章　欧阳掐指，白衣影子　　　077

第十二章　燃发引魂，楼坠重物　　　081

第十三章　聚火燃尸　　　085

第十四章　地翻天　　　089

第十五章　小道斩怨，石柱渗血　　　093

第十六章　凝雾融身　　　097

第十七章　萝莉发飙　　　101

第十八章　众鬼索魂，米阵将破　　　105

第十九章　十万火急，消失的楼梯　　　109

第二十章　扁毛畜生惩凶煞　　　113

第二十一章　九层锁魂塔碑　　　117

第二十二章　饿鬼咒，工程师　　　121

第二十三章　僵尸逞凶　　　124

第二十四章　肥母鸡坠地　　　128

第二十五章　龙骨符篆　　　131

第二十六章　肥虫子勉力下蛊，掌柜的遭遇暗算　　　134

第二十七章　大鬼降临　　　138

第二十八章　鬼上身　　　142

第二十九章　肉体缚鬼，共赴黄泉　　　146

第三十章　终于结束　　　149

第十三卷　小鬼　　　153

第一章　初醒　　　153

第二章　招揽　　　157

第三章　夜店　　　160

第四章　蜘蛛　　　　　　　　　　　　164

第五章　漏网之鱼，食尸狗　　　　　168

第六章　围殴　　　　　　　　　　　172

第七章　出事　　　　　　　　　　　176

第八章　平淡　　　　　　　　　　　180

第九章　恶毒　　　　　　　　　　　184

第十章　意识　　　　　　　　　　　188

第十一章　小鬼　　　　　　　　　　192

第十二章　背影　　　　　　　　　　196

第十三章　神像　　　　　　　　　　200

第十四卷　降头术，麒麟胎　　　　204

第一章　解术条件　　　　　　　　　204

第二章　雪瑞　　　　　　　　　　　208

第三章　天师道北宗海外传人　　　　212

第四章　老牛不能吃嫩草　　　　　　216

第五章　仰光街头遇故人　　　　　　220

第六章　赌石交易会　　　　　　　　224

第七章　花落谁家　　　　　　　　　228

第八章　意外出现的"赢家"　　　　231

第九章　怀璧有罪　　　　　　　　　235

第十章　林记玉器行　　　　　　　　239

第十一章　食猴鹰现，大人受伤　　　243

第十二章　小叔离去，兵分两头　　　247

第十三章　高手出现，顾总失踪　　　251

第十四章　女秘丢魂，小道揩油	255
第十五章　掮客差猜，恐怖人虤	259
第十六章　匹夫一怒，当街杀人	264
第十七章　恶魔回忆，我要回家	268
第十八章　出城进山，乱象丛生	272
第十九章　格朗佛庙，善藏法师	276
第二十章　克扬族人，跳墙掉坑	280
第二十一章　黄金蛇蟒，红云扑身	284
第二十二章　仓皇逃窜，夜宿林溪	288
第二十三章　狂猴山魈，猿尸降现	292
第二十四章　刀斩山魈，夺路而逃	296
第二十五章　狗急跳墙，手掐白衣	300
第二十六章　剑吐死穴，连夜狂奔	304

第十一卷　明珠叙事

第十二章　四大黄金组合

我听到窸窸窣窣的声音传来，第一反应是蛇。

然而转念一想，不对，蛇的动静，哪里会有这么大？

杂毛小道的反应快过我，身形一弓，拽着我就往上面冲去。我们刚一翻上山路，就听到后面有几声呼啸，我条件反射地蹲身在地。吓，几个石疙瘩就擦着头皮飞过去。回转过头来，有三两个黑影从山路下面的荆棘丛中，蹦了出来。

我心中哀叹：黑影，又见黑影——今天到底是要闹哪样，什么猫猫狗狗都跑出来，聚在这里？

借着这明丽的月色，我眯着眼睛看，总共三头生物，每头都不到一米高，长得似人非人，像猴子而又没有尾巴，黏答答的身子，通体墨绿色，稍一停定，便有臭鱼烂虾和水草的腥臭味道，扑面而来。而在这些家伙的后背上，是椭圆形的硬壳，似乌龟。看着这些脸长鸟嘴、露獠牙、披头散发的家伙，看着那头部中央有一个圆盘状凹陷的独特相貌，我心中一咯噔，敢情还是老熟人了。

是的，脑门前面一秃瓢，这个样子的家伙我在江城高速公路旁边，也见过。

它们曾是泰国降头师巴颂的贴身小马仔，后来落荒而逃的水草鬼。

也就是大名鼎鼎的河童，传说中只要脑门凹陷处水未干，就有源源不断力气的存在。

没想到黑雾散去，竟然把它们给弄了出来。

只是不知道它们是本地户，还是那个叫做秦伯的神秘人弄出来的布置。不管是哪样，总而言之，那个家伙，实在太厉害，我们惹不起。

这几头水草鬼比我见过的更加粗壮，不是熟人，显然也不会和我叙旧情，挥舞着爪子，就朝我们冲了过来。看着这些凶猛怪异的家伙出现，一直愣在一边的钟助理终于崩溃了，一声"妈呀"，什么也不管，撒丫子就往山下面跑去。

一头水草鬼迅捷如狸猫，贴地追去。钟助理是普通人，也是我们带过来的，自然不能让他白死，我从怀里面掏出铜镜，高喊道："无量天尊！"

没有任何光学效果，铜镜在我手中一震，手心发麻，而追赶钟助理的水草鬼则身子一滞，顿了下来。

就这当口，钟助理已经狂奔到了十几米远的坡下去了。

空气里还传来了他鬼哭狼嚎的呼喊声。

在空地的那头，传来了许鸣和韩月的呵斥声，那边也有四头湿漉漉的水草鬼，缠上了他们。杂毛小道抽出桃木剑，舞起剑花，口中念念有词，极快，当一头水草鬼腾身扑咬而来的时候，他正好念到了"玉皇光降律令敕"的结束语，口中绽放春雷，桃木剑如电，划过最简洁的直线，刺中了它的额头。

这头水草鬼的额头处，有水花荡漾。

一剑刺中，双方都浑身一震。杂毛小道是被水草鬼的巨力抵中，而水草鬼，则被老萧他蓄积了"气"的一剑，给伤到。我早已经放出了朵朵，对杂毛小道大骂："蠢啊！这水草鬼要害是眼睛和肚脐眼，头颅那里堪比钢筋，刺个毛啊……"浮在空中的是小妖朵朵，她是个好事的家伙，不像朵朵遇到打架就哭，她兴奋得小脸儿红扑扑的，大叫道："杀人啦，放火啦，有血光之灾啊……"

她一边闹，一边不忘了给这三个像小牛犊子一样的凶狠矮个儿使绊子。

山间的小路本来就荒草丛生，此刻有了小妖朵朵的煽风点火，立刻疯长，青绿色的叶子立刻席卷着水草鬼的下盘，将它们的行动限制住。看着三个水草鬼费力与脚下的青草拔河，杂毛小道大悦，桃木剑一挥，便径直朝最前面那个水草鬼的眼睛，使劲地戳。他连戳数下，那水草鬼疼得啊啊叫，叫声似猩猩。

它奋力一挣，居然挣脱了地上的青草，朝老萧扑去。

而我则捡起路边的一块大石头，冒着让人窒息的腥气，朝最高的一头水草鬼头上猛砸。

那水草鬼应声而倒，吱吱叫，但是却未曾死去。我听到旁边杂毛小道大叫一声，扭头看，这家伙跟扑到面前的水草鬼已然滚成了一团。这水草鬼手上没指甲，软乎乎，但是嘴中的獠牙却是相当的狰狞，找准了位置，朝杂毛小道的胳膊猛地啃去。

瞧它嘴张得那么大，咬合力定然是惊人的。

我正欲搭救，第三头水草鬼也挣脱了小妖朵朵的束缚，朝我扑来。它张大着嘴，里面一股子的熏臭气，像积年的茅坑。顾不得杂毛小道，我浑身汗毛一炸，感觉热流从尾椎骨往上一蹿，手腕的骨节响动，双掌立刻滚烫得厉害。

说时迟那时快，这头水草鬼已然扑到了我的怀里，那力道之大，仿佛是一台小轿车，朝我撞来。

我被撞得腾空而起，半空中，水草鬼张大的嘴就朝我前伸的手咬来。看着它那黑灰色的牙齿，我心中一横，索性将双手递进了它的嘴里去。刚一触及它的嘴，立刻有巨大的咬合力传来，手掌也痛。越痛，手掌就越烫，我凶狠的心也是郁积了许久，对人要温文尔雅，礼貌谦让，但对这凶戾的鬼东西，讲究不得道德，血性一冲头顶，脑门发热，就死命掰。

它要合嘴咬，我就奋力掰，身体重重落地的那一刻，感受着大地给我的反震之力，一瞬间，我全身的肌肉都绷直到了极点："啊……"我口中发出受伤野兽般的嘶嚎，什么"厊"之场域，什么十二法门，什么养蛊世家……所有的一切，在生死关头，都通通消逝不见。

只有拼，咬牙跟丫的拼了。

狭路相逢勇者胜，不是它死，便是我亡。

就是这种气概，不依靠外物，凭着肚子里一股子血性，用我灼热的双手，跟这鬼东西决出个高下。

……

似乎过了一个世纪，又似乎一瞬间，当我嘴里面尝到了腥咸的血浆时，我才骤然发现，自己居然把这身有巨力的水草鬼，给生生撕烂，从嘴，至头。刚才还如同索命小鬼的水草鬼，浑身一阵抖动，手脚乱划，最终软软垂下，成了一摊烂肉。

我一身腥臭的鲜血，回头看，只见杂毛小道并不比我好几分。

他那一柄桃木剑断了半截，剑尖的部分，已然从地上跌落的水草鬼嘴里捅进去，而后被生生咬断。然而那头水草鬼并非死于这剑下，而是被杂毛小道以一牛之力，一拳一拳地擂在了肚皮上，内脏都不知被轰移了多少，口中狂喷鲜血而亡。

这是内伤，实实在在的内伤。

我们都把注意力停留在了剩下的那一个水草鬼上面，然而见它一动不动地站着，任由腿间的青草疯长。我纳闷，问浮在空中的小妖朵朵，说这蠢货，怎么不动了？是胆儿吓跑了，还是弃暗投明了？小妖朵朵指着这头水草鬼头顶，说喏……

我们定睛一看，金光闪闪，肥硕的躯体，原来是金蚕蛊这小东西。

我记起来了，自从它脑门长出了小疙瘩、青春痘，好像就能够控制住这类邪物的意识，比如在湘西王家控制最厉害的跳尸那次，便是如此。不过它素来疲懒，控制也像段誉的"六脉神剑"，时灵时不灵，指望不上，偶尔一次，倒是意外惊喜。

我们都看着它，金蚕蛊，附在那水草鬼湿漉漉的头上，吮吸着脑门凹槽处的水，吱吱叫。

呃……看着那绿汪汪的液体，我被恶心到了。

刚刚站起来拍衣服和手掌上那红的白的浆液，只听到那边传来一声尖利的叫喊，看过去，只见刚才灵活得如同狸猫的韩月，正好被一头粗壮的水草鬼给咬住了右腿，疼得哇哇叫，奋力挣扎。然而那水草鬼就像是食人鱼，一旦咬中了，哪里肯松口？韩月一下子跌落在地上，除了一头在跟许鸣纠缠的水草鬼，其他两头都已扑上去，凶猛地撕咬起来。

说了这么久，其实从我们跃上山道，直到此刻，时间才过了一分多钟。

杂毛小道拔出半把断剑，说救她，拔腿就往前奔去。我打了个响指，让金蚕蛊控制的水草鬼蹭地雷阵，先去同门相残一回。相隔不过七八米，抬脚就到，韩月被许鸣给救了起来，身上的衣服破开，伤口处鲜血淋漓，血肉模糊。许鸣为了赶走叮住韩月的水草鬼，连续打出几次"不动明王印"，手脚都有些发软，又中了几记攻击，脚步踉跄，口中吐出鲜血来。

不得不说，这个西贝小子果真有些本事，和我一样，也是凭着一双肉掌，将这几个水草鬼拍退开，震得它们脚步轻浮。到了我们临近的时候，我一个，杂毛小道一个，肥虫子控制的水草鬼一个，再加上空中辅助的小妖朵朵，这黄金组合，瞬间爆发了最大的威力。

十秒钟，捉对厮杀的结果是——水草鬼完败。

许鸣双掌拍开一头水草鬼，看到杂毛小道一个鞭腿将其直接挂在地上，眼睛发直，指着我们说果然是你们。我笑了笑，说是啊。他说，你们是我父亲找来的吗？杂毛小道冲着地上的那个水草鬼一阵狂踩，还不忘回头说道："那是人家李致远的爸，不是你的……"

许鸣脸色黯淡，没有辩驳，而是蹲下，查看起了韩月的伤势。

他没说话，我们在一旁喋喋不休，这也不是一个事，便回头来看被定住的李致远。我正想打量这个活死人，到底是个什么品种呢，只见他浑身的肌肉抖动，脸上的青筋浮出来，浑身都在抖动着。

我心中一惊，手便往怀里掏镜子。哪知这家伙已经高高举起了双手，仰天长啸了起来。

这啸声中，有着无尽的悲凉和凄厉，以及决死的神伤。

周围的空气都为之静静地抖动起来。

山体摇动。

第十三章　山路空间折叠

　　是的，没错，山体在摇动。
　　香岛属于稳定的大陆架区域，基本上是不会地震的，然而我们的脚底下，却在微微地震动着，一下、两下、三下……足底发麻。我已经掏出铜镜，朝着满面狰狞的李致远照去——"无量天尊"，这一声"阿里巴巴"式的导引句落下，竟然无一点效果。
　　我心中一默念，这才知晓原因——这两日铜镜用得太过频繁，这法器罢工了。
　　凡事皆有度，过度使用，它就只有撂挑子。
　　来不及思考，我可猜不出这家伙还能出什么幺蛾子，前冲，一个戳腿，便结结实实地踹在了仰首望天的李致远胸口。这一脚踢中，足尖传递而来的感觉不是肉体，而仿佛是一道墙，一道水泥浇注的墙。由于用力过猛，在力的反作用下，我半边身子都发麻，跌倒在地上。
　　一只手托住了我的身子，杂毛小道在我旁边严肃地说道："不对，有问题！"
　　我抬头看去，只见李致远一脸痛苦，跪倒在地上，伏着身子，不断地颤抖着——他的痛苦显然不是被我踹的。而在他的背后，山路的坡面处，裂出了几道口子来。这地是黄泥地，几十公分之下是灰白的石头，一下子居然全部炸开——不，不能用炸开来形容，这一个过程缓慢，仿佛在看《黑客帝国》里的"子弹时间"，坡面的小树倾倒，连根掘起，泥土翻滚，岩石崩开……土里有无数蚯蚓和多脚虫，逃难一般出现，朝四处散去。
　　见到这些恶心黏滑的虫子，我心中又是恶心，又是馋嘴。
　　恶心是我的本能，馋嘴是肥虫子的本能。
　　地面停止了颤动，而在坡面的地方，则裂开了一道狭长的口子，黑黝黝，像小丑咧开的大嘴。有风从里面吹出来，呼呼作响。这声音不大，轻，但是却像敲鼓的锤子，一下一下，全部都敲在了我们心坎。
　　我盯着那黑洞口，一瞬间，心头像被人猛地攥着，有极度的惊悸冒出来。
　　我浑身发冷，身体不受控制，本能地朝后面退了两步。
　　杂毛小道托着他的红铜罗盘，眼睛不看别处，死死盯着天池海底处的黑色磁针。那磁针转动如同风扇，剧烈地旋转着，无一时停歇。他的脸都黑了，抬头看了看天上的皎月，又打量了四周的环境、山势的走形，失声大叫说，这地方不对劲，树木斜歪，山陡而阴，纳甲走卦，如虎藏凶林，必有古怪啊……
　　地上的韩月拉住了许鸣的手，低语说道："李……对不起，我也是没办法……"

未来得及反应,那归入平静的黑洞口中,有气流旋转着,常人看不到,而我却能够感受到里面孕育的邪恶和暴戾。杂毛小道往我这边靠紧了两步,指着在地上抽搐的李致远,语气平淡地说:"小毒物,我们麻烦了。这个家伙,迸发自己最后的生命力,呼唤出了在这凶地沉眠的鬼东西。我的卦象已乱,牵扯不一,八门之中,生门飘渺,可见这东西有多凶险了。这一次,只怕我们要交待在这里了……"

我抬起手,断然说道:"君子不立危墙之下,惟今之计,只有……"他点点头,与我一同说道:"跑!"

我的身体早就处于紧绷状态,口中刚一念完,就拔腿而走。杂毛小道不输我半分,大步迈开,如一道青烟,袖摆呼呼地扇风。许鸣这也反应过来,拉着受伤的韩月也跑了。小妖朵朵和肥虫子与我心意相通,而且对危险的预知能力比我们强太多,早已经先我一步,飘飞开去。而肥虫子,则隐入我体内。

我们所处的地方在半山腰,爬上来的时候足足走了近二十分钟,下山自然要更快一些。但是走过山路的人都知道,山陡坡斜,容易失去重心,需要控制速度,不然就很容易摔跟头。我跑了两分钟,感到许鸣没有跟上,回头看,那小子还在我视线尽头,扶着韩月跟跄地跑下来。

这个家伙倒是个情种。

刚才韩月的话语虽轻,但是我其实已经听到了,今天的事情寻根究底,似乎有着太多的巧合存在。她这一道歉,我就在想:莫非这一切,都是韩月背后的那个秦伯安排的?再往深里猜,居然能够把我和杂毛小道都给算计进来,这个叫做秦伯的家伙,未免也太工于心计了吧?

莫非他能够改变事物之间的联系,推动杂毛小道的运算,将我们引导至此?

若是如此,绝对是我平生所见的第一高人了——这不是"术",而近乎"道"了。要是他真有这种能力,只怕我们惟有像棋盘上的棋子,任其摆布了。

我希望不是。

仓促逃命中,也来不及跟杂毛小道进行印证,我稍微等待,叫许鸣赶紧跟上。虽然恐惧那裂开的地缝中莫名的存在,但同是天涯沦落人,既然一起经历险境,不管恩仇,总是要拉扯一把的。许鸣匆匆跑了下来,声音有些急促,有哭腔,说,韩月受伤了,身体僵直,流黑血,怎么办?

杂毛小道转身来查探,说无妨,刚才场面太混乱,想来是感染到尸毒了。我们先逃下山去,找来糯米拔毒即可。说完伸出手,扶住了韩月的身子,抱起来,说贫道力气大,便照顾这位女居士吧。

韩月无力地抬起头,一双大眼睛盯着我和杂毛小道,表情复杂,张了张嘴,却没说话。

她认出了我们,昨日还是生死敌手,今天却伸出援手来救她,不知道她此刻的心情是什么?我为杂毛小道的善良所感动,跟着他往下走,许鸣也累得几乎虚脱,勉强跟着小跑。没走几步，我牙齿就咬了起来——从我这个角度，可以清晰地看到杂毛小道那禄山爪，一抓浑圆的胸脯，一托肉感的臀部。

我终于知道韩月的表情，为什么那么哀怨，那么难以启齿了……

亏得杂毛小道还一副悲天悯人的慈悲脸孔呢。

我心中正对这龌龊的家伙进行深刻批判，他突然停下了脚步，扭过头来说不对。说完，他将怀中的韩月递给我，说陆左你照顾一下。我接过来，感觉这女人身体好轻，估计连七十斤都不到，浑身上下都是骨头，硌得慌。杂毛小道掏出了红铜罗盘，左手托着，念了一遍开光咒，右手结剑指，上下划动。

那天池海底的黑磁针，稳稳地指向了一个方向。

杂毛小道语音有些颤抖，看着我说，居中西南坤宫，土属方位，我们再往下走，是——死门。

我心中一跳，想起什么来，往空中一看，空空如也。果然，小妖朵朵不见了。就在一分钟之前，我还听到这小狐媚子哇哇的叫声，现在却悄无踪影。来不及多想，冲到前面的许鸣"啊"的一声大叫，我们沿着他的手指，放目过去，只见道路下面的尽头处，是一片突起的空地，上面还有一个跪着的人影。

这画面我异常的熟悉，因为我们刚刚就是从那块空地，往下跑开的。

但是我们却突兀地出现在这空地上方。

我和杂毛小道面面相觑，彼此都看到了对方眼中流露出来的深深的恐惧。这种空间发生扭曲、错位的现象，在科学上的解释，叫做空间折叠，这种现象是真实存在的，科学的理论解释说只要能达到一定的引力，就能使空间发生弯曲，也就是著名的"折纸理论"，这里面涉及量子力学中的同维度空间异矢量问题，不容赘叙，我之所以有所了解，是因为这现象在我们的行话里，就是大名鼎鼎的"鬼打墙"。

在东官家中的五楼，我曾经亲身经历，也大约知道些原理。

然而我与杂毛小道都是拥有一定道行的人，眼招子厉害得紧，陷入了鬼打墙中，只能说明一个问题，那就是地缝里裂出来的东西，实在是太厉害了。

我仍在忧愁这小妖朵朵的消失，杂毛小道捅了捅我说，不行，我们逃不出去了，要出去，只有下去。

下去，干倒那个莫名的东西。

我托着韩月，与杂毛小道、许鸣一起，慢慢地从山路上，走了下来。道左坡间裂开的缝隙依旧在，杂毛小道还未临近，便燃起了一张黄符，高诵着"净身神咒"，一步一步地上前。他踏的是禹步，此步法相传乃夏禹所传，依北斗七星排列的位置而行步转折，每一步都有讲究，如踏在罡星斗宿之上，安镇魂灵。我想起身上还有之前所制的"净心神咒符"一张，掏出来燃起。

空气中冷，我身上每一根汗毛都被冻得竖起来。

说实话，实体的邪物还好说，总有治的法子，最怕的就是无形无色的东西，这东西往往就要靠意志、靠念力、靠机缘来化解，最是难消除。杂毛小道提着那柄断剑，走在最前面，当他禹步踏到裂缝口的时候，我身后边突然传来了许鸣的大叫："李致远……天，这是什么东西？"

第十四章　积年老鬼出笼

我回头看去，只见刚才跪坐在地上一动也不动的李致远，此刻已经站了起来。他的脸色铁青，两颗又尖又长的牙齿露出了嘴，一直延伸到下巴处，而裸露的表皮上面全是几寸长的黑毛，乍一看像是个直立的野狼。他的眼睛之前是红色的，鲜血的颜色，但是现在，则泛紫，一片混浊，像迷碎的宝石。

我接触过湘西僵尸，也看过书中记载，知道这是僵尸的第二种，黑僵。

之前是活死人，现在是黑僵了。

他额头依然贴着韩月的那张半圆形的符纸条，然而此刻对他没有一丝的影响。他"桀桀桀"地笑着，一步一步地走过来，每走一步，气势便盛了几分。我连忙把韩月放在地上，从怀里拿出了铜镜子。这东西不知道还能不能管用，但是手上没有个称手的武器，只有拿着壮胆。

李致远走到了我们面前四米处停下来，抱着胸口，居高临下，仔细地打量着我们，一个一个地看，最后落到了我的身上。他抬头看了一下天上皎洁的明月，深深地吸了一口气，两道白色的雾气从他的鼻子间喷吐而出。杂毛小道表情凝重，横剑拦在了我的前面。

月光下，我看到他后颈处，有一层密密麻麻的小米汗。

李致远说话了："多少年了，月亮依然存在，如这流逝的时间。三个年轻人，我在你们身上，都闻到了老朋友的味道，真是怀念啊……自我介绍一下吧？"

他的声音怪异，说的是带着南湖口音的方言，跟之前李致远的港语，形成了鲜明的对比。

这个人，不是李致远了。

依然有浓浓的死人味传来，填得我鼻腔和嘴里发腻，不住地恶心。站在他的面前，我感受到了前所未有的压力，仿佛站在巍峨的群山前面，仰望高峰的感觉。我心中一愣，立刻回过神来，默念着九字真言，结"外狮子印"，堪堪将这压力给抵御住。杂毛小道跨前一步，说前辈，小姓茅，字克明，乃茅山宗掌教陶晋鸿的亲传弟子，这三位是我朋友，路过贵宝地，多有惊扰，还请原谅我们年幼无知，放过我等。

"李致远"转动着僵直的脖子，漫不经心地看着杂毛小道，说茅山宗不是虚清道人当掌教吗？怎么换成了陶晋鸿这个没听过的名字？

杂毛小道两腿一正，目不斜视，说虚清道人是他的师祖，已然故去六十多年了。

"李致远"深吸了一口气说，不对，我在你身上，闻到了右护法屈阳的味道。他一念及这个人名，立刻咬牙切齿，怒目圆睁，大叫叛徒。他一发怒，便有嗡嗡的响声，从那黑幽幽的裂缝中传出来，相互应和。杂毛小道立刻虚心求教，说他不认识什么叫做屈阳的人，到底是谁？"李致远"闻言，停止了忿怒，呆呆地想了想，说也对哦，七八十年过去了，那家伙也已经成了一堆白骨了……呵呵，也对。

在一旁近乎昏迷的韩月突然睁开眼睛，大叫："不对，这个老鬼刚刚夺了李致远的身体，根基不牢，现在只是在先声夺人，拖延时间而已。一旦他完全契合了李致远的身体，腾出时间来，是会拿我们的魂魄炼祭，壮大它的神魂的……快，快集中精力，灭了它！"她提醒完，勉强盘坐而起，咬破手指，在额头画了一个古怪的符号，然后双手覆面，用手指甲，将自己的脸全部抓烂。

我心中一惊，这小妞，居然用上了魔面诅咒。

什么是魔面诅咒？

我只是听闻，这是一种古老的巫术诅咒。女人最在乎的是什么？一百个人会有一百个答案，但是"容颜"，无疑是被提得最多的。女人爱美，最惧怕自己变得丑陋。把自己的容貌毁去，然后用这怨念来完成一个诅咒，这里面的怨毒，可想而知，有多么强烈。

理论上来说，越漂亮的女人，她的魔面诅咒越是强烈。

这跟能量守恒原理有关。

其实韩月的话一出口，附身于李致远身上的老鬼就已经勃然变色了。他前踏一步，身子立刻膨胀了几分，挥着手，径直朝地上的韩月抓去。杂毛小道反应最快，伸出断剑，朝这老鬼挑去。然而这剑的质量实在垃圾，被老鬼一把抓住，合手一捏，即刻变成了碎木片，丝丝缕缕的木茬子散落。

我绷紧了全身的肌肉，力气全部都集中在了右腿之上，使劲地一脚踹去，直中老鬼的侧腹。这一脚与之前一样，仿佛踹到了一堵墙上。好在我留了三分力，而许鸣在这关键时刻，也纵身扑了上来，紧紧缠住老鬼，手上的瑜伽印法，不断地结过来。

我们三人的阻击终于起到了一定的效果，三拳两脚之下，这老鬼被我们逼到了另外一边。

果然如同韩月所说，这老鬼刚刚夺舍，力量并没有完全契合。

其实我能够感觉到它的厉害——作为灵体的时候，这老鬼未出场，整个空间里便是阴气森森，营造出来的鬼打墙，居然连我和杂毛小道都给迷惑过去，定然比我们厉害几个层级。然而鬼物害人，要么惊吓，要么缠身，要么附身杀人，我们这几人中，都是意志坚定之人，见识多，也有道行，自然不惧前两者。

所以，他只有附身于李致远的身上，夺舍，然后来将我们一一杀掉。

至于为什么要杀我们，这就不是我所考虑的事情了。我只知道，想活着，就要灭了这个老鬼。

这是一道简单的是非题，我们都拼了老命，一拥而上，也不惧那尸毒了，没一会儿，交股叠肩，紧紧缠在了一起。老鬼附上了李致远的身体，气力大得吓人，然而我们三个也都不是小杂鱼——杂毛小道有本命玉，天生自带一牛之力，我金蚕蛊在身，气力源源不断，就连许鸣这个西贝贵公子，发起狠来，居然也不逊于我们。

深藏不露啊！

当时的情况简直混乱极了，我们三人一僵尸，全部都倒在地上，相互纠缠着。我一手拽住老鬼的一只胳膊，一手死死地抵住它的头颅，许鸣炼的是古瑜伽术，身体软绵如八爪鱼，像情人亲昵，十分有技巧，紧紧地缠着老鬼的四肢；杂毛小道最轻松，也猥琐，腾出双手来，奋力地攻击老鬼的下身。

不到十几秒的时间，老鬼（李致远）的命根子，被杂毛小道捶了七八拳。

每一拳，都重逾千钧，打在老鬼的身上，砰砰响，弄得我都感觉很疼。

许鸣的脸色十分难看，要知道，这具身体转手了几趟，但是真正的主人，原本是他。看着自己这具熟悉的身体被杂毛小道如此蹂躏，他的脸都皱成了老菊花。不知是身为僵尸，还是并未完全契合，这对男人来说本是致命的攻击，老鬼却没有哼半声，反而是奋力反击，不断挣扎。

若论单挑，我们没一个是老鬼的对手。

但是群殴，老鬼却挡不住我们三人联手，这也许是"李致远"这个瓶子的容量，还不足以装载太大的力量吧？正僵持着，黏稠如墨的黑暗中，飞过一个半大的妩媚美女，正是失踪不见的小妖朵朵。她飞到我们的上空，咯咯大笑，说刚才就觉得不对劲，这个地方好像被某种力量封锁住了，正焦急呢，没想到这邪灵鬼物居然入瓮，自投罗网。进了这躯体之中，岂不是自投罗网了？

被压得狗啃泥的老鬼一见到小妖朵朵，大惊，说这不是鬼妖吗？

小妖朵朵得意非凡，说你这老鬼，不知道存在了多少岁月，被阴风洗涤得脑壳子都傻了，人鬼殊途，即使这活尸被刻意炼制得契合你的魂体，但是终究不是原体，总有差错，这下你傻眼了吧？老娘……小娘我好久没有吸收这么纯正的阴气了，今天，不如就开了斋，将你炼化了吧？

小妖朵朵双手结印，如繁花绽放，似有清香扑鼻，樱桃大的小嘴巴念念有词。

可怜的老鬼自附体以来，不知什么原因，竟然在初始时被我们撞见，接着韩月果决地立下了魔面诅咒，中止了它的融入过程，小妖朵朵又从暗处杀入，欲夺其阴元，果真是一波未平一波又起，倒霉到了极点。它奋力挣扎地抬起头，看着空中的小妖朵朵，突然一震，说你、你居然会青木乙罡？这怎么可能？

小妖朵朵傲然地说道："怎么了？灵体便不能习得青木乙罡吗？"

老鬼悲愤地说道："你居然是草木成精的花妖转灵……"它奋力地挣扎着，发出了凄厉的嚎叫，声声悲切，像是一个出差回家，发现老婆出轨的可怜丈夫，头顶着绿帽的那种伤痛。而随着它的声音扩散，四周的树木摇曳，枝丫和叶子都在簌簌发抖，地上的石子一阵跳动。

跌坐在地上的韩月突然睁开了眼睛，大声地尖叫起来。

　　小妖朵朵在空中持咒，见此异状，也吓得结巴了起来，大叫道："老鬼，我吓你的，你别冲动……陆左，陆左！"她焦急了，朝着我大喊道："小心啦，这个家伙要将鼎炉尸丹引爆，转投别处了……"

第十五章　死亡之后是？

　　我本来躺在地上，奋力地压制着老鬼的挣扎，手脚酸软，听到小妖朵朵的焦急叫喊，连忙问什么意思？

　　小妖朵朵还未回答，从百宝囊中掏符箓的杂毛小道也吓了一跳，出声道："引爆鼎炉僵尸？贫道可不想陪葬呢……"他一下子就跳了起来，手上一把红线，飞快地结绳，大喊，贫道用"封神闭气结"，给这家伙封闭怨气，试一试，看看能不能行！

　　小妖朵朵大声叫，行个屁！陆左快跑，别打了，这家伙一旦自爆，五米之内必死无疑。

　　我从来没有见过她如此的焦急，居然飞下来，想要拽我走。这小丫头虽然并不靠谱，但是第一次这么急，而且我身下这具身体居然没有了挣扎，我也知道事情的严重性了，叫一声"风紧扯乎"，松开了角力的双手双脚，不再纠缠，一个翻滚，就朝着旁边的路埂下面窜去。

　　山路旁边也是斜坡，下面有野草荆棘和小树，我跌得个浑身生疼，旁边还传来两声低沉的声音。

　　是杂毛小道和许鸣。

　　接着，我听到一声闷雷之声，像是小时候死人时放的那种铁炮，"砰"，接着头上一热，满天的血肉就都洒了下来，劈头盖脸地浇在了我们的四周。一坨黑物从上面悠悠抛下来，就要砸在我的头上，我一偏头，闪开，定睛一看，是半块红黑色的心脏，一收一缩，居然还在跳动着。血浆不断落下，像淅淅沥沥的小雨。

　　我往旁边滚了一下，躲开这堆腥臭的腌臜物，左手一不小心按在地上，软乎乎的。

　　一看，是一颗圆滚滚的眼球，上面还带着许多组织液，黏稠无比。

　　饶是有过了那么多恶心经历的我，也扛不住这活生生的死亡场面，顿时胃中翻腾，傍晚在嘉麟楼吃的上好粤菜，一下子就顺着食道，倾巢而出，全部都喷射出来。身边传来了一声有气无力的嗔骂："你这个恶心鬼，注意点，吐得小娘我都不爽了……"我挣扎着爬起来，只见小妖朵朵蹲伏在草丛中，捂着肚子，一脸的难受劲。

　　我吓一跳，关切地问怎么了？

　　她呸我一口，说女孩子每个月都会有几天不舒服嘛，问个屁啊？我一头冷汗！鬼妖，还能算"女孩子"吗？这小狐媚子，果真当不得关心，属鸭子的，嘴硬得要死。

　　杂毛小道已经重新爬回了路面上去。见小妖朵朵并无大碍，我放下心来，也跟着爬上去。只见这块突出的空地上面，一地的模糊血肉，泥地上有好多破碎的骨头碎片和渣子，都深深地插入其中，上面还有好多的小坑，这些都是血液在高速的运动中砸出来的印子——如此惨烈，可想而知，若我们晚了一步，恐怕此刻的身体，已经变成筛子了。

粉身碎骨，这种死法，何其惨烈。

我不知道这具身体爆裂的时候，"李致远"的意识还在不在。若在，这种痛苦只怕是非人的折磨。我心中默然，慢慢踱步到爆炸的边缘，那里有半颗头颅在摇晃着。

血浆成喷射状散开。

许鸣死了，不对，寄居在许鸣身体里的李致远死掉了。我能够听到空气中，有灵魂的哀叹声，似乎是不舍，又或者是解脱，然后，那难以捉摸的波动，朝天外飞去——他没有眷念这人世，直往了幽府。我心中叹息，真实的李致远对于我来说，并没有太多的印象，别人简短的几句描述，并不能够深入到我的心里。他是一个什么样的人，我并不关心，也不想了解，心中只是轻叹，是对生命消逝的怜悯。

幽府里面是什么，人死之后，会是什么样子，会存在吗？还是永恒消亡，连绵黑暗，直至宇宙消失？

当时的我不得而知。他的生命，自有他负责，而我，则负责我的人生。

只是——李致远死了，老鬼呢？

我突然想到了小妖朵朵刚才尖叫的那一句话：小心啦，这个家伙要将鼎炉尸丹引爆，转投别处……

另投别处——投哪处？

我看着正在四处检查现场的杂毛小道，又看了看抱着韩月爬上山路的许鸣，除了这两个人，别无他人了啊？那老鬼若是重归为灵体，此刻的攻势只怕是更猛了，不过小妖朵朵说另投他处，显然是又附身了，我看向被许鸣扶起的韩月，正好对上了一张面无表情的脸，和一双紫色妖异的怨毒眼睛。

我心中剧震，居然找上了她？

来不及提醒，我又掏出那用了无数次的破镜子，扬手就是那么一照："无量天尊！"这一次镜灵给力，一下子就将指甲变得两寸长的韩月，给生生定住了。她一震，许鸣立刻就发现了，瑜伽术立刻施展出来，死死地将瘦小的韩月，给压在了下面。

从我这个角度看去，这个姿势，这个动作，简直是少儿不宜。

杂毛小道刚刚把注意力转移到了那里，顿时眼睛一红，大喝道："放开那个女孩，让贫道来……"说笑着，他的速度却不慢，几个大跨步便冲到了近前，与我一起，又如同刚才一般，将附身在韩月身上的老鬼，给压在了地上。

叠罗汉一般的镇压之后，我们发现，老鬼找上韩月，实在又失策了——韩月只有一米五几，又是女孩儿，跟许鸣原本的躯体相比，简直差到了姥姥家；而且韩月一番折腾，已经丧失了大部分力道，即使有老鬼附体，也是相当的不给力。为什么不跑

呢？我们有仇吗？还是什么原因？

我们拥挤在一起，我这么想着。

许鸣在底下哭叫着，说韩月、韩月，月儿……

我感觉到不对劲，翻滚下来，蹲地看，发现被附体的韩月脸色僵直、铁青，眼睛一只呈紫色，一只呈黑色，显然，韩月"本我"的意识，并没有随着老鬼的侵入而消亡，而是在做着顽强的斗争——这个女人的心，坚硬如顽石，意志如钢铁，真真是个厉害的角色。

杂毛小道也不占便宜了，与我排排蹲着，看着这角力。

韩月的脸数次变化，内中凶险，不足为外人道。

大约过了两分钟，韩月轻轻地喊了一句话："李……"许鸣浑身一震，语气都柔了几分，说是你吗？韩月！韩月点头，咬着牙，说是，李……不，许鸣哥，你杀了我吧，我想死在你的怀里。许鸣刚刚流出的惊喜面容一僵，露出了难以置信的表情，说你怎么了？到底怎么了？

韩月咬着牙，几乎是一个字一个字地往外蹦，说许鸣哥，这恶鬼被我缠住了，我的诅咒，让它现在处于最衰弱的时候，你把我杀了，然后让这个长毛表哥超度我，那恶鬼就一起消失了，快，我拖延不了多久。要是让他控制了我，到时候，我死都不能死了，而且，你们也要死。

许鸣犹豫着，而我和杂毛小道则站起来，躲到一边儿去。

说实话，我们见不得这琼瑶的场面。

"快！许鸣哥，用这把匕首，杀了我吧……死在你的怀里，也算是我这罪恶一生，最完美的结束吧！"这声音传来，我冷得浑身发抖，多么精彩的台词……不过，作为一个女孩子临死的话语，似乎，应该也比较妥帖吧。我低下头，不知怎么的，感觉眼角有些湿润了。

杂毛小道仰首望天，天上有半弦弯弯的月亮，明亮得很，洒下的皎洁月光，给这大地镀上了一层水银。

……

一切结束了，我、杂毛小道和失魂落魄的许鸣，全部都坐在了山路泥地的土埂上，听着山下呼呼的风声。

许鸣的脸低着，隐入了夜色中，混沌黑暗。

良久，他艰涩地问我们，是不是要去跟李隆春，也就是他现在的父亲说起整个事情的概况，然后揭穿他的一切。我没有说话，而是望向了杂毛小道。说实话，我这个人，只是一个老婆孩子热炕头的简单角色，并没有太多的掌控欲，也不想操纵别人的生活。接下来应该怎么做，我真是没有太多的主意。

杂毛小道沉默了一会儿，指着旁边侧躺着安静沉眠的韩月，说他想听听这个小女孩的故事。

许鸣一愣，说你就不想听一听我的故事吗？

杂毛小道摇摇头，说李致远都死了，什么事情，不都是你红口白牙胡说吗？而且，相对于男人来说，他更喜欢听美女的故事，特别是这个美女温热的尸体，还躺在我们旁边。

我听杂毛小道这么说，也明白了他的意思：虽然韩月与我们曾经是欲杀之而后快的对头，但是作为一个女人来说，她却是一个值得我们去记忆的女人，是一个坚忍得可怕、让人敬佩的女人。而我们，则为了生存，放任她死于我们眼皮底下，这一点，让他的心，以及我的心，都有些后悔。

每一种优秀的品质，都是值得人敬佩的。

但是如果事情再回到十分钟之前，我们的决定，依然会是将选择权交到许鸣的手上。因为生与死的权力，是韩月，亲自赋予了许鸣。这是她的决定，我们尊重她，也包括她的任何决定。

许鸣嘴巴苦涩，吞咽了一下口水，然后开始说起他认识的韩月来。

第十六章　韩月的故事

韩月现年十七岁，生于 1991 年 4 月，那是个桃花绽放的日子。

许鸣和韩月算得上是青梅竹马的朋友，都是在屋村里长大。什么是屋村呢？它是香岛的一种特有称呼，即政府提供的公益性廉租房、福利性出租屋。按照我们内地的观点来说，在这样的城市里有一个可居住的地方，已经是莫大的欣喜了。然而世间万物，就怕对比。屋村的居住者多是低收入人群，居住环境和配套设施，相对于寻常的居民小区，显得十分落后，而且龙蛇混杂，如同城市里的农村。

许鸣刚认识韩月的时候，这个小女孩就像一只可怜的流浪猫，一天到晚都不说话。

经过时间的累积，许鸣渐渐了解了这个女孩子的情况：她有一个做"一楼一凤"的母亲，生她的时候难产死掉了，父亲是个有着二分之一白人血统的酒鬼。这个酒鬼虽然是半个洋人，但却是某个意外的产物，所以半句外国话都不会说，为人也是极懒，整天也没有什么正经营生，爱赌，也爱酒，喜欢在酒精的世界里，做自己的王。因此，韩月经常饥一顿饱一顿地过活着，而且还经常挨打，遭受到酒鬼的家庭暴力。幸亏有了社区部门的出面警告，勉强好了一些。

韩月自小，便是个小老鼠的性格，胆小、惊疑、惶恐，对所有的事情都十二分的敏感。

那一年韩月才六岁，许鸣十岁。

我无法想象一个十岁的少年是怎么生起照顾一个小猫一样女孩子的心思，也无法从许鸣淡淡的描述中，在脑海里去勾勒当时的情景，反正命运就是这么奇妙，两个人便认识了，并且很快就成了朋友。许鸣家里面的条件也不好，然而为了让韩月多吃一点东西，他总是能够找出一杯牛奶，半片面包，或者一碗热腾腾的米饭，给韩月吃。

那段日子，许鸣回忆起来，说是他最幸福的时光。

一直到韩月十二岁。

在中国，我们通常骂人，最恶毒的，莫过于骂人"杂种"。然而从生物遗传学的角度来说，往往杂交的，在某些地方（如相貌）吸收了父系和母系基因的优点，反而更加出色，比如杂交水稻，又比如混血儿。

韩月自小就营养不良，但是却抵不过她混血儿的优势。因为她母亲据说是个漂亮的美人儿，父亲又有外国血统，韩月到了十岁之后，模样就慢慢出落得周正水灵了，面目精致而富有立体的美感，明眸皓齿，皮肤白皙，惹得很多少年，暗暗吞咽口水。

我前面说过，屋村龙蛇混杂，小混混是极多的，韩月稍大一些，就经常被调戏和骚扰。

而这个时候，许鸣往往会充当韩月的守护神，经常和那些小混子打架。不过韩月终归是小，小混混也是人，也有着感情和做人的底线，只是闲得无聊的时候，说几句便宜话、摸摸脸而已，双方都并未当真，也只是少年的世界中，一段插曲。这个时候的许鸣，觉得自己很伟大，有着满满的自信感。

然而让他没有想到的是，千防万防，家贼难防，在韩月十二岁的时候，居然被她那个酒鬼父亲借着酒劲，给强暴了。而且这件事情，许鸣是多年之后，才知道的。

我无法想象一个十二岁的小女孩，怎么面对至亲家人的这种禽兽行为。当时的她，该有多么的绝望？

许鸣也不知道。

他仅仅知道，在韩月过完十二岁生日后，很长的一段时间里，他再也没有见过她，只是听说韩月和一个与旁人不怎么来往的老太婆，走得很近。那个老太婆是个外国人，有人说是犹太人，"二战"的时候从德国逃难到的香岛，也有说是吉卜赛人，因为她年轻的时候经常拿塔罗牌，给别人算命。当然，那个老太婆现在已经风烛残年，也没有什么家人，和香岛近百万的普通老人一样，安静地享受着晚年生活。

他那个时候，正好处于考学的关键时期，因为之前韩月一直很正常，又有人来照顾，便放下心思，全力冲刺学业。

毕竟，他除了是韩月的保护神，还是他父母的儿子，他大姐的小弟，作为家中唯一的男丁，他还有很多的责任和期望要背负。他们后来也偶有见面，韩月的情绪起伏，时而静默不语，时而又很热烈，让他摸不着头绪，不过到了后来，韩月越来越成熟，越来越懂事了，也开朗了，这让他终究心安了。

如此忙忙碌碌又过了两年，偶尔想起那个像小老鼠一样的女孩儿，心中就是一阵柔软和温暖。在他考上中文大学的那个夏天，突然听到一个消息，韩月的父亲，那个整日里醉气熏熏的酒鬼死掉了，死于酒精中毒和过度惊吓，据说，那个家伙的胆，真就被吓破了，尸体圆睁着双眼，死不瞑目。

那一年韩月十五岁，成了孤儿，而他差不多有小半年没见到她了。

听到这个消息，许鸣立刻去找韩月，在离他家不远的韩月家中，并没有找到。他多方打听，终于在那个老太婆的家里，找到了韩月。那个时候，老太婆已经死了近半年了，留下的一间屋宅，通过遗嘱赠予的形式，让韩月得到了继承权，由附近一个卖杂货的老头子做见证人和监督者。

那个老头子，韩月让许鸣管他叫秦伯。

许鸣找到了韩月，极尽关心，说了很多安慰的话。而韩月的反应却极为平淡，对于刚刚死去的那个父亲，没有流露出一丝的怀念和感伤，这让许鸣有一些意外。他知道那个酒鬼对韩月并不好，但毕竟是她的亲生父亲，如此反应，倒是让他有些担心韩月的性情，变得孤僻。出于一个大哥的立场，许鸣毫不犹豫地对韩月进行了提醒和善意的批评。

韩月淡淡地讲起了她父亲对她性侵的往事。

讲述这件事情的时候，她面无表情，好像是在述说别人的故事，没有一点儿情感波动。

许鸣被震惊，愣在当场，心里面的难受和羞愧，让他几乎忍不住转头离去，找个地缝钻下去——尽管这并不是他的错。韩月还告诉许鸣，她那个父亲，是她亲手杀死的。说着这话，韩月的嘴角挂着淡淡的残忍。风轻云淡、淡漠……这些词语，是许鸣重新见到韩月的时候，感受到最明显的印象。好在两人的友谊是近十年的积累，虽然变得陌生了，但是彼此心中还都留着一份情意。

许鸣并没有将此事上报到警察那里，而之后，他渐渐了解到，韩月和秦伯，并不是普通的人，他们拥有着常人所不了解的力量，譬如韩月，便能够通过塔罗牌的排列，算出他将要发生的许多事情，准确率高达六成。他也知道了韩月经常会去一些国家和地区做一些害人的勾当。

他曾经劝过韩月很多次，但是那个时候的韩月，并没有听他的劝告，反而在迷失的路途上越走越远。

韩月变了，而许鸣无力阻止。

他总是在意识中，保留着对一个胆怯得像小老鼠一般的小女孩子的记忆。那记忆，像冬日里的一米阳光。始终照耀在他的心中，久久停留。再后来，他上了大学，开始了寄宿的学校生活，跟韩月的联系逐渐减少了。一直到今年，因为女人的事情争风吃醋，他被李致远给盯上了，几次三番地找他麻烦，欺辱他、殴打他，甚至在最后一次，差一点把他杀掉……

所幸他没有死，而且还变成了李致远。

出事的第二天，韩月过来找他，本来是想要杀掉他的，可是他把自己的真实身份给韩月作了解释，韩月将信将疑，带着他去见了秦伯，这才有了后面的事情……

杂毛小道盯着许鸣的眼睛，说你似乎还漏了一些东西，没有讲。

许鸣问漏了什么？他什么事情都已经说予我们听了！我在一旁笑，说似乎还有一个死和尚的事情，没有说明呢。你学习的佛道瑜伽和参拜的弥勒，以及你手上的这一串小紫叶檀香手链的来历，似乎也没有讲哦。他低下头，说这个东西，是一个功德高深的行脚僧人给的，并且收了他做记名弟子，他们一起待了几天。师傅不让他说，他自然不好说起。也不要问，让他为难。

杂毛小道闻了闻身上的熏臭，没有继续再问下去，而是摆一摆衣袖，叹了一口气，说走吧，我们下去，离开这个鬼地方。他站起来，朝天勾勒了一个奇怪的符号，然后深吸一口气，袖子一挥，像是兜住了什么，率先下山。

我跳下路边，找到了蹲在草丛中的小妖朵朵，她表情难受，显然是被李致远尸体的自爆，震动到了，没有恢复过来。她嘴硬，但是我却心软，举起胸前的槐木牌，让她进来修养。小狐媚子眼睛一横，钻身进来。

我们在前面走，许鸣则背着韩月的尸身，摸黑慢慢走下山来。

走到山脚，一辆黑色的商务车停靠在前方的不远处。这车就是我们来时乘坐的那一辆，这让我们惊喜不用步行回城的同时，又疑惑：过了这么久，钟助理怎么还没有离开？是在等我们吗？

他有这么好心？

第十七章　秦伯出现，震慑当场

若是以前，我们当然没有什么好惊讶的，但是今天发生的事情太多了，由不得我们不警觉。

一步一步，我们小心地靠近着不远处停靠的这辆车子，时刻防备着黑暗中可能突然杀出的鬼物妖邪。一直走到了近前，才发现车子里面根本没有人。这倒是奇怪了，按理说，钟助理受到了惊吓，要么就报警，要么就直接开着车子，跑回城里去。他扔下这么一辆车子，撒丫子就跑开去，可能吗？

这附近可是坟山，能跑到哪里去？是去找附近陵园的工作人员求救吗？

这里离那儿可有好几里的路程啊，为毛不开车？

又或者，钟助理出事了？

是的，一定是钟助理出了事，所以才会这个样子。他是碰到了鬼打墙，在山路里迷失了么，还是下来时碰到了什么危险？我和杂毛小道面对着关闭的车门，一筹莫展。车钥匙在钟助理身上，少了他这个车夫，我们依旧只有步行到最近的居民点，寻求帮助。

可是这大半夜的，一身血浆的我们，是不是也太凶猛了？

我突然想起来，得，虽然一番打斗，但是我手机还放在身上呢，打个电话不就清楚了？一想起来，立刻拨通了钟助理的手机，是通的，我听了一会儿，从不远的路边传来了一首旋律悠扬的英文歌曲。这声音，是钟助理的，许鸣扶着车子歇气，而我和杂毛小道则快步走了过去，一看，只见一个人伏在草丛中，脸朝下，但是看衣着，正是我们找寻不见的钟助理。

他这般趴着，也不知道是死是活。

静谧的黑夜里，那音乐声尤为响亮，又有手机震动的声响，对比着诡异的情况，格外让人揪心，有一种未知的恐惧浮上心头。我们走近，全身的肌肉紧绷着，小心翼翼地接近。在一旁的黑暗中，突然传来了一阵咳嗽声。我看过去，只见有一个佝偻的黑影，正站在不远处，拄着拐杖，默默地看着我们。

我心中一紧，仿佛黑暗中的不是一个人影，而是一头潜伏在草丛中的毒蛇。

又或者，一头让人不寒而栗的猛虎。

我立刻摆出警戒的架势，虎视眈眈地看着这个黑影子，而杂毛小道则拱手作揖，唱喏一声："贫道茅克明，乃茅山宗掌教陶晋鸿的亲传弟子，见过前辈。"那人咳嗽完，用手抹了一把口水，说居然是茅山道士，老头子我待在香岛此地近七十年，有多久没有见到过名门大派的子弟了，失礼失礼。

他说是这么说，身子却动也不动一下，表现得十分的倨傲。

杂毛小道却并不介意，踏前一步，想要寒暄套近乎。而在远处的许鸣则背着韩月走到了近前，见到这个老头子，大吃一惊地叫道："秦伯？你怎么来了……"我心中一跳，这个人就是秦伯了？他走了过来，月光下，我看到的是一个老人，穿着棕红色的对襟薄衫，身体佝偻，头发稀疏，灰白色，脸上有些暗黄的老人斑。

他说他在香岛足足待了七十年，是吹牛皮，还是果真如此？

至少从样貌上来看，他好像才六十岁。

秦伯盯着许鸣，说你这个臭小子，吃完就想擦干抹净，逃之夭夭，有这么容易的事情吗？许鸣一脸的颓丧，说韩月死了。秦伯浑不在意，说这小丫头，死就死了吧，有什么大不了的？只是，她和你，都不应该把我苦心孤诣而制成的活死人，给毁去，这个样子，就是真的不给我面子了。

他说着，间夹着剧烈的咳嗽，说他等了多少年，第一次碰到这么好的胚子，多么好的时机，生辰八字、体貌、推演……特别是换魂的经历！你们两个虽隔三岁，但是生辰八字却完全符合，所以才能够在机缘凑巧之下，完成如此出奇之事。近半年的布置啊，这半年，可是花光了他多年的心血和积蓄，可惜啊，可惜，毁于一旦了——百般算计，最终还是落得个两手空空，许鸣，你说我应该怎么办？

许鸣低下头，眼观鼻，鼻观心，说不知道。

秦伯恨声说让人把韩月的尸体给他，他自有处置，至于许鸣，不要以为有班布上师这么一个记名师傅在，就可以肆无忌惮。不会的，所有的一切，组织都会看在眼里的。许鸣不愿，他说他又不是里面的人，关他什么事？至于韩月的尸体，不行！倘若秦伯拿韩月的尸体又炼制什么古怪的东西，让她灵魂得不到安宁，那么他就是拼死，都会反抗到底的，这一点没得商量。

我和杂毛小道在一旁，看两人说话，默默不语。

这个秦伯是高手，我们不用试，光从他站在那里表现出来的气势，就能够感觉得到。气势这东西，说起来很虚，但是在出现气感的人眼中，却是很敏感，瞧上一眼便已经足够。其实今天的事情，我们也明白得很，要说韩月约在这山上，许鸣、李致远接踵而至，我和杂毛小道适逢其会，然后李致远被逼得发出悲愤的咆哮召唤老鬼……这一系列事情里面，若说没有秦伯的暗中操纵，我第一个不信。

但是他没料到的是，韩月背叛了他，而我和杂毛小道则在这个过程中，扮演了破坏者的角色。

老鬼被束缚在韩月的身体中，被杂毛小道给生生超度了。而这老鬼在之前与我们寒暄，则透露了一些信息，说什么在我们身上都闻到了熟人的味道，说什么秦时明月汉时关之类的沧桑感，似乎有很多故事，也不知道是忽悠我们，还是果真在感慨。这老鬼，想来便是秦伯炼就尸丹的关键。

或者，秦伯想将这个老鬼给召唤还魂回来，共谋大事。

可惜，他的如意算盘打散了。那么，他出现在这里，又是什么目的呢？我想着，蹲下身子来探了下钟助理的脖子，有脉搏，还活着。我看着秦伯，问他把钟助理怎么了？他笑了笑，说这些事情，总是要避开人的，知道太多，反而不好。于是把他弄晕了，过一阵子就能醒来。

说完这话，他抬起头来看着我，混浊的眼睛里面有着诡异的光芒。他的眼神看得我发毛，好像在男浴室里面被一个基友垂涎地盯着一般别扭和不适应，肌肉不自觉也紧绷了。我身上有好多血，是李致远自爆时沾染的，现在结痂了，成了硬壳，我的肌肉一绷紧，硬壳簌簌往下掉。

秦伯又看了看杂毛小道，点头，说他那老朋友说得对，都是青年才俊，以后的世界，就是你们的啦。

他说话的风范，像即将退位的领导人，高风亮节。

此话一完，我们一直感受到的压力顿然一减。显然，他对我们已经消除了敌意——至少暂时安全了。秦伯不理会我们，而是看向了许鸣，他缓缓地说道："韩月跟我办事，已经有了三年。人非草木，孰能无情？她的魂魄已然脱体离去，我留下这一具尸体，又有何用？只不过想将她带回去，好生安葬，也免得你们麻烦而已——此间之事，自有我来收尾，你们自行离去吧。"

许鸣惊疑不定，犹豫了片刻，终于答应将韩月的尸体，交给秦伯。

秦伯手一挥，黑暗处又出现了一个大汉，穿着黑色的对褂，手里面提着裹尸袋。大汉利落地把韩月的尸体装进裹尸袋中，向秦伯行了一个礼，然后抱着袋子朝远处走去。我顺着看，只见路的尽头，有一个中型货车，车厢上面印着冰淇淋的图案。

秦伯拍拍手，说他也走了，哈哈，你们这些小子，果真是麻烦，希望再也不要见面了，这辈子。

我们与他挥手告别，看着这个拄着拐棍的老人颤颤巍巍地离去，竟然生不出一丝的反抗之意。

不管别人怎么看，我心里是不敢当场跟他翻脸的。

这是一个能够掌控人内心的人。

让人恐惧。

看着那辆货车启动，然后朝着远方驶去，黑暗中似乎有几个黑影子出现在我们刚才下来的山路口，往上面走去，显然是秦伯安排处理首尾的人。离得远，杂毛小道长叹一声，说小毒物，你可知道，我们刚刚从鬼门关中走了一个来回？

我不解，说是那老鬼吗？我总感觉不对劲，这么轻松地搞掂了，似乎有些太容易了，不真实。

他摇摇头，说不是，老鬼的事情，回去与你说。单说这秦伯，你可知道，这个人厉害之极，举手投足间，有肃杀之气。这人你别看他垂垂老矣，风烛残年，但是刚才我们若一翻脸,他定然是雷霆手段。我点头,说是,光他弄在李致远身上的布置,就让我们手忙脚乱,何况他敢直接在我们面前出现,更是有恃无恐……不过,他好像是有什么顾忌,所以没有出手。他之前提到一个老朋友,莫非就是这个让他顾忌的人?

他点头,说有可能,那这人是谁呢?我们可没有认识什么大人物啊?

听着他的话语,我心中突然浮现出一个形象来。

第十八章　所谓天地不仁

对视一眼，杂毛小道与我一起说出了一个名字：虎皮猫大人。

这只肥鸟儿，已经数天没有露面了。我们这几天事忙，无暇关注它，而且虎皮猫大人向来自有主意，我们也管不了这肥厮。说实话，对于它的过去，我并不是很了解，杂毛小道的家人一直比较避讳谈起虎皮猫大人的往事，我也只是一开始认识它的时候，听过它吹牛瞎侃，也不知真假。

杂毛小道也摇头，说他自小离家，入山中修道，只是偶尔回家。

这虎皮猫大人是他爷爷带回来的，一直供养着，家里人对它都很尊敬，只知道它是一个去过幽府的人投生，前世死于二十世纪四十年代。多余的信息，便不知道了。

我们心中疑问重重，但是此刻也压下不提，对着地上的钟助理又是掐人中，又是念灵咒，好歹将他给唤醒。醒转过来的钟助理一脸茫然，见到许鸣，疑惑地问李少，你怎么会在这里呢？听到他这句话，我们都奇怪了，钟助理已然知道了李致远是穷学生许鸣的事情，怎么睁眼见面，居然一口就叫"李少"？

他的记忆出现了岔子，还是假装不知情？

许鸣也诧异，支支吾吾，不知所言。而钟助理也没为难他，反而是转头看向了我和杂毛小道，说两位师傅，我们不是在元朗么，怎么跑到这里来了，这里是……他四周看了一下，疑惑地问这是哪里？

我们三个都哑然，不知道说什么，半天，杂毛小道幽幽地接了一句，说这里是——和合石坟场。

钟助理一骨碌爬起来，大惊，问怎么回事？我们不是在元朗那边开车吗？啊……

他站起来，又跌落在地上，捂着头，说好疼，头好疼啊……我立刻蹲下来，看着钟助理的额头，一阵青筋鼓动，显然是疼痛难耐。我立刻伸出两个大拇指，抵住他的太阳穴，大喝一声"洽"，这一声若春雷绽放，立刻有嗡嗡的回声传来。然后我两个拇指紧按，细细地揉摩了一会儿，他才好一点儿。

杂毛小道张着嘴，对着口形无声说道："被施术了……"

我点了点头，待钟助理好了一点，才站起来，拍拍手，与杂毛小道往回走去，留下许鸣用李致远的身份，跟钟助理解释。到车这边，我问杂毛小道怎么办，要不要拆穿许鸣，直接跟李老板说？杂毛小道耸了耸肩，问我："陆左，平心而论，你觉得许鸣，到底是一个什么样的人？"

我思索了一下许鸣给我的印象，斟酌了一下用词，说许鸣这人，怎么说，作为一个年轻人，开朗、积极、向上、心地善良，而且很有责任感，但是也有一些小软弱——当然，这都是他力图表现出来给我们的，是与不是，还是两说。人心最叵测，我认识他还没有一个晚上的时间，哪里知道他是真性情，还是伪善良？

杂毛小道叹了一口气，说此事真的很难办。

为什么呢，他懂得看面相，但是这面相，是李致远的。换魂一事，太过离奇，有违天道，一切的线索和运算法则，都全部混乱了。贸然决定别人的命运，这种事情，最让人头疼了。不过，现在真正的李致远，已然死掉了，倘若我们再一揭穿，李老板只怕是接受不了丧子之痛，认定我们胡乱应付，那可就不妥了。我们现在也拿不出什么证据来，还不如……

我看着他，眉头皱起，说难道我们要和稀泥？

他手拍在了我的肩膀上面，说陆左，为什么不换一个角度来看呢，这是三赢的结果：只要我们当作今天晚上没事发生，那么，我们给了许鸣一个实现自我价值的机会，也让李隆春没有失去儿子，而且，我们也获得了李隆春的友谊，有利于麒麟胎的找寻……

我低着头，说是皆大欢喜吗？真正的李致远，可是含恨而死呢！

我不知道这个纨绔公子到底做了什么恶事，但是所有的罪过都让他一人来承担，是不是有违天道呢？杂毛小道也轻叹了一口气，"天地不仁，以万物为刍狗"，天道叵测，一饮一啄皆天定，谁能够明白老天爷的意图呢？我们唯有活在当下，为活人操心而已。

我没话了，说怎么做，我都没有意见，你看着办吧，我不掺和了。只是最后提一句，我对这个许鸣，总是有些不喜欢，或许是第六感吧。杂毛小道笑道，怎么突然娘娘腔起来了，你莫非已经开启了佛家"八法心王"中的"意识"？我耸耸肩膀，说那可说不定呢。

他大笑，骂我不要脸。

说着话，许鸣跟钟助理走了过来，许鸣接茬说你们在讲什么呢，这么热闹？我耸了耸肩膀，说扯淡呢，商量着去哪里泡个澡，洗去一身血腥。钟助理嫌弃我们一身恶心的腥臭味，站开一些，说原来是被人绑架了，搞这一身是什么血？我看着杂毛小道，撇了撇嘴，不说话，等钟助理把门开起来，便钻进去。

呵呵，绑架，不知道许鸣到底是怎么编的，不过我疲倦得要死，也没有了好奇心。

今天发生的事情实在太多了，忙碌一整天，我从身体到心灵，都需要休息了。

返回车中，所幸晚间买的西服都还在，开到附近的一个水池子的时候，我们去草草洗了一下，换上衣服，才没有显得这么狼狈。在车子里，杂毛小道和许鸣、钟助理有一搭没一搭地聊着，说什么绑匪啊黑帮啊……之类的，说还好有陆师傅和萧道长的出手，才将那伙匪徒给赶走，还被喷了一身的猪下水。

钟助理连连点头，叹，真是惊险啊……

听到他们的对话我就想笑，这破绽百出的谎言，钟助理居然会相信？不可能，这是一个有着独立判断精神的商界精英，而不是一个蠢货，若连这一点儿异常都没有发现的话，他就不可能成为李隆春的助理。

这里面，一定有交易。

当然，这都不是我们所关心的，钟助理把车速加快，很快我们就从新界回到了九龙。他把我们送回了酒店，整个过程中，我的话都很少，匆匆忙忙回到酒店的房间，已经是凌晨了，我洗了个澡，皮都快搓破了，反复地闻，还是有一股淡淡的死人味传来，让我难受，继续又洗。

如此反复，半个多小时之后，化身成红色人种的我走出浴室，一拍胸前的槐木牌，把小妖朵朵唤出来。

她在山上的时候，被震伤了，却死鸭子嘴硬，说没事。我心中担忧，想帮她看看。

唤了一阵，小妖朵朵没在，出来的是朵朵。她一副没睡醒的表情，揉揉眼睛，说陆左哥哥怎么了？我揉揉她的头发，问刚才小妖精被震伤了，你的灵体还好吧？

朵朵摇摇头，说没事的，小妖姐姐她有法子，睡一会儿就好了。

我一听不对劲，朵朵为毛叫那狐媚子做姐姐啊？一问，朵朵老实地说，小妖厉害，知道的东西也多，什么东西都懂一点，不像我，太笨了，修炼一个"鬼道真解"，老是弄不懂，打坐的时候还老是打瞌睡，开小差，对你一点儿用都没有……所以我就叫她姐姐，跟她好好学学，做一个有用的小鬼。

我心中柔软得像泡发的海绵，忍不住把她抱起来，举在前方，反驳她的话："朵朵，不对，你不是对我一点儿用都没有。你知道么，我所做的一切，奋斗的目标，就是让你快乐、开心地生活在阳光之下，这是我毕生的追求啊！你的每一个笑容，都是我的动力呢，这可比别的什么，都要来得重要啊，知道吗？"

朵朵似懂非懂地点了点头，说嗯，然后展颜笑了，露出两颗可爱的小虎牙。

她眼珠子一转，说陆左哥哥，我帮你洗衣服吧，里面好脏哦。我摆了摆手，说不用了，那衣服臭死了，拿去扔了就好。今晚的月色很好，你去炼《鬼道真解》吧，莫要偷懒打瞌睡哦，我会叫肥虫子监督你的。说完话，金蚕蛊立刻闪亮登场，亲昵地擦了擦朵朵肥嘟嘟的婴儿小脸，黑豆子眼睛眨啊眨。

朵朵伸着腰，说不用，人家一定会努力用功的，不要臭虫子跟着，哼。

说完话，便飞到了窗前，盘腿坐下，对着天上那一弦月亮，吐纳气息。

金蚕蛊一脸的无辜，摇头晃脑地飞，热脸贴了上去。

看着这对欢喜冤家，我心中不胜温馨——我所有的奔波劳累，不就是为了这两个小东西吗？呵呵，心中正温暖着，杂毛小道走了过来，手中挥着一个东西，说小毒物，给你看看这个。我一瞥眼，说是啥？

他拿到我面前来，我一看，是一块灰白色的骨头，肩胛骨，看着怪怪的，拿到手里面，沉甸甸的，又阴凉，像是一坨冰块。他笑了，说之前不是说了么，回来给你说一说那个老鬼的事情，这个东西，就是今天的收获了，睁开你的鬼眼，瞧一瞧吧。

我指着正在勤奋吐纳的朵朵，说鬼眼在那里，别卖关子了，直接说吧。

杂毛小道嘿嘿一笑，说这里面，满满的都是纯阴之气。

第十九章　龙骨纯阴之气

什么是纯阴之气？我一时之间有些懵，搞不懂。

见我一脸茫然，杂毛小道一副你好没有见识的表情，然后开始给我解释：纯阴之气，非"天、地、命"三魂，也非七魄，而是灵体久受阴风洗涤，自我凝练出来的一道气。这气，即能量——或是吸收其他灵体，或是吸收地下阴穴，或是与星辰潮汐相呼应，经千辛万苦而形成，是灵体中最珍贵的所在。

这气若强，浓则为液，水银一般，再强则转化为固态，这便是结丹，妖结妖丹，鬼结鬼丹。结了丹的鬼，便不是鬼，而是鬼仙了。杂毛小道指着窗户旁边盘腿趺坐的朵朵，说你家娃娃，要是能够成就鬼仙，至少能够存活人间数百年，随随便便。

不过，结丹之路，困难重重，古今多少道术巫学大拿，修成正果者，有几人？

寄托念想罢了。

他这么说，我倒是想起来了，《鬼道真解》之中也有所提及，此纯阴之气，其实就是"凝煞"，对于灵体来说，是道家所言的"大药服体"，相当厉害的一道补品。我心中欢喜，掂量着手中这块阴渗渗的肩胛骨，说你到底是怎么弄来的？

杂毛小道说这也是运气，还记得我当时超度韩月和老鬼的时候，跑到裂开的地缝里去看了一眼吗？

我想了一想，说似乎有。

他问我，说你知道我在里面看到了什么？见我摇头，他一字一句地说道："那是一个墓穴，一个有着大半个世纪的墓穴，里面一具白骨，还有一个由朱砂丹汞布置的聚阴嗜灵阵，阵眼便是这一块来历不明的肩胛骨。这阵法，我曾听长辈提过，是聚阴魂的一把好手，一旦开启，孤魂野鬼就像是闻到臭鸡蛋的苍蝇，寻着味道就过来了，然后被吞噬，自动凝练。这具骷髅死前，必是一方高人，不甘平静死去，便在这坟山附近布置——说是高人，你道为何？他死前是上个世纪三四十年代，然而和合石是五十年代才被当地政府开辟为坟场，安葬难民，而后才逐渐成了大型的坟场陵园的，如此算计，你怎么看？"

我举起大拇指，说："厉害啊！"。

赞完我问，这块肩胛骨，不是那老鬼原身体的？

杂毛小道摇了摇头，说这骨头，是行话中的"龙骨"。什么是龙骨呢？当然不是神话中龙的骨头，而是一种稀有的灭绝生物，典籍里面叫做"黑鹬"。似鸟又似人，它的骨头一直是很厉害的道家材料，有着惊人的灵力契合力。他师叔祖生前有三枚压箱底的符箓，便是用这龙骨做成的，有惊人之威力。黄山龙蟒的时候他师父用过一次，那场面，不比大口径重炮差……

我好奇，问他黄山龙蟒事件，到底是怎么回事？

他支支吾吾，说唉，也就是一条成蛟化龙的大蛇，这事情太玄，不好说，以后有机会，再谈。

我见他语焉不详，眉目间似有难言之隐，于是便没再揭他的伤疤。朋友便是这样，你高兴时可以分享，悲伤时可以慰藉，然而总是给你留着一定的空间，让你安享自己的小秘密。又谈及那倒霉的老鬼，他眉头一耸，呵呵笑，说你果真以为我们是碰巧到达那个坟山的？

看到他贱贱的笑容，我心中一跳。

这老家伙，我就说他今天晚上怎么怪怪的，一副神棍的样子，七拐八弯，跑到新界北的坟山去。在坟上的山道坡下，见到了许鸣、韩月、李致远，刚开始我还以为是他的"大六壬"算法神奇，而后又怀疑秦伯在幕后捣鬼，被这近乎于"道"的算计给吓得半死，没承想，最后居然是杂毛小道在摆我一道。

我一脚踹他屁股，问到底怎么回事？

杂毛小道说他哪有这么厉害，之所以去荒山岭和合石，其实还是因为虎皮猫大人的指导。果然，刚一前去，所有的事情，就像一团乱麻被快刀斩断，全部一清二楚了。我大怒，说老子今天九死一生，忙碌得像狗一样，原来都是那肥鸟儿做幕后，你个杂毛在做帮凶？

杂毛小道嘻嘻笑，说你别得了便宜卖乖。

这龙骨他纳入袖中，超度时收有了老鬼大部分的纯阴之气，并且清者上升，浊者下沉，分上下两层。这清者为纯正的能量，可以让你家朵朵，按照法门吸食；浊者之气，是老鬼残存的戾气，可纳入震镜中，让镜灵日夜磨砺转化——都是大大的收成，求都求不来的好机缘，乐不死你？

我心中一乐，脸上却板着，嘴硬，警告说只此一次，下次再瞒着我，兄弟都没得做，知道不？

杂毛小道呸我一口，说咱们俩的基情若是这么脆弱，不做也罢。

说完，他脸色严肃地说，这老鬼还好我们出现的及时，趁他最弱的时候，钻了空子将其消灭，不然这后果，不堪设想。虎皮猫大人说了，这老鬼是1949年以前一邪道的重要人物，力量还在其次，主要是有一肚子的秘密，如果流传出来，只怕大师兄那个部门，就有得忙了。这忙也就罢了，他们是拿工资的，该忙。但是会有很多无辜之人，因此被牵连，甚至死去。所以说，我们是做了一件大功德，你不是老说积福行善么，这便是啦。

我一撇嘴，说敢情我们还是替天行道、斩妖除魔了一回。

杂毛小道呵呵笑，说你要这么认为，也行。

他说刚刚在我洗澡的时候,他已经联系了他大师兄,禀报了此事。我们身单体弱,道行浅薄,惹不起秦伯这尊大佛。但是他大师兄却不一样,在行政力量面前,这些家伙通通都不过是土鸡瓦狗而已。秦伯要么跑路,要么就等着蹲白城子吧。你知道么,在科尔沁草原的丹顶鹤故乡,专门建有这么一个监狱,关的就是这伙草菅人命的家伙,有一个算一个,没有一个能够活着爬出去的。

他说得厉害,我心中却是胆寒,别有一天,哥们儿也被锁在那里,号天哭地。

好在,有了杂毛小道大师兄这么一层关系在,咱也是上面有人的角色了,是不?

我问那个在幕后运筹帷幄的肥母鸡,现在在哪呢?杂毛小道摇摇头,说他也不知道,他根本就没见过虎皮猫大人,只是从卦象里得到的提示。我无语,不理这些,唤来用功的朵朵,把孕育着纯阴之气的龙骨交给她,让她按着《鬼道真解》的法门,将里面上浮的凝煞给炼化掉。

这龙骨蕴含的纯阴之气甚多,朵朵一时之间也消化不完,只由她当作粮食,每天凝练罢。

我看着她炼化一阵,灵体越发地精纯,知道这个小笨妞出不了差错,便起身回房歇息。这一天,累得我骨头都散架了。

虽然睡得晚,但是第二天,我依然是早晨六点钟睁眼起床。

这是我体内已经形成的生物钟,每天早上,我都要用十二法门固体一章中的法子,打熬筋骨,养气。这么些时间下来,我已然知晓了自己的劣势,就是没有师傅手把手地教导,经常走弯路,那么,我惟有以勤补拙,勤奋练功,使得自己不会在危险中后力不济,关键时刻掉链子。

强大自己,靠的不是一时机缘,而是持续不断的努力。

酒店套房的客厅不大,但是也足够我练功了。一趟套路下来,我浑身汗水,腾腾的白雾在头顶冒出来。这是身体的大部分毛孔在呼吸,吐故纳新。有一个说法,道家认为这尘世中,杂质太多,炼体修行,讲究的是闭塞毛孔,不让本身精元流失,也就是所谓的辟谷,所以大部分有道之士,都沉浸在高山奇峰的山水之间,怡怡享乐。这说法对与不对,我暂且不说,但是十二法门中,讲究的是沟通头顶三尺神灵,沉浮于凡世,红尘炼心。无论山水美景,还是人情百态,心有所动,有所悟,皆能成就。

洗完澡,我出来打开电视,看了下新闻,意外地发现在报道昨天在和合石附近的山中发生火灾,所幸事小,政府提醒市民,要注意防火,不要在荒山中生火。

我坐在沙发上,猛喝了几大口水,感觉腹中饱饱的,直打嗝。

旁边传来细微而奇怪的声音。

我一瞧,可不,肥母鸡一样的虎皮猫大人正在电视机柜旁,趴着睡大觉呢。我顿时就跑过去,一把掐起这只扁毛畜生。它惊醒,破口大骂"二货",扭身挣扎,见是我,它呸我一口,说朵朵她爹,你抓大人我为毛?几天没见面,难道你想跟我亲热,还是惦记着我几两肉?

我抱着它坐回沙发上来,看着这蠢肥鸟儿,怎么看,都看不出有大 Boss、幕后黑手的厉害风范来。

见我盯着它,虎皮猫大人奋力挣扎,力气倒挺大,但是细胳膊扭不过大腿,只有骂。不过它好歹念及跟朵朵、肥虫子的交情,倒也没有太污秽。我不理,盘问昨天之事,这鸟儿精明极了,装傻充愣,就是不接我这茬。

这时候,我的电话响了起来,拿起来一看,是李家湖。

第二十章　香岛诸事已了

　　李家湖先感谢我昨天救了他堂弟李致远，然后又问及具体的细节。
　　这细节的东西，自有许鸣和钟助理自己去完善，我哪里晓得其中的门道，不想理，只是客气，说适逢其会而已，也不作答。李家湖问起我们鉴定得怎么样？现在的李致远，到底是不是他原本的堂弟？我推说这件事情，是萧克明道长主导的，我也不了解，他说神魂稳定，没有不契合的现象，是与不是，还是要由他来说。
　　李家湖说那好，今天有没有空，能不能抽个时间来谈谈？
　　我说有，此间的事情已了，等这件事情完了，我们就准备返回洪山了。李家湖说也好，今天晚上摆宴，给我们送别，顺便把这件事情的结果讲清楚。
　　挂完电话，我把虎皮猫大人放开，问它晚上去不去吃饭？
　　它说去，这几天在外面跑，风餐露宿，没吃过一顿好饭，让他们准备好茶叶和瓜子，茶要龙井，瓜子要洽洽原味的，最好弄点油炸虫子，它爱吃。有得吃，它老人家也不计较我刚才的无礼了，说大人我睡觉了，不要吵我，再吵……大人我把肥虫子和朵朵给你拐走，你信不信？
　　得，它放出这样的狠话，我倒真的有些怕了。这扁毛畜生平时看着随我捏弄，但仿佛是个真正厉害的家伙。
　　我惹不起。
　　杂毛小道出了房间，问我是谁的电话？我说是李家湖的，约今天晚上谈李致远的事情，并且设宴给我们送行。他点头，说知道了。说今天干吗去？我说来香岛一趟，去玩玩呗，这个地方电视上瞧得多了，想亲身去感受一下。杂毛小道问我以前不是来过吗？我耸耸肩，说来过，是来办事的，匆匆忙忙，哪里有玩的心情？
　　杂毛小道赞同，说刚刚从章董那里得来些钱，正好今天去花花世界逛一圈，购物旅游。
　　我们换了衣服，也没有麻烦顾老板和秦立，出门打个的，直奔附近比较知名的茶餐厅，去吃早茶。吃茶点的时候，杂毛小道问起一事，说韩月死了，不知道是谁出钱、谋害的章董？我耸了耸肩膀，说鬼知道，也许是他的仇家，也许是他的枕边人，反正事情已了，那人肯定知道了我们两个，既然这条路走不通，他便不会再走了。我们收了钱，办了事，如此便好，章董以后的事情，我们可管不了。
　　杂毛小道摇摇头，说他倒没有那么好心关心那个老淫棍，只是叹息少赚了一笔钱而已。

我笑他财迷，满脑子都是钱，他脸一横，说你不财迷，得，今天你买单。

我们在香岛玩了一整天，走马观花地浏览，十分的畅意。

香岛可玩的地方很多，触目皆是繁华，比起我待过的几个城市而言，更加有一种沉淀的味道，需要慢慢品味。总体来说，这个城市的节奏还是很快的，望着街上那些行色匆匆的上班族，我心中有些感叹，这些人曾经是我努力的对象，我以前，总幻想着自己成为他们其中的一员，做一个白领，天天坐在办公室里，像偶像剧里面一样，跟各路美女、对手交锋。

然而此刻，我却和一个面目猥琐的道人一起，整日过着时而悠闲、时而惊险的生活。

平淡和惊险，这两样生活都有着迷人的味道，每一种都是不同的人生，我既然已经一步跨入这个世界，不管怎么样，我都要继续走下去，走完自己另类的人生。

傍晚时分，李家湖打来电话，约我们到港岛一家私人会所里用餐。

我和杂毛小道像两个上街扫货的妇女同胞，手上满满的都是大大小小的购物袋，返回酒店。有车来接，携着虎皮猫大人，我们乘车来到一家不起眼的私人会所，走进大厅，能够感受到英格兰风格的低调奢华。

包厢里，李家湖正在等待我们，除了他之外，居然还有两个人。

日理万机的李隆春和他的助理，钟伟。

看这架势，是要与我们确定李致远的真实身份了。果不其然，我们落座之后，李隆春便立刻问起此事。这还真的是他的风格呢，不过我这人向来都不习惯于撒谎，也不说话，让杂毛小道来应付。我之前说过，杂毛小道这张嘴，死人都能够说活，而且他家学渊源，又是职业道士，玄学道藏的知识积累，那叫一个丰富，一箩筐一箩筐地搬出来，从玄学的角度来解释李公子为何反常。

而钟助理则在一旁唱和，看他们在讲话，我有一种听郭德纲和于谦讲相声的感觉。

当然，这是因为我知道了事情原本的真相，不知道的人，只以为果真是如此——人其实还是有从众心理的，"人云亦云"这件事，大部分人都逃避不了。当一个人说一件事情是真的，还犹不信，一伙人在这里头头是道地讲，而且似乎又很有道理，那么脑子就被洗掉了，说好便好，说坏变坏，让人失去判断力。

所谓传销，即是如此，我经历过，所以更加了解。

终于，李隆春一直紧锁着的眉头，舒展开来，重重地松了一口气，说果然，这孩子真就是浪子回头了，好，好，好。

他如释重负，仿佛是被自己说服了。

在他眉头舒展的那一刻，我突然感觉，我们似乎说出了李隆春想要的答案。

李隆春打电话给他儿子，说在附近的会所请他的救命恩人吃饭呢，让他过来一趟,当面感谢。我们等了一会儿,许鸣进来了,大方得体地跟我们打招呼,不卑不亢中,又带有一丝亲热,对李隆春,又表现出一个儿子的恭顺和孝心。看着他天衣无缝的表演,我心中感叹,高手在民间,他果然是个生活中的"奥斯卡影帝"。

上次吃饭,匆匆,半个多小时就结束了,而这一次,居然吃了一个多钟头。

吃完饭,又移位到旁边的雅室歇息,喝茶。由于双方都在回避鉴定一事,我们的话题便一直在别的地方停留,比如收藏。李隆春是个收藏大家,家中有一个专门的书房,存储着他拍卖来的各种器物,见识也多,于是我们便将麒麟胎的形状特点跟他讲起,他点头,说他记下此事了,会在圈子中帮忙打听的。

一直到了晚上九点多,聚会才散去,李隆春给了我们一个号码,说以后在香岛有事,尽管联系他。

他与许鸣乘车离开之后,钟助理走过来,递给杂毛小道和我每人各一个红包,说辛苦了。我一捏,又是一张支票,只是不知道里面填了什么数字。李家湖跟我们握手,说辛苦了,又让司机送我们回酒店。

回到酒店,我们拆开红包,只见里面是二十万港币的支票。

吓,这钱来得也太容易了吧?

我们只是动一动嘴皮子,红口白牙,就能够挣这么多钱?难怪这个行当有那么多的骗子,难怪有那么多大师出书讲学、攀结权贵,这钱确实比在街头摆地摊或者穿街走巷算命要划得来。我思索了一会儿,没敢拿这钱,而是想把它给捐了吧。在得知我的想法后,杂毛小道也同意了。

意外之财,受之有愧,唯有赠予真正需要的人,心中方能安宁。

当天晚上我们商量了一下,并在网上查询了一番,决定匿名捐给西川灾区。虽然我们并不知道这些钱,最后真正用到实处的有多少,但是哪怕只有二分之一,也算是足够了。行善不在多,而在于心中起念,如此而已。

我打电话给章董,说起暗中谋害的凶手已经不在了,指使者暂时没有下落。他在电话那头叹息,说不用找了。我问怎么了,难道找到了?他叹了一口气,说算了,这件事情,到此结束吧,谢谢你,陆左。

他前后如此反常,倒是让我浮想联翩,莫非他已经知晓了幕后的指使者,并且这人与他关系密切?

不过既然他这么说,我倒是安心,也懒得去理会这"豪门恩怨",说了几句注意身体的客套话,便挂了电话。挂完这边电话,又进来一个,是顾老板。他问情况怎么样?我说章董家的闹鬼、李老板家的鉴定,都已经妥当了,明天,我们就准备过关回去了。

他惊讶,说效率这么快?好,果真是厉害,不过既然来香岛,干吗不在这里玩一玩。明天,不,后天休息日,咱们去邮轮上,出海玩一圈,好不好?到时候介绍些朋友给你。我推脱,说不用了,此间事了,累得不行了,想要回去,好好休养几日。说了一会儿，他终于不再挽留，说明天早上一起喝早茶吧。

我说好。

次日我们在附近的茶楼见面，顾老板对我连声感谢，说太给面子了，有我这么一个朋友，他顾宪雄现在在圈子里，可是有名气得很，经常有人找他，托他找我来办事情呢。陆左，要不然你以后就在香岛发展吧，保证混得风生水起的。我与他应和一番，说想一想，到时候再说吧，还有，麒麟胎的事情，帮我盯紧点。

2008年6月那段时间，正是美国次贷危机越演越烈的当口，顾老板也忙得焦头烂额，吃完早点便回公司了，让一个年轻人送我们过关。这个年轻人叫阿洪，车技很稳，是顾老板在香岛的司机。

路上的时候我想起来，问秦助理怎么没见到他？

阿洪说秦助理病了。

第十二卷　闹鬼广场

第一章　工友

我们在香岛待了其实没几天，但是我却觉得过了好久。

也许是秦伯给我们的压力太大了，或者，我不想去面对李隆春。尽管他每一次都是日理万机的样子，跟我的交流并不多，但是，他是一个对儿子有着默默关怀的父亲，而我，却欺骗了他。尽管我的欺骗是善意的谎言，然而，无法知道事情的最后答案，对于他来说是幸福呢，还是苦楚？

我不知道，杂毛小道也不知道，人性是这世间最复杂的东西，我们无法做得最好。

只能让事情朝我们想象中"皆大欢喜"的方向，去发展。

当时的我们，并不知道事情的后续，居然脱离了我们预料的轨道，走向了另外一个极端。现在我想起来，总感觉那是我这半辈子所做的抉择中，最不理智、也是最愚蠢的决定之一。然而，这世间的事情，哪有那么多的"早知道"？

若有，也不会发生后面的一系列事情了。

当然，这是后话。

过了罗湖关口，我们又在鹏市玩了一天。

我曾经在鹏市的关外待过几个月，在那座城市里也有好几个朋友，不时常联系，但是总也不陌生，是那种偶尔想起来，会心一笑的朋友。既然来到了鹏市，又有闲暇，作为朋友（曾经的工友），自然是应该多走动的。

我翻起了通讯录，拨打了电话，第一个是空号，第二个却接通了，聊了几句，他很热情，说另外一个朋友也跟他在一起，他们在宝安区这边，让我过去，请我吃饭。

这朋友是我在之前提过的那家台资小工厂结识的，当时我是品质课的副课长，他是我手下的领班，而另外一个朋友，则是工艺技术课的技术员。虽然是上下级关系，上班时是我最得力的助手，但是下了班我们一直玩得很好，是朋友，用现在的话说，叫作铁杆。只可惜，那家小电子厂的薪资待遇十分低，他的基本工资在 2004 年的时候只有四百五十元，根本存不到什么钱，先我一步离开了。

人生总是有悲欢离合，我后来离开了那家小厂，但是跟原来几个玩得好的工友，一直都保持联系。直到最近，事情太多，才淡了下来。他现在在宝安一家大型的台资企业，做一个普通的产线员工（这家企业后来以代工苹果手机而出名，2010年5月的那次事件，我和杂毛小道也有所参与，有机会讲一讲），薪资待遇普遍高于周边的工厂，福利也好，就是管理十分严格，僵硬的军事化。

我和杂毛小道是早上十一点过关口的，乘车到宝安花了一个多小时。

那个朋友上早班，请不到假，只有等他下午五点半下班才能见面。于是我们便在他们工业园区外面找了一家商务酒店，开房，然后把行李和在香岛买的一堆零碎放下，又在宝安区逛了一下午，直到下午六点多钟，才接到朋友电话，让我在园区门口等他。

大概六点二十分，我终于在人流攒动的厂门口，见到了我这个朋友。

他叫刘昌培，我们通常叫他阿培，比我大五岁，南河人，跟小美是一个地方的。个儿很高，有一米八五，样子倒是没怎么变，就是长黑了，颌下有细细密密的胡须。老友见面，我和他紧紧地抱在一起，相互地擂胸。他长得粗犷，心思却是极敏感的，抱一会后，我居然发现他眼角内闪着泪光。

见到杂毛小道也在，他有点不好意思，擦着眼角，说带了朋友来啊，见笑了啊。我帮杂毛小道和阿培相互作了介绍，都是朋友，杂毛小道又是个自来熟的人，聊了几句就热络了。

阿培说走，去吃饭，咱们多久没有见面了，得好好喝一顿酒先，不然不亲热。他又告诉我，说孔阳也下班了，跟他女朋友请假之后，一会儿再过来。孔阳是那个工艺技术课的技术员，以前我们在一起打工的时候，常常在网吧一起玩即时射击游戏CS，他最厉害。

我说干吗不叫他女朋友一起来呢，我也认识一下弟妹。

阿培说孔阳不敢，想当年在先进（我们打工的那家电子厂）里面的妹子，个个都暗恋你，你小子遭女孩子喜欢得很，到时候"弟妹变大嫂"了，岂不是连哭都没地方哭去？杂毛小道讶然地看着我，似笑非笑，我则一脸尴尬地说那时候不懂事，现在好了，改信佛了，吃素。

阿培耸了耸肩膀，说，切，谁信你，狗还能够改得了吃屎？

杂毛小道哈哈大笑，拍着我的肩膀，挤眉弄眼，说原来我们是同一类人啊，怪不得咱们那么投缘呢。跟阿陪说笑着，又回忆起了当年一起打工的岁月。那是我生命中不可磨灭的经历，没有打过工的人，是不能体会的。那个时候，我辗转流浪到了江城西区一家偏僻的小电子厂，身上只有二十多块钱了，不敢用，每天吃一块钱的肠粉，大冬天，还没发工资，住宿舍里连个席子都没有，铺着报纸、枕着衣服睡觉。

后来还是阿培借了钱给我，才在发工资之前，买了被褥和席子。

所以我总是忍不住劝解学生党,要努力,考上大学,或者学习技能,不要对外面的生活太向往。

很多苦楚,没有经历过的人,是绝对想象不到的。

阿培带着我们来到附近的一个大排档,点了一锅烤活鱼和几个小菜。阿培问我喝什么酒,我说随便,他说啤酒吧,大夏天,啤酒清爽,然后叫了一箱啤酒过来。烤鱼大概花了二十分钟,我们先等,阿培点燃一根烟,是比较差的那种,三块一包的。他深吸了一口烟,说陆左,怎么想着过这边来了,你……还是在东官厚街那边开饰品店吗?

我拿筷子夹着花生,说没干了,现在在洪山那边和别人合伙开一个小饭店,专门搞家乡菜。

阿培头扭一边,把烟雾吐尽,然后回过头来,说不错了,陆左你很厉害,当时在厂子里面,大家快下班的时候,都在玩,只有你,一个人默默地擦机器,看记录,整理报告,我们都笑你傻,结果不到一年,你就当我老大了。现在也是,当小老板了,比我们这些在厂子里面混生活的人,安逸几多倍呢。

我哈哈大笑,说算了吧,阿培,听说这儿的衣服都有人帮你洗呢,多么好的福利。

阿培指着自己的脑袋,说自己是个思想不开窍的家伙,也不敢去外面闯荡,所以就在工厂里面混日子而已。不过真没出息,知道吗?他二十七岁了,到现在还没有娶媳妇,连家都不敢回,就怕别人问起来。他家是农村的,同龄人的小孩儿,都可以打酱油了哦……

说着,孔阳过来了。

这家伙是个小个子,西川人,一见到我也是紧紧地抱着。我们寒暄了一番,又给三人做了相互介绍。人齐了,把酒倒上,干杯时,阿陪看着杂毛小道,说不好意思哦,萧道长……呃,叫你老萧好了,你能吃肉喝酒吧?我笑,说这个是尘世中的道家活济公,荤素不忌的。

杂毛小道说然也,把杯子一碰,仰头饮尽杯中之酒。

一锅烤活鱼端上来了,我们便一边吃,一边聊起了往事,翻腾起被放在记忆深处的那些事情,心中越发地感叹。杂毛小道在一旁插不上嘴,便埋头吃菜。我并不想以前这些老兄弟知道我现在的事情,所以也没有将自己的现状讲得太详细,好在虎皮猫大人在酒店房间里睡觉,倒也免去了一番解释。

阿培是个玲珑的人,见杂毛小道有些无趣,便将话题转移到他这儿来,问了一些游方算命的事情。杂毛小道是个天生的注意力吸引者,一开口,立刻将阿培和孔阳的心神给吸引住,唬得他们一愣一愣的,还假模假式地给两人算了一轮命,让两人啧啧生叹。

聊着灵异的话题,孔阳说起一件附近闹得挺凶的事情来:在他们公司园区外面是一大片的居民区，是他们公司的员工和相关服务人员聚居的地方。在那边，就是那个商场背后的出租楼，二楼套房里住着一对夫妇和一个四岁多的小孩子，两夫妻白天上班，孩子就放在幼儿园里，平时也相安无事。可是在上个星期的星期五，幼儿园放假什么的，就没去，把孩子托给房东阿姨照料。

孩子的母亲五点半下班，找房东阿姨的时候没见着孩子，说下午的时候孩子闹着要回家看电视，房东阿姨便放他回家了。孩子母亲回家找不到孩子，卧室、客厅、书房和厨房都找了，没见，她以为是小孩子调皮捉迷藏——这小孩子据说自小就一直神神叨叨的，脑子有点儿毛病——然后在浴室里听到有滴答的响声，便推开浴室的门，只见……你们猜猜她看到了什么？

我们都来了兴致，大骂，说这个时候卖什么关子嘛，赶紧讲。

孔阳说孩子的母亲推门进去，只见自己的小孩赤裸着身子，四肢被绳子结结实实地捆着，吊在浴室的花洒上面，颅顶冒血，滴滴答答地血流下面的浴缸里……

滴答，滴答。

第二章　苟富贵，毋相忘

吓！

我们纷纷惊讶，连问这个地方怎么治安这么乱，居然还有入室杀人的事情？太没有人性了吧，一个几岁的小孩子也杀？而且杀就杀了，怎么还把孩子绑在浴室里，脱光光，吊起来开颅放血呢？为什么呢，杀人动机是什么，为钱，还是小孩的父母跟人结仇了，被人伺机报复了？

这个，这个真的是太变态了！

一时之间，我和杂毛小道的好奇心都被调动起来了，也不能说是好奇心，而是激愤。要知道，孩子不但是父母的希望，还是祖国的未来，无论从法律，还是从道德的角度，这种丧心病狂的行为，都让人愤慨到极点——谁人无父母，谁人不生子，这种生儿子没屁眼的事情，太遭人恨了。

孔阳摇了摇头，说不知道。

这件事情太离奇，房东阿姨在楼下的麻将馆里面打麻将，没能看好孩子；而他们那栋楼虽然有监视摄像头，但是并没有用，坏了好久；问这对夫妇，有没有结什么仇家呢，他们两个都是在公司里面上班的，平时工作中的恩怨，哪里会变态到要杀人呢？唉，这件事情疑点重重，凶手又是个狡猾的家伙，根本没有留下什么痕迹——你们知道吗？凶手没有动房间里面的财物，卧室梳妆台下面的抽屉没锁，放着一千多块钱，据说都没有丢失……

阿培在旁边笑，说别听孔阳胡说，有偷东西，听说把那小孩子的梳子牙刷什么的，都拿走了。

孔阳喝了一口酒，哆嗦着说冷，说这个样子才更恐怖呢。周围的人都传开来，说这小孩子，莫不是被人拿来炼什么邪门玩意儿了？据说现在警察找不到凶手，竟然开始排查起出现在这附近的算命先生了，老萧，你这身打扮，倒是很容易引起人怀疑的。

之所以讲这件事情，是提醒你，把车票啊、港澳通行证这些东西给收好，到时候有人盘查，你就说你是刚刚过来的，上面有记录，我们也可以给你作证。

杂毛小道洒脱地一笑，说不做亏心事，怕什么鬼敲门？即使鬼来敲门，男的贫道将它超度了，女的便收入房中，拿来玩玩……

孔阳和阿培都笑，为杂毛小道的幽默干杯。

我仍然关心他们说的这件事情的结果，便问后来呢？

孔阳还待夸张地说起，阿培拦住，说最后能有什么，还不是草草收场，悬案一件呗。这边人多，人多便乱，各种闲杂人等，窜来窜去，谁知道是哪个神经病从医院里面跑了出来？唉，不提了，不提了，兄弟伙见面，讲这些事情怪扫兴的，要不然讲一讲我们厂里面的趣事：听说××项目事业群有个十八岁的女孩子，在厕所早产生下一个婴儿，也不知死活，然后把孩子给溺死了……你们说说，这小女孩子怀孕都七个月了，愣是瞒得没有人知道，也不知她是怎么想的……

我们都摇摇头，说这哪里是趣事啊，人怎么可能愚昧到这个地步，唉，人心不古啊。

现在的年轻人，太凶猛了。

孔阳又喝了一杯酒，眼睛红红，说其实也不是，主要是在这里面做事，压力太大了。你想想，这里面好多员工都是一群十六岁到二十岁不等的年轻人，天性本应该是活泼的，但是工厂流水线的生活，太枯燥，而且管理又严苛得不行，压力得不到释放，憋坏了，所以什么事情都会有发生的，不稀奇。

阿培又点了一根烟，伸着一次性筷子捞锅里面的鱼头吃，听到孔阳说完，也叹气，说别说那些小孩子了，我都烦闷呢，真不想做了，可是又想，不做这做什么呢？父母都是农民，帮不了什么，而且年纪越来越大，需要赡养，压力太大了。陆左，你混得不错，有机会，拉扯兄弟们一把，也不枉我们白睡一个窝。

我说都是兄弟伙，谈不上拉扯不拉扯。

不过我那里工资少，比不上你们这儿，其实给你们开高工资也可以，但是那里并不是由我做主，合伙人和手下都会有意见的。我在想，其实你如果能够找一个小项目，自己能干的那种，没钱的话我给你投资，自己做老板岂不是很好。

阿培说好是好，可是他怕他搞不来呢，在厂子里待得脑壳都坏了，做不得生意哦。

我说怕个啥子，人嘛，不尝试、不奋斗，哪里会有馅饼从天上掉下来？你们是真正的朋友，我才说这么一句话：救急不救穷，人若不努力，老天都帮不了。你们两个头脑都聪明，也肯吃苦，好好琢磨一下，想好了来找我。放心，以前是我陆左的兄弟，以后，一辈子都是。

这顿酒我们一直喝到了半夜十二点，菜都换了两茬，一地的酒瓶子。阿培和孔阳都喝高了，特别是阿培，哭得稀里哗啦，抱着椅子痛哭。孔阳絮絮叨叨地跟我吹嘘起往日一起在黑网吧打 CS 的往事，说他狙击厉害吧，那个时候，你们见我都是绕路走……

大排档打烊了，我站起身来要付账，阿培酒气熏熏地拦着我，说他来。

我说不用了，看你醉得腿都软了，还惦记这事呢。阿培拉着我死命不放，说在这里，他是地主，你陆左再有钱，也不要在我面前充大款，我没钱，但是一顿饭还是请得起的。他让孔阳拉着我，去付钱。

在大排档里，这一顿饭不贵，主要是酒钱，差不多有近三百。

阿培爽快地付了，然后晕晕乎乎地坐回原地，再也动不了了。我知道他向来节俭，烟瘾大，但抽烟只抽最差最便宜的，今天拿出来的，算是好的了。三百块钱，差不多是他一个月工资的五分之一了。我能够明白他的意思，作为朋友，不论贫富贵贱，在人格上都是平等的，说不上谁求谁。

他有着小小的自尊，这也是把我当作朋友，一个值得信任的朋友。

苟富贵，毋相忘。

如此而已。

阿培和孔阳相继酩酊大醉，我和杂毛小道倒是清醒自如。因为不知道他俩住哪里，没办法，只有扶着返回之前停留的那个酒店，给两人又开了一个房间。在酒店房间里，孔阳电话响起，是他女朋友的，我把情况做了说明，那个女孩子说她赶来照顾孔阳，这是最好不过。

次日我们返回洪山，与阿培、孔阳告辞，并说如果有什么想法，欢迎来找我。

阿培一脸的窘态，连说昨天喝高了，真不好意思。

早上乘大巴从鹏市出发，没到中午便到了洪山。回到出租屋里把东西放下，我便直接去餐厅，看了看情况。一切都好，只是阿东跟我抱怨，说我没在，那招牌十道菜的名声太响了，弄得很多专程而来的客人败兴而归，让我爆发，这两天在这里，把前段时间漏的，都补回来。

我被他磨得头疼，无奈答应了阿东的要求，这家伙一脸得色地跑出去，通知之前留电话的客人去了。

在柜台上坐了一会儿，小张过来跟我问好，聊了几句，他说起了一件事情，就是我们前门头的那家八大碗，现在正在转让，老板出事了。我惊讶，问出什么事了？小张说不知道，好像是食物中毒，闹死了人。至于是材料监管不严，还是有人故意投毒，这个还搞不清楚，前两天八大碗老板娘过来找我，见我没在，也没有说什么就走了，古里古怪的。

我也奇怪，找我干吗？这家人虽然跟我是同道中人，但是心肠歹毒，我是十分鄙视的，也不想有所牵连。不是一路人，不进一家门，宁可永远都不往来。

找到阿东问，他只是说八大碗现在被卫生部门查封，老板确实有转让的意愿，还找过他。那家伙出口也黑，要的价格太高了，阿东没答应，一口给否了，说刚刚把这家餐厅盘下来，囊中已然羞涩。

那云省老板悻悻而归，就再也没有来过。

我没有再说什么，这时候已经到了午后，基本没什么客人了，我借了厨房，小保姆朵朵附体，炒了几个小菜，拿专用的不锈钢餐盒打包好之后，返回了出租屋。杂毛小道在客厅闭目打坐，我把饭菜装盘弄好，他立刻就跳起来，屁颠屁颠跑到厨房拿碗筷。

用过餐，杂毛小道问我那震镜（"震一下"）搞了没有？

经他提醒，我才想起来，连忙从怀里面拿出铜镜子和如冰块一样的龙骨，问怎么搞？杂毛小道把碗往旁边一推，问朵朵把上层的纯阴之气吸收完了没有？我说没有，大概还要一个星期呢，小丫头吸得慢得很，而且还是隔一天出现一次。杂毛小道一脸的汗，说让小妖朵朵也吸嘛，反正都是一个灵体，跟意识的强弱无关，有那个鬼丫头在，几天就可以了。

我有些担忧，话是这么说，但是她们终究是要分开的，我就怕这小狐媚子厉害了，把朵朵压下去。

杂毛小道撇嘴说急个锤子，走，我们先把你这震镜弄一下，沉淀的怨力让镜灵慢慢消磨。

我说好，也将餐桌上的碗筷搬到了厨房，等朵朵晚上出现再洗。

这小丫头，修炼不行，但是爱好干家务。

第三章　镜灵化阴，午后阳光

坐回客厅中的沙发，杂毛小道把震镜和龙骨摆在了玻璃茶几上面。

他把龙骨的凹面朝上，然后指着这龙骨上一个个如同符文一般的灰白色纹路说道："小毒物，你看好，这龙骨蕴含的极阴之气被锁住了，需有方法将其导引出来。朵朵引轻灵之气，灌筑身体之中，洗涤灵体；同样，你要与这镜灵联系，将沉淀之气引入震镜之中，慢慢磨砺炼化。这过程，由你主导，但是不能赤膊上阵，而是要由你的镜灵接收才行，闭上眼睛，跟它沟通一下。"

我默念了一段"开经玄蕴咒"，然后闭目，将心灵沉浸到铜镜子里，与那镜灵作心灵之间的交流。

这镜灵是古时候一惨死女子的怨念寄托，之后不知害过多少人，本是个凶残的恶魄，但是在遇到我之后，特别是小妖朵朵出言指点，用专注的"缚妖咒"将其折磨几次之后，又经过茅山符箓宗传人萧克明的炮制，多少也服了我的管教，虽然时常不给力，但终归是一件妥帖的法器灵体了。

我们沟通并不多，而且"开经玄蕴咒"和"缚妖咒"相比较，一是潜移默化，教化归善，一是大棒打下，直接整趴，所以我们的关系并不算好。

好在这世间，恶人更怕恶人，我与它沟通一阵后，它答应接收纯阴之气，并且按照我的指引去做。

毕竟，这也是给它增强实力的一件要事。

杂毛小道弄来一根红线，将铜镜与龙骨放置妥当之后，用红线打结，形成一个古怪的图案。

然后让我默念一段拗口的咒语，用心神来主导镜灵与纯阴之气的沟通。红线缠缠绕绕，绷紧，一个结一个地打上，在咒语完成之后，屏息，用剪刀将这红线一下子剪断。红线一断，顿时有一股阴寒至极的东西，从龙骨中涌现，震镜正好对着龙骨，黄澄澄的镜面一阵模糊，有东西在缓慢旋转。

这阴寒的东西非气体、非液体，更非固体，普通人察觉不到，然而我却感到心中生冷。

这种感觉很玄妙，意识一旦与之接触，就会忍不住地打冷颤。

眼睛虽然看不到，但是这里面的东西仍然在缓慢地传递着。

我突然想，这东西是不是就是科学上一直说起的暗物质呢？这种无法通过电磁波的观测进行研究、不与电磁力产生作用的物质，早就被证明存在并且是宇宙重要的组成，我们每年都会与暗物质碰撞十万次，这东西到底是什么呢？是电子、质子、中子、中微子，还是我们所不能察觉到的东西。

人类的文明史不过短短的几千年，有着太多未知的事物存在。你不知道，并不表示它没有。

鬼神之物，信则有，不信则无，然而古人却已经从生活的智慧中，找出了很多寻常人难以察觉的东西。

震镜和龙骨一直在做能量交流，龙骨中某种东西像泄洪一样，奔涌而又缓慢地进入了震镜。两者一直在做轻微的震动，嗡嗡嗡，没声音，但是在我脑海中发出了震耳欲聋的频率。

大概过了十分钟，这交流才告一段落，两物稍静，我将心灵沉浸到镜中的世界，黑暗中。那是一个难以用言语形容的世界，若璀璨的星空，往昔一片虚无，此刻却有沉淀的东西，堆积在星空之下，划出阴阳。正中间的镜灵缓缓地旋动着，而下面的沉淀之物也跟随着一起旋转——成了，我不知道它需要多久才能够完全炼化，但是既然已经在运营，那么对于我来说，我的工作就已经结束了，剩下的首尾，自有镜灵做这苦力活儿。

我睁开眼睛，发现不但杂毛小道，连虎皮猫大人这只肥鹦鹉都在一旁，小心翼翼地看着我。

肥鸟儿见我露出了笑容，嘎嘎地叫，说小毒物，你小子的运气不错啊，到时候我家朵朵，岂不是更加厉害了，记得，那是我的童养媳哦。我不理这色鸟儿，只当没听到。杂毛小道则指着那块龙骨，说一个星期之后，记得还给他，他要拿这块龙骨，制作一件真正的骨符，一件真正能够挑战他师叔公的作品。

就技艺而言，李道子是他这辈子最想超越的对象，没有之一。

回到了洪山，我又开始进入了悠闲的生活。

除了每天的自我锻炼之外，我把大部分心思都放在了监督和培养朵朵上。因为麒麟胎的消息迟迟没有，也不知道这世间，哪里有这么奇特的宝物存在，而且倘若存在，也是秘而不宣的东西，即使我托了一些朋友和关系，杂毛小道也找了他大师兄了解，但是一时之间，难以找寻。所以目前我唯有增强小丫头的自身实力，她越厉害，便越能持久地存于世间。

我十分上心，《鬼道真解》翻得都旧了半截。

只可惜，朵朵是个笨丫头，还小，懂的也不多，即使再努力，很多东西不明白还是不明白。无奈，我只有托人找来一套幼儿教材，慢慢琢磨着怎么启发儿童的智力。如此一忙，苗疆餐房的事情也就管得比较少，除了每天晚上去客串一下嘉宾大厨之外，就是托人打包回家。阿东也乐得我如此，他做这大老板的位置，舒爽得很，也不计较我做个甩手掌柜，白领红利。

杂毛小道行走华夏大地，游历了七八载，自然是个闲不住的人，白天练摊，与人算命测凶吉，到了晚间，此人便乔装打扮一番，化身猥琐大叔，游走于洪山比较繁华的酒吧夜店，与那里面的靓女辣妹、失足少女恳谈人生的真谛、生物的进化以及其他……

又过几日，他跟我说他要学车，考个驾照。这样子，闲着没事，可以开着我的车到东官去玩。平心而论，就夜色繁华之处，洪山并不如东官，而且也方便，来去不过一两个小时。

我随他，反正这辆车也没怎么开。

日子便这么一天一天地过着，平淡如水，阿培和孔阳跟我联系过，犹豫，但还是在考虑这个问题，我说可以，到时候有项目了再找我。我知道，他们在工厂里面待太久了，失去了闯劲，真正要下决心，是需要一个过程的。出租房的客厅窗户上，我特意定制了很厚的窗帘，一拉上，房间里面便很暗，没有一点儿阳光。这是为朵朵准备的，不过每次下午，有夕阳射进房间里面来的时候，我会拉开一个间隙，让温暖的阳光照耀在我的脸上，也照进我的心里。

偶尔，我会想起在家的父母，想起家人，想起黄菲，想起已经逝去的外婆龙老兰，想起我那些曾经的对手和现在的朋友，许多画面，历历在目，有淡淡的感伤和忧愁。

那时候我就想，我能不能找个时间，将自己的经历，付诸文字呢？

除了晒太阳，我还会和天天在家中睡懒觉的虎皮猫大人聊天。

不得不说，它是个知识渊博的家伙，虽然嘴很臭，脏话连篇，但是鸟肚子里，装着满满的东西。

我也不避讳这只鸟儿，把十二法门中难以理解的章节和疑问拿出来，找它解答。它心情好的时候，滔滔不绝，往往能够一针见血地把问题指出来，并且居高临下地指导我怎么去做；心情不好的时候，则扭着肥屁股，要么一言不发，要么骂。

不过通过这么久的相处，我也大概知道了这鸟儿的尿性子，喜欢吃泡发过的龙井茶叶，喜欢磕原味瓜子，还喜欢吃虫子，特别是油炸的；除了吃，它还喜欢别人恭维它，经不住夸，也不知道是真虚荣还是假虚荣，别人一夸他就忘乎所以。

除此之外，它还特别喜欢欺负肥虫子，讨好朵朵。

具体的行径我就不说了。它曾说过自己死于二十世纪四十年代，有的时候我闭上眼睛想象这位前辈高人当年的风姿，却总是蹦出一个二鬼子皇协军的形象来，活灵活现。

好在肥虫子这个小东西除了吃，根本就是个没心没肺的家伙，不记仇。虎皮猫大人总是嚷嚷着要吃这个金灿灿的虫子，把它撵得满屋子乱窜，吱吱叫，没过一会儿，它又屁颠屁颠地跑到虎皮猫大人光鲜亮丽的羽毛上，一拱一拱，挠痒痒，玩得不亦乐乎。这个时候，是虎皮猫大人最惬意的状态，几乎问它什么都答，而且多了几分耐心。

　　这是我最开心的时候,因为很多憋在心中的疑问,可以一一了解,即使有的东西,虎皮猫大人一时回答不上来,它也能够凭着自己的经验,给出一个最接近正确答案的方向。我如饥似渴,像海绵一样吸收着这些知识,感觉自己又回到了最初出来闯荡,对于一切都有着求知欲的时候。

　　六月渐末,七月盛夏,天气热得人直想骂娘,我突然接到了一个来自东官的电话。

第四章　阿根出事，陆左救场

那是个上午，打电话给我的是我在东官的朋友，也就是饰品店那两个老油条店员之一。

他叫万全勇，我通常叫他老万或者色哥，他和另外一个家伙荤素不忌，满口黄腔，经常出入红灯区，是个不折不扣的老饕。不过他人虽然油滑，工作倒还算卖力，诚恳，所以我一直还算信任他，也处得不错。今年三月份的时候，他打电话给我，说他那难兄难弟辞工了，回老家陕省去了，抱怨了几句。

这时候他打电话给我，到底是为了何事？

我怀着一肚子的疑惑，接听了电话，然而没听几句，脸色立刻就变了。

老万告诉我，阿根出事了。

我大吃一惊，问到底怎么回事？老万告诉我，之前阿根不是在莞太路那边准备开一家分店吗？到上个星期终于装修好了，人员也招齐了，就准备着过几天开业呢。没承想头几天，店子里面老是出状况，不是漏水，就是线路失火，要不然就是货物被人挪来挪去。阿根找来了两个胆大的男店员帮忙守店，结果第二天，那两个水货就说房子里面闹鬼，不敢再守了。阿根不信，亲自带着老万一起守夜。

结果老万一个人迷迷糊糊睡到大天亮，起来的时候，发现阿根趴在卷帘门外边，屁股高高翘起，睡着了。

老万把阿根推起来，发现这老板根本就叫不醒，眼睛紧闭。

他吓呆了，想起附近的传言，说这个地方在解放之前，原本是个乱坟岗子，经常闹鬼，让偌大的湾浩广场至今都冷冷清清，想到这里，心中就发毛得很，也害怕，立刻报了警。

警察来了，一番调查，也查不出个所以然来，做了笔录，便让他把阿根送到医院去。老万没了主意，只有通知了阿根下面的店长、也是现在的合伙人古伟，之后又联络了阿根的家人。一番忙碌，直到今天，想到我似乎懂一些这个，所以打电话给我，瞎猫碰碰死老鼠，看能不能解决危机。

我沉声说阿根现在怎么样了？

他说阿根现在的情况有点奇怪，醒了，但是像丢了魂一样，认不清楚人，神经有些不正常了。现在在医院住着，医生说是受到了惊吓，精神失常了，准备让转到精神病院去。阿根的父母过来了，不愿意，听说准备要从家里面请一个很厉害的算命先生过来，帮着招魂……

我说好，把医院地址给我，我收拾东西，立刻就过来。

我与老万结束通话，草草整理了一下行李，又接到古伟打给我的电话，说的同样是这件事情。

相对于老万，古伟知道得稍微多一些，他告诉我，之前盘下那家店子的时候他就不同意。为何？湾浩广场是著名的鬼城，离那家店子太近，别看白天车水马龙，到了晚上，拐过一道弯，冷清得可以拍鬼片，旁人都是绕路走，会有什么生意？偏偏阿根看中了那家店的转让费低，胆儿大，没承想立马就遭了这么一下子，精神失常了。这可怎么办，根哥管不了事，他一个人定然是搞不过来的。

我宽慰他，说无妨，事情嘛，都有故例了，循规蹈矩便是。阿根的事情也好办，老万跟我打电话了，我现在就准备启程，大概中午就能够到了，到时候大家聚在一起，再商量吧。

他在电话那头一阵感激，说我过去，别的不说，至少可以稳定人心。

我一脸的汗，俗话说"人走茶凉"，惯有的事情，我的影响力有这么大吗？还是说积威甚重？

挂了电话，我准备了一些简单的换洗行李，想着这样的事情，怎么能够少得了杂毛小道这个神棍呢，于是打电话给在外面流窜摆摊的他，问他有没有时间，跟我去一趟东官市。他也不问缘由，满口子答应，说"莫得问题"，给他十五分钟，他立刻赶到。

等杂毛小道过来，我已经收拾妥当。

得知了阿根的事情，杂毛小道先是笑我这朋友事情还真多，又不是本命年，怎么就这么倒霉呢？

转而他的表情又有些严肃了，说单纯是失魂了还好，若是牵扯到附近那湾浩广场的事情，问题就有些严重了。我惊讶，说啊，不会吧，不是说那里是假的么，都是开发商和住户之间的矛盾而造成的吗？

杂毛小道讲的湾浩广场，在那个城市生活过的人应该都知晓一些，位于市中心，本应该寸土寸金，繁花似锦，然而自从开发建成之日，便频频闹鬼，怎么闹？也是莫名其妙就失火，半夜里有嗖嗖的凉气吹到人身上，阴森森，还时不时从阴暗的角落传来女人和小孩的哭声，这哭声时断时续，似有似无，一旦你认真去找寻，就会发现，根本就没有，是幻觉；而当你放松下来的时候，那声音又从天边幽幽传来。

有时候是笑声。

这个世界上最恐怖的不是已经知晓的东西，而是未知。

这种"鬼哭声"，比真正的鬼露面还要让人惶恐，就像文字，它能够让你的想象力蔓延出去，开启你心中最恐惧的回忆，让你坐立不安，只想逃离。

除此之外，还有鬼搬身、鬼打墙……

那是个名副其实的鬼城，来来往往多少的科学家、灵异事件调查员、玄学大师，都没有搞定,所以就一直荒凉下来。白天还好,周围的楼盘只是看着冷清,到了晚上,周围闹市繁华,反而显得这里阴森恐怖,四周都是暗暗的建筑,灯光少得可怜,一走进去,凉意就从尾椎骨上冒出来,根根寒毛发炸,让人恐惧。本地人,一般坐公交,都会在前一站上车,生怕沾到什么脏东西(有在那附近、又知道我在讲什么的朋友,可以去实地参观一下)。

阿根遇到的事情,跟那些传说,果然很像,难怪他父母的第一反应是请个算命先生破局。

恰好,我和杂毛小道也吃这一碗饭。

我问这家伙,说别忽悠我,说实话,阿根这件事情,跟那湾浩广场有多少联系。杂毛小道耸耸肩,说要看过才知道,不过估计应该是八九不离十。走起,真要去,还得提前准备一些东西,要不然到时候真冒出什么凶猛玩意儿来,咱两个还未必扛得住。

我等了他十分钟,让他把他吃饭的家什收拾妥当,都塞在乾坤袋百宝囊中后,一起出门。

临上车时,我才发现没有叫虎皮猫大人这个瞌睡虫,离开这几日,不会饿死它吧?

刚这么一想,发现这家伙已然在我没有觉察的情况下,盘坐在车后座的座椅上,像只死了的母鸡,睡得正香呢。它那疲懒的样子看得我牙齿直痒痒,神出鬼没的,真想拿它去实验室里面,解剖一番,看看这肥鸟儿身体里面到底是个什么构造,本来就是一只花里胡哨的鹦鹉,却偏偏吃得这么肥,连飞起来都看着费力,然而灵巧的时候,简直让人叹为观止。

也许,大人物都是这样的吧?

一路行车,出了洪山市区,杂毛小道说给他试试手,感受一下公路驾车的滋味。我理解每一个刚摸过车的人,都有一种上路的欲望,但是不敢,这家伙别说倒桩,就是第一关笔试都没有考过,我把方向盘交给他,不是活生生地见证了一个"马路杀手"的诞生吗?

人命关天,不管是路上其他人的小命,还是车里面的我们俩,都是。

于是我果断拒绝,杂毛小道闹脾气,说小毒物你这小气巴拉的,老子去东官,懒得理你那兄弟了,自个儿去寻欢作乐去——话说回来,贫道见你这小子一直这么素着,也不是一回事。你要不是性取向有问题,那么事了之后,俺带你花丛妙地嗨皮一番,拯救一下处于一线、水深火热中的失足妇女,顺便领略一下阴阳和谐之美?

我摇头,说免了,我这个人有一个原则,就是不做那种没有感情的事情,空虚。

杂毛小道说切,男人嘛,坦诚一点儿,好像我不知道一样,你那工友都说了,你当年可是纵横花丛的浪子,现如今怎么就狗改了吃屎,从良了?你受得了,你下半身受得了?我这也是为了我干女儿好,别哪天你这禽兽兴致来了,打上我乖乖朵朵的主意，别看咱们称兄道弟，一样弄死你，听到没有？

我一听，呸他一口，这么龌龊的心思他也想得出来。

不过话说回来，我往昔也不是没有逢场作戏的时候，可是自从2007年8月，带了金蚕蛊和朵朵之后，我就一直素着了，先后交了两个女朋友，小美和黄菲，要模样有模样，要身材有身材——特别是黄菲，说句俗套一点的话，她是"天使的脸蛋，魔鬼的身材"，虽然我们也有亲密的行为，但是始终没有进入最后一步——这是为何？

以我和小美，或者黄菲的感情进度，这种事情完全是水到渠成的，为何我却连想都不想呢？

第五章　雁过拔毛

听着杂毛小道这么说，我不禁深深地怀疑起自己来。

我听过一句话，最了解你的人，不是你，反而是你的敌人。杂毛小道虽然不是我的敌人，但是我们这段时间走得太近了，两个人的习性彼此都了解了，套句俗话，几乎是屁股一撅，就知道拉什么。因此，他是了解我的，这么说，难道我是真的有问题？

不对啊，我是一个正常的男人，这个毋庸置疑，我每天早上都会举行升旗仪式的……呃，不说了。

那么我是怎么了，是因为金蚕蛊在我体内消磨了欲望，还是练十二法门中固体的法子将精力都炼化了，又或者是朵朵住在我胸前的槐木牌中，我下意识地怕教坏小孩子，所以才刻意压制自己的欲望？又或者……我想到一个可能性，自己的脸都吓白了。

杂毛小道见我如此，嘿嘿坏笑，说怎么样？贫道带你去拯救流落风尘的女居士，你去是不去？

我咬着牙，说去就去，谁怕谁！

杂毛小道哈哈大笑，说你小子说得这么勉强，好像一个处男一样。爱去不去，老子还不求你了。我扁嘴，说得了，小爷到时候就证明给你这个色道士看一看，到底什么样子才是真男人。说着，我心里又有些抵触，为自己辩解，说我之所以这么素着，其实也是因为爱情，我要为黄菲守身如玉。

杂毛小道呸我一口，说就你这花花公子，还有脸说守身如玉？哼，爱情……

我终于找到理由了，说是，就是为了爱情。

杂毛小道讥笑我，说尼采说了，爱情死了，你这种相信爱情的人，也必死无疑。我哈哈笑，说你这个茅山道士，居然还懂尼采？不过哥哥，尼采他老人家说的是上帝死了，不要拿名言警句来吓唬我。我学历不高，不代表我书读得少。话说回来，你今天怎么这样子，少有的激愤哦，是不是受过伤啊？来嘛，说出来听一听，也让我高兴高兴……

他没搭茬，低着头，咕哝说到地方了叫他，早上给几个人算命，脑子累，要睡一会儿。

说完他闭上了眼睛，静静地坐在副驾驶座上，一动也不动，表情不悲不喜，看不出个所以然来。车子在高速路上行驶着，我一边看路，一边从后视镜中打量他：杂毛小道一向没心没肺，油滑得像地沟油炸出来的老油条，这是他很少表现出来的宁静，让人有些摸不懂看不透，但是却能够感受到他似乎沉浸在回忆的过往中，有些难以自拔。

一个人再乐观向上，总是有一些悲凉的回忆，压在心底里，偶尔翻起来，悲喜自知，不足为外人道。

我们到东官市区的时候，已经是午后两点。

打电话联系老万，他告诉我，说阿根在病房里面突然大喊大叫，吓坏了其他病人，现在的那家医院并没有专业的精神科，所以医院方面让阿根办转院手续，转到市精神病院去治疗。阿根的父母不愿意，已经把他先暂时接到家中照看着。他问我们现在在哪里，他带我们去认门，因为他父母不认识我。

我问他在哪里，他说他在总店上班。我说好，二十分钟之后我过去。

行车到了总店，就看到老万站在店子门口，脖子伸得老长，东张西望，像个鸵鸟。我把车停好，走过去时，他便迎了上来，远远地叫了声陆哥，又跟杂毛小道打招呼，说萧道长。我点了点头，问古伟在吗？他说在，于是我们一起走进店里。午后，店子的店员不多，三两个，有认识的，也有新来的，认识的店员见了我叫陆哥，旁人一脸茫然。

古伟从小房间里跑出来，拉着我，说进办公室坐。

搬来板凳，几个人坐起，我便问起阿根的事情，古伟皱着眉头，说的也和老万差不多。提到莞太路那边的店子，古伟说先停了，老板出了这样的事情，店员们都不敢去了，还谈什么开张？不开张，但是这房租可得照交吧。虽然那里的租金比周边的便宜，但是终究是市中心附近，再便宜，能够便宜到哪里去？

所以说，这一次，终究还是亏本，亏得裤子都输掉了。

阿根的生意盘子，他一人占了大部分，但是我还保留着百分之十的份子没有转让，而古伟，我之前曾经转了百分之十二的股份给他。这钱是古伟砸锅卖铁、东拼西凑才弄来的，自然是十分紧张，也尽心尽责。今年的生意一直不错，所以才扩张了一家分店，可是阿根这么一出事，店子无法正常运转，亏了血本，古伟着急，我也是能够理解的。

不过现在不是谈这个的时候，我所关心的，是阿根的健康状况。所以也懒得听他明里暗里的埋怨，只是问阿根现在在哪里，是老房子，还是今年买的那一套？

古伟说是老房子，今年买的那一套本来准备卖的，可是二手房的税实在太高，所以阿根就把它租出去了，给几个白领女孩子住着。我说好，知道了，这样子，你忙，就不用陪我了，老万这家伙借我一下，他，阿根的父母应该是认识的吧？

古伟点点头，说是，这几天都是老万在忙前忙后，老人家自然是晓得的。

我们站起身来，准备离去，古伟说要一起去看阿根，我拦住了，说阿根垮了，这店子里大大小小的事情，都需要你操持，也累，阿根那里有我们即可，这边你先忙着。到时候有什么事情了，电话联系。古伟点头，一路送我们到门口。

上了车子，我把车开出去，老万就忍不住地抱怨，说古伟这个家伙，现在越来越抖起来了，天天一副老板样，训人训得跟狗一样，韩辰就是被他气跑的。麻辣隔壁，小人得志便猖狂，真看不惯他。陆哥，你别看这家伙猫哭耗子一样一脸伤悲，其实他心里美着呢，恨不得阿根这个老板直接住进精神病院，再也出不来，他好当大老板，什么障碍都没有。这一次要不是我打电话给你，他会想到你？笑话！

老万来得比古伟早，但是古伟却能够做到店长这个位置，他对这个总是有些假正经的家伙，向来不服。

我笑了笑，说你这家伙别这么偏激，古伟这个人是有点儿古板，不过工作还是蛮认真负责的。再说了，我以前在这里的时候，还不是老管你们？手下面管人嘛，总是要有一点规矩在的，不然这十来号人怎么管得下来？

老万仍是抱怨，说陆哥，话不是这么讲，你这个人，做事公正有理，一碗水端平，下了班也莫得架子，天生的领导人。你比我小这么多，可是我老万服你，心服口服地叫你一声陆哥，情真意切。但是古伟这小子，根基浅、眼皮子薄，有的时候做事又太小气，上不得台面，搞得下面怨声四起。你看看今年，走了好多人，大部分都是因为古伟走的，阿根老板性子又弱，不怎么管这些……

我点头，说这事我上心了，会找阿根和古伟谈一谈的。不过话说回来，你这个家伙要是努力一点，现在古伟屁股下面这个二老板的位置，未必不是你的。他不好意思地笑，说唉，我就是这个疲懒货，既管不了自己的老二，又管不了懒惰的性子，也就你陆哥看得起我，有的时候，我自己都看不起自己哦。

我没再说话，人这一辈子，要想出人头地，让别人看得起自己，第一，要让自己看得起自己，第二，要下死力，咬着牙包谷去做事情，选定一条路，即使是跪着，也要把它走完。

若没有这样的决心和毅力，那就要么走狗屎运，要么就平平凡凡地活着，知足常乐。

杂毛小道拍了拍老万，说不要着急，看了一下你的面相，是个大器晚成的人物，三十岁，你便会遇到命中的贵人，否极泰来，时来运转，到时候，万事皆顺利。老万大喜，说是吗？那我只有一年多时间了啊，那贵人是谁，有什么特征？什么时候……

杂毛小道和老万瞎侃一番，居然忽悠得这满腹怨气的家伙，心甘情愿地奉上了礼金。

我一脸的汗：杂毛小道还真的是一个雁过拔毛的家伙呢。

也是，蚊子再小也是肉。

阿根住的老地方离这里不远，我们很快就到了。进了房子，里面除了有阿根的母亲外，他的姐姐也在，倒是没看到他父亲。老万跟她们介绍了一下我，说是阿根的合伙人,陆左。阿根的母亲露出了难得的笑容,说这个不用介绍,认得、认得,阿根最好的兄弟和朋友嘛,他每次打电话都要提起的,陆左陆左,听得我们耳朵都生茧了。来,进来坐,不要客气。

显然,阿根跟他的父母家人常常提及我,并不算陌生,进去之后一阵寒暄,他姐姐去泡茶。我把杂毛小道略为介绍了一下,他母亲先是一愣,立刻又热切了几分,拉着杂毛小道的手,叙说儿子的病情。我说先不忙,我们看一看阿根吧?

他母亲指着卧室,说可以,就在那里。

第六章　同行

　　阿根的母亲一再叮嘱我，说看阿根可以，但是莫惊扰到他，到时候一发起癔症来，不好收拾。

　　我们点头说好的，看看就是了。

　　阿根这房子是两室一厅的结构，卧室的房门半掩，我们走到门口，只见阿根一个人在床上，抱膝而坐，下巴不断磕在膝盖上，来回地磕。他的眼睛直视前方，无神，喉咙里面有声音，也有痰，含含糊糊的，发出嗡嗡嗡的声音。当我们走进房间的时候，阿根眉头都不动一下，也不理我们，不过他耳根后面的肌肉，却一下子紧绷了起来——这是潜意识中的戒备，一旦我们触到了某个节点，他就会立刻暴起发狂。

　　阿根母亲跟我们说，这孩子这几天一直这样，要不然就是大吼大叫，或者受惊地蹲地发抖。而且，他还不吃不喝，也不睡觉，现在都是靠吊点滴来维持。她说着，声音哽咽，说也不知道是犯了哪路小人，遭了这趟灾，她今年年初的时候去庙里面上香，抽的签就是中下签，一直都是好好的，可没承想是应验在了她儿子头上来，作孽啊，作孽。

　　她吧嗒吧嗒地掉着眼泪，而阿根则依然旁若无人地摇动着头，像一个机械人。

　　我看着他无神的眼睛，黑色的瞳孔里，没有一点儿东西存在，就像一面镜子，没有自己的意志。我看着，突然想到了一个很久之前的人，王宝松。他是中仰苗蛊一脉的传人罗二妹的儿子，辛劳大半辈子，在田里刨食，养活自己的母亲，到了近四十岁还是个老光棍，女人都没有碰过，后来被矮骡子迷惑，又在号子里面关了一段时间，结果就疯了。同样的眼神，苍白无力，我突然在心中涌起了一阵害怕。

　　阿根是我最好的朋友之一，他若是疯了，我可真的是要难过死的。

　　王宝松现在在我们州的精神病院住着，治疗费用由黄菲他大伯全包，说句实话，过上了比以前好得多的生活，但是那是他真正想要的吗？那已经不是他了，而是一副躯壳，行尸走肉一般。这世间的可怜人，多得让人心中发苦，而我能够做什么呢？

　　多大的能力，办多大的事，我只能够尽力让身边的朋友，不要变成这样的可怜人。

　　母亲的哭泣，让一直僵直的阿根有了一些反应，他抬起头来，看到了我们，脸一下就白了，惊恐万分，跳下床，往房间的墙角里面缩去，偌大一个男人，就像一只受惊的小鹿一样，缩在那里，瑟瑟发抖，然后"啊啊"地叫着，这声音沙哑，里面有近乎绝望的恐慌。

阿根的母亲痛苦地捂上了眼睛，眼泪顺着双手往下滑。

阿根的姐姐跑进来，见此状况，连忙要拉我们出去，让她弟弟一个人在这里安静一下。我拦住了她，说我们来吧。我走到阿根的面前，缓缓蹲下身子，凝视着他的眼睛，从他的眼中读到了惊悸，瞳孔一阵又一阵地收缩。突然，他的眼睛看向了拉着窗帘的窗子，跃跃欲试。

他想轻生。

阿根的身子一动，想要站起来，往窗户冲过去，我一下子把他拉住，心中沟通金蚕蛊，求助。这窗户虽然装了防盗网，但是抵不住他起了这个念头啊！肥虫子立刻回应，有东西从我的手上传递过去，阿根身子一软，栽倒在地。我急了，这小混蛋搞什么鬼，下蛊？我可没想害阿根呢……

好在肥虫子给我传递来一个信息：无妨，这是让阿根好好休息一觉。

我心中诧异，没想到它还有这个功能，今天放倒阿根倒也罢了，以后我若是遇见什么厉害的对手，这敲闷棍的招数还管用吗？那不是碉堡了？我一直以来，都在头疼一个问题，就是我虽然有把子力气，但是没有经过系统的训练，打打王八拳可以，正经搏斗起来，很吃亏，肥虫子虽然可以给人下蛊，但是见效缓慢，无法起到一锤定音、一击必杀的效用。迷晕人这手段，要真有用，那也是一杀手锏啊。

阿根一倒下去，他母亲和他姐姐吓了一跳。从她们的角度来看，我似乎按了阿根一下，然后阿根就昏迷了。他姐姐立刻就冲上来，拉着我，说你对阿根做了什么，你怎么把他搞晕了？我把阿根扶到床上，给他盖好被子，然后对她们说："阿根太累了，需要休息，我让他睡了——再这样下去，人就垮了。"

确实，阿根的脸几乎瘦了一圈，眼窝了深深凹下去，脸色苍白，嘴巴皮全部卄裂了，不像人样。

他姐姐将信将疑地看着我，不知道怎么办。门口的老万走上前来，说丽姐，你放心好了，陆哥不但是阿根老板的合伙人，而且还是个有真本事的人呢，你看看他朋友的打扮就知道了。这位萧道长，可是上清派茅山宗第七十八代掌门的亲传弟子，玄机莫测呢，我也是知道他们的情况，才把他们从洪山叫过来的。

阿根的姐姐这才放开我的衣角，脸微红，用手擦去了眼角的泪水，说对不起啊，误会你们了。

我说既然说是误会，就不要放在心上了，我和阿根是兄弟，他姐姐就是我姐姐。丽姐，阿根的事情，你们也不要太着急上火，大家一起想想办法，一定会没事的。说了一会儿，阿根母亲和他姐姐看到床上的阿根发出了微微的鼾声，心中大定，这才放下心来，邀我们到客厅饮茶。

稍稍聊了几句话，我把杂毛小道拉到阳台上，问他怎么看？

杂毛小道沉吟了一下，说阿根这个样子，很像是惊吓过度之后丢了魂。按理说丢了魂,是呆了傻了,眼神呆滞,一动也不动,像个木偶一样,但是阿根又不像。刚才我用望气术看了一下,阿根的头顶有一点隐隐的黑气,看来确实是撞到邪了。说句你不喜欢听的话,说不定,阿根就是在广场那边的店子里,遇见脏东西,吓得心魂失守,然后……疯掉了!"

我眉头皱起,没有说话,只是心里面一阵一阵地难过。

没想到杂毛小道又说了:"这魂分天地命三魂,照这反应,说不定是阿根的命魂被拘了,如果我们能够去源头找到,说不定时间还不算晚。不然的话,灵魂和肉体分离,时间一久,必有大变的。"

我说你这意思是我们今天要去广场那边找原因咯?

他点头,说是,去不去?

我说这不是废话吗?要不去,我能接到电话,心急火燎地跑到这边来吗?

正说着话,房门那边传来了开门声,我望过去,看见有两个男人走了进来。一个长得跟阿根很像,但是年纪要大上一大截,上唇留着胡子,浓黑,眼角处有皱纹,脸粗糙,我鼻子灵,能闻到一股子水草鱼腥味。阿根老家是江门的,他父亲在家里面养鱼,想来这就是他父亲了。另外一个人穿着灰色的褂子,踩着千层鞋,背着一个老式的布袋包,约摸六十岁的年纪,一把飘逸的山羊胡,长得仙风道骨,眼神睿智,显得十分的有精神。

阿根的父亲进来看见我们,一愣,然后问他母亲,说有客人啊?

阿根母亲给我们做介绍,他父亲脸上露出了感激的笑容,说陆左,老听我家阿根提起你,他说他最信服的弟兄,就是你了,去年就想叫你去家里面钓鱼玩,一直都没时间。倒不承想今天出了这件事情,才见着。你一听到就从洪山赶过来,真的是有心了。

我连忙客气,问叔叔你这是干什么呢,这位先生是?

阿根父亲连忙给我们做介绍,说这是欧阳指间欧阳老先生,是他们那一带最有名的算命师傅。阿根这次出事,他感觉不对劲,总是认为撞了邪。所以好说歹说,终于请来了欧阳老先生,亲自出马过来给阿根看一看。你们莫笑话啊,你们年轻人可能不信这一套,认为是迷信,但是我跟你们讲,欧阳老先生可是厉害得紧的周易玄学大师,可是我们那里好多领导的座上客,一般人,请都请不到呢。

我们纷纷朝欧阳指间老先生问好,老先生点点头,说老陈你别说了,老朽经常吃你家的鱼,跑这一趟也是顺道而为,不用太过客气,反倒不美。这位小友,看你这打扮,莫不是同道中人?

杂毛小道上前唱一肥诺,说然也,在下是上清派茅山宗第七十八代掌门陶晋鸿的亲传弟子,萧克明。

欧阳老先生眉头跳了一下,看了他一眼,却也没有太大的反应,也许认为这道士打扮的青年是个装波伊的家伙,微微一回礼,算是知道,没有再继续搭茬。转过头来看阿根的父亲，说老陈，你儿子在哪里，让老朽看上一看吧。儿子事关重大，阿根父亲也没有再招呼我们，伸手一摆，说在这里，先生请。

　　我们也有些好奇，这算命先生，到底是真有本事，还是假把式呢？

第七章　杯米喊魂

　　欧阳老先生走进卧室内，看到床上仰躺着沉睡的阿根，眉头一皱，回过头来问阿根的父亲，说怎么情况跟你说的不一样？这不是睡得好好的吗？阿根父亲也奇怪，说是啊，怎么睡了呢，前两天过来，一宿一宿的，眼睛都不闭一下，吓人得紧呢。
　　说着他问自家的老婆，怎么回事？
　　阿根的母亲说是陆左他们一来，阿根就睡着了，这孩子太累，扛不住了，你看他现在睡得多香。
　　欧阳老先生看了我一眼，也没有说话，而是坐在了床头的椅子上面，把阿根的左手从被子里面拉出来，平放着，然后又从随身的包中拿出一个问诊的垫子，灰白色，垫在了阿根的手下面。他闭目，手用三指搭脉的方法，放在了阿根的手上，一点一搭，蜻蜓点水一般。
　　杂毛小道与我对视一眼，这人说是个算命的，然而一上手却用的是"望闻问切"中医家的手法，而他这手法，看上去有模有样，倒是有些意思。他切脉了一分钟，然后又将双手交替搓热，放在阿根的后颈处，轻轻地捏弄，小心地摸骨，动作轻缓、自然，让我想起了高档茶苑里面表演功夫茶的美女。
　　一样的优雅，不一样的感触。
　　做完这些，他把垫子收回包中，又从包里拿出一条毛巾，将双手小心地擦干净。他站起来，阿根的父亲立刻迎了上去，说欧阳老先生，我儿子怎么样了？欧阳指间说令郎脉象迟缓微弱、涩滞，阳气虚衰，无力助心行血，看来是受了惊吓，遭了阴物。阿根父亲焦急，说那该怎么办呢？
　　欧阳指间摇摇头，说先不急。他指着我和杂毛小道，说要和这两位小友谈一谈，你们先出去，过一会儿再叫你们再进来。阿根父亲愣了一下，没有反应过来，不过他看样子还是很尊敬欧阳指间的，也听话，点了点头，把房间里的两个女人和老万，一起都撵出门外去，并且把门关上。
　　清完场，欧阳指间正式跟我们打招呼，说刚才以为两位是大街上浪迹江湖的神棍骗子，没承想，你们倒是真有本事的人。这位小道长，你果真是陶晋鸿陶真人的高足？
　　杂毛小道是一个被革除门墙的弃徒，然而心理素质却是极好，面不红耳不赤，说然也，贫道我五岁便入得师傅门下，在句容茅山后谷中修行。欧阳老先生点点头说，陈志程此人，小道长可认得？

杂毛小道敛容，眼睛睁开，看了这老头子一眼，然后低低地说，认得，他是贫道的大师兄。

欧阳老先生拍手笑了，说果然，认得"黑手双城"的人大把，知道陈志程是陶真人外门大弟子的，倒还真的少见。小道长果真是陶真人的高足，哎呀，险些错过了，险些错过了啊！

他邀我们坐在床边，然后自我介绍。说他早年家传得有一些东西，说起来，算得上道门五术的医字门，不过家传的比较粗浅，得不到精髓，只能做个赤脚郎中。后来近代炁易最杰出的代表人物、中国周易研究会副会长张延生老先生，于1988年开办"易经函授班"，他便是其中的一位，一直跟随老师学习了三年，终于摸到了相门的门槛，跨进门来。而后张先生归首都服务"社会"，他则返回家乡。

说完这些，他又问起，说和杂毛小道的大师兄相见，已经是三年前的事情了，不知道他最近可好？

杂毛小道说还行，就是忙，也不知道在忙什么，整日里就是东跑西颠的。欧阳老先生抚着下巴的胡须笑，说别人都讲国家宗教事务局的人闲得很，没人想到还有他们这么一些人，整日在外面奔波着呢。不过说来也邪性，不知道怎么地，最近这些年，特别是这两年，各种各样的怪事情都冒出来了，一年比过去四五年还要多，也不知道是个什么原因。这件事情，你们怎么看呢？

杂毛小道呵呵笑，有些露怯，摇摇头，不敢搭话，怕说漏了。

欧阳老先生指着床上沉睡的阿根，说他刚才把了脉、摸了骨，这年轻人的睡眠仿佛是人为的，倒真是奇怪了，莫非是小道长所为？杂毛小道笑，说不是，这件事情他没有参与，是这个家伙搞的。他指着我笑，而欧阳指间的胡子一翘一翘，说这手法闻所未闻，到底是什么样的手段？

我说小子不才，来自苗疆一带，苗家三十六峒，有我一家。

欧阳老先生恍然大悟，说哦，原来是个苗家蛊师，像，确实像。现在懂这个东西的人越来越少了，而且用它来救人，我活这么久，倒是第一次听到，不错，不错。我连忙跟他客气，问阿根这个样子，欧阳老先生可有主意？他闻言也摇摇头，说这年轻人魂吓丢了，需得喊。喊得回喊不回，这倒真的不知道了。

他的判断和我们的一模一样，并无出入，我们都点了点头。

现在也不是叙交情的时候，欧阳老先生把门打开，让几人进来后，从布袋之中拿出蜡烛、檀香、冥纸、一把奇怪的黑剪刀和一小撮用红袋子装着的米粒，我注意看了一下，是糯米。这老头子看着上了年纪，身手却利落得很，在床的四周、床沿下以及门口处，各点一炷香，因为没有地方插，阿根的姐姐从冰箱里拿出一个大白萝卜，分段切好，搁在欧阳老先生指点的位置，一寸都不能偏移。

这都是他推算好了的方位。

香烧起，冥纸也有老万帮忙点，欧阳老先生把阿根换洗下来的衣服，放在燃烧的蜡烛火焰上前后摆动,然后让阿根的母亲拿着那把又大又重的黑剪刀,不断地拍打地面,啪啪啪,直作响,衣服熏完,他递给阿根的父亲,然后手上抓着一把从红色袋子掏出来的糯米、碎米粒往床的四周撒,一边撒,一边喊:"东方米粮,西方米粮,南方米粮,北方米粮,四大五方米粮。戊子鼠年六月初二,陈栋根命魂来归啊!请到九天玄女、接魄郎君,畀返陈栋根肚胆来归啊!"

他念完一句,让阿根的父亲亲自念一遍,阿根父亲念得结结巴巴,但是好歹也算凑合。

杂毛小道在一旁低声告诉我,说这是南方一带招魂的法子,最早见于东汉时期的五斗米教。以米粮开路,让灵魂返回本体中。灵界和现实世界不处于同一个纬度,若这命魂在灵界,根本就无需顾忌距离,直接找回,重归身体。而如果灵魂滞留住,被拘了,或者被困在某处,叫破嗓子,都不管用。

不过管用不管用,这都不晓得,所以我和杂毛小道在旁边围观,试过再说。

欧阳老先生喊话十分有特点。他说的是南方语,也就是白话,念起来就像唱歌一样,只是没有音调,抑扬顿挫的时候,比歌还好听。唱歌的同时,他还在向四处撒米粒,手法很特别,似乎蕴合了某些说不上来的轨迹,让人看一眼,就觉得心中震荡。

我闭上眼睛,用心、用全身的毛孔去感受"炁"之场域的变化。在这个无色无味无形的黑暗空间里,我能够感受到一股旋转的气流,以欧阳老先生为中心,以阿根的父母、阿根的身躯为媒介,向某些难以言喻的地方,传递一些信息,这些信息的意思很少,我能够领悟的只有两个字。

归来!归来!归来!

魂归来兮……

这个老先生,果真是一个厉害、有道行的人。

我顿时有一种井底之蛙的感觉,亏得我之前还误以为这个清癯的老人,是个游走江湖的骗子呢。高手在庙堂,也在民间,这个世界上骗子定然是很多的,但是也不乏一些有着真材实料的人在。要不然,没有一个灵验的,这个庞大的团体定然就轰然倒塌,没有一点儿信用了。

当然,从另外一个角度来说,这种人,可遇不可求,实在是太少了,而且一般都隐在尘世,少在人间显露(有人曾问我,在淘宝上算命求符,管不管用?我不回答,言多必失,这里提一点,有道之人上淘宝?这种可能性有多大,你自己觉得呢?一切凭自己的心意判定,若求心安,也可)。

显然,欧阳老先生就是这么一个。

可惜的是,冥纸烧完,香烛燃到一半,却是一点儿反应都没有。欧阳老先生也觉察到不正常了,停止了念唱,拦住了用剪刀敲打地板的阿根母亲,摆摆手,示意大家安静。他深深吸了一口气,然后将浊气吐出来,停顿了一下,说阿根这孩子的命魂,喊不回来了,不在"那里"。

欧阳老先生却把目光投向了我和杂毛小道，说茅山高足，素以画符念咒、驱鬼降妖而闻名于世，这个东西，似乎是你们的业务范畴啊？他说得有趣，杂毛小道也笑了，说确实，这个确实是我们的经营项目，所以陆左便拉我过来了。

我们三人聚在一起，探讨了一下。欧阳老先生也认可了我们的判定，说对，是应该要去探一探那个广场。

第八章　浴室里传来的淅沥声

　　我们本来以为欧阳老先生不会跟我们同去，出乎意料的是，他居然提出来要一同前往。
　　这让我们有些惊讶，他年纪有些大了，而且习的是相术，跟我们这些年轻力壮的傻小子，是没得比的。谁知道欧阳老先生却指着阿根的父亲说道："老陈和我，三十多年的交情，是老朋友了，他儿子阿根，我虽然见得少，却也算是看着长大的。我们这些修真归元的人，身在红尘，心在道门，所谓红尘炼心，讲究的就是一个至情至性之道。我对老陈有了承诺，结了因果，若了不结，这一辈子都再无寸进了。"
　　他这番话，说得我心生尊敬。
　　所谓修真归元，非他人、非他物，直指本原本心，是锻炼心智的一种说法。这个跟现在小说中所谓的"修真"成仙，是两个不同的概念，最早出自于《道德经》总纲的"道生一，一生二，二生三，三生万物"，讲究人天相合，天之道即人之道，天下万物皆是道的体现。得道则阴阳在乎手，变化由乎心。如何得这道的过程，即为修真（这里的修真，跟现在的玄幻小说有本质区别，请别混为一谈）。
　　自唐末五代以来，门派前辈便纷纷研习古之经典，有修习外丹的，有修习内丹的，有文始派，也有少阳派。之后经千年传承，流派纷呈，又分为南宗、北宗、中派、东派、西派、青城派、伍柳派等……钟离权、吕洞宾、陈抟、麻衣道者、刘操、张伯端这些人，均有历史记载，遗作传世，并非瞎编，无数先贤都在研究这个事情。此为一端，年代久远，太过玄秘，仅仅一提。
　　欧阳老先生年逾六旬，三四十岁时方学道门之术，本来应该算是很晚了，很难领悟。然而他一言一行，都能够明德、重德、修德、守德，所以方能有所成就。德者，真善也，他说得亲近，但是想来跟阿根父亲这样一个养鱼人，还是有一定的差距和生疏的。
　　能够为一个熟人而奔走劳累，不管出于什么目的，我都只能心生敬佩了。
　　有的人你不服，不行。
　　欧阳老先生说他还需要去东官找一个故人，先行离去，我们晚上再碰头，彼此留了联系方式。我们再次看了一下阿根，确定没事后，也与阿根的父母和姐姐告辞，同欧阳老先生一起下楼。我问他去哪里，我们送他，他摇摇头，说不用，会有人接送的，不麻烦了。说完，背着手便走了。
　　我、杂毛小道和老万望着太阳下这个老人清癯的背影，半天没有说话。

我问杂毛小道，说你全国各地都走过，这样的人，多不多？他摇摇头，说你以为像《功夫》里面一样，到处都是高人啊？这样的人，真的不多。但是话说回来，我国地大物博不算，人口众多，实打实。抵不住人口基数大呀，所以呢，高手肯定是有的。做人低调一点，总是没有错的。我三叔以前离家闯江湖，也是有些小骄傲，鼻孔朝天，自以为一身的本事。那个时候是二十世纪八十年代的事情啦，碰到延边的两个人，是对好基友，一个叫巴图，一个叫卢建军，专门捉妖，厉害得很，折服了，于是心气一下子就沉稳了很多。好多故事，我都是听他说起的呢。

所以说，这个世界，你再厉害，都有人比你厉害；再衰，都有人比你衰，如是而已。

我说这事情怎么没听你提过，你三叔那么厉害，他的故事肯定很精彩。杂毛小道说那肯定，以后有机会，跟你说一说，让你知道，这大千世界，无奇不有。

开着车子把老万送回去，我跟老万约好，说今天晚上带我们去莞太路的分店，我们晚上要在那里过夜。老万心中有些虚，说陆哥，那个地方真的很邪门的，我上次是运气好，不代表这一回也一样走狗屎运。我盯着他，说老万，你的胆子是不是都放在娘们的裤裆里面去了？把钥匙给我，地址给我，我们自己去，没所谓的。

老万的脸青一阵红一阵，憋了半天，梗着脖子说娘的，你陆哥发话了，我老万不去的话，岂不是太没胆了？晚上来接我，我带你们去。

杂毛小道一脸坏笑，说老万，色哥哥，真男人，不解释。

这个时候刚好是下午五点多，天气正是酷热未消的时候，太阳晒得人懒洋洋的，不想动。不过今天晚上有事情做，我们也开不了小差。这里离我在东官的家比较近，我们决定回去一趟，把行李先搁下，然后再去采购些今天晚上要用的东西。

路上的时候，我打了个电话给在郊区的那两个房客，问他们近况如何？

尚玉琳告诉我他已经在附近重新找了一家工厂，是助理工程师的职位，工资待遇都蛮好的，只是路有些远，坐公交车需要三十分钟的路程；宋丽娜则没有再出去工作了，而是在阿里巴巴的创业板块学习了几天，之后在家里面开了一家淘宝店，专门卖婴幼儿服饰和妈妈装，生意还不错，工作轻松自由，收入反而比以前高了很多。他们最近正准备着结婚的事情，到时候确定下来，一定请我去吃喜酒。

我说这当然好了，到时候给你们包一个大大的红包。

尚玉琳说谢谢我的救命之恩，他们也是经历了那件事情，才真正决定走到一起的。人就是这样，总是要经历一些磨难，才能够明白自己最想要什么，才会思索一些平日里淡忘的事情。我呵呵地笑，只是说恭喜啊恭喜。他还告诉我一件趣事，以前宋丽娜有些自恋，超喜欢照镜子，现如今，房间里的镜子都收起来了，收不了的，也用布蒙上。

我告诉他，不要一朝被蛇咬，十年怕井绳。因噎废食，这件事情干不得，镜灵这东西，很少的，一般都不会有的，放心照。

又聊了几句话，尚玉琳犹豫了一下，跟我说他准备退租了，因为他工作的地方离现在这里比较远，每天耗在路上的时间过多，所以想找一个近一点的房子。我说好，可以，什么时候退租，跟我讲一下，到时候我过来交接。不过这么久了，也算是朋友了，即使不住那儿，也可以常联系的。

他接连几句，说那是的，确实是这样子的。

回到厚街那边的房子，大楼下，两个保安早已更换，物是人非，非常敬业地要过来盘查我们。有一个穿着保安服的中年男人走过来，一看到我和杂毛小道，连忙喝止了这两个保安，一脸笑容，点头哈腰，打招呼，说陆先生好，茅道长好，他们两个新来的，不认识您，对不起啊……然后转过脸去，训斥那两个年轻的保安，说陆先生是这楼的业主，以后记清楚了，不要再发生这种事情！

他说得严厉，两个保安虽不愿意，但还是连忙跟我们道歉，说不好意思。

我并不为难他们，而是对这个中年男人有些记不清楚，到底是哪路鬼神，他倒是自觉，说两位可是我的救命恩人啊，特别是茅道长，要不是他的妙手回春，我早已经肠穿肚烂而死了。他这么一说，我倒是有一些印象了，他原来是之前被我下过蛊的那个保安队长啊。

那一次若不是杂毛小道的提醒，只怕我手中已经莫名沾染到两条人命了。

不过也正因为那一次我做得恶毒，让这个保安队长既惊又怕，估计是我弄的手脚，但是又分不出真假，心中便更是畏忌，此刻看到我，就跟看到了什么恐怖的恶狼野兽一般，小心应付着。这保安队长往日的态度我仍隐约记得，并不是一个好相与的人，此刻这般一见，真是应了那句话——恶人自有恶人磨。

我并不想让人恐惧，但是有的时候，你却不得不露出自己凶恶的面目，好不让人欺负。

有的人，你好言对他，他只觉得你善良可欺；看轻你，对他恶，让他难受，他反倒是尊敬你。这些人就是这么贱，无关人格，只关人性。

乘电梯上楼，来到门口，久未回来，心中突然涌出了一股思念的情绪，这里，也是我曾经的一个家啊。

打开门，我们走进去放东西，虎皮猫大人则扑腾着身子，去找地方睡觉。突然，杂毛小道拉紧了我的手臂，说不对劲。我浑身顿时一绷，对啊，浴室里面怎么传来了淅淅沥沥的水声？在这久久无人居住的房间里，这未免也太奇怪了吧？我和杂毛小道各自抄起一个物件，他是一把新近弄的符文桃木剑，而我，则是一把瑞士军刀。

这军刀，依旧是以前过生日时阿根送我的那一把。

我那房子是大三居，主卧有一个浴室，在东北角还有一个，声音就是从那里发出来的。我和杂毛小道小心踩着猫步，掩过去，浴室里面淅沥沥、淅沥沥地一直在响着，在安静的房间里，显得尤为怪异。我们来到门前，隔着毛玻璃，能看到里面有一个白花花的人影在走动着。

淅沥沥的声音停止了，嘀嗒嘀嗒。

想起之前在鹏市听那两个朋友说起死于浴室的那个小孩的故事，我现在一想到浴室，心中就生出了一阵凉意，直冒到天灵盖上去，忍不住紧紧握住了手中的军刀。

第九章　夜幕降临

　　正当我和杂毛小道蓄势待发的时候，雾蒙蒙的毛玻璃门一下拉开来，一个头发湿漉漉的年轻女人裹着浴巾，出现在我们的面前。她的头发散乱，擦过之后蓬蓬的，脸小眼睛大，是瓜子脸，嘴唇小小的像樱桃，露在浴巾之外的肌肤既白又嫩，被热水泡过之后呈粉红色，几乎要滴出水来。

　　她一脸浴后的舒爽，嘴角上翘，眼睛半眯着，还哼着广告歌曲，然而当她拉开门，看到跟前站着两个蓄势待发的糙老爷们的时候，一声超过维塔斯高度的海豚音，瞬间就爆发出来。

　　啊——啊……

　　浴室的毛玻璃门被瞬间合拢，接着有慌乱的锁门声传来，我和杂毛小道面面相觑，被这高频的音律震动惊吓到。是人，不是鬼。我俩立刻后退一步，杂毛小道愣神地看我，说怎么个情况这是？小毒物，中午的时候还在笑话你小子素着，忍饥挨饿，没承想一下子就甩我一巴掌，打脸，金屋藏娇啊，这是惊喜还是惊吓，用不用得着这样？

　　我也有点儿懵，措手不及。打量了一下房间，没错啊，这是我家，怎么会冒出一个女人来？

　　里面的女人在惊叫着，说你们是谁？怎么跑进我家来的？

　　杂毛小道嘻嘻笑，说女士你又是谁？这又怎么变成你家了呢？这明明就是我朋友的家啊……女人半天没说话，过了一会儿，她幽幽地说道："原来你们就是这房子的房东啊……"

　　这便是我、杂毛小道和张君澜的第一次见面。

　　这个名字十分的拗口，为了叙述方便，我将采用小澜来作为她的代称，事实上我们也是这么叫的。当小澜换了衣服，一脸戒备地坐在沙发上，跟我们解释她是这里新搬来的房客的时候，我早已经打电话跟租房中介确认过这件事情。其实这也是不久前的事，我因为不常住东官，房子放在这里也是闲着浪费，于是便挂在了中介那里，除了主卧不动之外，另外两个房间都拿来出租。

　　这是我还房贷的一个法子，郊区的那套也是。

　　这段时间太忙了，便没管这件事情，其实中介有打过几次电话给我，但是都没接到，发信息也没有看到，所以才导致如此。中介告诉我，这两间房已经租出去了，是两个女孩子住，一个便是这个张君澜，还有一个叫做潘雨，都是这附近的公司职员。

小澜十分的警戒,眼神之中充满了怀疑,为了证明我是房东,我不得不掏出了身份证。

她这才放松了警惕,脸羞红,说不好意思,接着做了自我介绍,让我们叫她小澜。我并不在意她是做什么的,只要不把房子弄得乌烟瘴气,按时交房租便成。随便地应付几句,说我现在在洪山那边做事,一般是不会回来的,放心住便是。这个小澜长得不错,面目之间总感觉像一个女明星,我本以为杂毛小道会油嘴滑舌地攀谈关系,然而让我有些惊讶的是,他话语不多,并不热情。

杂毛小道那一天出奇地沉默,表现得完全都不像是我认识的他。

聊了几句,小澜说另外一个房客也快回来了,要不然大家一起出去吃个饭?我摇头拒绝了。看得出来她是一个比较大方得体的女孩子,头脑也很聪明,而且有城府——刚刚出浴时被我和杂毛小道看到,现在却面不改色地和我们攀谈客套,心理素质差一点儿的女孩子,是很难做到的。

碰巧,我并不是很喜欢太过聪明的女孩子。

当时的我并不知道,小澜这个人,我们会在另外一个地方见面。

我们的时间太紧了,也没有多聊,便把东西锁在主卧室里面后,出门去采办。

晚上若真有鬼,我们则需要弄些辟邪之物。所谓辟邪之物,便是能够破去妖邪的东西,譬如法器,这是经过有道之士加持过的用具,自带着破邪的念头。常人难得,便寄托于寺院、道观中求来的符咒、香囊、铜钱、首饰、挂坠……诸如此类的东西;又譬如玉,常年纹样的玉琢貔貅也能够起到辟邪的作用;沾净水的柳枝、香炉灰、下宫血、茅厕之中的腌臜秽物、年画、桃木、枣木……

各地风俗不同,万物有灵,辟邪的妙用也有高有低。

而我们主要采购的东西,即是前文中提过的黑狗血,黑狗血和黑驴血这两样东西,具体什么原理并不知晓,但对破邪物有着奇效,在我的十二法门中也有记载;糯米,这类东西专破粽子和矮骡子这般的邪物,有备无患;除此之外,还有一些零碎的东西,比如香烛冥纸、红线白布……

好在我前段时间闲暇,制作了一些符箓,有点积货,此刻也用得上。

制符不是一朝一夕的事情,每日不能画多,多则无效。每次画之前需净身沐浴,祈祷神灵,然后聚尽心力,奋笔疾书而成。以我的能力,每周只能画三日,每日只能制作三张,而这些都还只是小儿科的"回度往生咒符""净心神咒符"以及"祝香神咒"之类的,作用并不大。

我们在附近的菜市场转了几圈,总是找不到卖黑狗的。后来在摊贩的介绍中,辗转找到了一家饭店,花钱买下一只,共灌装了六袋黑狗血,是那种厚胶质的袋子,用封口胶封好。大约是晚上九点的时候,我们接到电话,是欧阳指间老先生打来的,说他在莞太路的一处酒店,让我们到了打电话给他。

我们也不敢多做停留,让他等待太久,便回去取了相应物件,立刻去接了老万,驱车前往莞太路那边。到的时候天麻麻黑,找地方停好车后,我们找到了正在等待的欧阳老先生。他不是一个人,还有一个三十来岁的男人在旁边。这个男人个子很高,长得很像是《荆轲传奇》里面饰演荆轲的刘烨。我对刘烨这个演员很喜欢,所以对这个人也莫名有了一些好感。

欧阳老先生给我们介绍,说是他的一个忘年交,也算是半个同道,叫赵中华,北河沧州人,现居东官。

赵中华是一个很有魅力的男人,跟我们握手,说幸会,听欧阳先生提起你们,说一个是茅山高足,一个是苗疆巫蛊传人,我这人好交朋友,又对这事有些好奇,所以过来,看看能够帮上什么忙不?

他握手时沉稳有力,眼睛发亮,显然是个心有乾坤、身怀绝技的人。

人来人往的酒店门口也不是说话的地方,我们各自驱车,在老万的指引下来到了新店的门街上。这是一个比老店要小一些的店面,老万拉开卷帘门,能看到里面已经装修整齐,但是没有货品,全部都是空荡荡的货架。本来这里是要开业了的,包括灯笼和花篮都已经准备好了,如今阿根一出事,人心惶惶,就无限期地延迟了,货品都放到了老店和另外一个分店去了。

那么多货压在手上,难怪古伟一肚子的怨言,我能够理解他的埋怨。

进了房间,老万跟我们比划起出事那天店里面的情形,说他和阿根在里面的小房间里守夜。小房间里有床,他这个人是个没什么心思的家伙,沾枕头就睡,而阿根则在用电脑算账,值上半夜的班。他定好闹钟,却没醒过来,大天亮,起来没看到阿根,打开卷帘门,就在那个位置,看见的他。

杂毛小道拿出罗盘来,也不避旁人,念"开光请神咒",然后查看黑色磁针在天池的转动情况。

我凑过去看,只见那磁针定在了东北方艮宫,杂毛小道叹气,说都过了好多天了,有阴气也淡了。欧阳老先生说小道长果然是名门,这红铜命门盘制作考究精准,灵敏得如同现代仪器,想来也是茅山传承?杂毛小道收起罗盘,拱手为礼,说客气了,老先生你便叫我一声小萧即可。这罗盘倒不是师傅给的,而是家中所给的,勉强混口饭吃罢了。

欧阳老先生含笑,说客气了,那好,我就叫你小萧便是。转过头,他问赵中华,说中华你怎么看?赵中华四处扫了一眼,说有阴湿的痕迹,很淡,几近于无,诸位的猜测果然准确。我和杂毛小道都惊异,说这罗盘都照不出来,你怎么就瞅一眼,便能够判定准确?

欧阳老先生呵呵一笑,说中华这人,自小便能辨阴阳,身具慧眼,而且又有名师指导,所以并没有消散,一直沿袭至今,所以这才把他拉了过来。我们都吃惊,真看不出来,这个男人的来历还真有些神秘,便问他现在在干啥?他说他早年随父母来到东官，现在在万江那边开了一家废品收购站，门面不大，专门跟破烂什物打交道，上不得台面的。

他耸了耸肩，自嘲说就是一个收破烂的掌柜。

赵中华很健谈，我们便搬来几个凳子，在店内坐着聊天，商量事宜。要找到阿根丢失的命魂，必须要找寻到鬼物的蛛丝马迹，顺藤摸瓜，找到那邪恶的存在，一举除去才行。而这东西，只有在夜间出没。

时间很快就过了十一点，我朝外看去，真正的夜幕降临了。

第十章　湾浩广场

九点过后，前街上行人寥寥。

这种情形莫说是在东官，便是在南方很多城市的城中村，都不会有。虎皮猫大人是个没什么存在感的鸟儿，神出鬼没，而且有外人在场，它基本就不怎么说话，赵中华看了一下它，问这只鹦鹉怎么这么肥？我耸了耸肩，说生活条件太好了，天天除了吃饭就是睡觉，养这鸟跟养猪似的，能不肥吗？

虎皮猫大人翻了一下眼皮，看了看赵中华，扑腾到另一边去。

远远传来一句话："傻瓜……"

我摸着头解释，说这扁毛畜生，别的不学，学脏话倒是快得很。赵中华耸耸肩，说这鸟儿倒是蛮可爱的。欧阳指间刚才没有参与我们的聊天，而是一直掐着手指算，足足算了大半个小时，此刻站起来，说我们待在此地，是不会有任何发现的，走吧，我们还是直接到那边去看看吧。

我们都发愣，说现在？

他捋着自己灰白的胡须颔首说是，我算过了，这个地方处于止位，我们即使在这里待上一整晚，都不会有发现的。我取了阿根的头发和腋毛，到附近阴气最重的地方燃烧，理论上是能够找到他的命魂的。走吧，我们现在就去，卦象不明，但是去便会有结果。

杂毛小道点头同意，说可以，待在这里苦等确实也不会有所发现，我们还是直捣黄龙吧。

赵中华有些犹豫，说湾浩广场这边，本地人都知道，太邪乎了，上面也组织过几次排查，而且也辟了几次谣，结果一直都没有见到成效，十几年前车水马龙的广场大楼，现在门前冷落车马稀，我们此去可能要有灾祸啊。欧阳指间看看赵中华，说中华，你以前到过湾浩，说说看，到底是怎么回事？

赵中华说那栋大楼，整体建筑感觉就奇怪，像是一个棺材板一样。那个地方以前是个土岭子，在东官还没有大开发的时候，是埋死人的地方，就是乱坟岗子，但是比寻常的坟山埋得要密集，几乎人挤人、人叠人。为什么呢？上个世纪五十年代的时候，在那里枪杀了大量的反革命分子，血流成河，当然，这里面也有些冤案，那个时代太乱，谁也管不了，可是人一旦觉得死冤了，做鬼的执念就重，心结不开，就不入轮回，不去幽府，游荡在世间。

十几年前这里搞开发，确实是热闹了一阵子，后来听说挖掘机挖出了一堆一堆的白骨头。

当天晚上开挖掘机的司机就发烧了,三个都是,上吐下泻,后来的结果是怎么样,我不知道,有人说是病死了,还闹了一场瘟疫,有人说是救活了,反正是再也没人敢去开挖掘机了。那工程也因此停了几天。后来开发商花重金,找了些坐过牢的凶神恶煞来挖,好多骨头啊,这些都没人敢讲出去。再后来听说是去南方市请了一个非常有名的风水大师来布了局,专门搞了这么个棺材板的造型,取"升官发财"之意。结果开业红火一阵后,频频闹鬼,许多商家和公司就陆陆续续搬出这里,从此冷清下来。

这已经是十几年前的事情了,在关张之前,他曾经去过几次,感觉走在过道里面,嗖嗖的凉风,但是若说有鬼,真就没看到一个,只是冷,后来学了些东西,了解多了才知道,那里是典型的阴牝之门,聚阴气、拢灵识、消阳体,非大法力者不能扭转乾坤——顺便提一句,那个南方市的风水大师回去之后,呕血三升而亡——这件事情,也是听家师闲聊的时候说起的。

欧阳指间点头,说这件事情,他也知晓一些,有大凶险。去还是不去,大家都说一说吧?

他看向了我们,老万把头摇成了拨浪鼓,而我和杂毛小道则点头,说肯定是要去的,龙潭虎穴,不过一闯,畏首畏尾的作风实在太猥琐了,学不来的。赵中华也点点头,说久居东官,湾浩广场的大名是如雷贯耳,旁日只是觉得没有必要,今天既然有众好友在此,自当前去,探个究竟,不然错过这一次机会,以后肯定是扼腕叹息,后悔不已的。

欧阳指间点点头,说好吧,那我们出发,直接去湾浩广场,看个究竟。

老万一脸苦色,说陆哥,我在这里也待了这么多年,那个地方的邪门,是个人都知道,平时都是绕路走的。你们都是厉害、有本事的人,我穷仔哥一个,狗屁能力都没有,我去做啥子?我笑了,说也没要你去啊?这样子,你在这里守着,到时候我们回来,叫你便是。

老万依然不干,说一个人待在这里,他害怕。

杂毛小道不耐烦地说走走走,你自己打个的回去吧,反正我们都知道地方了,把这里锁好,再把店门子的钥匙给我们,免得到时候我们去了还担心你这里。

老万如释重负,说行、行,谢谢你萧大师。

我们一行人便出了店子,老万把店门锁好,又把钥匙交给我。我说送送他,他不让,一脸的愧疚,说陆哥,我自己走过去坐公交便好,不敢耽误你们的时间了。我推托几句,只得由他。看着他离去的背影,我想其实他走了也好,今天晚上要么风平浪静,要么就是险恶非常,普通人牵扯进来,根本就是拿他们的生命在开玩笑,这样子,真不好。

我看着路灯将老万的身子拉长,突然想起了在神农架的某个洞子口蹲着避雨的汉子。他一句遗言都没有,便轻易地死去了,这件事情我其实还是有一些介怀的——我不杀伯仁,伯仁却因我而死。不知道他的小儿子姜宝,现在跟着杂毛小道的三叔,生活得可好?

湾浩广场就在这个店子前面不远的转弯处,与老万走的街口是反方向。我们也不开车,慢慢走过去。虎皮猫大人罕有地沉默着,双爪攀在杂毛小道的青袍子上面,头一点一点地,瞌睡着。显然,它好像并不喜欢欧阳指间和赵中华两人,或者顾忌,所以也不开腔显露自己的身份。

走在路上,远远看去一片都是紧闭的店门,也有开张的,然而门可罗雀,靠近广场大楼厦门的裙楼时,更是鬼影子都没有几个。

说是湾浩广场,其实是一栋十层高的大楼,这里以前是被拿来当作商业中心的,然而在经过一系列的闹鬼事件之后,商家和租用办公楼层的公司纷纷撤离,现如今走到这栋大楼前的广场过道处时,只能看到一楼裙楼处有些灯光,那是一些做二手家电、废旧品的店家,门口都挂着红色的灯笼还有各式各样的辟邪物件,几个大大的纸牌写着招租仓库的广告。

与这栋建筑不足几十米的大街上的繁华相比较,这个地方,显得十分的荒凉和冷清。

闹中取静,更见幽深。

我们走到了主楼的入口,这里被封住了,进不去。赵中华跟我们讲,这里面七八年前就人去楼空了,里面只能够养老鼠,之前是没有封的,结果经常有一些外地的流浪汉偷偷溜进去,在里面住起,后来不记得是2003年还是2004年,接连在大楼里面发现了几具尸体,无病无伤,全部都眼珠圆瞪,张大着嘴,手掐着脖子窒息而死,连解剖,都看不出个所以然来,成了悬案,因为苦主是流浪汉,无牵无挂的,于是就不了了之了。

再之后,这里的防守就严格了,除了业主和开发商的人,其他人不得随意进出。

我低头,想起了我那一段流浪的青葱岁月。

赵中华接着介绍,说不过这大门被封了,我们可以试着从地下停车场进去,不过大家可想好了,我看这楼里,怎么看都不舒服,心里难受。这不是第六感,而是加诸在身上的黏稠负担。杂毛小道掏出罗盘来,看了一下,说去,咋不去,这答案都快解开了,就是这里。

赵中华点头,带着我们绕过裙楼的零星商家,走到地下停车场的位置。

走到门口,只见有一个烟熏火燎的脸盆,里面好多灰渣子,呈灰白色的,手放在上面,还有温度,在灰渣子里面还夹杂着几张冥币的纸角。我们往里走,风很大,或许是地下停车场的缘故,阴森森,没有人,也几乎没有车,灯有些昏暗,孤独。赵中华突然蹲地,摸了摸地上的东西。

我看过去,黑乎乎的,看着赵中华搓手上的黑灰,问是什么东西?

他摇摇头，说吃不准，这东西邪乎，怎么看着那么像是人或者动物的骨灰渣滓，你看看这一块，是不是骨头。他举起了手中一块焦黑如炭的硬物，给我们看。我没接，闻到了一种似曾相识的味道，嗯，是尸气，这味道淡淡的，但是闻在我的鼻子里面，甜得发腻。而且，还有一种土腥子味道。

杂毛小道突然出声说道："等等，有人来了……"

我们四处看，没见着人，只听到有脚步声从远处走近，急促且轻，在这个寂静的夜里，尤其刺耳。

第十一章　欧阳掐指，白衣影子

　　一个人远远地就朝我们喊道："你们是哪个，是来干啥子的哟？"
　　我们站定，静静等待那个人跑到跟前来。他是一个五十岁的男人，一口西川腔，穿着保安的工作服，唇上有胡须，气喘吁吁地看着我们，说出去撒泡尿的功夫，你们就溜进来了，怎么回事？
　　原来是这里的保安。他说着，过来拦我们，一身烟味，说你们别进去啊，出来出来，最近怎么回事，怎么老是有你们这种人来看好奇。这里不是鬼城，里面也没啥子可瞧，空屋子，回去了回去了。
　　赵中华拉住了他，说老哥，你看看我们这些人，是来参观探险的吗？
　　老保安听到这话，抬头打量我们：赵中华一副成功人士打扮，POLO衫都要二千多一件，欧阳指间六十多岁，长得仙风道骨，穿黑色唐装对襟，杂毛小道一身青衫道袍打扮，而我……我且不提，一个疤脸小子而已。
　　这样的组合，确实不像是普通的年轻人出于好奇过来探险游玩的模样。他犹豫地望了一下我们，问你、你们是过来干吗的？赵中华从身上掏出一包烟，是软中华，一边散烟一边说，实不相瞒，我们有个朋友刚刚在前门开店，结果前几天守店的时候，被"鬼搬身"，丢了魂，人现在傻了，他家人找到了我们。我们一路寻来，发现这楼中有古怪，所以要进来看看。
　　老保安也不客气，接过烟，赵中华给他点燃后，深深吸了一口，说哎哟，这烟硬是好，香得很，怪不得这么贵。鬼搬身啊……这个事情也恼火哦，唉，哪里发财不好，偏偏跑到这里来？你们看看这附近的店家，哪个家里面不是供着关二爷和观世音菩萨，香火不断？没有一点避邪的法子，跑到这里开店不是自找苦吃？便是我，来自丰都，到了这里，晨间傍晚也要烧纸钱，才敢困觉哦。
　　我们拱手为礼，说老哥，你在这里多久了，有没有遇见过鬼？
　　老保安说有五年咯，他是这里干得最久的，鬼？这东西信则有，不信则无。他见倒是没见过，不过敬，所以每天烧纸钱，早晚都拜，这样子才没有什么鬼魂缠身。不过他在这里这么久，每天只是在一楼外面这里，大楼里，他也没有去过，不敢去，一进门就阴森森的，大夏天的，比空调间还冷。他同事，好几个小伙子瞎大胆，溜着跑进去几次，做了好多天噩梦，以后就辞工不做了，邪门着呢。
　　聊了几句，他说这里的老板人影无踪，就雇了他们几个人在这里看着，白天还有一个经理在找人承租房子。可是这个地方，整个东官城都有了名号的，谁敢来？也就是那些贪图租金便宜的商家，跑来租个店子，倒腾些二手货什么的，而且早早地就关了门，一到晚上，冷冷清清的。他开始也怕，不过年纪大了，难得找到事情做，而且这里也清净，事情不多，就留了下来。

我们提出要进去看一看，他顿时变了脸色，头摇得像拨浪鼓一样，说不行，绝对不行，这事他也做不了主的。要万一出了什么事情，他可是吃不了兜着走咯，不行的……

赵中华在一旁陪好话，他就是不听，只摇头，还准备叫同事过来拦我们。我从钱包里掏出十张老人头，递到他面前，说老哥，行个方便吧。他停顿了一下，看着这一沓红色的现金，很明显地愣了一下神。在2008年的时候，一千块钱对于一个保安来说，基本就是一个月工资了。他有些犹豫，然而最终还是摇头，说不行，放你们进去，出了事情，我这工作就丢了，你们回去吧，不要为难我，这里面真的什么都没有。

他明显地吞了一下口水，然后带着强装出来的坚决，拉着我和赵中华，说走吧，走……他哪里能够拉动我们俩？一番拉扯，正纠缠着，欧阳指间一把搭住了老保安的肩膀，老保安立刻动弹不得，半身发麻，僵直着，一脸古怪地看着面前这老头。

欧阳指间放开他，说小老弟，你先莫着急。我比你虚长几岁，问你几件事，你先答我。

老保安揉了揉肩膀，看着欧阳指间的气势，一副高人模样，小心翼翼地说，先生你讲。

欧阳指间掐着指，说小老弟，你出生那年是不是闹灾，半月不足便有至亲的亲人逝去？而且不止一个？老保安一愣，没承想面前这个老人居然会提起此事，奇了。说对，我生的时候正好是三年自然灾害最重的一年，听老人讲那几年那个惨哦，山上的葛根树皮都被挖完了，人们的眼珠子都是红的，我叔叔在我生下来的一个星期后，为了给我娘找下奶水的药引子，在一个叫"包坳子"地方碰到鬼打墙死了，我奶奶在我出生后的半个月，饿死了……他们都说我命太硬，克死了亲人。这件事情，你咋个晓得的？

欧阳指间又说，你是不是妻子早故，儿女双全，但是孩子们都生活得不如意？

老保安本来在吸烟，这下子手一抖，烟掉在了地上，他哆嗦着嘴皮说老先生，你是算命的？准，真准啊。我老王是老婆死了十多年了，有两个孩子，大儿子是个残疾，眼睛小时候放炮瞎了，现在在家里面帮人按摩，小女儿在这边，不过，唉……她做的事情太丢人，不说了。我一直以为是我这个人命太硬了，克死了家人，现在报应回来了，老先生，是不是这个样子？

欧阳指间拎着身后的袋子，说我讲这几句，是想让你知道，我们并不是一般过来玩玩的年轻人，你最近有一场劫难，避过了，一帆风顺，家庭美满，亲人和睦；避不过，家破人亡。这话放在这里，你信也罢，不信也罢，不出三个月，自然见分晓。老

保安着急了，说信信信，老先生快救我。

欧阳指间说你的先不急，帮我们打开门，放我们进去救人，回来后教你如何破今年的一劫。

老保安被欧阳老先生连哄带吓，没有了主意，一想起自家的那两个孩子，心中就酸，一咬牙，说得嘞，我去开门，老先生你们出来，定要跟我讲解法。欧阳指间捋着胡须说好，有劳了。老保安去门卫室里取了钥匙，折回来，与我们一起来到地下停车场的尽头，楼道处是一个用废铁钢管焊就的铁门，一把铁将军大锁，看上去锈迹斑斑，让人担心里面的锁ына僵化了，捅不开。

还好没有，老保安把门弄开了之后，拿着锁，说老先生，诸位，本来是没啥子的，不过就是外面传得虚而已。你们都是高人，我便不嘱咐了，只是里面黑，进去之后一切小心，不要碰到什么东西，也不要乱拿。我们都说晓得了，他又问要不要电筒？我们都说有电筒，早就带来了。

顺着地下车库的楼道往上走，为了省电，里面黑乎乎的，没有开灯。空旷的大楼中，只有我们上楼的脚步声，虽轻却重，显得格外的揪心，让人心中不由地升起一种怪怪的感觉（半夜里上楼没灯的朋友，也许有过这种感觉）。

因为知道这里没有灯，我们四个都带了手电筒，强力型的那种，很明亮。走到了二楼，原来是一个很大的商场，空旷，现在大部分的东西都搬走了，剩下一些零碎的破烂也没人打理，一地的灰尘。离门口不远处还有一些破旧的被席，又黑又旧，被随意地扔置在一边，应该是一些流浪汉的家当。

我站在东北角的楼梯口，看着黑沉沉的大厅，心中叹息：这么一栋大型商业广场，投资不下几亿十几亿，却因为闹鬼的原因闲置在这里，真的让人感慨。而且这么多年了，竟然没有高人，能够把这事情解决掉，这未免也太奇怪了吧？

是没人想管，还是这个地方太邪行了，怕像南方市的那一个风水师傅一样，呕血而亡呢？

闲话不多说，杂毛小道托起了红铜罗盘，念"开光请神咒"，舌抵上颚，涌出些口津，然后用这口津擦眼，四个方向，都瞅了一眼，又将心神沉浸在这罗盘的天池上面，默默地念着。

八仙过海，各显神通，杂毛小道在看罗盘，而欧阳指间则掏出了一小袋子的米粒，这米粒是用红布包裹的。他说这米粒是每次吃饭时，从盛米的杯子中拿出九粒，每次均如此，供奉在神龛上，吃完饭祈祷，日子久了，这米粒沾惹了香灰，自然也就有了灵力。他拿着米粒，开始撒，是用大拇指和无名指捻着，然后撒下去，每撒一次，口中也念念有词。

赵中华这个收破烂的掌柜就不用这么麻烦，右手食指沾了一点儿口水，同样抹眼，然后四处看。

这里面就我最闲，抱着胳膊在一旁打酱油。

几乎是在同一时间，他们三个人一起往左边看去，然后说那里，有古怪，发足就奔跑过去。我还在纠结是否让欧阳指间老爷子和赵中华知道朵朵和肥虫子的存在呢，被他们这么一招呼，立刻跟着跑，结果跑到二楼俯瞰一楼大厅的栏杆处，借着外面投射而来的灯光，我看见一个白衣影子，从另外一个楼梯处飘出。

在一楼！

第十二章　燃发引魂，楼坠重物

　　一直在杂毛小道肩头沉寂的虎皮猫大人一下子就炸了，振翅一飞，朝那道影子追去。

　　空荡的空间里，骤然响起了它嚣张的声音："是哪个在这里装波伊？还不赶快给本大人立刻现出形状来？"它嗓门大，声音在空旷的大厅里面回响着，扑腾着翅膀，便朝楼下飞过去，喊都喊不回来。虎皮猫大人凌厉的话语立刻引起了欧阳指间和赵中华的注意，我们一边从楼梯往下面跑，赵中华还一边回头问，说萧老弟你这鹦鹉怎么这么通人性啊，居然还会捉鬼？

　　杂毛小道嘿嘿地笑，也不答，脚步却越发的快了几分。

　　当我们跑到一楼的时候，哪里还有什么白衣影子，连虎皮猫大人那肥硕的身影都没有再见着。大厅里面空荡荡的，四下无人，外面有灯光透过来，有些冷清。"虎皮猫大人……大人……你这扁毛畜生！"我和杂毛小道大声地喊着，却没有回应，该死的鸟儿，居然又擅自行动了。

　　我心里一阵吐槽：这肥母鸡，不装神秘会死啊？

　　欧阳指间问，怎么鹦鹉取了这样一个名字？是好玩，还是有什么象征意义？

　　杂毛小道耸耸肩膀，说鬼知道这肥厮是怎么想的！

　　赵中华若有所思地说，这鸟儿是自己取的名字？他似乎看出些什么来了，眉头一皱，指着另一边的过道，说那里走上去，应该会有发现。我借用朵朵的鬼眼一看，果然是有一道阴滑的痕迹，在安全通道口那边。我们也没有再做停留，快步向前，是另一边的楼梯口。这大楼有电梯，不过早就已经停止运行了，而我们这里则是安全通道，一直到达楼顶的。

　　赵中华把耳朵贴着墙壁，听了一阵，说从这往上走，上面好像有动静。我们便提着手电筒，往上面走去。又是上楼梯，一步一步地走着。赵中华当先，杂毛小道随后，而我则在最后。越走，欧阳指间的脸色越凝重，走到二楼的时候，他忽然停住了，说不对劲，这里面的气氛怎么这么的压抑，让人喘不过气来。

　　我也感觉到了，感觉心里面沉甸甸的，像是有什么东西在关注着我们一样。

　　黑黑的楼梯里面，我们四个人在行走，这楼梯既高又窄，用手电筒照过去，发现除了积年的灰尘外，还有一些脚印子，浅浅的。杂毛小道指着这楼道的格局，说这里是东盈西缩，定损丁财，建筑之人当初布置，让这里有"气不爽，脉断续"的格局，阴暗灰秃。这个，感觉像是有人刻意而为的。

刻意而为？

这个说法虽然蹊跷诡异，但是我们却都有些认同了。为什么呢，就我个人而言，虽然并不了解建筑学，但是走的地方多了，这楼梯的架构确实让人觉得奇怪，又高又陡，是阴邪爱走的路，寻常人走多了，心里面就不舒服。当然，这也只是用来做紧急通道的，设计得窄一些，比较有性价比，空间也运用合理些。

业主当然不会花十几亿来弄这么一个地方养鬼玩，那么说不定是大楼的设计单位，有心存鬼胎之辈？

走到三楼时，我们突然听到通道的门那边传来几声凄厉的惨叫。

寂静的夜里，这惨叫声立刻让我们的心都提了起来，我的头皮略微有些发麻，然而身体却条件反射地破门而出，朝声音发出的方向追过去。三楼原来是专柜精品店区，现在人去楼空，但是空间挺大，我们循着声音一路跑，突然从过道拐角处奔出几个黑色的人影，朝这边扑来。

这四下无人的空楼中出现几个人影，任谁都不由汗毛发炸，我们几个立刻拢到一起来，赵中华和杂毛小道一起出声说道："是谁？站住……"那几个人影见到我们，不走反而奔过来，发出惊恐和喜极而泣的叫声："救命啊，救命啊，有鬼……"我用手电照着，是人，总共两男三女，穿着打扮都很时尚新潮，是都市白领的模样，有人背着数码相机。

他们一路跌跌撞撞地跑到我们前面来，一个光头男骤然拦住同伴，说等等，等等。

旁边的同伴一边惊恐地看着后面，一边奇怪地问光头，说阿浩，怎么了？

那个光头男眉毛一跳一跳的，习惯性抽搐，说你看看他们的打扮，别是……他说着这话，那个男同伴立刻吓了一大跳，而旁边的三个女生则哇哇地大叫，紧紧抱着，想绕开我们，贴着墙，往楼梯过道走去。

我们都看出来了，这几个人，应该都是些普通人，许是来闹着玩的。

杂毛小道又是好气又是好笑，一把拦在墙上，说你们到底是谁？

他这一拦，几个又吓了一大跳，像鹌鹑似的往后缩。那个光头男站出来，手脚一阵乱舞，说管你是鬼是人，老子跟你们拼了。赵中华一把擒住这小子，把他往地上按去。而欧阳指间则清啸一声，曰："明……"这一声有真言的效果，顿时镇住五人。那光头男被摔倒在地，不怒反笑，说咦，手是热的，不冷，是热的，不是鬼。

他欢呼雀跃，然后像一个死基佬一样，紧紧拉着赵中华的手，不肯放松，脸上的表情欢喜极了。

我立刻看到赵中华脖子后面，生生泛起了一层厚厚的鸡皮疙瘩。

这五个人的情绪稍微稳定了下来，我们说我们是专门过来捉鬼的，让他们不要担心。光头佬阿浩将信将疑，但还是跟我们做介绍，说他们几个是这个城市神鬼论坛的网友，平时喜欢聚在一起，跟网上的朋友一起聊聊灵异故事、风俗民情，突然有人提起在东官有这么一个湾浩广场，十分的邪门，附近的居民一般都是绕路走，生怕沾到什么脏东西，于是几个胆大的人就组织说要不要一起过来探险，然后把这段经历拍下来，贴到网上去。

这提议很让人动心，很多人报名，可是最后碰头时，却因为各种原因，就只有他们这七个人。

他们是趁保安不在，偷偷从西边的紧急过道撬锁进来的，拍了很多照片，本来打算到楼顶去拍几张天台夜景合影后，再准备回去的，结果在天台的时候，发现有一个白衣女人，在一堆砖头后面晃，一闪而过，结果他们追上去，那女人扭过头来，那哪里是脸，完全就是一摊烂肉，眼睛都没有，无数的白蛆在上面翻滚着……

他们顿时吓尿了，一路从天台狂奔下来，谁知道跑到三楼的时候，发现那白衣服女人又从下面飘上来，后面还跟着一只母鸡一样肥的鸟儿扑腾。他们吓死了，便折回四楼，从那边往这边跑。

这栋主楼有四处楼梯，我们走的这边是南面的紧急通道。

光头十分有倾诉欲，而赵中华则伸手拦住了他，问你刚才说什么？七个人？他说对啊，转过头去数：我、小东、陌陌、曼丽、丹枫……咦，阿灿和老孟呢？他这么一说，旁边几人纷纷扭头找寻，都表示不知道，说怎么回事，跑丢了？不会吧？

见人没了，几个人都十分焦急，一起来的，这个时候却少了两人，这可怎么交待？

敢大半夜跑到这里来犯二的，基本上都是胆大之辈，见到我们四人有模有样的，顿时有一种人多势众的感觉，多少心里也有些优势了，除了那个叫曼丽的女孩子外，几个人都说要找回阿灿和老孟。特别是老孟，这个三十多岁的家伙正是他们这次行动的组织者，好几个人的旅程费都等着找他报销呢。

他们想去找，但是却想拖着我们一起，不然刚刚经历了那种恐怖，现在脚都发麻，也不敢起那心思。

说了几句话，欧阳指间老先生扬手，说等等，别说了，他闭上眼睛，两只耳朵一动一动的，然后从包里面掏出一撮头发，是取自阿根身上的。赵中华立刻掏出一盒老式的火柴，划燃，将这头发点燃。

头发一点即燃，很快，发出一股古怪的味道，然后有烟往西边飘去。

我们没有用手电直照着烟，手电的余光中，这烟呈现出白色，一下子便结束了。欧阳指间默念着算语，然后指着西边的方向道："小萧，陆左，在那里，有阿根命魂停留的痕迹……嗯，十分的契合。走！"他抬腿便走，我们紧紧跟上，而那探险团的五人也在一阵喧闹之后，紧紧跟上来。我们一路走到了西面的楼道，正准备往上走的时候，突然从大厅的中间又有一声凄厉的惨叫传来，自上而下，接着我们看到一个黑影从楼上跌下，倏然跌到了下面去，没一秒钟，传来一声沉闷的落地声。

这栋主楼，一楼到四楼的中间都是连通的，再往上，便是出租给各公司的办公室了。我们赶紧冲到了四楼的围栏杆旁边，手电往下照，只见一楼的大理石地面上，黑乎乎的，卧躺着一个人，头摔碎了，一地的鲜血。

　　死人了……

第十三章　聚火燃尸

啊——

几个女孩子齐声尖叫起来，泪水立刻狂涌而出，蹲坐在地上，抱作一团，像风雨夜中的几个鹌鹑，瑟瑟发抖。杂毛小道朝上面看去，一闻，大喝一声："有尸气！"斜插在背上的新制符文桃木剑，立刻出现在右手上，大步奔向楼梯口："小毒物，跟上，凶手还在四楼！"我怀里的铜镜立刻滑落在左手中，大步踏，跟着跑。

我全力奔跑起来，像一阵风，没用十秒钟，和杂毛小道便杀到了四楼，出现在楼道口。只见有一个迟缓的身影，正朝南面的紧急通道处走去。不用看，远远地闻，便能够闻到一股浓浓的尸气。什么是尸气？这是人体腐烂之后散发出来的气体，恶臭非常，家住农村而且恰巧有停尸五天、七天或九天风俗的朋友可能会比较熟悉——那味道，体质差的人闻上一口，定然扛不住，熏人欲呕。但也有强人可以在停尸棺材的大棚处，闻着腐败变质的尸气，打上一个星期的麻将。

万物都是相对而言的。

杂毛小道往怀里一摸，扭头看我，说小毒物，借我一张"祝香神咒符"。这"祝香神咒符"有驱味宁神的功效，对防尸气有奇妙的功效，我备了一些，立刻一边跑，一边递给杂毛小道一张，自己也弄了一张，贴在额头上。那身影只有一米六五，穿着破烂的夹克，一瘸一拐地跑着，我们大步追上，既然确定是异类，杂毛小道便毫不客气，桃木剑递出，出手如电，直刺这身影背部的厥阴俞穴、肾俞穴、命门穴。

这三穴，前者致死，后两者截瘫，如若刺中，又暗吐内劲的话，是人便熬不住。

这内劲与武术中的气功是一样的，修道者能够感受到体内的气感，能够明白到与万物连接的"炁"之场域，便能够将体内的气劲束成一道，如锥子一般攻出，达成效果。

此为寻常之事，但并不如影视剧中杜撰的那般神奇。

那黑影倒也是敏感，感觉危险临身，不避不闪，扭身便挥手抓来。它这一扭身不要紧，只见它的脸上，全部都是斑驳的黑红色肉块，如同树皮一般，僵硬如铁，从脸到脖子，密密麻麻全部是黑色的毛。眼睛白的多过于黑的，口中獠牙两对，上下开叉，张开嘴，一大股熏臭至极的尸气便朝我们喷来。

它是僵尸，而且还是有了一定年份，脱去白毛的黑僵。

我曾在湘西凤凰的时候遇到过僵尸，这东西是一种保留着生前记忆的尸体，《镇压山峦十二法门》中把它分为六个等级，所谓白僵、黑僵、跳尸、飞尸、魃直至从没有人见过的尸魔,这样的分类玄之又玄,万事都需要"具体问题具体分析",等级并不决定一切,然而却能够给我们做出一些实力高下的判断。这黑僵,即使才处于十二法门分类中的第二等级,已都是常人很难对付的。

可是,我和杂毛小道是常人吗?这可是名震"江湖"、降妖除魔无数的"左道"组合啊!(容许我自夸一下……)

常人被这黑僵一口腐尸之气喷来,不倒也要晕厥一愣神,然而我们早就已经贴好了"祝香神咒符",最大程度地避免了伤害。不过即使如此,我依然被熏得肚中翻涌。杂毛小道剑势犀利,未待那黑僵抓住,手腕一转,只攻那黑僵的下三路。黑僵手上干燥,浑身仿佛抹上了一层蜜蜡,指甲又黑又硬又长,如同锋利的短匕首,挥舞着朝我划过来。

这黑僵的指甲上有毒,一旦沾惹,便立刻会被尸毒侵害,这一点,我在矮骡子的洞中已然见过。

不过有着金蚕蛊的我却并不害怕,这些日子按照十二法门中"固体"的法子打熬身子,也不是白练的,脑子和身体的反应力比之以往,高出一层,往后一缩,立刻就抬脚去踹——我这一脚并非风靡一时的跆拳道,而是从杂毛小道那里学来的弹腿。杂毛小道自幼便修道,修道者的修身养性,并不是坐在屋子里面喝茶作诗,而是发掘身体的潜力,寻求真我,所以虽然不必如少林寺那般以习武为业,但是身手却是出奇的好。

弹腿又名潭腿,一说起源于南河潭家沟,又有说源于山鲁龙潭寺,皆与潭相关,故而得名。此腿法发腿疾速,以大腿带小腿,集力于足,突发迅击,快速伸屈,疾如弹丸,爆发力很猛,我也是最近刚有所成,此刻临战,立刻就大脚踹出。

这一脚踹到那黑僵的身上,立刻有一种踹到墙上的感觉,这僵尸浑身的肌肉组织全部异变,坚硬得很。

我脚发麻,但那黑僵吃我一记弹腿也不好受,一连后退好多步,有一种站不稳的感觉。这僵尸平日里行动缓慢,然而一临到生人面前,处于战斗状态时,体内生物电的传递成倍增长,稍一站稳,立刻又张牙舞爪地冲了过来,仿佛一头受伤的野兽。我们后面跑上来三个人,分别是赵中华和那两个前来探险的男人——一个叫阿浩的光头佬和一个瘦如竹竿的小东。

他们两个看到这头朝我们扑来的黑僵,第一反应就是惨叫,屁滚尿流地往楼下跑去。

或许我的文字表达过于苍白,很难把黑暗中这臭气熏天的恐怖僵尸描述清楚:这是一个不高的男人,生前的样貌便丑陋,此时脸部肌肉僵直扭曲,脱水,缩紧得全部都是皱纹,上面似乎还涂有一层蜡,白色的眼睛带着一点儿诡异的红光,破破烂烂的衣服……

然而当时的情形,真的是让人心里发炸,那两个菜鸟,自然心中惊悸。

不过就这种僵尸，我不放出吉祥二宝，都能够搞定的。见它再次扑来，我左手的铜镜往上一扬，高喊一声"无量天尊"，镜面朝那黑僵罩去。镜灵立刻驱动篆刻的"破地狱咒"，空气中莫名地一滞，那黑僵便失去重心，径直跌倒在地，杂毛小道趁机跟上，先是一脚踏中这黑僵的头，接着一张黄符纸便贴上其额头。

光贴符，不念咒，便如同炒菜不放盐，能吃不给力，不过杂毛小道是把念咒诵经的好手，符纸上身，咒语便已然念完了。到底说茅山道士这降妖捉鬼都是一把子好手，那黑僵一中纸符，便浑身抖如筛糠，我一脚踩上去，居然有手机震动那种麻酥酥的感觉。

这黑僵颤抖着，凶神恶煞的模样一时间全部消失，危机解除了，然而我心中仍然有些隐隐的寒意。

这个地方太邪门了，凭空跑出一头黑僵尸来，这是要闹哪样？

赵中华也凑了上来，双手张开，一大把红线，这红线是特制的，上面能够闻到一股浓浓的桐油味，他俯身下来，开始快速的结起绳来。结绳是最古老的一种避邪手法，可以上溯到上古结绳记事的时代，这里面方法很多，结的手法、距离和个数，都有着特殊的意义，分单结、方结、八字结、瓶口结等，在漫长的历史中，人们发现这里面其实也蕴含着某些奇妙而复杂的联系，拥有了法力。

虽然后来结绳有被符文、手势、真言所代替的趋势，但是始终流传了下来。

想不到赵中华竟然是个有这门古老手艺传承的人。

这具黑僵不到十秒钟，便被赵中华结了十几个绳结，缠绕全身。这个收破烂的男人从怀里面掏出一只ZIPPO打火机，啪嗒一声响，便打开了，束形的火焰便喷了出来。他将火焰移到了位于黑僵头顶的一个结头，说毁灭这僵尸，不留怨念，最好的办法就是将其焚烧殆尽。我这九龙聚火结一旦点燃，必将触及其体内之阴火，将其浑身都烧成灰，你们看这样可好？

我和杂毛小道对视一眼，皆点头同意。

正邪不两立，人鬼殊途，僵尸一物喜食人畜鲜血，存于世间，怎么都是要害人的，此刻将它除去，多少也算是做了一场功德。

得到我们肯定的回复，赵中华将打火机的火焰下移，准备将这贴符的僵尸给点燃。突然从楼道那边传来一个人的声音："等等，住手！"这声音似乎有些熟悉，然而赵中华却不是一个犹豫的人，蓝色的火焰已经稳定地点在红色的绳结上面。

轰——

一大团火焰腾空而起，沿着绳结在一瞬间引燃了整具僵尸。

我们虽然有心理准备，知晓这所谓的"九龙聚火结"厉害，然而却没有想到这僵尸竟然像是被加了汽油一般，燃烧跳跃而起的火焰，竟然高达两米。火舌在一瞬间收转回来，安静地俯在黑僵尸身上，将它的黑毛全部焚完，然后将肌肤外面凝垢的油脂烤炙出来，就着这尸油，将黑僵燃烧。

这黑僵被杂毛小道的符纸和赵中华的红线压制着,然而烤炙灵魂的痛苦,还是让它不住地抽搐挣扎。

　　那场面,现在回想起来都令人心惊。

　　整个过程发生不过十几秒的时间,而在楼道口跑过来的那人,也已经冲到了我们的面前,一脸的痛苦和惋惜。我们回头一看,竟然是熟人,一个绝不可能出现在这里的家伙。

第十四章　地翻天

　　这是一个身形瘦小的汉子，四十多岁，穿着简单的黑色绸褂，脸色白皙，留着两撮小胡须，脸颊上有几颗细碎的麻子，面无表情，冷冰冰地看着正在地上间歇性颤抖的黑僵尸，然后又瞧上了我们，特别是我，直勾勾地。他以前的土腥子味没有了，换成是一身的尸气，淡淡的，混杂浓重的香料，十分呛鼻。

　　良久，他冷笑，说行啊，陆左，上次我的十二尸巫被你破得零零碎碎，这一次又把我新炼的黑僵给焚烧了。我爷爷说得真对，你果真是我王家的克星啊……

　　杂毛小道愣了一下，指着地上已然悄无声息的黑僵，说地翻天，这是你家养的熊孩子啊，也不拴牢了，你看看这事弄得？说着话，上前过去和地翻天紧紧抱在一起，手使劲拍背，说你个老东西，没事不在深山老林子里面待着，跑到这里来干啥？

　　地翻天往日眼神灵活，是个精明能干的人，此刻却是一副麻将脸，板着，两撮小胡子不停地抖动着。

　　杂毛小道明白过来了，看着地上熊熊燃烧的僵尸，噢的一声说，得，这东西定然是你炼尸丹的炉鼎吧？功亏一篑了？唉，多大个事儿？不值当，相请不如偶遇，我们好久没见了，等我办完事，一起吃夜宵去。

　　地翻天眉毛耸动，但是也拿这个疲赖的家伙没有办法，说不用了，他有事，转身欲走。

　　杂毛小道拉住了他的衣服，说等等，别走啊？撞见了，请教一个事情呗：我们有个朋友在这附近丢了魂，一路寻到此处，你在这空荡荡的大楼里炼尸丹，想来对此处十分了解，那么就帮我们一个忙，说一说这个地方到底有什么古怪？我们要救那朋友的性命，应该去哪里把拘走的命魂招回？

　　地翻天脸一抖，说哦，还有此事？我也是赶来不久，并不知晓这事……我打断他的话语，说王叔，都是明眼人，不存在谁骗谁？大家都是老熟人，没有必要相互隐瞒，你要做什么事情，只管做，但是看在朋友的面子上，讲一讲，这里的事情，我们好有个谱。

　　地翻天眼睛转动，看着我们三人，说也罢，我来此地，缘由还在于陆左你。要不是你把我的十二尸巫给坏了，我也不用四处再寻合适的养尸地了。今年上半年我一直在外奔波，连生意都没有做几桩，其实论养尸，大山大泽，这种地方出煞的几率远远比城市多得多，然而那都是久久温养，不能速成。后来听一个朋友提及这里，便寻觅至此，大善，如此凶地，果然是顶厉害的阴牝之地。这三个月，我便一直潜伏在这里，将补齐的十二尸巫置于此处，养息着，进步飞速，准备炼成飞尸后，回返湘西。

至于此地，妖精鬼怪，很多，不能一一道来，若说惯于拘魂者，莫非是"它"？

我们眼睛一亮，纷纷说道："它？它是谁？"

地翻天沉声说不知道，他待在六楼的某一处空房间中休养，有门手艺在，又常年跟这东西打交道，所以不怕。但每逢初一十五的夜里，门外必有人来敲门，咚咚咚，声音不大，但是清晰。一会儿又有指甲抓门的声音传来，他自有五行凶鬼使唤，又有十二尸巫镇身，哪里会怕这个，只是多一事不如少一事，所以便不理。如此三两回，他便起了心思，召出五鬼，齐声呼啸，那东西便散去了。

他白天睡觉休养，晚上炼尸祈愿，烦了，便在楼中溜达。在主楼的一大柱子中，发现有渗出血红色的印子，走近前看，那印子游离，呈现出一个女人惨淡的脸庞来。他是与鬼打交道的行家，便走阴沟通。原来在这水泥石柱之中，有一个女人在，是被人活生生地灌注在这柱子的模具中的。她是阴历七月十五阴时出生，死的时候也是在阴历七月十五阴时，一分不多，一分不少，享年二十四周岁。

她也不知道自己死了多久，只知道醒来之后，总是要在这地方吸收阴气，然后驱逐附近的住户。

她时沉睡时清醒，清醒的时候，便喜欢出去闹人，这是一种本能，仿佛已经篆刻到灵魂之中。

地翻天跟这女鬼神交了一会儿，感觉这女鬼虽然痴痴蠢蠢，只依本能做事，但是实力经过这么久的阴牝洗涤，已经不可小觑，若拼将起来，只怕要费一番周折，于是跟她和解。那女鬼也畏惧地翻天如此多的助拳，便也答应了下来，不再骚扰。

赵中华望着大楼的十二根主楼石柱，问是哪一根？

地翻天一翻白眼，说东北角那根。多说一句，那女鬼温养十年的阴气，是个可怕的对手，个人建议，最好不要惹恼她。你们若是要找她麻烦，我立刻避开，以免殃及池鱼。

说完他转身就要溜走。我们还没有怎么，赵中华两步踏过去，一把拽住地翻天的衣角，说你不能走。地翻天铁青着脸，转过身来看着他，说你什么个意思？赵中华指着围栏处，说刚才从上面掉下去的那个人，是不是你指使僵尸给弄死的？

地翻天阴着脸，望向杂毛小道说，小萧，你朋友是警察？

赵中华也看着杂毛小道，而这家伙则拿着那把新制的符文桃木剑，放在尸火上烘烤，然后慢条斯理地说道："地翻天，天哥，我们在巴山峡的时候，有过命的交情，按理说怎么都要偏着你的。不过是兄弟，我才劝你一句，古来求长生，无外乎外丹内丹之别，而最剑走偏锋的，就是尸丹。这东西有多不靠谱，我说再多你也不信，那你就炼罢，但是若还要别人性命，是不是有些太过分了？"

地翻天捏着手，面目有些狰狞起来，说小萧，你个杂毛的意思，是想管一管咯？

杂毛小道默默地烤剑，目光深情地看着桃木剑的剑尖，好似看一个丰乳肥臀的失足妇女，然后淡淡地说："天哥，我在等你解释。我在等你告诉我，你还是不是那个为了朋友舍命、两肋插刀的地翻天？"

地翻天点点头，说，小萧，你说这话，便是不把我当朋友了。对于敌人，我向来是不客气的……他说着话，身上的衣服一阵乱动，像是有鼓风机在下面吹起，而他左手上那一串黄黑色的光洁珠子，也冒起光来，灰蒙蒙的一圈儿亮，呈黄色，里面又似乎有点儿银丝。杂毛小道一见，大叫老赵你放开，赵中华也瞧出不对，手一甩，像是沾到了热油，而地翻天哪里管这些，一阵黑气暴起，魑魅魍魉之物便萦绕在他身上。

地翻天曾按照《鬼道真解》上面的内容自行炼制了"五鬼搬运术"中的五行鬼魅，我知晓，但是那法子太恶心了，损阴德，所以即使知道这法子若是强大到极致可以有大法力，也没再继续研究。我是一个养蛊人，天生就是"孤、贫、夭"的结局，若想跳出宿命，唯有积攒人品，做功德，行善于世，看淡风云，方能够避免一切，哪里敢做这事？

然而地翻天偏偏做了，而且做得歹毒、做得厉害，只是一震，赵中华立刻跌开三四米去。

地翻天怨毒地看了杂毛小道一眼，冰冷地说，小萧，老子懒得跟你们玩过家家，这次看在以前的交情上，饶过你。以后再见面，就是仇人了……说完这话，他腾身往后走去，足尖踏地，浑身黑雾缭绕，竟然似乘着风一般，没一会儿，便消失在拐角处。

我和杂毛小道也不敢追，面面相觑，这家伙怎么可能这么猛了？简直太不科学了啊？

看来他似乎在这个地方得到了什么好处，要不然以他现在的水平，在湘西凤凰那会儿，岂能让我走掉？

赵中华爬起来，说你们怎么不追？杂毛小道耸耸肩，埋怨说老赵，你这个人看着聪明，怎么这会儿糊涂得要死？把地翻天这家伙诓骗得帮我们找回阿根的命魂了，再提这一茬不行吗？急吼吼地提起，害得他跑了。赵中华盯着杂毛小道说，小萧，你跟这个玩尸的是怎么认识的？

杂毛小道有些不乐意了，眉毛一挑，说真是警察啊？查户口吗？我爷爷跟他爷爷是世交，怎么了？

两人正说着，我听到楼下又传来女人的尖叫声，念想这欧阳老先生还在下面，而且还有五个倒霉孩子也是，便让两人先停住，别吵了。我们三人不管地上已经焚烧殆尽的黑僵，跑下去，却见一个三十多岁的男人红着眼睛，正在和欧阳指间僵持。而在地上，则躺着两个男人，是光头阿浩和小东，生死不知。

这个男人伸手紧紧地掐着欧阳指间的脖子，发出野兽一般的嘶吼，而老先生则一手护着脖子，一手快速地在这个男人身上点着，隔衣点穴。

旁边的三个女孩子，则相互抱着一阵尖叫，也不敢跑，也不敢冲。

我走在最前面，一个箭步便冲到了两人旁边，托着这个男人的头，转过来。他张着嘴巴，朝我咬，只见他的眼睛里，有着浓浓的怨毒和忿恨，简单而直接，并不是人类的情感。

赵中华在一旁惊叫道："这人被鬼上了身，陆左小心……"

第十五章　小道斩怨，石柱渗血

赵中华话音刚落，那人竟然松开了欧阳指间，一下子扑到我的身上来。

我刚刚还以为欧阳老先生年老体衰，所以会被这小子给掐着僵持，没承想被鬼附身的他力气大如蛮牛，不逊于拥有一牛之力的杂毛小道，疯狂起来，更有胜之。我猝不及防之下，竟然被这家伙一下扑倒在地，只见他张着嘴，便朝我脖子间咬来，口中还有"吼吼"的咆哮，闷在肚子间。

我重重跌倒在地，腹背皆疼，下意识地用起了女子防狼术（这世间基友盛行，男人学一点总是没错的），屈膝，死死抵住他的身子，先是避开他那张大得不成人形的嘴，咬着牙包俗，闭眼就是一头槌，朝他的脑门撞去。此处为天灵之穴，撞上去之后能够让神魂震荡，附身的普通恶灵也有可能被一下撞出。

然而这世间哪有这么便宜的事，这恶灵厉害得紧，竟然不受影响，反口咬来。

我双手被这男人紧紧搂住，动弹不得，心中气闷得紧——奶奶的，被女人抱倒是数不清，被男人这么八爪鱼一般抱着，倒是第一回，别扭得紧。好在欧阳指间反应过来，出手拖住他，随后而来的杂毛小道和赵中华立刻跟上，七手八脚，把这家伙给制倒在地，死死压着，赵中华喊一声"我来"，双手便又如蝴蝶纷飞，不一会儿，这个男人被飞速扎了几个漂亮的红线蝴蝶结。

杂毛小道看着不放心，又从怀里掏出一张黄符纸，裹弄点口水之后，快速持咒，封在这人额头。

双管齐下，地下这个状若疯虎的男人终于停歇了下来。

欧阳指间松了一口气，转身跑到几米远处俯卧着的两个男人那里，轮番检查了一下，掐人中，又从包里面拿出一个小瓷瓶，打开盖子给闻一下，两人在呛咳中苏醒过来。三个女孩子才哭哭啼啼地围上来，拉着阿浩和小东，问还好吧……杂毛小道指着地上这位问是谁？

有一个长得颇为英气、也最镇定的女孩子回答，说是他们这次活动的组织者，老孟。

她们刚才在这里等待，不敢上去，谁知老孟从拐角走过来，她们正欣喜地想打招呼呢，欧阳老先生感觉到了不对，拦在了他们面前，然后老孟像发疯了一般攻击他们，一伙人就撕打了起来……

这个穿着黑色运动装、生有一对剑眉的女孩，似乎叫做丹枫。

阿浩和小东艰难地爬起来，口中骂骂咧咧，说这混蛋老孟，翻脸不认人，要不是他这老小子揶揄着,大家伙能够来到这个鬼地方吗?阿灿会死吗……说着说着,两人的眼泪都流了下来。

死人了,而且还是他们所熟悉的人,心里面自然难受,而且除了难受之外,就是害怕。

没人敢想象,自己从五楼十几米高的地方摔下来,会变成什么样子——是一地的碎肉块吗?

赵中华指着地上闭目发抖的老孟说别担心,他只是被邪物上了身,驱邪即可。说完转过头来看我们,说他只擅长束缚,不会超度,哪位擅长驱邪,还请一试?我摇摇头,看向了杂毛小道。老萧点了点头,跨前一步,当仁不让地说我来试一试吧。说完,他从怀中拿起一张黄纸符,桃木剑剑尖一跳,黄符无火自燃。

他踏着禹步,脚踏七星,剑舞得迟缓,而黄符纸则稳定地燃烧着。

他念念有词,此经诀乃茅山《登隐真诀》的后半部。

我望着这熟悉的一幕,不禁想起了初见杂毛小道时,他也是这一番动作,那个时候我并没有感应到气感,也不了解所谓的"炁"之场域,但是通过朵朵的鬼眼,却能够发现他身上并没有神光,是个假把式。然而时间过了近一年,我才发现杂毛小道其实真有本事,只是平时并未显露出来而已。

开坛做法,是有损精力的,有道之人,寻常时都不愿意显露出来。

不过此时的杂毛小道却使尽了全力,并且这个人与他素不相识,没有给他半毛钱。

杂毛小道开始变了,或者说我对他的认识越加的深了。他在大部分时间里,就是一个浪荡的江湖骗子,有的时候,却偏偏能够做出一些让人叹服的事情来。人或许都有两面,只不过在于,你能不能看到而已。

随着杂毛小道剑尖那黄符纸燃尽,最后抵在了老孟的胸口,从膻中穴一直移到了瞳子髎穴,随着剑尖的移动,一股子淡淡的黑气,从老孟的身体里面浮现出来,凝聚在眉心中央。说是黑气,其实是一团比旁边空气要深一些的气体,似乎有重量,沉沉地压在老孟的额头处。

旁边的五个冒险者都凑过来观看,啧啧称奇。赵中华叹了一口气,说还好,这个不是鬼灵,而是一股子怨气,将这怨气打散之后,老孟便会醒过来。

正说着,杂毛小道的桃木剑开始剧烈颤动起来,左挑右抹,似乎在画一个字,或者一个符号。这符号复杂得很,他脑门都冒出了汗水来,而剑尖越是颤动,这团沉淀的黑气则越是焦躁不安。最后,杂毛小道大喝一声,曰:"太上老君急急如律令,摄!"

随着这一声巨吼的是他横空一剑,堪堪直斩那团黑气最正中。

空间中一阵轻微的震荡,莫说是我,便是围观的这五个普通人,都脸色一变,感受到了。

那黑气如热锅上的牛油，春日里的雪，立刻消逝不见。

面如金箔、紧闭双目的老孟浑身一颤，咳咳咳，嘴里冒出了血，黑红色的，顺着嘴角流到了脸上，一条血痕。赵中华佩服地拍着杂毛小道，说没想到萧兄竟有如此本事，果然不愧是茅山下来的道长。他之前与欧阳指间一起叫杂毛小道小萧，此刻改称萧兄，显然是高看了他一眼。

有真本事的人，便如同金子，在哪里都会被人尊敬。

杂毛小道施完法，耗尽精力，额头和脸上全是汗水，一边擦汗一边说老赵你客气了，区区小事而已。两人一阵恭维，而地上躺着的老孟则睁开了眼睛，幽幽地醒了过来。看到我们，一骨碌爬起来，一脸戒备地看着我们，然后问阿浩，说怎么回事？阿浩跟他解释了几句，然后问老孟是怎么被鬼上了身？

老孟先是对我们一阵的感激，然后尤有后怕地说起他的经历：其实也很简单，从天台下来的时候他殿后，结果感觉身子一沉，竟然一步都迈不动，接着身上仿佛有蛇在爬，阴冷潮湿，接着感觉那蛇变成了几道细小的蚯蚓，从鼻子、嘴巴、耳朵和眼睛中，爬进了他的脑子里，接着，就是一片的黑暗和冰冷。

……

他紧紧抓着杂毛小道的手，说大师，太感谢你了，无以为报，出去之后一起吃个饭吧？

说着这话，他的眼睛里面全部都是小星星。我很难想象一个三十来岁的糙老爷们竟然会做出这样的表情，而杂毛小道则一边说好说好说，一边不动声色地把手挣脱开来。老孟回头看了一下，惊讶地问阿灿呢？旁人都无语，丹枫咬着银牙，眼泪滚滚，说阿灿死了，从五楼跌下去的……

老孟张大着嘴，眼睛瞪圆，半天没有说话。

赵中华在一旁训斥他们，说你们这些人，头脑简直是昏了，哪里不好玩，跑到这里来，现在好了吧？还不赶紧下楼返回，报警！一直沉默没说话的欧阳指间拦住，说先等一等，报警的话，那个东西就缩起来，不敢出来了，到时候再找它，找阿根被拘走的命魂，可能会再起波澜，难上加难了。我想起来，说，对，地翻天说那东西藏身在东北角的石柱之中，我们先过去看看再定夺。

欧阳指间、杂毛小道和赵中华都附和我的意见，说去瞧上一瞧最好，便起身往东北角的方向走去。老孟、阿浩他们不敢在这黑漆漆的过道里面久留，更没胆子跑下楼，唯有紧紧跟着我们，亦步亦趋，把我们当作了救命的稻草，仿佛只有在我们旁边，才会感到安全。

那两个叫陌陌和曼丽的女孩子看到杂毛小道显露了身手，几乎粘上去，左一声道长右一声萧哥哥，这两个女孩子长得不差，而且又会打扮，杂毛小道的骨头都软了三分，嘻嘻地回应着，没走几步，电话号码和 QQ 号都已经交换了。值得一提的是，交换电话的时候，杂毛小道发现手机居然没有信号。

信号被屏蔽了，是人为，还是……

没走到东北角，我们路过西边的柱子时，赵中华拦住了我们，说不对劲。他眼睛一眯一睁，竟然有一缕金黄色的光芒在瞳孔中出现，慢慢地，他走到这根四人方能合抱的石柱之前，喊我们过来看。这是很寻常的柱子，表面嵌合着大理石花纹的石材，圆接无缝，和我们寻常所见的那种大型柱子一般无二。

不过经他提醒，我发现这柱子，有些湿漉漉的，返潮，似乎上面还有什么东西。

赵中华伸手一摸，把手掌翻给我们看：是血，一层淡淡的血在上面，一股难以形容的气味在萦绕着。

这不是东北方向的柱子，而是西方。

第十六章　凝雾融身

大厅里总共有十二根承重柱，地翻天给我们指点的闹鬼柱子，在东北角的方向。而这一根，则是在西边。

看着赵中华晕染在手上的那抹似鲜血的红色印子，我们心头都很沉重。地翻天说死去的那女人，是阴历七月十五阴时出生，死的时候也是在阴历七月十五阴时，一分不多，一分不少，享年二十四周岁。她与杀死她的人无仇也无怨，本来是安稳地过着自己的小日子，却没承想被掳来至此，灌注在了泥浆之中。

何其残忍！何其惨无人道！

她与人无仇怨，那便是有人看中了她的生辰死期，按照她的这个死法，这种临死之前遭受的惨状，百分之百会变成怨灵冤鬼。这是有人在刻意为之，而这大厅之内的承重柱，有十二根，是不是说……

我们面面相觑，都被这一推测惊吓到。

赵中华甩了甩手，却没有将这黏稠的水雾给甩干，凝神看了一阵子，叹气，说这柱子太高太大，而且全部都是钢筋水泥铸就，根本看不透，希望我们的猜测是错误的。要不然，聚齐十二个与这女人一般情况的，全部活埋灌注在这石柱中，不但匪夷所思、冷血恐怖，而且就操作方面而言，也根本行不通——除非是有组织、有预谋的行为，不然哪有这么凑巧？

他这么说着，我莫名其妙想到了那又窄又阴暗的紧急楼梯通道，似乎也是有意而为。

我之前还在奇怪，说这么大的一栋主楼，这广场耗费了多少的钱财才盖成，为什么竟然会没落冷清至此呢？若真就闹鬼，我中华奇人异士不少，就没有一个能够制服？官方就熟视无睹了？刚刚在四楼看见地翻天，此时又见到柱子上的血纹，心中不由得警醒，说不定，我们已经卷入了一场阴谋。

我们站在西边柱子的前面，这柱子的表面上有一层雾蒙蒙的水汽，开始是水，而后突然浓稠起来，红色的，结成滴状，就像里面有火在烤，将水汽全部逼出来一般。这些雾水凝聚，然后在重力的作用下，从石柱上滑下，好多根血线，最后汇聚在地上，形成浅浅的一摊水。

这水也不能说是水，而是和血一般黏稠，在地上蔓延，然后勾勒出形状来。

所有的一切，都发生在我们走过来、赵中华伸手摸石柱之后的这一段时间里。这诡异的情形，让人感到毛骨悚然，一股子寒意从尾椎骨一直蔓延到天灵盖。而老孟、阿浩和丹枫几人，则瑟瑟发抖，我能够听到有好多牙齿打颤的声音传来，格格格……寂静的空间里面，四下无声，大家都不说话，一开始除了牙齿打颤声之外，还有我们的呼吸和心跳声，等那摊液体蔓延，开始勾勒图形的时候，竟然有古怪的声音在空间里面飘荡。

这声音，似乎是舒缓的海浪声，潮水拍打着岸边的礁石，又或者是山涧汨汨流淌的清泉，抑或是虫鸣鸟叫，轻柔得像是催眠的歌曲，但是在这样的环境中，却是如同鬼唱歌，由不得人不害怕。

终于，那个叫曼丽的女孩子忍不住这种压抑的气氛，尖叫一声，撒腿就往楼道口跑去。她跑的那个方向，正好是我们刚刚上来的那个紧急楼梯。这叫声似乎是连锁反应，老孟、小东和陌陌跟着一起撒丫子就跑，反而是那个光头阿浩和英气女孩丹枫留了下来，紧紧地躲在杂毛小道的后面。

他俩很明智，在这个巨大的主楼中，跟着我们，其实比跑下去要安全一些。

我们没有动，但是手上都拿着干活的家什，小心提防着这恐怖的一幕。

这声音越来越大，然后从四面八方传来了女人的哭声，呜呜呜……这哭声进入到耳朵里面，瞬间让人的心脏被紧紧地攥住，拔凉拔凉的，好像有诡异的气息在身后萦绕着。欧阳指间出声说道："退后……退后！"我们一步一步地退开，也不敢分心去管跑到楼下的那几个人。我们退了两步之后，那摊液体终于停止了渗出和流动，我定睛一看这图形，分明就是一个侧卧着的女人剪影。

相隔不到半秒，地上那摊液体稍一定型，立刻像是活过来一般，从地上激射而出，朝我们这边劈头盖脸地兜来，里面蕴含的邪气让人心惊胆寒。我心中已有防备，当下也不急，手结不动明王印，保持不动不惑的意志，对着这扑面而来的凶恶邪水大念一声"灵"！这一声怒吼出口，藏在我身体里的本命金蚕蛊，立刻给我传来一阵灼热发烫的热流，由心及口而出，形成一层念力的网膜。

扑向我这边的黑红色液体立刻失去了力量，滑落在了地上。

就在我结印念真言之时，早有准备的杂毛小道、欧阳指间和赵中华也各显本事，将扑来的水影给震散，不沾惹于身上。然而剩下的水液，全部都附在了阿浩身上。丹枫没受影响，她身上突然闪出一层薄薄的白色光芒，挡住了一切，我从眼角的余光中，看到这白色光芒是从她脖子上戴着的佛玉中散出。

当然，这白光常人看不到，唯有通过特殊视角（譬如鬼眼），方能够知晓。

阿浩一声惨叫，捂着脸倒下去。这血红色的液体就像浓硫酸一样，一沾染到阿浩的身体，立刻吱吱地冒烟，接着我们就闻到一股焦煳的味道。他捂着头，痛苦地哭嚎着，四处翻滚，而那些洒落在地上的血红色液体仿佛也变得有生命一般，自动汇聚，像一条条毒蛇，朝地上的阿浩涌去。

我心中大惊，跨前一步，把阿浩拖开。杂毛小道拉起一旁发愣的丹枫，推到一边去，大喊："各位，这液体是那女鬼的不甘和怨毒所凝结的怨力，就像传说中冥河的弱水,有多少因,便能导出多少的果,十分厉害,小心了大家!"我们齐齐散开,感觉到有阴邪之物在身边萦绕。

赵中华手中多了一捆红线,依然是浸泡过桐油的那种,手中打了几个结,扑向在地上痛苦翻滚的阿浩。阿浩翻滚几圈之后,手伸向了丹枫,说救我,救我……赵中华的红绳就像纺织女工的纺线,快速地缠绕着。我心中忌惮——我之前说过鬼因为是灵体,是怨念,并无实体,所以它害人分三种,一是迷惑,一是用阴邪之气侵蚀,还有一种便是附身在别人身上来害你。前两种方法若不是太厉害,是害不了我们的,唯有第三种,找一个普通人附体。

只是,它到底是怎么了,就突然暴起来找我们拼命呢?

先下手为强,我们几个人自然不会让阿浩被这鬼物附体成功,一时间,赵中华的红线、欧阳指间的米粒、杂毛小道的桃木刺穴以及我的"净心神咒符",一齐招呼到阿浩身上去。终于,一直嚎叫的阿浩平静了下来。他刚才被那一团黑红色的液体扑在身上,而后地上所有的液体全部流入他的身体里,浑身肌肉萎缩,一下子变老了几十岁,呈现出迟暮老人的样子,且有鲜红的血肉翻出,从左胸口一直蔓延到耳际。

仅仅一下子,阿浩就变成了这副凄惨模样,直接去出演《生化危机》里的丧尸,都不用化妆了。

我和杂毛小道围上去,而欧阳指间则站在石柱旁边,手上多了一支蘸着朱砂的毛笔,朝墙画符。

阿浩身上和脸侧模糊的血肉在迅速凝结,然后有一层层像爬行动物一般的鳞甲出现,黑壳子,叠在一块儿。赵中华疑问说这是中了什么毒?杂毛小道说他见过这个东西,是在大巴山的一个峡谷中,这种水叫作"凝雾",是怨念的实质化,牵扯因果,倘若这是一个纯洁无瑕的婴儿,只当作洗澡,但若像我们这般在尘世里打滚的人,一旦沾惹上,不死也要脱层皮——好恶毒的手段,唯有放到寺庙或者道观中,听佛法经文,日日洗涤自身的罪恶,方得解脱。

赵中华眉头皱起,说现在有没有好一点儿的办法呢?

杂毛小道说毕竟不是刚才那个老孟的鬼上身,你红线束缚了他体内怨毒的鬼气侵染,其实已经好了小半,不能晒阳光,不能见风,其他的办法也许有,但是我并不知道。他说着这话,突然在旁边的丹枫指着阿浩,惊恐地说道:"他醒过来了……"她不知道该是惊喜还是害怕,所以一时之间,语气怪怪的。

我转过头来,只见阿浩睁开了眼睛,死死地盯着……我。

是的,旁边好多人,他唯一就盯着我。

接着他笑了,笑容惨淡,有些怪异,像女人一样妩媚。然后想冲着我们说话,可能是不习惯,话语在喉咙里面卡半天,没有出来。终于,他开口:"我,我死得好惨啊……"

这一句话说完,一阵排山倒海的气劲就像爆炸一样,把我、赵中华、杂毛小道和丹枫一齐抛开去。我被一震，甩出七八米远，身上腑脏被震得移位，全身生疼。我头晕晕的，但是却不敢有所怠慢，手脚并用地爬起来，只见阿浩一脸铁青地站在中间，嘴角上翘，旁若无人地仰天长啸："我死得好惨啊……"

第十七章　萝莉发飙

附体，又见附体。

不过很明显，这个恶灵可比刚才那个怨念要恐怖不知道多少倍。它一边嘶吼着，一边扒拉着身上的红线、符纸和米粒，竟然没有受到半点禁制，即使那红线在我们眼中，对这等鬼物来说如同电烙铁一般，但是它却轻描淡写地丢开去，然后像一头骄傲的雄鹰，审视着我们。

在它的眼中，我们都是沉默的羔羊，任它凌辱。

扫视了一圈，它把注意力放到了我的身上来："好好好……十年了，我死了近十年了，终于看到了一个与我一般在七月十五出生的人，天意啊，天意。姐妹们，你们若是不介意，这个人我就要了！哈哈哈……"它长笑着，一步一步地走向了我。

我心头一滞，从它冷冰的眼神中感觉到十分沉重的压力。

这女鬼，竟然厉害如斯，竟能够通过控制"炁"之场域，便将我牢牢压住，生不出多少反抗之心来。不过也仅仅是这么一顿，我心中立刻燃烧起了熊熊的烈火：人死鸟朝上，不死万万年！就这么一个女鬼，能够吓得住谁？我胆子一毛，立刻大踏步上前去，抬起腿就踹，管它三七二十一。

然而我这闪如疾风的一脚，被它轻轻避过，双手十指，寸寸的指甲一长，如同利刃，想来抱我。看着那青黑色的尖锐指甲，我心中大骇，脚底下一松，与它错身而过。它转身追来，一把桃木剑挡住了它的进路，杂毛小道左手捏着剑诀，右手舞动起来如风，连刺被女鬼附身的阿浩十几下。

杂毛小道的剑法是道家的路子，讲究一个轻灵飘逸，认穴吐劲，看着就像是武术表演的花架子。

然而威力却十分的厉害，好像是吸收了武当剑法的高明之处（武当剑法首推太极，朋友们可以了解一下真实的情况），虚实分应、连绵不绝，撩云抹带，凭着一把木剑，竟然将这阿浩给拖延了好几秒钟。这家伙行事如此贱，原来果真是个"剑客"。我想起了在神农架的耶朗祭殿之中，杂毛小道一家人使用的"天罡四象阵"，似乎便是如此，讲究的就是一个"缠"字，防守反击，伺机而动。

正当我一身冷汗的时候，赵中华也扑身上前，厉喝一声，当胸用手结了一个"卐"字，朝着与杂毛小道缠斗的阿浩背心印来。他这一声喝，如猿啼鹰唳，十分清亮。这一击，重重地打在了阿浩的身上，一股子黑红之气，几乎就要透体而出。然而它很快就缩了回去，反身就是一拍，与赵中华对上。

赵中华全力以赴,却抵不住这家伙随意一拍,跌飞出去。

这鬼东西上身与在香岛时上李致远之身的老鬼有着很大的区别,根本就不顾及宿主身体的健康状况,只知道用阴气将宿主的潜力激发,也不管契不契合,反正用完都是扔掉的。有着这样的心态,愣是把一架拖拉机开出了法拉利的效果,这气力猛得出奇,感觉好像是龙象附身。

然而,节奏一旦拖沓下来,它的优势并不明显。

从始至终都没有受过伤害的欧阳指间并没有参与降服的搏斗,他画完壁符,则在撒米,东一撮西一撮,三三两两地全部丢在了外围的地上。他并不是胡乱地丢,一边撒米,口中还念念有词。我们当时激动,并没有注意到他在干吗,老人家嘛,也不好意思叫他助阵,只是上前与阿浩纠缠。

我在旁边打打太平拳,感觉无处下手,看着杂毛小道那柄翩若游龙的桃木剑,撩挑缠带,潇洒到爆,心中不由得羡慕,心道找时间叫这家伙也给我制一把,装装也好。

杂毛小道主攻,我和赵中华辅助,一时间竟然跟这家伙打成平手,只见它身手越加的迟缓,我们心中暗喜,将这家伙磨得没了气力,便擒住,然后用刚才降老孟怨灵的法子,将这家伙慢慢消磨掉即可。至于阿根的命魂,一会打探便是。

正当我如意算盘打得噼里啪啦响的时候,毁容的阿浩往后面一跳,没站稳,便是浑身一震,身上分出了五股浓黑如墨的雾气,朝我们当场的每一个人扑来。八仙过海,各显神通,我们持咒的持咒,凝神的凝神,避开这团怨灵入体。然而一直远远站着的小女子丹枫却"啊"的一声叫,瘫软在地。

她身上有白色的光笼盖,但是却被这黑雾所剧烈的侵袭着。

一瓢热水浇在雪地上,自然是冰消雪化。

此时几乎没有人能够分身,人命关天,我也顾忌不得身上的秘密泄露,一拍胸口,心中默念着朵朵出来吧!一道白光从我怀中射出来,我定睛一看,不是爱热闹、喜欢打架的小妖朵朵,而是可爱的西瓜头朵朵。我诧异,大叫那小狐媚子呢?朵朵告诉我,小妖姐姐说我老拿她当苦力使,一碰到打架就使唤她,一碰到喝酒吃肉的时候,就当作不认识她,于是罢工三天,表示抗议……

这小狐媚子竟然知道罢工?

朵朵说着,已然飞到了躺卧着的丹枫身旁,婴儿肥的小脸一嘟,咿咿呀,便揪着那团黑雾揉捏起来。

朵朵召回了地魂,成就鬼妖之体,又久修《鬼道真解》,最近又大药补食了一番,将纯阴之气给练化了,本来就与平常意义上的小鬼不同,是个厉害得紧的小家伙。然而我终究当她是往昔那个可怜兮兮、拉着我裤脚的小鬼丫头,放心不下,一边跟被附身的阿浩纠缠,一边忍不住去瞅朵朵。

这一分心,立刻被阿浩钻了空子,随着杂毛小道大喝一声"小毒物当心……",

我就被它当胸踢了一脚,腾空而起,重重地砸在了围栏旁边,差一点就掉了下去,变成了第二个阿灿。那团黑色的怨灵是这女鬼的分身,跟随着我,附体而来,我撞在栏杆上,又惊又痛,所以心神顿失,结果被这团黑雾一下从鼻孔和嘴中钻入体内,顿时一阵冰凉。

然而肺腑之中刚一凉,一股莫名的怒气便从心中腾起来,毫不客气地将这股阴毒的怨灵给吞噬干净。

是我体内的金蚕蛊吗?

还好留了它在肚子里面,给我加持,要不然我也扛不了这么久!

不过这小家伙,哪里来的这么大怒气?

我被砸到了栏杆上,自然受了一些伤,浑身酸疼,也不知道哪里出了血,喉咙里一阵腥甜,结果一口鲜血就喷了出来。喷完这口血,我才觉得胸口不再气闷,睁开眼,只见朵朵已经站在我面前,手上捧着一团黑雾,像揉橡皮泥似的拿着,肉乎乎的脸上满是焦急,说陆左哥哥,你没事吧?

我晕,这小鬼头怎么一下子就出现在我这边来,我扭头看向丹枫那边,只见她已经爬了起来,远远地朝我对望,不对,这个女人的眼睛是在炽热地盯着像天使一般可爱的朵朵。我放了心,没死就好,然后转过头来对朵朵说没事的,你不要担心。

没想到这小萝莉的眼睛一下子就红了,像清泉一样的泪水就溢了出来,虽然没有实体,但是晶晶亮。她咬着粉嫩的嘴唇,哭了,说哪个坏人欺负你,呜呜呜,老娘要找它拼命……

我刚才没事,这会儿却流下了冷汗——什么个情况,"老娘"?谁把我家朵朵教坏了?我还没有反应过来,只见朵朵已经悬空飘起来,咬牙切齿,一边哭,一边朝正在空地上打斗的三个人扑去……

呜呜呜,你敢欺负陆左哥哥,你是坏人!

我这才反应过来,朵朵这小萝莉居然发飙了。不过她一个诞生不过一两年的小鬼头,去找那在阴煞鬼地浸养十年的厉鬼拼命,这不是明显找死吗?我连忙站起身来,扑向前去。朵朵出现不过十秒钟,赵中华见一道白影扑来,条件反射地结印按去,杂毛小道用桃木剑横挡住,大骂道你这个屌毛看清楚了,这是俺的干闺女,不要误伤了……

说话间朵朵已经扑近了阿浩的头顶,双手结成一只蝴蝶般的手印,嘴里面咕咕叨叨,一下子按在了他的头顶处。阿浩浑身一震,竟然跌倒在地,黑气萦溢而出,与朵朵的灵体缠绕在一起。

朵朵却也不怯,闭目凝神,皱着眉头,嘟着腮帮子,与这黑雾抗衡着。

我已然冲到了跟前,听到朵朵念的,是《鬼道真解》中"同鬼相残"时凝练意志的口诀,眼中一阵热泪盈眶,这笨丫头,两三百字的文言文口诀学了大半年,时至如今,终于磕磕巴巴地念完了,而且还能够进入实战,跟这一头能敌我们四人的恶鬼斗个旗鼓相当，真是厉害。突然间，一种成就感在我心中油然而生，让我鼻子发酸。

这小东西，果然已经长大了，厉害了啊……

或许是她作为灵体的优势吧？

朵朵争取了时间，我们自然不能够坐视不管，杂毛小道一张符箓立刻顶在了阿浩的脑门上，然后口中的经文念得如飞，赵中华的红线缠绕，将阿浩的头变成了粽子，而我则祭出了唯一的法器震镜，将镜面对准了那一层薄薄的黑色雾霭，大喊无量天尊，然后催动镜灵，一震……

朵朵猛地睁开眼睛，小脸上满是欢喜："它输了……坏人输了！"

第十八章　众鬼索魂，米阵将破

　　随着朵朵的一声欢呼，阿浩应声大叫，从嘴中喷出一口黑气来。这黑气状若厉鬼，朝石柱飞返而去。朵朵伸手抓住它的尾巴，让其受阻，黑气拉长好几米。正在这时，只听到欧阳指间一声大喊："五斗米道，太清玄阳，众米丛生，危乎高哉，急急如律令……敕！"

　　他的话音刚落，便有空间一震，感觉所有的气体流动都变得迟缓、无力，最后停滞下来。

　　那团黑气也是，僵直不动。

　　杂毛小道大叫好机会，一咬舌尖，一口鲜血便喷到了桃木剑上。他丝毫没有停留，手中的剑疾如电，朝着被朵朵抓住的恶鬼便是一顿乱劈，没两秒钟已经刺出了十剑。他刺着剑，口中高呼，说小毒物你这个没脑子的，还不赶紧把震镜祭出来，运转镜灵将此物收入囊中，慢慢炼化？

　　我闻言，立刻沟通镜灵，朝着化身为黑气的鬼物照去，大喝一声无量天尊，镜面立刻射出一道金光，将被桃木剑斩得七零八碎的黑气给粘住，然后缓缓拉扯至镜中——前面有讲，捉鬼有三途：劝退、超度和打散。我将其纳入镜中，也逃不开此三途，超度或炼化打散，均由我意。

　　当最后的黑气全部都没入震镜之中时，杂毛小道一屁股坐在地上，喊累死了、累死了。朵朵飞到我的怀里，小心翼翼地摸着震镜，感受到其莫大的吸力，说陆左哥哥，这个"震一下"好厉害啊，要不是它，估计我也打不过这个坏人呢。我捏着她果冻一般嫩滑的小脸，说还是我家朵朵厉害呢。

　　朵朵不好意思地把头钻到我的怀里。

　　欧阳指间和赵中华一头汗水地走上前来，赵中华仍然是一副惊魂未消的表情，赞叹说陆左老弟，想不到你不但是蛊师，而且还有一身的好本事，奇招迭出啊！我谦虚几句，抱着朵朵说这是我自家养的小鬼，平时倒是个柔弱的性子，做做家务而已，没承想此时发飙，竟然立下这等功劳，说起来，还是众人的配合，特别是欧阳老爷子的五斗米阵，将这鬼体给镇住，不然，哪里能够这么好相与？

　　朵朵见我这么说，一脸的不高兴，举着小拳头捶我，噘着嘴说陆左坏蛋，难怪小妖姐姐不肯出来——人家可是费力死了好不好？也不鼓励一下。

　　旁人纷纷大笑，说好好好，都是朵朵你的功劳。朵朵得意地笑，眼睛眯成了一条缝。围过来的丹枫眼睛却变成了桃心，一脸的母爱，喃喃说道哪里跑来的小孩子，真的好可爱喔——她并不明白，我说的小鬼，真就是个鬼娃娃。欧阳指间也点头，说老头子我活了六十余载，入行也有几十年，见过一些鬼娃娃，但是像朵朵这般伶俐可爱的，确实半个都没有，果真奇了。赵中华也点头称是。

我们说了一番，杂毛小道提剑站起来，说各位先莫高兴，你们没觉得现在的情况诡异吗？

他这么一说，我们留意起周边的情形，顿时感觉到不对劲来。黑，这黑暗太浓了，平时的黑暗如若是清水，此刻的黑暗便是米汤，混浊得，手电筒的光都照不透几米，仿佛空气在一瞬间变得黏稠如墨起来。我想起了那个附身于阿浩身上那个女鬼说的一句话——姐妹们，你们若是不介意，这个人我就要了！……

姐妹们……

不会真如我们猜测的一般，这十二根巨大的承重石柱里面，真的灌注着十二个可怜的女人吧？

太邪门了！

欧阳指间眉毛都皱在了一起，说这十二根柱子的方位布置，刚才还不觉得，此刻一看，莫不是那邪灵教的"聚阴炼魂十二宫门阵"？我心中一紧，这是我第二次听到邪灵教这个名字。第一次是上次在洪山市的时候，杂毛小道说在八大碗附近看到过邪灵教的暗记，当时他告诉我，这是一群疯子，遇到了千万要避开，惹不起，唯有找到他大师兄这些人来处理，方可。

什么是疯子，就某种意义而言，也就是对某一些事物有着顽固的执著，而放弃了我们平日里持有的整个道德价值体系。这样的人，最是难缠。

我只以为当时杂毛小道在说笑，讲大话来吓唬我，没想到欧阳指间也知道，那么，事情就有些不妙了。

气氛凝重了很多，我们几个全部都以阿浩为中心围拢在一起，欧阳指间掐指算了一下，说唉，今天来的时候就算过一卦，结果天机莫测，卦象并不明朗，只知道来此便有结果。哪曾想，这里居然是个死地啊！失策了，失策了，今天我们可能要栽在这里了。

我说欧阳老爷子，不必这么颓丧吧？大不了，我们原地退回去便是了……

话还没有说完，我的脸色一变，因为我的视线中，从楼道尽头处出现了一个披着长发的女人，她穿着白色的长裙子，静静地矗立着，顺滑如瀑的头发遮住了她的眼睛和面容，偶尔露出来的，是一抹惨白。

这不是我们刚才看到的又被虎皮猫大人撵得到处乱跑的那个女鬼吗？

然而当我刚刚想确定，在另外一个方向，又出现一个女人，一身红色如残阳的裙子，静静飘立着，在短短的几秒钟时间里，从各个方向，冒出了许多个长发披面的女人，有穿白色的、有穿玄黑的、有穿血红的、有穿浅紫的……她们从楼道口、天花板、地砖上以及大厅的空当冒出来，顿时多了许多惨厉的笑声和哭声，似乎能够穿透

空间，直接钻进人的心里去。

一时间，鬼风阵阵，寒彻人心。

抱着朵朵，我心中有些担忧说，这一堆一堆的女鬼，是来赶集的吗？这不科学啊！要是这地方经常出现这么多女鬼，只怕是早就被拆了，还能留到现在？赵中华盯着我说，陆左，把你的手给我看一下。我才想起这么一回事，放开朵朵，举起双手，双掌在夜色中，有一种荧蓝的亮光在。他皱着眉头，说好大的怨念，你这是怎么沾染上去的？

我说我是杀了一种山林中类似山魈的生物，它临死前给我下了诅咒。

欧阳指间吸了一口冷气，表情复杂地说道："我说怎么这些鬼物都被吸引出来，原来竟然是你的出现。是啦是啦，你招惹到的这怨念太强了，而且能够让所有的鬼物都对你心生愤慨，欲杀之而后快……奇怪，你的这小鬼，怎么就没有对你生起恨意呢？难道是已经招回了地魂，开启了神志的缘故？"

说话间，那些女鬼都已经幽幽地出现在我们附近。稍近了，便能够更加清晰地看清楚。

只见她们并非是像朵朵一般细皮嫩肉，因为生前被水泥凝固时腐蚀了，外露的皮肤全部都是坑坑洼洼的烧伤，结成痂，黑红色的烂肉，也就是脸稍微白一些。一个、两个、三个……十个，我仔细数，数出了十个来，这样一计算，刚刚被震镜收了一个，还有一个，莫非就是引走虎皮猫大人的那道白影子？

只是，刚才一个女鬼都需要合四人一鬼之力，最后用上了法器，才能够战胜，这十个……

地翻天这个家伙，刚才跟我们说的话语有所保留，唯独劝我们赶紧离去，不要招惹这里的邪物，倒是说得正确。显然，他依旧还是对杂毛小道，心中有一些过命的情谊在。

欧阳指间手提着红色米袋，说众位莫慌，我这米阵，祛邪避鬼，应该是能熬得过的。

他说是这么说，话音依然打颤。

那个最早出现的白衣女人飘到了我们面前十米处，看着那根被欧阳指间画了许多符文的石柱子，然后又看着地上淌着的水渍，有一种并非人音的话语从四面八方传来："你们将小洁打散了？你们将小洁打散了……"这声音一声比一声高，连绵不绝地震荡着，有风将她的头发吹起来，露出了一张僵直的脸。

这张脸没有眼睛鼻子和嘴巴，简直就是蒙着一层皮，五官皆无的脸孔上面，所有的肌肉都在扭曲。

"我要将你们全部杀死，用你们的生魂，来祭奠小洁的死……死……"

这一句话仿佛是下了总攻令，除了这个白衣女人，其余所有的女人都化作了一团黑雾，纠缠着飞向了我们这里。这黑雾翻腾着、扭曲着，变幻成无数的人影，无数惨白的脸孔在这黑雾中浮现出来，或笑或悲或喜或嗔或怒，五味杂陈的情绪一下子就能以另一种形式，感染到所有的人。

丹枫吓得啊地一叫，一屁股坐在地上，眼睛一翻白，居然就这般晕死过去。

欧阳老爷子的五斗米阵第一时间发生了效用，那些女鬼全部都被一阵米色的蒙蒙之光给抵挡在我们的外面，刚才困住女鬼小洁的阵法此刻却变成了我们的诺曼底防线与诺亚方舟，将我们保护着。然而这阴蚀之力，岂是这区区阵法所能够抵御的？欧阳老爷子念念有词，额头上的汗水却越发多了起来。

我们几个大声念着所学的驱鬼咒，一边小心翼翼地看着阵外的情景。

突然，我看到浓稠的黑雾里面，一张脸孔跟阿根有着九成像，正在痛苦地号叫着。我心中一震，难道阿根的命魂已经被这些厉鬼所炼化了吗？十二法门之中，不是说要到七日之后方才能够炼化命魂吗？

我的眼睛花了吗？我再次凝神去寻找阿根的脸孔，却再也不见。

这时，一直在勉力维持阵法不破的欧阳指间突然吐了一大口血，说不行了，这鬼气太厉害了，大家小心了！

第十九章　十万火急，消失的楼梯

随着欧阳指间的这一声惨叫，迷蒙的方寸之间，又是一下剧烈的震动。

赵中华说这样不行，我们必须持咒退下楼去，先行返回再说，不然，这厉鬼销蚀了我们的念力，一个不谨慎，我们便被附身，任由宰割了。欧阳指间的一口鲜血喷出，离我们只有几米远的鬼雾，顿时一阵兴奋，吱吱叫，越发地滚动翻卷着，那些鲜血并没有散落在地上，而是被黑雾所承托着，立时吸食干净。欧阳指间年岁毕竟已高，哪里能够承受得住这般强度的攻击，血吐完没到三秒钟，苦心孤诣布置的五斗米阵立马崩溃，人也软软地往后倒去。

赵中华立刻抄起这个枯瘦的老人，而杂毛小道则抱起了瘫软在地上的女孩丹枫，在五斗米阵崩溃的一瞬间，朝最近的通道口飞奔而去。危急时刻，地上的阿浩生死不知，谈不上道德伦理，最佳的选择，便是保住现在活着的人。这时候的我们，已然管不了这么多，飞速撤离。

断后的重任，自然由我来承担。

我在一瞬间，燃尽了五张符咒，全部都是祛邪震鬼的。火焰的腾起，让本为阴寒之身的鬼物甚为忌惮，攻势为之一滞。趁着这功夫，我与朵朵一起朝前方的几人追去，心中还祈祷着后面这些鬼物不要跟得太紧。我孤身一人，没有负担，自然跑得比他们快上几分，几步就赶超过去，来到了楼梯处。

然而，我在楼梯处紧急刹住了脚步。

在我面前的不是"之"字形的楼梯，而是一处空荡荡的悬崖。原本应该出现楼梯的地方，消失了。此刻空荡荡的一片，往下看，能够看见一楼的楼梯。只有三级台阶，其余的，全部都消失不见了。

障眼法吗？我眯着眼睛，用"炁"之场域去观察，然而依旧是没有任何的东西。我犹豫着停在楼道口，赵中华和杂毛小道已然跟了上来。杂毛小道见到这情形先是一愣，然后不屑地吐了一口痰，这痰顿时没有任何障碍地掉下去。我回过头来，只见好几团黑雾滚滚而至，无数鬼影在里面盘旋着。

赵中华也是拼了命，从怀里掏出一束浅白色的丝绸，这丝绸上有着无数手撰写的符文，每一颗都金光闪闪，流光四溢，蕴含着凝重的波动。这一束丝绸有半米多长，他右手拿着一抖，顿时有一股堂皇的浩然正气喷现而出，连在旁边的我都心惊肉跳，朵朵更是一声尖叫，躲在了我的背后。像在跳舞，赵中华将欧阳指间往我这边一推，便折身回去，将这丝绸往那些追来的黑雾兜去。

那黑雾被浅白中镶着金色符文的丝绸碰到，立刻扭曲得不成样子，吱吱尖叫，痛苦不堪。然而赵中华挥舞了四五下，那丝绸的金光却一点一点地黯淡下来，显然是被这黑气所侵蚀。我当然不能袖手旁观了，拿着手中唯一的法器，憋足了劲，朝那一团浓黑如墨的气体照射过去。

我手中的震镜一阵颤抖，里面的镜灵疯狂地旋转着，镜背篆刻的"破地狱咒"法阵被消磨一空。

"灵镖统洽解心裂齐禅"！心忧着朵朵，我也不知道怎么弄的，脑子里面就是这九个字，每一个都字大如斗，在我头顶上盘旋着，充斥着我的脑海，嗡嗡嗡，接着我口中不由自主地念诵而出。空气中震动着这声音，仿佛不是我读出来的一般，峰峦松风、川流水音，每一颗字都如同洪钟大吕，敲打在无形的空气中。

空气都为之一滞，而那黑雾也淡薄了几分。

一直没有动静的无面女人，终于对向了我。此时四周有一声轻叹缥缈传来："咦？"接着，她平面的脸上，像破茧一样，咧开了半张嘴，往上翘，似笑非笑，映衬着她那没有眼睛鼻子的脸，更加的阴森恐怖。朵朵在我如同梵音的真言之中，浑身一震抖，居然咬着牙，迎上了突破赵中华绸布空隙而来的黑雾。这黑雾上面全部都是恶鬼脸孔，翻涌如同万虫堆叠。

朵朵扬着手，浮空而立，前推。

一层白光从她的手上喷出来，之后，她便被如潮水一般的黑雾所湮没。我心痛万分，顾不得让金蚕蛊守在我的体内加持，将它驱赶出体内，朝朵朵的方向射去。肥虫子是少数属性为阳的蛊，虽然经不得雷电，但是却能够在阳光下自由地穿行，对天生的阴物，只要它想，便能够将其灼伤。

蛊毒是金蚕蛊实质上的攻击，而迷惑、阳性灼伤，却是另外一个层面上的手段。这个往昔爱走旁门左道的小家伙，毕竟是少数的半灵体之一。

肥虫子和朵朵的感情比我还深厚，哪里见得了这肮脏之物欺负它的小伙伴。这小东西大脑不发达，但是认死理，但凡是对它喜欢的人不利的家伙，它从来都是不客气的，一飞到黑雾中，金灿灿的表皮立刻开始绽放出光芒来，这金光在黑雾中收敛、暗沉，如同黑夜里面将要熄灭的烟头子，并不显眼。

然而，它一加入，原本呈现五种表情的鬼脸层叠，立刻只有了一种。

那便是痛苦，无尽的痛苦。

这些鬼脸表现出来的痛苦，好像是菊花里面被塞进了一根红彤彤的烙铁棍子。当然，就我个人认为，即使是那种惨无人道的酷刑，都难以被表达出这般的神情来。

朵朵在黑雾中挣扎着，她并不是没有还手之力，对付鬼物最好的手段，同样也是鬼物。她身具鬼妖之体，又有前辈的经验指导，虽然笨呼呼的，但是双手印结，居然能够堪堪抵挡这黑雾不进入体内。我当然是心焦气躁，高举着震镜，奋力地催动镜灵，欲将这许多恶鬼迷雾，全部都吸入到镜子的世界中。

一把米粒撒过去,每一粒都重若千钧,击打在这一团如同实质的黑雾上。

是欧阳指间在出手。

我有些疑惑,连受伤的欧阳老先生都出手救场,杂毛小道这个屌毛怎么就没有丢一两道符过来帮忙呢,这家伙难道这个时候还有心情跟那个叫做丹枫的女孩子调情吗?转头一看,我心中大骇:楼道口那儿除了勉强站立起来的欧阳指间,哪里还有杂毛小道和丹枫的身影?

我焦急地问他,说,老萧怎么不见了?

老先生也惊异:不就在这里吗?扭过头,没见着人,探头望下去,转过头来的时候,一副见了鬼的表情。我焦急地问老萧到底怎么了?欧阳指间张了张口,却突然喊出一句话:"小心后面!"我一扭头,只见一道白色的影子冲撞到我的面前,砰——我感觉自己好像被一辆飞速行驶的重型卡车,毫无保留地撞了上去。

我腾空而起,随后重重地撞在了楼道旁边的墙上面。

那一刻黑暗几乎就蔓延到了我的头顶,意识在脑海里沉沦,没有金蚕蛊的守护,我脆弱不堪。

迷迷糊糊,我晕了过去,随即又醒了过来,感觉有人在摇我,接着鼻翼处一阵恶臭。

睁开眼睛,是欧阳指间,他收起手中的瓷瓶,一脸的焦急,说陆左,你还不醒来,我们就都要死了。他指着空中,我一看,只见朵朵已经被那个无面女人给一手抓住,肥虫子正在朵朵的附近,摇头晃尾,抵御着九名女鬼化身的黑雾侵蚀。而刚才在奋战的赵中华,已然躺在了我旁边的四米处,从我这个角度看去,他一头的血,而他手中的那束丝绸,早已经形如破布。

这个无面的女鬼竟然厉害如斯,只一出手,便把我们所有人都给打伤打残。

看着朵朵痛苦的神情,我心里面就像被点爆的火药库,一下子就炸了,连滚带爬地跑上前去,手中震镜催动至最大的功效,大喊一声"无量天尊",朝那白衣无面女人劈头盖脸地兜去。镜灵勉力将"破地狱咒"凝练成一道金光,再次发威。这金光似实质又如同虚幻,直接照在了它的身上。

她如舞的身躯一阵抖动,最终又稳定下来。

果然只是"震一下"!

它高举着朵朵,缓缓地回过头来,一马平川的面孔上没有眼睛,所以看不到它的神情,然而我却在心есть中油然生起一种恐惧,这恐惧似乎是被这诡异的邪恶所勾起来的,又或者是它对我施加了精神威压。我的思想在某一刻停顿了一下,刚一回过神来,立刻有大团的黑雾围绕上了我的身体。

这黑雾集结了九鬼之力,凝重处有如实质,就像潮水,将我紧紧包裹住。

无数的恐怖鬼脸立刻将我淹没,我胸口顿时一阵气闷,感觉空气越发地稀薄了……我的天，原来鬼魂强大到一定程度，竟然能够做到这般境地，直接物理攻击人体，杀人于无形。我孤陋寡闻了……

我浑身一阵阴寒，往后跌倒。

就在这千钧一发之际，一个久违了的声音出现了："何方鬼物，居然敢欺负我家童养媳？不把你打得肠子都出来，老子以后就天天都跟你姓得了……"

第二十章　扁毛畜生惩凶煞

　　一只母鸡一般痴肥的花皮鹦鹉从楼道拐角冲了出来，扑腾着翅膀，大骂道："你个锤子，居然把大人我引到了恶鬼索命阵中，要困死我？一群大傻瓜，我会告诉你们我是从幽府回来的吗？老子连'守门人'都不鸟，还会怕你们这伙化肥催生的小鬼头……"

　　它横空杀出，杀气腾腾地扑棱着翅膀，直接飞到了我们这一边来，像一支利箭。我的脑子本来都被鬼雾弄得僵化了，思索不了太多的东西，只觉得阴寒，然而虎皮猫大人的出现，竟然在我的感应中有如正午的太阳一般灼热升起，附着在我身上的黑雾第一时间吱吱地散去。我心中震撼，这肥母鸡往日我一直觉得根本就没什么本事，被我捉住捏来捏去的，没有反抗，也就那么一回事，没承想如今一出场，在我的感觉当中，竟比那从"五彩石"中蹦出的孙猴子，还要拉风和壮观。

　　那无面的白衣女人大骇地叫道："甜甜……"

　　虎皮猫大人已然飞达了这女人的上空，翅膀一扇那捉着朵朵的手，大叫道："是滴，那勾引大人我的女鬼，已然在我的腹中啦，嘎嘎……"它这一扇并不重，而那无面女人却并不敢与它相触，仿佛这翅膀是烧红的烙铁。倏然放开了朵朵，身形一闪，旋即出现在大厅悬空的地方，那九鬼化身的黑雾承托着她的身子，不断地在她似幻似真的白衣躯体中穿行着，像游蛇一般蠕动卷曲。

　　她颤抖着，灵体若隐若现，头颅摆动的频率超乎寻常，最后，在我的眼中出现了一个面容普通的女人。

　　有鼻子有眼，只是长得普通，脸色苍白，倘若说人是一幅油画，而它顶多便是个素描。

　　这个时候，浑身湿漉漉全是冷汗的我已经爬过去抱起飘落下来的朵朵，肥虫子拱在朵朵背部的下面，吱吱地叫着，费力地托起。我接过朵朵，只见她脖子处有一道明显的手印，焦黑，仿佛被灼烧了一般。她虚弱地看着我，说陆左哥哥，坏人好厉害，我打不过她……

　　肥虫子绕过来，附在朵朵的伤口上，舔着，吱吱叫，传递着难过的情绪。

　　虎皮猫大人在空中鼓翼，转头看了我们一眼，然后又朝向了那白衣女鬼，嘎嘎地叫，说好一个"聚阴炼魂十二宫门阵"，你的主子倒是费了不少心力，不过弄出你们这样的小喽啰来，显然不是他的本意吧？叫他出来，我虎皮猫大人倒是要好好领教一番，真正的阵法中那些不为外人知晓的秘密，他这模样，还差得远呢！

那女鬼也不理它的胡言胡语，只是在喃喃地说着："小洁死了，甜甜死了，灰飞烟灭了……不，不，她们走了，谁来陪我们？你们……你们都得死！"她的形象又开始游离起来，而周遭的黑雾旋转着，又凝结成了九个癞皮脸的女鬼，穿着各色衣服，悬空飘荡着。

虎皮猫大人挺着肥硕的肚腩嘎嘎大笑，说大人我最爱吃的，就是你们这鲜活的灵体了，话说回来，自从今年二月后，我还没有吃过新鲜的鬼魂呢，嘎嘎，一想到刚才那个女鬼……那个美味啊……

这个家伙的话语，总是让我想起了老万、韩辰那两个家伙刚从红灯区返回来时的嘴脸。

为首的白衣女鬼蹙着眉头，怨毒地盯着虎皮猫大人，说你这只肥母鸡，为什么会有这么强的阴火之力，让我们难以接近，天生恐惧呢？

虎皮猫大人被她的称呼气倒，抓狂了，说大人我是虎皮鹦鹉，你个傻瓜什么眼神？我也是个傻瓜玩意儿，跟你们这一伙迷了魂儿的傀儡说个什么劲，全部吃了不就得了？朵朵的痛苦它看在了眼里，急在心头，扑棱着翅膀，便朝着那十头女鬼所悬立的地方飞去。

好像《人与自然》中雄狮扑进了羊群，虎皮猫大人的威势竟然让这些恐怖的厉鬼心惊胆战，没有一个敢在原地停留，各自飘散。我能够感觉虎皮猫的身体散发的灼热的热力，这热力比金蚕蛊身上散发出来的阳性灼伤强上十倍不止，然而诡异的是，热力仿佛是严寒到了极点，而转化的热能。

阴火之力么……

女鬼跑得快，然而虎皮猫大人也不是吃素的，它竟然掐准了一头女鬼的飘飞方向，在空中急速转弯，提前一步飞临，那双黄灿灿的鸟爪一把揪住了一头女鬼披散的头发，它的鸟爪竟然与我的诅咒之手一样，有直接抓住灵体，不让其挣脱的功效。

那头玄衣女鬼挣扎一番，竟然被小她好几倍的肥鸟儿给制住，动弹不得。

螳臂当车，竟然一举功成。

这些女鬼看着凶狠，之前只一位便将我们所有人给整趴下。然而一物降一物，虎皮猫大人甫一出现，便震慑全场，没有一头女鬼敢捋其锋芒。虎皮猫大人也是好本事，鸟喙上的两个空洞一阵长吸，那凝固如实的鬼体便一阵恍惚，神魂不稳，然后化作两道黑色的气，被虎皮猫大人给吸进鼻中。

这女鬼稍有反抗，它便啄，如同啄木鸟一般，辛勤地啄着玄衣女鬼的脑壳子。

凄厉的鬼叫声从这隐约的灵体中传了出来，如泣如诉，直接打动人的内心，让人感受到其中的委屈、难过、痛苦和悲伤，以及不甘心的愤恨，让我心里都生出了一点儿不舍，对这头作威作福的肥鸟儿心生不满……好强烈的灵力共振，这头女鬼的强大，超乎人的想象，然而此刻，却如同案板上的肥肉，任人宰割——如此的反差，还真的让人感叹这世间，强中自有强中手，一山还比一山高。

"安晓宝……天啊,你这个天杀的肥母鸡!"

空间里面有着轰隆隆的回响,然而就在此刻,剩余的九头女鬼也全部都消失不见。逃匿么,还是什么个情况?我抱着朵朵,看着她脖子处逐渐愈合的伤口,心疼得不得了。朵朵嘴里面嘟嘟囔囔,我听不清,也不知道她在说什么,但是并不是在喊痛。过了一会她抬起头,看着我问询的目光,不好意思地笑,说,小妖姐姐在说你坏话,说你最近一点儿都不上心,不想着给我们找麒麟胎,老是瞎忙。她还说她不管了,如果不是为了给我们找那玉石出力,以后但凡有打架,她都一律不帮。

而且,她还撺掇我离家出走……

说完,朵朵呵呵地笑,拉着我的手安慰,说我才不听她的呢,我家陆左哥哥,对朵朵最好啦。

我心中黯然,麒麟胎啊麒麟胎,萧老爷子随口一说,连一个方向都不给,一点儿头绪都没有,我去哪里找寻?我一个一文不名的小子,一无钱财二无势力,还不是靠着顾老板、大师兄以及李家湖他们这些人在找?真就那么好找寻,我何必在这里白费事?

再有了,阿根是我最好的哥们之一,他出了事,我岂能够袖手旁观?

只是,两个朵朵共用一个灵体,长此以往也不是个事儿,我还真的要想一想办法才行。

不过现在也不是说这件事情的时候,虎皮猫大人终于把抓住的女鬼如同耶朗祭殿中墓灵一般,全部吃进了它的鸟肚子里面。它长长地打了一个饱嗝,转头看了一下目瞪口呆的欧阳指间和勉力爬起来的赵中华,说看个毛啊看?没见过这么英俊潇洒、玉树临风的虎皮鹦鹉?看你们一副傻样儿……

它说完,不理两个看呆的人,飞下来看朵朵,说媳妇儿,你没事吧?虎皮猫哥哥可是担心死你了!

朵朵扭过头去,不理它,说臭家伙,谁是你媳妇儿,呸,不要脸。

欧阳指间和赵中华面面相觑,老爷子从怀里面掏出一颗药丸,仰头吞下后,对着我叹服地说:"本以为小友只是寻常的蛊师,没承想竟然如斯厉害,前有玲珑可爱的小鬼,又有传说中的金蚕蛊王,至如今,这只厉害到极点的虎皮鹦鹉,简直是……简直是……"他想了几句都形容不出来,脸憋红了,而赵中华则在旁边接茬,说:"简直比那国家正统培养的优秀苗子,还厉害……"

欧阳指间抚着胡须说是极是极,中华所言深合我意。我谦虚,说哪里,这只鸟儿,并不是我的……我还正想问两句关于"正统"的事情,虎皮猫大人出言打断了我们的谈话,说一群傻瓜,先搞搞清楚状况,出去再扯淡行不行?那些女鬼灵体状态,大人我一个都不怕,但是若它们找到了合适的容器附身,到时候我可管不了你们,就只有带着我媳妇儿展翅逃命的份了……咦,小明这个杂毛道士呢?

它这么一说,我们才知晓了现在的情形,依然还是凶险。若说附身,跑下去的老孟、小东、曼丽和陌陌,个个都是上好的容器。一旦附了身,定然不比刚才的阿浩差。而且,杂毛小道,他……我看向了欧阳指间老爷子,他面容严肃,沉声说道:"我刚刚看到小萧跌到了一楼,生死不知……"

此言一出,不但是我,连一直骂脏话的虎皮猫大人都大叫不可能,和我一起往楼道口奔去。

第二十一章　九层锁魂塔碑

依旧是在消失的楼梯处，我脚放到原本应是水泥板子的地方，却没有一点儿受力感传回来。

不是障眼法，而是楼梯真的消失了。

从我的视角来看，手电筒照下去，依然是空荡荡的楼梯空间，直视下去，黑乎乎，除了最开始前三节的楼梯还在之外，其他的什么也没有。当然，这里面也包括杂毛小道和那个叫丹枫的女孩子。我转过头来看欧阳指间，他也凑了过来，往下看，然后惊讶地指着下面，说刚才明明看到小萧已经……

他也困惑不已，奇怪之极。

虎皮猫大人挥着翅膀，说无妨，这栋大楼有古怪，整体的布局是按照一种叫做"聚阴炼魂十二宫门阵"的邪门阵法布置的，有颠倒乾坤的功效——当然，这只是在吹牛，顶多就是能够让处于正中的人空间感混乱，难以脱阵而已。毕竟这东西最大的功用不在于困人，而在于困鬼……

赵中华眉毛一挑，说困鬼？还请大人指教。

虎皮猫大人得意地往下面飞去，消失了一两秒钟后又出现在我们眼前，说果然不出所料，然后对着赵中华说："看你这么诚恳，大人我就再跟你聊五块钱的天吧。聚阴炼魂十二宫门阵是专门在埋葬了太多冤屈死人之地做的一种布置。冤魂多，则怨念强，怨念强则阴气重，鬼气森森，易撬死门。这死门，便是沟通幽府的节点。有心者便利用这死门之气，练就起恐怖的恶鬼来驭使。但是擅长阵法者，并不一定能够制服这鬼，便需要阵法来配合，小心磨砺，最终方能为他所用……所以说，这宫门阵，不是用来困人的，而是用来困鬼的！"

欧阳指间问，这恶鬼指的是石柱里面困死的这十二个女子所化身的鬼吗？

虎皮猫大人说不是，那些女子其实也是些可怜的傀儡，练到最后也不过是为了给蹲伏着的那头大鬼作食粮而已。我们走，这里确实有古怪，那头大鬼一直在沉眠，不至大成不苏醒。但是现在情况有所不同，陆左你这个拉怪的家伙，手上那恶毒的诅咒就像黑暗中的灯塔、海水里面的鲜血，要万一将那家伙提前弄醒，那乐子就大了，还是那句话，便是大人我，也只有搂着屁股跑路的份。

赵中华已然接受了虎皮猫的神奇，阴着脸问："大人，你可知这幕后之人练这邪门的东西，有何用处？"

虎皮猫大人扑棱着翅膀飞着，说古来万千邪门术，只求一件事，那便是长生。生存的欲望是意义之塔中最高的存在，长生不老，搞来搞去还不就是这一点儿破事吗？它已经飞到了楼梯上空刚才消失的地方，就在那界碑处，悬停着，翅膀挥舞着，似乎在画着什么。它念念叨叨地说："那女鬼已经驱动了法阵，殊不知，大人我玩这东西的时候，她们的爹妈都还没有出生呢……！"

随着虎皮猫大人霸气的话一出口，我们便感觉整个空间都一阵震动，而原本空空荡荡的楼梯又出现在了我们的面前。不过这楼梯并非原来的"之"字形，而是一条直入黑暗洞口的长形舷梯。看着那洞口中光透不过的黑暗缭绕，我们心中都有些犹豫，说这是啥子东西，咋弄出这个来了？

虎皮猫大人说阵法走移，单向封闭了，你们以为那么容易能直走二楼、一楼、地下停车场，原路返回出去？这里是死门，也是唯一的生门，跟随我直入中枢，毁去其中设置，不然，我们转到明年，都转不出这个阵——你们以为这阵法有那么容易破吗？再说了，小明那杂毛已然跌入了阵中，我岂能不管？对得起他萧家喂的这么些年粮食。

我们都有些摸不着头脑，更是被那像死亡深渊一般的楼梯尽头吓得胆寒。

不过这扁毛畜生虽然嘴贱，但是向来都还算是靠谱的，我将朵朵先行收回槐木牌中温养，并把肥虫子也收回体内，亦步亦趋地跟着，缓步走下楼梯。虎皮猫大人看着我，鸟眼睛里光芒古怪，说不行，陆左，你下去，只怕要将那沉眠的猛鬼给惹醒了……不过它又看向蔫了吧唧的赵中华、口中还流着鲜血的欧阳指间，摇头，说这一堆残兵败将，算了，是福不是祸，是祸躲不过，走你……

说着这话，它往下面飞去，说跟上了，然后有一声细不可闻的话传来："反正到时候见机不妙，我可以先跑的……"

听到这话，我下楼梯时差一点就踏空，滚下楼去。

这死肥母鸡，果真不是个好鸟。

欧阳指间、赵中华和我，我们三个人顺着这楼梯缓步而下，感觉这楼梯奇怪得很，在里面走着，处处受力，有如在水中前行，无处不在的力量挤压着我们，仿佛压强一下子大了好几倍。欧阳指间老爷子喃喃地叹气，说活了六十余载，学艺入行近二十余载，倒是第一次见识这阵法之力，玄学之妙，无止境，朝闻道，夕死可矣。他说这话，心灰意懒，有着淡淡的感伤，让我心头有些不详。

越往下走，黑暗越发浓重，黏稠如墨，到了最黑暗之处，光照不透两米。

二十多米的楼梯，我们走了五分钟，这一步一步，走得甚是艰难，挤压在我们身上的力道越来越大，虎皮猫大人也不飞了，而是站在我的肩膀上，催促着快走，说若让那逃逸的女鬼占得了先机，到时候我们就只有逃命的份了。我问什么先机？虎皮猫大人却不答话，头扭向一边，看着前方。

我看不到它的头，但是却感觉气氛异常的沉闷。

它严肃了——这扁毛畜生肥母鸡，竟然严肃了起来，那么说明情况已然到了最危

险的时刻。

黑暗的尽头是一道门,走下楼梯,虎皮猫大人推开这扇门,出现在我们眼前的是一个两百多平方的大厅,四面无窗,墙壁上有淡淡的暖黄色灯光,错落有致地分布着。大厅里并不是一望无际的空旷,而是摆着很多石鼎、铁釜等祭祀之物,还有许多书柜,将空间分隔开。在我们对面,还有一扇紧闭的铁门。我闻着这里的空气,感觉有一股土腥味和陈腐的灰尘气息。仔细听,还能够听到嗡嗡的换气扇的声音。

这真的是太神奇了,这个地方是哪里?它还是我们所在的湾浩广场主楼吗?

见到我们眼中的疑问,虎皮猫大人解答,说这里是主楼的地下室,当然,这个地方比地下停车场还要下面,在设计图纸中肯定是不会出现的,而这里,一定就是那些家伙开坛祭法的地方。这是一个独立的空间,进入需依靠聚阴炼魂十二宫门阵,寻常人是绝对办不到的。

地下室?这里居然是地下室?

我们面面相觑,我越发地对这只长得痴肥的鸟儿生起敬畏,难怪萧家人对它恭恭敬敬的,原来确实是有着大本事的——它一出面破阵,竟然越过空间的障碍,把我们引至地下,而且对此地,我敢相信它决计是没有来过的,却是头头是道的样子。

走了几步,我立刻被前方一个半人高的石碑所吸引。这石碑呈一座九层高塔的模样,上面密密麻麻的,全部都是雕刻精美的图案和花纹,这图案十分抽象,线条简单流畅,有一种数学之美。我站在面前,对这石碑有一种既熟悉又恐惧的感觉,心里面麻麻的,有一种莫名的情绪在里面。

我似乎听到了心底里面,有一个熟悉的人在呼唤着我:陆左……陆左……

不光是我,赵中华和欧阳指间都发现了异常。特别是赵中华,他眯着眼睛,瞳孔里面不时有红色的光芒闪现出来。过了几秒钟,他抿着嘴,嘴唇似刀削,说这里面,有好多魂魄,被腐蚀消化着。虎皮猫大人见到了嘎嘎大笑,说真巧,那句诗词怎么说来着?众里寻他千百度,蓦然回首,他在灯火阑珊处……找了大半天,小毒物,你那阿根兄弟的命魂,就在这里啦!

我心中大喜,说果真?欧阳指间也大笑,说值得,值得,果然是在此,能够解开谜底。

虎皮猫大人吼我,说小毒物,你还不快快把阿根的命魂给纳入槐木牌中?再消磨一段时间,只怕也来不及了。即使找回,阿根也是傻子一个,只怕再也不能恢复神志了。我立刻着急,将手放入石碑之上,将心神沉浸其中。果然,如同震镜之前的世界一般,这石碑中也有无数魂魄环绕着,我在这多若繁星的印记中,找寻到了最熟悉的那一缕。是阿根,他比旁的要明亮许多,显然被拘来此地并不久,所以也不像其他魂魄一般,早已被磨灭了记忆,浑浑噩噩地停留着。

导引命魂,我早有了经验,持着咒,我小心翼翼地将阿根的那一缕命魂,给导进了胸前的槐木牌中,让他跟朵朵挤一挤。见我完成这一切,欧阳指间抚着花白的胡

119

须，说，好，总算是完成了小友的嘱托了。

我扭头看着停留在石碑上的虎皮猫大人，问接下来怎么办？

它嗅了一嗅说，你们有没有闻到一股很重的血腥味？

我们闻言，都吸了吸鼻子，果然，有一股浓浓的、甜的让人喉头发腻的血腥味，正从东北角飘过来。

第二十二章　饿鬼咒，工程师

　　我捂着胸口的槐木牌，此行的目的已然完成，现在问题的重点在于：我们如何出去？

　　空气中那股越发浓重的血腥气息，有着浓浓的不祥之意，让我们的心一下子就提了起来。静静听，感觉空间里除了换气扇的声音外，似乎还有一种奇怪的声响，这声音有点儿细微，好像是咀嚼的声音，像是一个人在吃东西——喀嚓，又有一声断裂的声响传来。

　　我们小心翼翼地向东北方向走去，几排两米多高的书柜挡住了视线。这书柜是铁制的，外面刷了一层暗红的油漆。书是纸质书，杂乱，有中文的，也有外文书籍，我紧张，只匆匆看了一眼，好像有一本叫做《数字城市与建筑学的发展》——这些并非古籍，而仅仅只是一些现代书籍而已。

　　还有黑色文件夹装着的厚厚的资料。

　　这些都不是重点，我们慢慢地往前走，声音越来越清晰，拐过一排书柜，我们看到在一个石鼎前面的地上，正坐着两个人，不，准确地说是一个人。这个人是刚刚石柱往下渗血时跑下楼去的老孟，而在地上，仰天卧着一个漂亮女孩。

　　这个女孩已经死了，她的头颅被老孟抱在怀里，双目圆睁，嘴巴半张，露出舌头，仿佛有着难以置信的恐惧。而她头与身体连接的脖子处，血肉模糊，只剩下一根白森森的脊柱相连。她脖子上的肉哪里去了呢？我们看向了老孟，只见老孟正旁若无人地啃着怀里面的女孩子，他小心而细致，表情有些回味，仿佛自己在吃的，是有名的鸭脖，而非人肉。

　　我记起了这个女孩的名字，她叫陌陌，是附近一个贸易公司的采购，一个天真的女孩子，男朋友是公务员，她说长得十分的帅气，但总是嫌弃她胆小。这次来，她是偷偷跑过来猎奇，并且想拍一些照片给她男友惊喜，顺便证明自己。

　　然而在这个不知名的地下室，她却被带自己来冒险的领队，给活生生地吃掉了。

　　我们的出现，对于老孟来说有些意外。他抬起头，看着我们，又看向了怀中的陌陌，一脸的敌意，仿佛我们是来抢他怀中的食物一样。他紧紧地抓住了地上的陌陌，扶着这个下半身只剩下光洁腿骨的可怜女孩站起来，抱着，警戒地看着我们，嘴巴里面还不空闲地咀嚼着血肉，整张脸都是一片血红。

　　在我的视觉中，并没有发现这个家伙有被什么鬼上身，神志似乎也是正常的。

　　我的脸绷得从未有像此刻这么严肃，无暇顾及旁人的表情，心中的怒意几乎滔天，走上前，一字一句地说："老孟，你知不知道你在干吗？"

他紧紧抱着陌陌往后退，说我知道，我知道她是陌陌，但是我没办法，我饿了，要吃肉。没肉吃，我就死了。她不死，我就要死了。所以，还是她死吧，给我吃了，她就和我在一起了。

他说的话，是几个字几个字地往外蹦出来，因为在说话的同时，他依然在咀嚼。而透过间隙，能看到他的肚子其实已经是高高地凸起来了，几乎要将他的肚皮给撑破了——他把陌陌的下半身都全部吃光了。我感到一阵诡异，而一直没有说话的欧阳指间老先生则开口了："他被下了饿鬼咒！"

饿鬼咒？这是什么东西？

欧阳指间解释说这是一种恶毒的咒法，佛经中说人生前做了坏事或过于贪婪的死者，会堕入六道轮回中的饿鬼道，沦为饿鬼，承受着在黑暗中流连饥渴不堪的痛苦，有的寿元甚至很长，要一直受饥渴之苦。所以饿鬼平生最大的梦想，就是饱腹一顿，虽死足已。有邪恶者便能够沟通此饿鬼的执念，下咒于人身。这咒念或强或弱，弱者就是暴饮暴食，常有人被骂"饿鬼投胎，吥吥吥……"咒念强者，见可果腹者皆食，一直吃到胃部撑破，生命终止才消除。

这种咒法甚为恶毒，他前些年见到过几例，没有一个能够活下来。而也就是这咒法，让他知道了一个叫做厄勒德、邪灵士的组织。

老孟往后退，说我不知道你们在说什么，我只要吃一顿饱的，不要打扰我，我只要吃一顿饱的……说完，他抱着陌陌就往后跑，赵中华性子急，一个飞踹过去，便把他给踢倒在地。老孟并不厉害，一倒地，便再也没有爬起来，而是发出了一道响亮的破裂声。赵中华疑虑重重地走了过去，将老孟翻转过来，只见他的肚皮外翻，整个肚子都炸开来，一地的鲜血、屎尿齐出。老孟本来就已经吃得快撑炸了，接着又重重压倒在地，两力叠加，便立刻将鼓胀的肚皮给撑破了。

这一下，空气里立刻传来了十分古怪的气味，回过一道炉的人肉，更加难闻。

又死人了，而且一死就死了两个。赵中华脸色铁青，本来还想问一问老孟如何会出现在此地，哪承想这家伙已经吃撑到了极点，像个瓷娃娃，一碰就碎了。老孟这家伙，浑身都是迷，他为什么会组织人来到这广场探险，为什么又被鬼上了身，为什么又被下了这恶毒的饿鬼咒……一切的问题，都随着他的死亡而消失了，变成了不解之谜。

我们闻着这一地的熏臭，只觉得心中沉重。

虎皮猫大人长长吸了一口气，将老孟尚未消失的天魂能量吸入鼻中，然后打了一个喷嚏，说走吧，小杂毛还等着我们呢。它飞向铁门，我奇怪，这肥鸟儿怎么知道杂毛小道到哪里去了？当下也来不及问，我最后看了一下圆睁着双眼的那个女孩子，俯下身子，将她的眼睛给抚拢，然后跟着众人离开。

铁门是虚掩着的，打开后是一条长道。这条长道足足有十几米。走到尽头，有人的话语声传来，我一听，果真就是老萧这个杂毛小道。我们推开门，又来到一个更大的空间里，有昏暗的灯光，类似于地下停车场，不过并不高，只有两米。我还没有看到什么，就闻到一股腐臭的味道扑面而来，当走出门外时，只见杂毛小道正在和已经离开的地翻天，对峙着。

杂毛小道这边，有他和瑟瑟发抖的丹枫，而在他对面，则是地翻天和一个戴着金丝眼镜的中年人，以及一字排开的十一个额头贴着符纸、高矮不一的冷面僵尸。

我们出场，地翻天和金丝眼镜并不惊慌，镇定自若地看着我们，淡然处之。反倒是杂毛小道见我们过来，眉头蹙起，轻问道你们怎么来了？我耸了耸肩，说虎皮猫大人带我们过来的，说过来救你。杂毛小道嘴角一撇，说救个毛，说不准大家都栽在这里了。

我听他说得凝重，转头打量着对面。只见地翻天身后的那十一个僵尸，身上竖起的黑毛如钢针，全部都有寸长，脸僵直，偶有白亮的牙齿露出来，寒气森森。它们全部都是一身紧身的中山装，聚拢着，十分有范儿。最醒目的是从左边起的第一个，我怎么看都觉得熟悉，仔细一想，这不就是那个曾经被金蚕蛊控制起来的跳尸吗？此时的它，比往日的气势更加凝重，看过去，让人胆寒。

然而地翻天和那十一头僵尸加到一起来，都没有金丝眼镜一个人，更加吸引人的注意。

这是一个天生就让人不得不重视的家伙，哪怕只有一眼，你都会被他淡淡的自信和从容所折服。当然，从他轻抿嘴唇的嘲弄笑意来看，他似乎拥有着强大到难以匹敌的自信和邪异。而这种自信，至今我也只有在虎皮猫大人的身上，才能够感受得到。然而奇怪的是，我并没有感受到他有多么的厉害。

发现我们的目光都投向了他，金丝眼镜抿嘴一笑，说好，都到齐了，首先自我介绍一下吧，我叫许永生，是一个对生命有着执着热爱的人，大家都叫我的外号"工程师"，这里是我的地盘，欢迎各位光临，并且享受这美好的夜晚，给你们带来的最后的自由空气。

赵中华一步踏前，眼睛凝聚成了刀子，一字一句地说道："你就是湾浩广场负责建筑设计深化和现场施工方案的总工程师，许永生？"金丝眼镜微微一笑，说哟嗬，没想到快十年了，居然还有人记得这么一个我。不错，有心人，你做足了功课。不过，可惜啊，可惜……

赵中华不理会他的话语，径直问："八年前你借永浩建筑设计所的纵火案死遁，如今又出现在这里，想来背后一定有人主使。那么，是邪灵教，还是共济会，站在你的后面？"许永生不笑了，他脸容严肃，眼睛里闪耀着碎玻璃一般的光芒，一字一句地说："共济会……哼，你们知道得太多了！"

说完这话，他扬起了双手，而地翻天后面的十一头僵尸，紧闭的双眼都齐齐睁了开来。

第二十三章　僵尸逞凶

我根本来不及思考为什么赵中华会知晓这么多关于湾浩广场的事情，也不知道他所说的共济会是什么玩意儿，只看到许永生的双手一扬，那十一头僵尸便如同猛虎出了牢笼，朝我们这边跳着扑来。而在一瞬间，地翻天的身上也是黑雾翻滚，五条黑绸带一般的气体在他周身旋绕着。

许永生往后退了几步，而那些僵尸则越过他，朝我们扑来。

十一头僵尸是什么概念？这可是一群浑身僵硬、刀枪不入的家伙，尖锐的指甲如同匕首，上面满满的全部都是尸毒，中者若不能够及时拔毒，除非是我这样拥有本命金蚕蛊的，要不然，绝对熬不过两个小时。它们飞奔而来，腐臭的气息便排山倒海，连同着恐惧，将我们淹没。

我至今犹记得金蚕蛊沉睡多日，一出来便将为首的跳尸给控制住，化解了我那一次的生死危机。现如今，一看到这成排的僵尸跳来，我根本就没有考虑什么，立刻双手合十念道："请金蚕蛊现身！"刚才已然沉入我体内的金蚕蛊立刻飞射出来，径直朝着一马当先的那头老对手奔去。

然而士别三日，当刮目相看。在玄阴鬼地休养日久，这头跳尸已然有了一些灵智，猛然一转头，张开嘴就是一声怒吼："啊……"这声音刺耳，如同刀片刮过玻璃板，让人心中发麻。按理说，僵尸的声带因为僵化的缘故，是不能够发出声音来的，然而当这僵尸的年岁悠久，等级增长，喉咙处的肌肉又焕发了第二春后，便能够重新发出声音来。

能发出声音的僵尸，必然个个都是狠角色。

果然，随着它一声怒吼，金蚕蛊再也没有动作，反而被这巨震所惊到，身形为之一滞。不过这肥虫子也是个狡猾的家伙，知道控制不了这个最厉害的家伙，于是便退而求其次，折身转投到另外一头僵尸的头颅之中。它一进即没，接着那头僵尸便拉住了旁边的同伴，开始狠狠敲打起来。

杂毛小道手中的木剑挽出了好几个剑花，严阵以待，欧阳指间依旧是米袋在手，赵中华刚刚跟女鬼一场恶斗，压箱底的东西都使出来了，此刻只好双手放在胸前，准备与这僵尸肉搏了。

我们的表情都很凝重，在四楼的时候，地翻天的一头黑雾便将我们耍得团团转，何况这一下来了十一头，只比它强，不比它弱。情况更加危急的是，不但地翻天也在，而且旁边还有一个神秘莫测的男子，而他的手头，还有着这个闹鬼广场最大的

秘密。

聚阴炼魂十二宫门阵最终的受益者，少不了许永生一个，这可是一个大人物。

遑论隐藏在暗处虎视眈眈的那九个女鬼。

那十一头僵尸转瞬便至，直接朝我们扑了过来。我手中的震镜在截杀女鬼的时候，已经透支使用了，所以现在虽然拿在手中，却没有半分的灵力感应。无奈，我惟有咬着牙、硬着头皮冲上去，与为首的那头跳尸撞在一起。这炼尸而成的僵尸，大多都适应了一种符咒，所以独特，不好解。古来的炼尸之术，都是传男不传女、传长不传幼，这也正是为了保持僵尸的不破性。

我没有控尸的法门，唯有以性命相搏。

狭路相逢勇者胜，我胆子也毛了一些，挑着这个最厉害的僵尸，与它狠狠一撞，接触的肩头猛一震，腑脏都移了位置。我喉咙一甜，凭空又生来了气劲，将这头跳尸拉扯到地上翻滚着。一倒地，便觉得天旋地转，星斗横移，那厮的气力，大得出奇，将我狠狠地制住，按倒在地，瞅准了我的脖子，然后一口咬下。

我的头一偏，跳尸咬了一个空，我听到有重重的磕地声传来，接着有黏稠的汁液甩在我的脸上。

这是尸油，它是炼尸之时，为了防止僵尸过度腐烂变质，而在上面刷的一层蜜蜡，蜜蜡凝结，黏合皮肤为一体，尸体本身的油质就会凝结在一起，油光水滑，然而气味却是让人只闻一口，便忍不住呕吐。我也是倒了血霉，之前被一个鬼上身的男人紧紧拥抱，那时已然在心里留下了阴影，此刻更是被一个不知死了多少年的僵尸给紧紧搂住——如此重口味，让我泪流满面。

不过我哪里有时间呕吐。生死关头，瞬间迸发出蛮横之气。边民素来血勇，这可不是吹嘘的，顿时我的脸庞就热得快炸了，死命腾出双手，蓝幽幽的手掌立刻就按住了僵尸下咬的头颅，一发狠用劲，那头跳尸竟然露出了疼痛难耐的神色，翻滚到一边儿去。

这可是刀枪不入、没有痛感的僵尸，然而它同样会惧怕我拜矮骡子所赐的诅咒之手那灼烧灵魂的力量。

塞翁失马，焉知非福。

跳尸滚到一边去，然而立刻又有一双大脚，朝我踏过来。来袭的僵尸，那可是有十一头。我往旁边一滚，感觉有一只手把我猛地拽起来，只见是杂毛小道，这家伙的桃木剑上燃着黄纸符，快得几如疾电，但纸符上的火焰，依然温吞吞地燃烧着。这一动一静，极妙地显露了他犀利的剑法。

我被腾空拉起来，还未站定，左边又有一头黑毛僵尸冲过来。我的脚已经处于蓄势待发的状态，哪知有一头高大的僵尸挡在了我的面前，将袭来的那头黑毛僵尸一掌打飞去。出手的，自然是我家的肥虫子，我心中欢喜，感觉胸口一阵跳动，一条白影冲出，只见是魔鬼身材的小妖朵朵，她那美丽的桃花眼很不屑地瞪了我一眼，骂说你这个不负责任的主人家,老是把自己陷入这种十万火急的境地,搞得小娘我不得不出来拼命!"

"哼……"

说着,她双手结印如花,杂毛小道对面的那俩头僵尸毫无征兆地倒了下去,脑袋和地板轰然作响。

名家一出手,就知有没有。若说厉害,朵朵与她共用一个灵体,大家起步一般;但论打架,朵朵好比小学生程度,这个小狐媚子简直就是大学本科,还是全日制的毕业生。

我心中一软,这个口硬心软的小东西,终究还是关心我的。

刚才"牛皮轰轰"的虎皮猫大人一见到僵尸就抓瞎了,扑棱着翅膀,大叫道:"撤!往门后面撤……"它的话语竟然有着神奇的魔力,我们都下意识地听从了,一边抵挡,一边从原路返回。我指挥着肥虫子控制的那头高大僵尸挺身而出,一力将同伙全部都隔挡到一边儿去。由于本身离得很近,于是所有人都来得及退回,杂毛小道和我断后,刚一进那条狭长的过道,他立刻将门拉紧,反手关上。

门刚一关,便传来了好响的几声撞门声,以及地翻天气急败坏的骂声。

我的后背心直发凉,看着那厚厚的铁门被撞出了好几个手印子,不知道这门能够坚持多久,没两秒钟,从门的缝隙之中,肥虫子费力地挤了回来,又爬上了我的身体。我与它心心相连,自然知晓它传递给我的消息:太可怕了,太可怕了……我们回家吧,太可怕了……

肥虫子一向都是乐天的性子,即使虎皮猫大人追着要吃它,它都是不介意,还屁颠屁颠像个跟屁虫一样跟在肥鸟儿背后。被吃它都不怕,然而此刻给我传递的信息,却说明它也恐惧了。是什么让它如此害怕?我想到了在耶朗祭殿中,它也是一直不肯出来——阵法或者天敌?

杂毛小道双手绷得紧紧的,回头来看我们,说这门坚持不了多久了,怎么办?

我回头一看,只见赵中华扶着欧阳指间,正在流着泪水,焦急地说欧阳老爷子刚才被一头僵尸给划到了胳膊,现在脸色发青,估计是中了尸毒,怎么办?我连忙从包里面拿出装着糯米的袋子,看着在一旁吓得直发抖的丹枫,递给她,让她在赵中华的指导下拔毒。

我手里面摸到了傍晚时准备的黑狗血,心中大喜,说我有法子了。说完拿起分给我的三包黑狗血,打开封口,两包黑狗血就淋到了铁门的正中和间隙处。刚一淋上去,只听到有几声划过玻璃的毛糙叫声传来,接着轰然作响的铁门,终于安静了下来。

杂毛小道靠着墙,几近虚脱,说,地翻天这混蛋,什么时候变得这么猛了?还好我们之前把他炼制的十二尸巫给破了,要不然,这僵尸的气息联合到一起来,只怕是更加难以对付呢。麻辣隔壁,三代人的交情,为了几具僵尸、一个聚阴养尸地,有必

要翻脸,生死以对吗?

　　他说完,见我们没有回话,奇怪地问怎么了?我们现在应该怎么办?我们都没有回答他,待他话音稍低一些,从我们后面的黑暗中,传来了一阵窸窸窣窣的声音。

　　这声音,对比着突如其来的安静,更加让人心中生寒。

第二十四章　肥母鸡坠地

在昏暗的灯光照耀下，死去的老孟和陌陌又出现在我们的视线中。

老孟刚才的死状颇惨，是整个肚子都爆裂了，一地的内脏。而我们又来不及收拾，所以此刻见到的他，肠子和血流了一地，一点一点地朝我们这边拖着爬来；在他旁边的，是那个为了证明自己勇气的可怜女孩陌陌，至今我们都不知道她姓什么，只看到她一只手爬着地，一只手还要扶着自己被啃光脖子的头颅，双脚被啃得只有白骨，上面还有些细碎的肉丝相连，就这样拖着，与地面发出古怪的碰撞声。

他们的眼睛都是鲜红的颜色，朝我们这边传递着邪恶和恐怖的恨意。

在他们的背后，站着一个白衣女鬼，衣袂飘飘，倘若排除她那让人恐惧的脸庞，倒是一个身姿绰约的美女。它并非一个，它的身后，影影绰绰地立着许多影子，四种颜色，晃晃悠悠。

难怪那个自称工程师的家伙如此自信，原来这伙女鬼便是听命于他的。

好邪门的阵法，不但害人性命，还让人死后的灵魂也不得安息，还要被杀死自己的凶手仇人所驱使。

再次袭来之时，这些女鬼显然已经做好了防备，附了两个死人的身，然后在这狭长通道的口子处，结阵以待。看着那迷离的光晕，虽然并不知道有何玄妙之处，但是自然是十分厉害的。我们抬头看向虎皮猫大人，而这只肥鸟儿则一副无可奈何的表情，说惨了惨了，这些女鬼将那边的门一锁住，两边一困，到时候再催动"聚阴炼魂十二宫门阵"运转，只怕我们就要被生生碾碎在这过道之中了。

我们这才醒转过来，那群女鬼无须结什么阵法，只要铁门紧锁，我们便难以突进了。

这一下我们都傻了眼，前有狼、后有虎，两边都是死，这可如何是好？

浮立于半空中的小妖朵朵啐一口，说你这只肥母鸡妖言惑众，扰乱军心干吗？实在不行我们冲将出去，对面的门上又没有黑狗血，小娘一声招呼便可，怕个毛啊？被小妖朵朵这么一激，虎皮猫大人立刻像炸了一般，气势汹汹地回骂道："你才肥母鸡呢！你们全家都是肥母鸡……冲就冲，我未必还怕这个？只是看你们现在老弱病残，个个都要死的模样，拼不了命而已。"

我们这才注意到，确实，我和赵中华，鲜血至少呕了几百毫升，杂毛小道拼搏一番，累得将近虚脱，而欧阳指间，他身中尸毒，脸黑得跟包公一样，最后还剩下一个快被吓成神经病的丹枫，见到这么多恐怖的鬼怪妖魔，她的脑子都已然麻木了，依着本能用糯米在欧阳指间的手臂上敷着，拔毒。

我已经没有心思去关注这个女孩子到底会有什么样的想法了，时间紧迫，狭路相逢勇者胜，唯有冲，将一切邪恶都踏在脚下，踩个稀巴烂才好。我深呼吸，勉力提起一口气，然后沟通缩回体内的金蚕蛊，让它给我力量。运足气，我、杂毛小道和赵中华这个卖破烂的掌柜，对视一眼，大吼一声："肥母鸡，干掉他们，上……"狂奔而过，留下虎皮猫大人在后面骂骂咧咧地追来："我去……"

有着金蚕蛊支持，我的力气是最绵长的，疾步如风，几秒钟之后便跑到老孟面前，他嘶吼一声，挥手朝我拍来。我已然知晓这时候的老孟最厉害不过，也不跟他硬拼，借助着速度，躲过他的攻击，错身而过，朝几米之外爬行的陌陌一脚踩去。我踩的是她的头，若中，便趁热打铁，取下这个已化为鬼的美女头颅，果断灭掉它，并且让跟上来的虎皮猫大人，将其吞噬而尽。

然而我的如意算盘打得太响亮，像是知道了什么，这个陌陌往旁边一滚，突然之间就站了起来——你们可以想象一下，一个头颅和身体完好、脖子和下身却全部都是骨头的女人就这般站立在你们面前，血淋淋的，会是一个什么样子？她伸手朝我抓来，手指上是尸变而形成的尖锐指甲，乌黑、铁青。

我的反应速度却也不慢，就地一个懒驴打滚，想要将它的平衡打破。

然而哪有这么容易，我往下一撞的时候，竟然感觉这陌陌的腿骨坚硬如钢筋，我不但没有将它弄滚在地，自己反而吃了亏，撞得生疼。嘀嗒嘀嗒的血浆从上面滴落下来，我也有急智，立刻又朝旁边躲了一个身位，一个势大力沉的家伙便一脚板踩在了我刚才的位置，接着骤然踢出一脚，印在了陌陌身上。

这个空剩上半身的可怜女人应声飞去，重重地跌在了四五米之外，无力地嘶嚎着。我尚未反应过来，只见一具血糊糊的身体重重地倒在了我的旁边，化为脓浆的血液溅入到我的嘴里，又腥又骚，臭不可闻。一个伟岸的黑影出现在我的上方，赵中华伸出手来拉我，还在一旁独白道："我掌柜的也是来自于武术之乡沧州，这刚刚附体的尸体，哪能是我的对手……"

话没说完，一只血肉模糊的手紧紧拽住了他的裤脚，用力一扯，这个摆酷的男子立马跌倒在地。

这楼中可附身的对象并不多，找这么两个刚刚死去的尸体，显然并不是最佳选择。小妖朵朵已然飘立在了只有半身的陌陌头顶，洁白的小手掌印在了它的头顶处，两者皆凝立不动，气机纠缠着，而虎皮猫大人则已经出现在老孟的身边，坚硬的嘴喙就像是敲击鸡蛋一样，轻易地破开了老孟的头颅，从左面太阳穴的地方，使劲儿一吸，老孟立刻像是发了羊角风一样颤抖，四肢抖如筛糠。血淋淋的口中，立刻逼出许多血肉来，最后冒出了白沫子。

竟然轻而易举？我们阴霾的心中顿时多了一束阳光，照透在心田里面。

然而这时，却发生了一件让人意想不到的事情——虎皮猫大人这只如天神一般存在的家伙,居然一头栽倒在地,鸟爪和翅膀往两边伸展开来,接着,这个家伙缓缓地闭上了眼睛。

怎么回事?

怎么回事?

这到底怎么回事?它死了吗?噩运来得如此突然,让我们所有人都猝不及防,手足一阵冰凉,简直不敢相信这是真的。虎皮猫大人一动不动,这只肥若母鸡的鹦鹉,真就像是一只死去的肥母鸡了。正在协同小妖朵朵处理陌陌的杂毛小道也感觉有异,回过头来一看,脸都铁青了,狂吼一声这是什么个情况?怎么会是这样的!

正在这时,通道的两边口子都打了开来,在我们的前方,那门吱呀一开,然后鬼气森森的阴寒席卷而来;而在我们的后面,那道被锁住的铁门被轰飞四五米,跌到了躺卧着的欧阳指间半米处,差一点,老爷子就被这道沉重的铁门给砸个正着。

丹枫"啊"的一声尖叫,奋力地拖着老爷子往我们这边凑来。

这小女子倒是好气力,一步一步,咬着牙。

而在门口,则出现了地翻天和许永生两人,他们缓缓地走上前来,地翻天一言不发,眼睛低垂着,像是已睡去,而许永生,这个自号"工程师"的男人,则饶有兴趣地打量着地上已然没有动弹的虎皮猫大人,说本来早就应该把你们这些小杂鱼给弄死的,没承想,你们这一行,居然有这么一个古怪的高人在。不过还好,到底还是一只鸟儿,即使它成了妖,又如何?脑容量太小了,还不是被我算计,毒死当场了?所以说,这世间,就应该由我等这些少数的精英人才,来统治你们这些凡夫俗子……

杂毛小道奋力一踩,将垂死挣扎的陌陌给弄死,一团黑雾腾现,被小妖朵朵揪住不放,不让它返回那一边去。在我们来的那个门口,无数的鬼魂在哭泣着,那个白衣女鬼携同众女鬼,乖乖地看着许永生,等待着他的命令。杂毛小道已经走过来抱起了虎皮猫大人,他冷冷地看着许永生说,你到底对它做了些什么?

许永生展颜一笑,说诱饵,你们可明白这两个字的含义?永远都不要轻视你的对手,即使他们只是一些刚刚死去的尸体,如果在他们身上涂上一点儿东西,那么,一切皆有可能。顺便问一句,那个微缩版的火爆妞儿,是个什么品种,如有可能,我来代替你们收藏吧?

杂毛小道看着一身是伤的我们这几个人,又看着虎视眈眈的许永生一伙,默然了一会儿,说能问个问题吗?许永生颇有绅士风度地点头,杂毛小道便问:"费尽心力造这么一个广场大厦,你们的目的是什么?难道仅仅只是为了做出一个阴牝极寒之地,养这几只鬼,温养几头僵尸,搞一点儿鬼故事传说吗?"

许永生微微一笑,说:"当然不是……"

第二十五章　龙骨符箓

　　许永生踱着步子慢慢走上前，直到我们八米开外，而他后面的僵尸，则拥挤着跟随过来，另一边，如怨如诉的哭泣声越发地近了，就在我的耳朵边飘扬。许永生站定，眯着眼睛看杂毛小道，说："当然不是，这个世界上有很多人都是闲得很，所以会做一些无聊之事，但是，很显然，我们并不是这一类。我们行事，每一步，都有着极强的目的性。严密的计划，严格的纪律，都是我们的风格。所以不是。"

　　"那是什么？为什么？"

　　许永生微微笑，说这个问题问得非常好，有的时候我也想知道答案，但可惜的是，我并不是主事之人，所以我无法给予你最准确的答案。不过我倒是可以告诉你，广场的资方并不仅仅只是我们，我们仅是一小部分。真正的投资者，是我们暗地里的对头。如此说，不知道你们明白不明白？

　　杂毛小道点头，说懂了，你们就是把这个地方当作一个泥潭，将你们对手的资金陷入这里，随后打压，借故弄出各种灵异事件，将一个宝地变成鸡肋，然后挤对对手，最后将这一大笔财富贱卖低买，囊括于怀中，是不是？果然好算计，作为你们的合作伙伴，确实比较头疼。

　　许永生点了点头，说果然聪明，不枉王三天向我极力推荐。不过你只猜对了一半，另外一半，我想我有机会再告诉你。好了，说了这么多，我想作为一个聪明人，你应该知道我要表达什么意思？

　　杂毛小道左手抱着死沉死沉的虎皮猫大人，右手提着剑，说听你这个意思，是要招揽我？

　　许永生用欣赏的眼神看着杂毛小道和我，说，我每五年有两次机会，向组织推荐新的成员。我听地翻天说过了你的事情，呃，还有这个叫陆左的疤脸小子，很不错，我喜欢你们这样的年轻人，执着、热情，有干劲和崇高的理想。所以我想邀请你们成为我的伙伴，像兄弟一般相处，精诚团结，相互帮助。

　　我指着我的鼻尖，说还有我的事情？

　　许永生点点头，说对，我刚才听王三天说过了，作为一个来自苗疆的养蛊人，一脉伟大的传承者，你有资格共列门墙之内。虽然你们的本事实在低微，不过无妨，我们内部自有稳固的培训机制，将你们磨练成为我们需要的人才，在这个世界上，发光发热。

　　杂毛小道问我，陆左你怎么看？我指着旁边的赵中华和欧阳指间，问他们呢？

　　许永生指着欧阳指间说，这个洒米的老头子，垂垂老矣，根本没有什么价值，而这个男人，他的身上有着我们最讨厌的鹰犬味，所以自然要用必要的手段，将他们合理地处理掉……他的语气冷血无情，仿佛自己指的并不是两个人，而是两个用不着的垃圾、累赘。从始至终，都没有提到在一旁瑟瑟发抖的丹枫。

这是作为普通人的悲哀，或许也是作为普通人的幸福。

话已说完，许永生抬起头，一脸诚挚地看着我们，等待我们给出答案。

在他的思维里面，我和杂毛小道面临的只有两个选择，第一便是接受他的招安，然后眼睁睁地看着身边这三个同生同死的朋友离开人世；又或者，我们慷慨激昂一些，一同赴死。许永生嘴角含着笑，他认为他已经掌握了所有的底牌，就等着我们低头认输了。

说实话，那个时候，我心中确实很悲哀，心存着死志，想着即使拼掉这条性命，也不能和这种人同流合污，一个漠视生命的组织，即便口号再仁慈、再动人、再热血，都改变不了其血淋淋的"吃人"本质。

我不愿意成为这样的人，正如我一心只希望朵朵生存于阳光之下一般。

世间皆有因果，行善存真，是人的本性，也是社会运转的润滑剂，不可或缺。

我满脑子都是"同归于尽""玉石俱焚"之类热血的词语，突然听到杂毛小道淡淡地对我说："小毒物，把朵朵收起来吧，外面风大，不要让她着凉了。"我听得诧异，小妖朵朵这妹儿就是放在十二级台风天里面吹着，也着不了凉啊？但是看他一脸认真的表情，点了点头，说好吧，手一招，小妖朵朵顺从地飞回了我胸前的槐木牌中。

杂毛小道抬起头，看向许永生，说工程师，不知道你知不知道一个人，他的名字叫李道子，是我的师叔公。许永生点了点头，说自然知晓，茅山前辈中，近代最闻名的除了虚清道人外，便是李道子他老人家了，曾有人说李道子的符，千金难换，算是个大大的人才。

杂毛小道又说："想必你已经知晓我被革除门墙的事情，但是不知你是否还知道这样一件事情——李道子一生所学尽传于门下，然而真正能够得其所学六七分的，只有三两人。而这三两人中，我萧克明，便是其中的一位。"他说着这话，脸色立刻傲然起来，眉头往上翘，竟然有些英姿勃发。

许永生脸上立刻露出了惊喜，说如此真是太妙了，我原本还担心初审不过关，现在看来，多余了，多余了……说着，上一句话语还在口中含着，下一句话他就有了些警觉，说你此刻提及这些，到底是什么用意？

杂毛小道平静地从怀里面取出了一段灰白色的骨头，这骨头上面被篆刻了密密麻麻的古怪图形和符文，极尽扭曲之能事，然而又似乎蕴着蓬勃的力量。他笑了笑，说："我自从被革出门墙之后，六七年没有真正用心制作过符箓了。不过我这一生之中，最大的一个理想，便是做出一张超越李道子的符箓，以慰藉我那已归尘土的师叔公。各位，既然我们今日有缘，相聚在一起，不妨一同与我见证，这名曰'落幡咒'

的符箓，和这具有历史性意义的一刻……"

他说着，口中快速地念起了一段咒语。

许永生这时方才发现杂毛小道的用意，白皙的脸瞬间变得更加的白，疯狂地大叫着："快走，快走……你这个疯子！"他一边喊，一边往后退去。然而身后的僵尸却把通道挤得满满的，哪里容得他转身奔逃？我知道旁边这老友要放大招了，立刻蹲伏在地，默念着静心宁神咒，紧紧地捂住胸口处的槐木牌。

几乎是在一秒钟之后，杂毛小道的持咒便已结束。

符箓的存在就好像电脑桌面上的一个快捷方式，特点便是迅速简短。按理说，符箓的效用是和制作人（即开光者）的道行成正比的，一个人有多少水平，这制出的符箓便有多少力量。然而这世间，万物都不是绝对的，有时候真理也是。杂毛小道的道行说实话，真的不高，然而这符箓的制作材料，确是世间难以找寻的龙骨，其骨头有着绝佳的灵念契合力。

符箓的材料如此地好，加上杂毛小道的制符技艺出自名家，有着让人所不能理解的利害手段。

他到底请了什么样的神力，封印在这符箓里面来呢？

当我蹲下身子的时候，只听到"玉皇上帝急急如律令，敕！"的尾音一结束，脑中一声炸响，感觉整个空间颠倒重叠而来，一种山呼海啸的能量波动以杂毛小道为中心，飓风一般，在狭长的通道里朝两边扩散出去。这能量的表现形式并不是风，或者说并不仅仅只是风，除此之外还有一种让人心底里发麻的神秘力量，像是高频音波，或者光波……

我就站在杂毛小道的旁边，反而如同狂暴龙卷风的风眼地带，最为平静，也有时间去瞧那被符箓之威所波及的通道两头。我最为关心的女鬼，竟然没有一个存留，在我看过去时，已然是空空荡荡，没有人影——当然，鬼物的速度迅疾如电，我并不确定是被杂毛小道的符箓所伤，还是现行惊走，又或者两者皆有；而许永生这一边，却是实打实地卓有成效了。

在我的视野中，前方的整个通道里，横七竖八地全部都躺着人。

不，不能说是人，而应该说是人与僵尸。

之前如卫队士兵一般站立在许永生和地翻天后面的十一具僵尸，此刻早已翻倒在地，如同一具具真正的没有气息的尸体一般，除了依旧浓郁得让人想吐的腐臭之外，不再发出让人害怕的阴寒。许永生和地翻天两人，并没有多大的损失，只是瘫软在地——我听杂毛小道提及过，"落幡咒"其实是一种对灵体的腐蚀剂，能够在狭小的空间里面，针对灵体，产生瞬间制服的效用。

所以，许永生和地翻天只是被震荡所伤到而已。

然而，他们的倚仗已经被杂毛小道给全部消灭，一把翻盘。我惊喜地站起来，正想夸夸这家伙两句，没想到他的身体已然僵直，没说话，直挺挺地朝后面倒去。

第二十六章　肥虫子勉力下蛊，掌柜的遭遇暗算

看着杂毛小道直愣愣地往下倒去，我心中大骇，一股凉意立刻从尾椎骨升到天灵盖，各种滋味涌上心头，五味杂陈，懵了，竟然都没有伸手去拉他。好在一旁的赵中华跨前一步，紧紧地托住了他，右手娴熟地按在了杂毛小道的脖子上，然后跟我说还有脉搏，只是脱力晕过去了。

我心中大定，还好还好，先是虎皮猫大人，如果杂毛小道再出什么意外，我真不知道该怎么办了。是啦，是啦，刚才那龙骨符箓的威力，何止是牛，简直是骇人听闻，比起他上次在江城高速公路上使用的雷符，就杀伤力而言，更有甚之，碉堡了。

以杂毛小道的能力，驱使这般的符箓，若不脱力，才是奇怪。

赵中华扶着瘫软如烂泥的杂毛小道，看着这个小他几岁的男人，没口子赞道："这个萧兄弟，看样子，跟普通的江湖骗子没什么两样，然而身上的奇术，却让人瞠目结舌。这般的年纪就在制符一道上有着如此高的成就，假以时日，必成大家。高手在民间，果不其然，厉害啊厉害……不过，为何他又说自己已被茅山宗赶出门墙了呢？"

我紧紧盯着前方，小心翼翼地看着，说这事情，我也不知晓太多。

咳咳咳……

在死人堆里面，许永生咳嗽着，慢慢爬起来，抬头看向我们这边，面容苍白，仿佛一下子老了十几岁。他颤抖着嘴唇，眼睛里面的怨毒如同泛滥的江河水，悲愤地说道："你知道你们在做些什么吗？天杀的，你们这些家伙，全部都应该死的。我真糊涂，怎么会想着招揽你们这样的蠢货……"

地翻天站起来，却不忙着找我们麻烦，而是翻身过去，检查着那些僵直不动的尸体。他用的是一种铃铛，行话叫做"控魂铃"，摇啊摇，随着许永生的话语而响。然而，杂毛小道的符咒专门针对的就是灵体，僵尸胸腹之中的那一口气被落幡咒震散之后，哪里还能够再聚拢回来？

所以尸体依旧是尸体，没有动静。

地翻天把最后的希望放在了最厉害的那一头跳尸上，从身上掏出了许多零碎的东西，然后发疯一般的，全部都用了上去。

许永生说着话，却并没有往前走，而是向后退去。我和赵中华对视一眼，立刻知道了他的用意——这里是他的地盘，只要保持自己的安全，他有一百种方法来让我们死。由此可见，这个家伙或许只是一个高明的智囊或者灵异师，但并不是个擅长肉搏

的人，此时不把他留住，那么杂毛小道的一切辛苦，都只是徒劳而已。我咬着牙，奋力朝他冲去，而后面，赵中华将杂毛小道往丹枫的怀里一推，也跟了上来。

见我们追赶上来，许永生没有半点犹豫，拔腿就跑。我们追上，路过地翻天的时候，这个家伙居然没有一点儿反应，仿佛我们都是空气一般，像对待初恋情人一般，眼中只有那一头跳尸。我也没有横生枝节，只想着先制住明显是主谋的许永生，与地翻天擦身而过，追过那道门，来到刚才那个广阔空间中。

我一发狠，脚步如箭，终于在出门四五米的时候，逮上了许永生，飞跃而起，一下子就把他扑倒在地。没承想一倒地，这个家伙的手肘就灵活地朝我拐来，力量倒是不大，但是角度刁钻，顶到了我的肚子窝窝里，生疼，让我有一种把隔夜饭吐出来的冲动。

许永生跟我翻了两个翻，然后出手与我纠缠着，三下两下便紧紧抓住我的手，想要反过来擒拿。他洋洋得意，说小子，我可是资深的柔道高手，跟我比武力，哼……

这一声哼还没有完，他就被一条鞭腿给重重地抽到，惨号着倒在地上，赵中华及时赶到。

我麻利地爬了起来，只见刚才威风凛凛的许永生此刻一脸鲜血，金丝眼镜也碎了，边框变形，许多玻璃碎片都刺在了脸上和眼睛里。我看着赵中华杀气腾腾的脸，暗道这个家伙说自己来自沧州，果然是厉害——许永生也是个有功夫底子的人，但是却被他快如疾电的一腿给扇中，避无可避。

不过许永生说赵中华身上有鹰犬的味道，莫非他和杂毛小道的大师兄一般，也是有关部门的人？

许永生在地上号叫着，有意地朝旁边的柱子翻滚去，赵中华忍着伤痛，两步并过去，一脚踩着许永生的身子，俯身去擒他。我正想冲上去帮忙，感觉后边有风声，蹲地收脚，然后右腿一收一展，一招"黄狗撒尿"，朝身后蹬去。还没看到什么，就感觉脚重重地踹到了人的身体上，我一瞪眼，果然是地翻天这厮。这一脚发得仓促，用力不大，所以地翻天往后面连退了四步，站稳了，一脸严肃地指着赵中华说道："放开他，要不然你就死定了……"

赵中华从怀里摸出一把铮亮的手铐，咔嚓一下把许永生的手给反铐起来，又抓着他的头发，把头揪起来，用封箱子的胶布，把许永生的嘴也全部封起来。他的手法娴熟干练，显然并不是生手。见到地翻天威胁他，赵中华冷着脸站了起来，说地翻天，你的僵尸全部被震散了灵气，即使有一两个可以返炼回来，那也是以后的事情，现在这里灵力被抽空了，我看你倒是用什么手段，来威胁我们。

地翻天嘴唇哆嗦，说你们这些狗拿耗子的家伙，管什么闲事，管什么闲事……不要以为我对付不了你们这两个伤员，老子还有五鬼搬运术中的五鬼，可以借力，弄死你们两个小杂鱼，绰绰有余了！他双手一震，从手腕上的珠子处立即就喷出五股气体，黑糊糊的，颜色分明，不过比起之前在四楼所见的，却是要清淡了几分，并不浓郁。

　　赵中华呵呵地笑，说小萧的"落幡咒"一出，灵力被抽空了，你这个用来盗墓、搬运东西的小鬼，能有几成功效？我看着不远处这个四十多岁的中年男人，沉声说地翻天，我就不明白了，老萧与你凤凰王家，可是有三代的交情，你到底为了什么，要将这份情谊给葬送，以死相对？

　　可别跟我说是为了有个炼尸地？

　　地翻天眼神阴戾地看着我，似乎有什么话要说，然而犹豫了几秒钟，仍旧指着赵中华说道："放开他。"

　　赵中华眉毛一挑，没有说话，就盯着他瞧，缓慢而坚定地摇头。

　　我尝试着沟通肥虫子和朵朵，然而因为刚才杂毛小道的符咒之威并没有消散，竟然联系不上。看来虽然有我的庇护，两个小东西还是都受了伤。我这时才觉得地翻天的厉害，竟然能够在此刻，把那五头鬼物召出，虽然黯淡，但是也显露了一身的本事来。

　　地翻天见威胁无效，由五鬼推动，脚尖点地，滑步就冲了过来，目标直指赵中华。

　　我鼻子中充斥着满满的香料和尸体腐烂的混合气味，见他袭来，挥手便是一挡，地翻天伸手与我一碰，我立刻感到一阵大力传来。地翻天常年与尸体、死人骨头混在一起，手僵直且坚硬，如同鸟爪，我们对拼一记后，我立刻落败在一旁，跌倒出去。而赵中华却是好本事，根本就不畏地翻天凶猛的攻势，凭着一口血气，与他拳来脚往，一瞬间就过了好几招，招招硬顶。

　　我看到赵中华的拳头上面，缠绕着一根一根复杂的红线，显然，这个是为了加持肉体的强度。

　　我一边跟上去帮手，一边再次沟通金蚕蛊，这肥虫子才刚刚苏醒，然而却一点儿精神都没有，什么也干不了。我急了，逼着它，最后，它勉力地传递过来说可以给下蛊毒，其他的方法是一样都不能够了。我虽然对蛊毒的发作时间并不满意，但是好歹也有了一种手段，趁地翻天往后退的空子，一拳擂到他的背心处。

　　地翻天背上的肌肉一收一缩，竟然将我这一拳的力道给化解了七七八八，不但如此，身上的黑气顺着我的手蔓延过来。而我的指间，也有蛊毒沿着他的背心，蔓延到他的身体里去。那黑气游在手臂上，湿滑冰凉，就像险恶的毒蛇，让我的身子一瞬间就起了无数的鸡皮疙瘩，条件反射地甩手。

　　我立刻凝神，将力量全部集中在双手之间，手掌发烫，灼热，然后去抓那准备往我五官游走的黑气。

　　一用劲，这黑气便立刻惊慌地逃散开，返回了地翻天的身上去。

　　赵中华说得对，相对而言，地翻天的五鬼搬运术，果然只是用来搬运东西的小鬼而已。

两人相互交手，我中的黑气已然停止，然而我下到地翻天身上的蛊毒，却没有这么好相与。他与赵中华猛地对拼一记，赵中华吐血而退的时候，地翻天则闪到了另外一边，朝身上连连贴了几张符，又拿出一颗槟榔，放嘴里嚼着。金蚕蛊的蛊毒，没有那么容易解，但是也没有那么快发作。赵中华挣扎着站了起来，哈哈大笑，说中毒了吧，你还是乖乖地放弃反抗吧，或许还有救……

　　话音未落，一声沉闷的枪声响起，赵中华的腹部血花一溅，栽倒在地上。

第二十七章　大鬼降临

这凭空而响起的枪声，让我们所有人都愣住了神。

赵中华仰天倒地，重重地砸在了许永生的身上，两人都同时喊出了痛苦的一声："啊……"赵中华高亢，许永生沉闷。我则僵直不动，眼睛盯向一个从黑暗中缓步走出来的人影。

在昏暗的灯光下，我看清楚了，这个五十多岁、穿着保安装的男人愁苦的面容。他脸上的皱纹比同龄人要多，眉毛一抽一抽的，往上翘。

在他的手里面，正握着一把手枪，黑色的枪身上面有蓝色烤瓷，散发着凶猛的气息。

地翻天向这个男人弯腰行礼，说老大，你来了。

是老王！

我觉得喉咙发苦，没想到我们在地下车场门口碰到的老保安，竟然跟这个组织是一伙的。原来我们甫一出现，便已经落入了他们的算计当中，而我们却傻乎乎地一头闯进里面来，懵然不知。想不到啊想不到，这个一脸苦相的老实男人，竟然是比许永生的地位还要高的存在。

这么厉害的角色，居然甘于在这个地方当一个保安，显然是为了照看这广场里面的东西。

保安老王提着枪，走到灯光下站定，一脸铁青地训斥地翻天，说看看你干的好事，十年绸缪，差一点就毁于一旦。把你从湘西找过来，是让你在这里看守阵法的，不是让你吃干饭的，差一点坏了大事！你要记住，你的儿子已经入了我们组织，你的表现，直接会影响到他的待遇。知道吗？

地翻天躬身施礼，说知道了，对不起。

他被训得跟条狗一样，然而却并不以为意，点头微笑着，讨好地看着老王，然后蹲身去解许永生嘴里的胶布。我在一旁听着老王那熟悉的川味普通话，想起他之前在门口那憨厚的表现，心中发冷。这条毒蛇，他怎么可以伪装得如此真实，连相人无数的欧阳指间老先生，都看走了眼，只把他当作一个平凡的外来务工人员呢？

又或者说，他的大部分事情其实是真实的？

训完地翻天，老王又扭头看向了僵直着不动的我，说我真的看走了眼，本以为这里面是那个老家伙最有本事，没承想你们每个人，都身怀绝技，特别是你和那个萧道士，成长潜力都不错。可惜了，要不是你们把我的布置给毁去大半，今天倒是真想将

你们纳入麾下呢。

我看着地上捂着腹部抽搐的赵中华，说老王，没想到幕后的凶手原来是你啊。真没想到！

老王缓缓走近，用手枪顶住我的额头，牙齿咬得咯咯响，他的脸有些扭曲，使得憨厚的脸容变得有些诡异。他嘴里面一股大蒜和烟味，浑身都是艾草的熏烟，嘿嘿地笑，说知道我是一个玩蛊的，特意去问了组织里的蛊师，知晓了一些防范之法。不过至于你说"没想到"，那就真的不必了，别人不知道，这个叫做赵中华的小子，倒是时不时地打量我。小子，江湖不好蹚，你本来是个有本事的人，在哪里生活，都是舒服自在，但是，你捞过界了，知道不？世界这么大，你偏偏把手放到了我的盘子里面来，这就真的不知趣了。

他的眼睛在一瞬间变成了红色，说你可知道，人不知趣，会怎么样吗？

我瞪着眼睛，看着他。

而他，则回头问地翻天，说这么好的炉鼎，十分难遇的，你要不要？

地翻天皱着眉头，说要的……他话还没有说完，就往旁边斜斜栽去。我心中一跳，刚好现在是子时，这家伙肯定是蛊毒发作了。地翻天的倒下让老王有些失神，就在这一刹那，从铁门处冲出来一个身影，速度竟然快成了一条直线，在这关键时刻，老王毫不犹豫地扣动了扳机。

我身形一矮，闪开了，子弹几乎擦着我的头皮而过，我甚至能够闻到头发有股焦煳的味道。

这就是死亡，再恐怖的邪恶，都不如火器给你带来的那一瞬间的惊悚。

我迅速朝最近的柱子扑了过去，听到后面又传来了两声枪响。

好在这柱子离我所在的位置只有两三米，我一闪入柱子后，这才想起了从铁门中冲出来的，似乎是欧阳老爷子。这一想我立刻急了，也顾不得露头的危险，绕过柱子，从另外一头扑出来，同时将金蚕蛊强行逼出体外。我一露头，便发现老王已然变成了空手，但是老爷子却被打翻在了地上。

看着老王抬起腿要去踩欧阳指间，我立刻飞奔而上，与这个家伙抱作一团。

跟许永生一样，老王也是一个练家子，而且还是一个高手，发力一震，我便感觉浑身如过电一般的发麻，下意识地就松开了手，老王挣脱我的纠缠，翻身而起，后退两步，右手中又多了一把匕首，在十指间翻飞。他冲着艰难爬起来的欧阳指间笑，说看你一脸的乌黑，想来是中了尸毒吧？这尸毒随着气血而走，你若再妄动，气血流走，莫说两个钟头，便是十分钟也熬不过了！

欧阳指间脸色灰白，身形有些站立不稳，看着老王，说自艺成回乡，我这二十多年间，极少有看走眼的时候，所以我之前说你近来必有大劫，讲的可不是假话。

老王把手中的匕首从右手交到左手，不屑地说："你若真有本事，便先算一算自己，能不能活过今晚吧。"

我爬起来，和欧阳指间站在一起，小心地盯着老王，看着在他头顶上飞旋的金蚕蛊。然而老王来之前对自己作了处理，肥虫子根本就靠近不得，只有在外围勉力盘旋着，看着它一坠一坠的身子，我心中有些难过。杂毛小道的"落幡咒"并不会因为它和朵朵是自己人，而手下留情，虽然处于震中，而且又寄托于我的体内和槐木牌中，但是连那一群厉害的女鬼和僵尸都统统中招，或多或少，肥虫子都会受到波及。

此时的它，只怕比我还要虚弱吧？

想到它委屈地飞出我的身体，就像被赶出家门的小鹰，我心中就有一些不忍。

可是，现在是生死关头，若不能将这个装成普通守门保安的老王给制服，只怕不仅是我，我们这全部的人，都要把命都赔在这里吧。

我们对峙着，旁边是地翻天杀猪一般地嘶吼着，这声音是如此惨烈，一声高过一声。

而赵中华则仰头朝天，双手按住下腹，生死不知。

许永生双眼被玻璃扎失明了，双手又被反铐着，一边翻滚，一边疯狂地喊叫道："杀了他们，杀光……"

两个人影又从黑暗中缓步走了过来，还没出现，便是一对红色的发光体，闪耀着。是之前和老孟、陌陌一起跑开的小东和曼丽，看着他们面无表情的僵直脸孔，我心惊胆寒，这一对，又是被那逃逸的厉鬼所附体的人。想一想阿浩的厉害，再看看他们，我一阵颓然。老王这个家伙，果然是老谋深算。

我看着欧阳指间，他也看着我，叹气，说，唉，时运不济啊，唯有认命了……

赵中华生死不明、杂毛小道用力过度虚脱昏迷，虎皮猫大人被毒死，欧阳指间身中尸毒摇摇欲坠，而我，受伤无数，肥虫子已经再无力量，朵朵被震荡归于槐木牌中……我们手上已然没有什么牌可以打了。

老王的脸狰狞得可怕，气得颤抖，待小东和曼丽走到他旁边来的时候，他一字一句地说："我潜伏于此十年，费尽心机，寒窗苦守，动用了所拥有的一切关系和财力，打通了上上下下的关节，方能够有此布置。然而今天，却仅仅因为你们，因为那个该死的杂毛道士，我费尽心力找寻的十二阴魂只剩下三个！好好好，好有本事的你们，这一点，我承认小觑了诸位。今天之后，我会将你们炼制成鬼物阴魂，陪我等待四年之后，它的出生吧！"

他的手一挥舞，那两个被附身的傀儡便昂起头颅，仰天长啸准备冲过来。

我的双手，已经发烫得厉害，浑身的肌肉都绷直，准备迎接这最后的一战。

然而就在这时，整个空间突然一阵剧烈晃动，所有站立的人都经受不住，跌倒在地上。这晃动就像呼吸，一舒一缓，一张一弛，一阵又一阵的颤抖从我们脚下传来，即使倒伏在地上，都感觉小脑失去了平衡，头发晕，直想吐。这震动持续了十秒钟左右，接着，一股黏稠如墨的气息从下方蒸发上来。

老王尖声大叫，说天啊，它怎么醒了，它怎么突然醒过来了……

他这声音完全跟平时的语调不一样，简直就是捏着菊花在说话，就像一个被流氓调戏了的小媳妇儿。

我脸色一白，想起了虎皮猫大人下楼梯的时候，曾经的犹豫。它曾说过这聚阴炼魂十二宫门阵里，那十二头被灌注在石柱之中的女人，并不是这阵法真正的目的，而是为了一个大家伙。而这大家伙不到功成是绝不会醒来的。除非……有一个像我这般遭邪物忌恨的家伙在……

空间的震动停止了，一阵庞大的阴寒从地下，一直蔓延到了我的心中。

第二十八章　鬼上身

炎热的夏天，汗水挥如雨下，给你盖一床厚厚的棉被，是什么感觉？

寒冷的冬夜，滴水即成寒冰，给你泼一盆河里的冷水，是什么感觉？

闭上眼睛，不知道你们能不能够想象出我当时的难受。

在暖黄色的灯光辉映下，地上有丝丝的黑色烟雾渗出来，一丝一丝，淡薄得几乎看不清，但是我们却能够感觉到这寒冷的存在。这是一个多么凶狠阴寒的存在，以至于附体在小东、曼丽身上的那两个女鬼，都没有听从老王的命令继续朝我们这边攻来，而是瑟瑟发抖，蹲在地上，随后跪着，头伏地，一动也不敢动，然而身子却不由自主地抖成了筛糠。

一直在疯狂呼痛的许永生停止了吵闹，耳朵在动，说怎么了？老王，它来了吗？

老王一脸的阴沉如同寒冰，语气却苦涩至极，苦笑，这笑也似哭："它来了，这没天理的，它来了……它怎么能够提前出来呢？炼制降服它的十二阴鬼如今只剩下三个，拿什么来降服它？而且它此时出来，力量根本就只如同一头凶鬼厉煞，哪里能够达到我们需要的效果……老天，它怎么就出来了呢？"

我和欧阳指间对视苦笑，老爷子看着我莹蓝的手掌，摇摇头，张张嘴，却说不出来。

看口形，我知道他想说"保重"二字。

听到老王的话语，许永生沉默了一下，突然哈哈大笑。他挣扎着站了起来，眼皮子上面还插着破碎的玻璃片，双手反铐着，疯狂地大笑着，朝着空气说道："哈哈哈，积年老鬼一出笼，时辰未到，鬼门不开，必须要找寻肉身寄托，不然便受阴风洗涤，灰飞烟灭。我反正双目已瞎，看不清这浊世凡尘，来吧，聚阴五十载的存在，上了我的身，吞了我的魂。岁月悠悠，让我，与你一起，与这尘世同在吧！"

他东走三步，北踏五步，竟然跳起了招魂舞来。

这是楚巫流传下来的舞步，很多跳大神的神汉巫婆，走的步子与这个姿势几乎相同，是用来走阴问魂最佳的方式之一。此刻，竟然被他用了出来，招揽那从地上放出的大鬼上身。

只是，那恐怖的玩意儿一旦上了他的身，必然会反客为主，将他的意识给吞噬，这件事情，他难道没有想过吗？不对，他是知道的，然而为了追求所谓的永恒，竟然不惜一死！多么扭曲的人生价值观，脑残！

"是谁，打扰了我的沉眠！"

"是谁,打扰了我的沉眠……"

一道道愤怒的声音从四面八方传了过来,这声音恢宏沧桑,又夹杂着一种让人捉摸不透的诡异,让我的心中沉甸甸的,像被压了一坨重重的铅块,喘不过气来。在我旁边的欧阳指间,他又在撒米粒,因为尸毒的蔓延,他的嘴唇几乎青得发黑,不住地颤抖着。我看过去,这个本来仙风道骨的老人,此刻已然变成了死人一般,花白的胡须一点光泽都没有,身上还隐隐传过来一股死人的味道。

但是即便如此,他仍旧在坚持,红袋子中最后的一小撮米粒,被他颤抖地撒在了地面上,像是北斗七星,又像是别的什么。我不知道怎么了,看到这阵法的第一眼,就感觉心神被吸引住一般。他在努力,我自然不能坐以待毙,有那么多的人对我有着期盼,我怎么能够等在这里送死?为了不坏掉欧阳指间的阵法,我跨前两步,从包里面拿出剩余的那一袋黑狗血,撒在我面前的地上,然后将自制的符纸拿出,管它有用没用,只管焚烧,口中还念诵起金刚萨埵法身咒。

在这么一个地方,我跑也跑不了,只有凝念本身,不动如山,静待着风暴的来临。

而正在我们忙活的时候,有一双怨毒的眼睛盯紧了我,是老王。

他气急败坏地看着我的双手,怒气冲冲地奔跑过来,我的符纸没有燃尽,他便一刀划了过来。这匕首锋利得很,我哪里敢跟他硬拼,退后一步,朝旁边奔去,他在后面追,歇斯底里地大喊,说完了,全完了,都是你,要不是你这个家伙,它是不会出来的,你这双手,到底沾到了什么狗屁?

我奔跑着,一边回说,你以为我愿意一发怒的时候手就变成蓝的啊?我还不是被逼的?

我浑身的零件都在抖动着,酸软发疼,转过一个柱子,就感觉头发晕,接着被前面地上滚来的地翻天绊倒,如滚地葫芦一般,跌倒在地上。老王瞅准了机会,一刀就往下戳。我避开去,却被老王一脚给踢中了屁股,疼得眼泪都飚了出来。正在这时,在我的视线余光中,离我们不远的地方,那些黑雾终于凝结在了一起,围绕着,翻卷着,塑成了一个人形。

这是一个矮肥的男人,站立在地上,有些愣,然后看着这周边,又看了看地上翻滚的我们,没张口,却有滚滚的声音传了过来:"这里是哪里,我怎么了?谁能告诉我……"

小东和曼丽瑟瑟发抖,许永生却跳着脚高兴地说道:"你来了?来,来,上了我的身吧……"

那个矮肥的男人环顾四周,然后看向了我,说是的,我是要上身,但不是你这种垃圾货色。它一步一步地走向了我和老王,轻若鸿毛,不断有沙子一般的烟雾飘落,地上又有烟雾融入到它的身体里,循环不绝。我看得不仔细,因为当时我正在和老王搏命,这个老小子力气大得出奇,没有金蚕蛊在我身体里提供动力,我有些手软,那把匕首数次离我的脖子,都只有不到一厘米的距离。

死亡屡屡与我擦肩而过,我甚至感觉到了死神在对我微笑。

那个浓重如雾的家伙走到了我和老王的面前,伸出脚,狠狠地踩到了我的身上,一股前所未有的冰冷瞬间就蔓延到我的意识里面,我全身都立刻僵化了,动弹不得。和我缠斗在一起的老王大喜,抬起手臂就朝我的脖子处抹来,他对我恨入骨髓,这一刀若割实了,我的半个脑袋定然就搬家了。

一只有如实质的手捏住了老王的匕首,甩开,我感觉到我背上的那只脚离开了,接着老王被瞬间抽出了我的怀抱,被这个家伙一只手高高举了起来。老王这时也失去了气力,然而口中开始念念有词,似乎在诵念着控制这鬼的咒语。然而失去了十二只女鬼的辅助,他对这个矮胖的家伙并没有多少束缚的功效,被随手一扔,丢弃在了七八米外的地方去,没了动静。

接着,我感觉我的脖子被掐着,然后被高高地举了起来。

那种直入心底的阴冷,仿佛一块寒冰,冻得我的血液都似乎凝结了。虽然是被掐着脖子,但是并没有让我有喘不过气来的感觉,只是冷,瑟瑟发抖的冷。黑雾凝结的头颅中有一点儿亮光传来,让人只看一眼,都觉得心底里发麻,无边的邪恶在蔓延。我强忍着心中的惊恐,与这个广场阴谋的终极敌人作对视。

它盯着我足足有三秒钟,突然哈哈大笑,说不错,生辰不错、资质不错、骨骼不错、精力不错……你这个虫子,就暂且成为我容身的地方吧!这一句话说完,我便感觉身子一重,失去了支撑,掉到了地上。那个由黑雾集成的男人化作了一大股黏稠的阴冷之气,从我的一双鼻孔进入,顺着我的食道和气管,在我周身都蔓延开来。这种阴寒在我脑子中炸响,我仿佛被冻成了一个冰坨子,自己像一个傀儡一般。

我看到半空中,金蚕蛊箭射一般朝我飞来,然后钻进了我的身体里。

我看见不远处,欧阳指间已然撒完了米阵,然后东走三步,北踏五步,状若疯狂地摆动着双手,与此同时,他在放声高歌,我的耳朵已然失去了功效,听不懂他在说些什么,只是知道,他也在招魂,在跳招魂舞——难道他也和许永生一般,想要与这恶鬼永恒存在吗?

我看见门口处有一个英气的短发女孩,费力地捡起了地上的一把手枪,然后朝向着陷入疯狂的许永生。

我看见老王在不远处费力地想要爬起来,然而口中的血沫一股多过一股。

我看见……

思维在那一刻,仿佛冻结了。我感觉自己就像是一个充气的气球,鼓胀鼓胀的,大量的"能量"正在朝着我的身体里填充,蛮横无理,就好像鬼子进了村、台风过了境、黄鼠狼掉进了鸡窝里,一遍又一遍地洗涤着我的身体和灵魂,而我的意识,渐渐地沉寂入死亡之海中,唯一的感觉是,金蚕蛊在勉力抵抗……

……

不知过了多久，也许是一万年，也许是亿万年，也许是弹指一瞬间。

黑暗中，我沉寂得几乎没有思考的脑海里面，突然在某一个时间点，从心底里爆发出一阵狂躁到了极点的怒吼，这吼声直接而炽热，威严而沉重、更加蛮横、更加无理、更加的让人难以抵御，这个怒吼声只有两个字："滚开！"

滚开……

第二十九章　肉体缚鬼，共赴黄泉

　　这一声怒吼，我凝滞的思维竟然分不清是别人的声音，还是自己的愤怒，只知道这一道充斥着我整个世界的声音出现之后，无数连绵不绝的回响在空气中飘荡着，而那凝住我思维的阴森寒冷，便如同春天阳光照耀下的冰雪，开始融化了——用这么一个词，似乎过于缓慢，因为在一瞬间，那寒冷便如同潮水一般退去。

　　伴随着这一声怒吼出现的，是一道尖锐到极点的声音。

　　这声音包含了恐惧、意外、不安、失望和不解……我无法告诉你们我是怎么从这一声尖叫分辨出这么多情绪的，我只能说，我真真切切、实实在在地感到了这一切的感情。就像是一个如同老万这样的老饕，兴致勃勃地去红灯区消费，走进房门，却发现床上躺着的，是自家的婆娘。或者更加复杂的情感，恕不一一描述。

　　我睁开眼睛，看到一股比原先淡薄十倍的黑色雾气从我口鼻之间仓皇蹿出来，先是在虚空中凝成一个人形，然后几乎没有做任何停留，便向西边的方向飞过去。西面……我停顿的思维开始考虑起问题来，才陡然发现，西面，不就是欧阳指间老爷子所布置的米阵方向吗？

　　我手撑着地想要站起来，然而浑身的肌肉，却超出了我的控制，根本就不听从指挥。我唯一能够做的，就是稍微抬起头，然后看向西边的方向。

　　果然，那团黑色雾气已然钻进了欧阳指间的口鼻之中，还余有一些黑色的气息，在外面游绕着。疯狂舞动身体的他浑身一震，跪倒在地，双手撑着米粒合围的区域，胡子上立刻凝出了冰霜。他抬起头来，正好与我对视上，坦然地一笑。

　　我费尽力气，张开嘴，说出了我都认不出来的声音："为什么？为什么要招鬼入体……"

　　他原本中了尸毒，脸色铁青，现在恶鬼加身，浑身的肌肉都好像有小老鼠子在皮肤下面跑动，扭曲着，更加吓人。然而他的眼睛却是晶晶亮，就像是没过百天的孩子，纯真剔透，没有半点儿瑕疵。他努力地冲我笑了笑，然后叹气，说唉，我也不想这样子，不过这鬼若出世，必定造成大祸。我有老师张延生先生传我的《洞真黄书》一卷，内中有以本命为助力，与厉鬼共赴黄泉之法。

　　此法险恶，有死无生，当日我曾与老师笑曰"我死定是死于此术"，没想到一言成谶。这就是因果，我老头子平安一世，终究还是要如此故去啊……

　　听他这般说，我心中顿时一阵懊悔，我刚才竟然以为老先生如许永生一般变态，想要与那"聚阴炼魂十二宫门阵"中凝结出来的鬼东西共生。然而，没想到他竟然会如此刚烈，要与这恐怖的鬼东西玉石俱焚，同归于尽。突然，我鼻头一酸，眼中便模糊了起来。

我喃喃说道："不应该的，不用这样的……"

说着，感觉冰冷的脸上有两道潮湿的热流，一直流到耳根后，痒痒的，痒得心痛。

欧阳指间说不用伤心的，老头子我中了尸毒，这一番剧烈运动，毒早已攻入了心肺，时日无多，如此甚好。这恶鬼倘若找到法子，又缩回地下去，世间又多了许多麻烦。我死了，值得——我认为值得，这世界便都是我的道，是我的成功之道。陆左小哥，你今后若能够见到我老师，不妨告诉他一声，他最不看好的那个老学生，欧阳指间，现如今也是做了一次畅快之事，不枉此生，不枉此生啊……

他憋尽气力，霍然站了起来，长笑作歌曰："三界内外，惟道独尊，体有金光，覆映吾身；今赴黄泉，万神朝礼，鬼妖丧胆，精怪亡形……"

欧阳指间一边跳，一边歌，周围的米阵则一波跟着一波地荡漾出米黄色的光晕，当他唱到"吾不省兮，且归黄泉"时，一股暗红色的火焰就从他的天灵盖中冒起，瞬间就将他的头发和胡须燃烧起来。而在这时，老爷子已然唱不动歌了，他的声音被空气中一声沉闷的怒吼所掩盖着，那怒吼似乎是在绝望地嚎叫，又似在乞怜，说着："天啊……不要啊，我是被冤枉的……"

这个死于上个世纪五十年代的恶鬼，似乎对自己的死去，依然还有着强烈的执念。

而这执念，甚至远远超过了对我们的恨意……

我浑身都动弹不得，只能眼睁睁地看着老爷子疯狂地跳着祭祀的舞蹈，看着那一团暗红色的火焰吞噬了他的身体，火焰将他的毛发、皮肤、肌肉、骨骼和体液一起点燃蒸发，而他的灵魂，则紧紧地纠缠着那入体的恶鬼，不让它再次挣脱出去。那恶鬼浑身颤抖，在咆哮，在嘶吼，最后变成了哀求……

欧阳老爷子一声不吭，任那恶鬼表达着它的情感，他只是死死地缠着，用尽自己的每一份意志和念力。他在用生命和灵魂跳动着，一往无惧。我看着视野余光中那火焰的精灵，心中的悲愤就像春天疯长的野草，郁积得让人崩溃。没有人能够救欧阳指间了，他求仁得仁，舍身取义，壮哉！

这个老爷子一直默默无闻，然而他在最后关头，用生命的力量，展示了他的强大。

就在欧阳指间最终无力倒下的时候，从我的后方很远，大概是这大厅的边际，传来了一声沉闷的爆炸声，我鼻子灵，能够感觉到有一股硝烟味在飘荡。接着，有许多人的脚步声从那个方向传来。我一动也不能动，就像案板上的肥肉，反抗不得。那脚步声渐近，来者似乎被燃烧的火焰给吓了一跳，轻微地交流着，过了几秒钟，有人走到了我的面前，接着一根铁管子抵住了我的胸口："别动！"

这是一个穿着迷彩绿的男人,像军服,款式又有一点儿奇怪。抵着我胸口的,是一把微型冲锋枪,枪口冰冷,却随时可以喷射出灼热的子弹来。

我没有管他,只是默默地看着被那暗红色火焰舔食、燃烧,最后倒伏在地上的欧阳指间,老爷子的身体已然扭曲变形,空气中传来了一阵难闻的焦臭味。在那灼热的温度里面,我似乎看到了两个灵魂的消亡,一个约摸六十岁年纪的老人,他穿着灰色的褂子,踩着千层底的鞋子,有一把飘逸的山羊胡,鹤发童颜,眼神睿智而明亮,温和地看着我笑,过了一阵,他朝我挥挥手,作别,然后朝着上方飘去。

空气中最后有一丝轻微的喊声:"我不是资本家,我只是一个本分的商人……"

我眼中饱含着泪水,一滴一滴,将我的眼眶给全部填满,整个世界都变得模糊和扭曲了。那个军人将我拉起来,然而我现在的情况,比一个喝得烂醉一摊烂泥的酒鬼还要沉重,他一下子扶歪了,把我掀到了另外一边。我看到两个和杂毛小道一般打扮的人,正舞着桃木剑与小东、曼丽缠斗,和他们一起的还有三个穿着白色褂子的男人,和一个红衣服女孩。

除此之外,超过两个班的士兵将现场作了控制,地翻天、老王全部都被用枪指着脑袋,跪倒在地。

同样被指着脑袋的,还有铁门口的丹枫。她被两个五大三粗的汉子给死死地压在地上,标准的擒拿姿势,一个脸上有刀疤的男子正拿着一把手枪察看。

那把手枪是老王的,而后似乎被丹枫捡到,而且还朝许永生开了几枪。

我被那个人勉力扶了起来,他拍了拍我的脸,说没事吧,能说话不?我张了张口,"啊"一声,感觉喉咙又干涩了。越过他,我能够看到赵中华被几个医生护士打扮的人给围住,正在做紧急治疗。一个地中海发型的矮胖男人走过来,目光仍盯着打斗的那一边。扶着我的这个军人敬了一个标准的军礼,喊首长。

他看了下我,说,什么情况?

军人回答,这里有一个清醒的人,但是一直没有说话,好像是脱力了。

矮胖男人伸出左手,五根胡萝卜粗的手指搭在了我脖子侧边的动脉处,两秒钟后,皱着眉头说噫,没有被上身啊?难道是吓傻了?我感觉到他的手指灼热滚烫,而且还摸到了我挂槐木牌的红线处,憋足了劲,然后开口说道:"你们……是什么人?"

他笑了,说哎哟,居然不是傻子。嗯,你既然在这里,想必知道一些情况,我们是有关部门的人,来了解情况的人。

我努力地调整嘴角往上翘,微笑着说,是管理局吗?

他惊异地看着我,说,哦?你倒是知道一些东西啊?话没说完,他转头看向场内,破口大骂道:"黄鹏飞,夏宇新,曹彦君,你们这些扑街仔还不赶快干活?温吞吞地等着吃屎吗?"

骂完人,他转过头来,和蔼地问我,你是怎么知道的?

我说我朋友的大师兄,是"黑手双城"陈志程。他的脸色严肃了起来。

第三十章 终于结束

有了大师兄的招牌在,这个矮胖的男人立刻对我多了几分尊重。

不看僧面看佛面,从他的态度里,我能够看到大师兄陈志程是一个多么牛的家伙。这个刚刚还对那几个厉害手下呼来喝去的家伙,立刻叫人把我扶到了柱子旁边,背靠着坐下,然后蹲下来,先自我介绍,说他叫张伟国,是这次行动的具体负责人,问我这里发生的事情。而就在这一会儿的工夫里,小东和曼丽这两个被附身的可怜人,已被那六个人给联手制住,接着那两个青袍道士越众而出,两张黄符便贴在小东、曼丽的脑门上。

小东和曼丽停止了动作,像一对被剪断线的木偶,圆睁着双眼,眼球都快要突出来。

这样的形象,再英俊的男人、再美丽的女人,看着都只能传递出一种恐怖的诡异感觉。

我将视线收回来,看着张伟国肥脸上展现出来的笑容,知道在这张慈善的面孔后面,是一个强势到极点的性格,也知道以他的精明和智商,定然是不会轻易放过我的。于是,我将今天的经历一一说起。当然,我讲话也有技巧,一些事情,自然用春秋笔法给模糊掉。我讲着,那六个人已经围拢了过来,捂着鼻子站在我面前,把光都挡住了。被这么多人居高临下地看着,说实话,我心里有些不爽,讲到遇到七个冒险者这里,我停止了叙述。抬起头来,看向这些人。

一个年轻的青袍道士不满地冲我凶道:"赶紧说啊,看什么看?"

张伟国似笑非笑地说:"黄鹏飞,他可是你家师叔辈的朋友,你这家伙就不能客气一点?"

青袍道士发愣,说什么师叔辈?

我看着他,总感觉在哪里似乎是见过的。这时候,铁门已经被打开,几个军人把留在通道里的杂毛小道给抬了出来,有一个年轻的战士抱着肥母鸡一般的虎皮猫大人,跑到这边来报告,说发现里面有好多尸体,初步确认是发生过尸变的死人,还有一个昏迷过去的人,以及一只大鹦鹉……

年轻的战士肩挎着钢枪,怀里抱着虎皮猫大人,掂了掂,忍不住抱怨道:"好重……"

我艰难地伸出手,让他给我,战士看了一眼张伟国,然后把虎皮猫大人递给了我,我接过来——往昔不觉得,这会儿全身乏力,果然真的很沉……咦,不对劲!我摸着虎皮猫大人的肚皮，温温的，一起一伏，这哪里是挂掉的样子。我费力地伸出双手，像面对情人一般，把这肥鸟儿全身上下都摸了一个通透。

我的脸立刻就黑了，这扁毛畜生哪里是死了，根本就是睡着了。看得出来，这家伙只是被迷晕了。许永生这个混蛋在骗我们，我就说么，虎皮猫大人连金蚕蛊的毒都不怕，哪里可能被区区的尸毒，就给毒倒了？在我的心里面，哪怕老孟的脑壳上涂的是氰化物，这只贱鸟都不会伤到分毫的，至于为什么……

因为它叫虎皮猫大人，这五个字就足够说明一切！

就是这么不科学，没有道理。

那个叫黄鹏飞的道士看见被抬出来的杂毛小道，见他也是一副道士打扮，惊讶地走过去瞧，然后转头过来问我，说你说的师叔辈，难道就是这个家伙？我见他眼中似乎有着一些鄙夷和不屑，心中不爽，但是又担心杂毛小道装模作样，假李鬼碰上了真李逵，到时候惹了一场笑话，岂不是更加难堪？我抿着嘴看他，终于还是说："是，怎么了？"

黄鹏飞耸了耸肩膀，嘴角往左边抽动，说没什么，以后不要再招摇撞骗了，说是茅山门下，萧克明这个家伙，十年前确实是我师叔，这个没错；但是现在，他只是一个被革出门墙的弃徒而已。老是打着我们茅山的招牌，就太不要脸了，知道吗？小子。

说完这话，他鼻孔朝上一翻，也不管这边，哼一声，朝着站立当场的小东和曼丽走去。

旁边几个人的脸色立刻一整，也说不上有多少恶意，似笑非笑的，让人觉得心里面像长了一团茅草。张伟国倒是没怎么，拍拍我的肩膀，微笑着说接着讲，然后呢？我看着依然在燃烧的欧阳指间，心中越发觉得冷，说然后我们就掉入了许永生、老王的圈套中，接着变成了这个样子……具体的细节，我们能不能出去之后，再谈这些问题？

张伟国点头，说也好，有些事情，我们是需要好好谈一谈。

他站起来，然后挥手，立刻有军人把奄奄一息的老王、身中数枪已经气绝的许永生和浑身湿漉漉汗水的地翻天，给搬到这边来。张伟国问我这些都是广场闹鬼事件的主谋？我点了点头，他手一摆，立刻有人将这些家伙铐上，然后运了出去。尔后赵中华也苏醒过来，被用担架搬了过来，脸色苍白的他看着我，说你没事吧，陆左？我摇摇头，没说话。他四处张望，先是看到了被人背着的杂毛小道，然后又寻找一圈，眼睛一眯，说欧阳老先生呢？

我依旧没说话，只是指向了那一堆安静燃烧着、只剩下渣子的火。

这暗红色火焰的猛烈，竟然能够在短瞬之间，将一个大活人燃烧成这般模样，果真不是凡物。

欧阳老爷子临死之前，得承受多少痛苦？我无法想象。

赵中华露出不敢相信的表情，说怎么回事？不可能啊，是谁能够逼得老先生使用出"洞真杯米燃魂术"，地翻天吗？还是开枪打我的那个人……我黯然，指了指地下，说都不是，是这大阵中圈养的那头大鬼，它太厉害了，欧阳老先生为了不让它出去祸害他人，又或者返回地下继续潜伏，便以自身的肉体为牢笼，用自己的生命为代价，将那家伙一起纠缠着，共赴黄泉了……

赵中华没说话了，静静地看着那一堆就要熄灭的火，眼睛亮晶晶的，大滴大滴的眼泪就滚落了下来。

听到了我的话，旁边那几个原本捂着鼻子的人，都放下了手，容颜肃穆地看着那一团火。唰！所有的军人和后来者，都朝着那一团燃烧的暗红色敬了一个标准的军礼。足足有三秒钟的沉默之后，张伟国问要不要将这火扑灭？赵中华颤抖着嘴唇说不行，他与欧阳间曾经谈过这件事情，倘若贸然将此火熄灭，只怕会让那同焚之物得到喘息之机，逃脱出去。只有燃烧成灰烬，自动熄灭，才可以算是整个法术的完成。张伟国张了张口，说这种玉石俱焚的法术，实在是，实在是……他想了想，却最终没有说出口来。

我们所有人又沉默了一分钟，只听到安静的呼吸，和火焰燃烧噼里啪啦的响声，空气中有着难闻的焦臭味。终于，张伟国拍了拍担架上赵中华的肩膀，说赵中华同志，你受了重伤，需要去医院进行进一步的治疗，我派人先送你出去吧。他又看向了我，说陆左，你也是，你和那个萧道士都受了重伤，现在事情既然已了，那便先去医院安心治疗，其他的事情，交由我们来处理吧。嗯，郭安……

一个精神抖擞的男人跑到我们面前，立正，敬礼。

张伟国叫这个下属带着我们直接去军分区医院，安心治疗，后续的事情，等过几天再说。郭安敬礼，让两个战士各背起我和杂毛小道，虎皮猫大人也被人接了过去，小心搂着，赵中华躺在担架上，指着被控制着的丹枫告诉张伟国，说那个女孩，是来这里玩儿的普通人，不要难为她。

张伟国点头，说知道了。

接着，我被扶在一个壮实的汉子背上，被颠来抖去地往地下室的那头走过去。

来到尽头，那里有一个百叶窗大小的破口，是他们刚才爆破出来的口子，这些人也正是通过这个口子，暴力破解了这个阵法，这才突击至此的。我头晕，闻着背我这汉子身上的汗臭味，有些想吐。当然，不仅是我嫌他，我这个家伙一晚上劳累，跟死人拼搏，跟僵尸斗殴，血腥味、尸臭味……想来背着我的这个战士心中，也是一阵郁闷。

从这口子中出来，又路过了几个黑漆漆的地方，终于来到了湾浩广场的一楼。

一楼这里，已然有许多全副武装的人在等待着，黑暗中，战士手电移来移去，而在不远处，已经围着好几个人。我记起来了，在那个地方，应该是有一个被僵尸吓得跳了楼的年轻人。当时从三楼往下看，有些模糊，只知道脑袋稀烂，流了一大摊的血。

　　有人上来接应，郭安跟那人解释了一下，立刻有人带着我们从侧门通道出去。

　　终于，我被人背着出了湾浩广场的主楼，当看到漫天星斗的时候，被风一吹，我方才发现时间过得太漫长了，而困意则逐渐地浮上了我的心头，疲倦像潮水，拍打着我脆弱的心灵。我看着黑暗中那一排的车子，和几个蹲在车子旁边抱头的人影，虽然并不愿意，脑子里还想着去给阿根还魂，但是，终究还是闭上了眼睛——太累了。

　　不过还好，结束了，终于结束了……

第十三卷　小鬼

第一章　初醒

我曾经在本文的开头说过，常年在一个地方待着，是无故事的。因为你的圈子有限，活动范围又小，接触的人和事千篇一律，生活的锐意和棱角都会被这些烦琐的、鸡毛蒜皮的小事情磨平，每天关注的，莫过于身边见惯了的面孔——老师、同学、同事、上司、客人……

平淡无味的生活，便如同一杯白开水，你不喜欢，但是每天都必须喝。

打开新闻联播，总是一片祥和，国泰民安、世界和平，虽然总是有几个地方小打小闹，但是跟我们小老百姓，都没有关系。我们快乐安详地生活在这尘世之中，慢慢老去，直至死亡。

然而世界总是这么平淡如水吗？在平静的海面下，到底会有什么样的波澜呢？死亡，死亡之后是什么？

恐怕没有几个人能够一一说清楚。

所以，没有进入一个圈子，仅凭着道听途说，是永远都不会知道那些不为人知的事情的，也许这辈子都不会遇到那些神鬼杂谈的怪事，所有的一切都是镜花水月、奇谈异事而已。这个世界其实是有一道门的，而我，则半只脚踏入了这么一个圈子，所以知晓一些皮毛，藏于心中。大家好，我是小佛，肚子里有一些私货，给大家看一看，信与不信不重要，权当作一番笑谈吧。

时间回转至2008年的七月末，当全国人民都欢欣鼓舞地等待着奥运会开幕式时，悲催的我已经在病床上躺了三天三夜。在第四天，当清晨的第一缕阳光照在我脸上的时候，我睁开了眼睛，醒了过来。

病房里面的空气，是好闻的薰衣草和康乃馨的味道，金子般的阳光，从窗帘里透射进来，照进了我的心里，暖洋洋的，让人忍不住深呼吸，感谢这个美好的早晨。

这是一个高档的独立病房，没有我们那个小县城医院消毒水的刺鼻气味，也没有惨白的一片墙灰。入目处，到处都是高级装饰，倘若我把它与高级酒店比，想来也是差不多——好吧，其实差很多，原谅我这个没什么见识的家伙吧。

我安静地躺在床上，感觉这一辈子，都没有睡得这么踏实，懒洋洋的，什么都不想动。

自从十六岁出门打工，我这六七年都是在奔波忙碌中度过，开始的时候是为了生计，后来是为了赚取更多的钱，直到我去年被外婆下了金蚕蛊，前女友小美离我而去，我才发现，似乎有一种力量在我后面默默地推动着，让我走向了另外一种人生道路。特别是这一年，在精神上，我实在是太累了，累得一睁开眼睛，脑子就要不停地思索。

屋子里面空荡荡，没有一个人，我在迷糊之间，回忆着昏睡之前发生的事情。

所有的一切，似乎都是一个噩梦。一个懵懂无知的小队贸然闯入一个危机四伏的广场大楼，结果，差一点儿全军覆没，差一点儿……我的脑海里面突然浮现出一个老人慈祥的面容来。这个老人用自己的生命，将一个有可能危害千百人的厉鬼，给了结在了一个阴冷潮湿的地下室里。

他的死，让我震撼。

在此之前，我从来没有想过一个人，会为了所谓别人的利益，去牺牲自己的生命，而且是以那种壮烈的方式——虽然这种故事我经常在电视剧上看到过。没有亲眼见到的人，是不懂得那种震撼的。

思维开始逐渐地醒转回来，我尝试着坐起来，正想把朵朵和金蚕蛊叫出来，看一下伤势时，从房间的角落里扑腾出一道肥硕的影子，落在我的病床上，嘎嘎地笑。我一看，正是虎皮猫大人这贼鸟厮，它将翅膀收回来，脑袋向下一弯，作礼，朗声说道："岳父大人，小婿这厢有礼了。"

看着这肥鸟儿鬼鬼祟祟的猥琐样子，我就好笑，呸了它一口，说别乱叫啊，谁是你的岳父大人？

虎皮猫大人扬扬得意地说：就是你啊，岳父大人，你养了一个好女儿，又美丽又可爱，玲珑剔透，而且还是个小萝莉。虎皮猫见到心中痒痒，发誓一定要追到她，不惜任何代价，当上门女婿都成，彩礼啊、嫁妆啊我一律包办，不劳你费半点儿心思，而且还给你预知祸福，测算未来，你看怎么样？

我伸出手，一把掐住这只肥鸟说，朵朵是我家的，给座金山银山都不换，你这辈子都别想。话说回来，你这厮不是被毒死了吗？怎么现在又死乞白赖地站在我面前，垂涎我家朵朵？

"自由恋爱，你管不着！"

虎皮猫大人先是跟我宣布了它的口号，然后悻悻地说许永生这个傻瓜，确实是有一手。倘若是普通的毒药，我虎皮猫大人吃了也就吃了，一泡屎拉完了事；可是他鬼机灵，弄来了紫叶艾蒿精，涂在了那两个死鬼的身上，结果大人我就中招了，醉得一塌糊涂。

我疑惑，说什么紫叶什么精，我听不懂？

虎皮猫大人在我的被子上走来走去，起口就是一句傻瓜，真是个没文化的家伙。骂完，又回转来，说看在你是朵朵老爹的份上，我就再跟你聊五块钱的天吧。艾蒿你知道吧，这是一种菊科多年生的草本药用植物，味苦性温，能发出奇特的芳香；而所谓紫叶艾蒿精，则是用一种变异为紫色叶茎的艾蒿，凝练而成的油精，这油精是一种很高档的香水原料，对异性有着致命的诱惑。当然，这不是重点。

它看着我，头低了下来，说重点是，鹦形目的鸟类一吃到这东西，不管多少，立刻醉倒在地。我本来并不会受到算计的，然而啄那家伙头颅的时候，忍不住吸了一小口……

我露出恶心的表情，说你这家伙真恶心，以后等小妖朵朵分离出来，让她跟你走吧，一个德性。虎皮猫大人振翅高呼，说好也好也，丰乳肥臀的火爆妞儿，我最喜欢不过了。两个媳妇儿，到时候我就可以双飞……比翼双飞了哦！我一枕头砸过去，气死我了，这扁毛畜生还真的是蹬鼻子上脸了！

白色的枕头成一个抛物线，朝门口飞去，正好杂毛小道走进来，被砸了个正着。他一脸的惊喜，说小毒物，你醒了？嘿嘿，虎皮猫大人说你今天早上一定会醒来，果不其然。我奇怪、讶异地看着他，说你不是浑身脱力、昏沉沉地给人拽走的吗，几个小时不见就活蹦乱跳了，什么个情况？

杂毛小道脸上露出了古怪的笑容，说不会吧，你醒来多久了，大人没告诉你现在的时间吗？

我摇摇头，看向了空中的虎皮猫大人，它嘎嘎地笑，说你这傻瓜，你睡了三天了你晓不晓得？我大惊，我说怎么今天睡得这么舒爽，原来睡了这么久？不行，阿根的命魂还在槐木牌中呢，我可是误了大事。我着急地要站起来，杂毛小道把门打开，只见后面跟着一个笑容满面的男人，这个家伙，不就是我那倒霉的兄弟阿根？看他一副微笑的样子，哪里还有之前的傻样？

久未见面，也算是生死之隔，我们两个不胜嘘唏。

杂毛小道看着阿根紧紧拉着我的手，说还好用槐木牌是他做的，知道怎么把阿根的命魂渡到他的玉中，要不然等到我醒，黄花菜都凉了。阿根对杂毛小道又是一阵感谢。说了几句，杂毛小道提起欧阳指间，说昨天，他和阿根已经去江门参加了老爷子的葬礼，送走了，我没有醒过来，不过他代我给老爷子的坟头上放了一束花。

我默然，说好，有时间，还是要去看一看他的。共过命的交情了，不去，说不过这个理。

阿根眼圈发红，说都是他害死了欧阳老先生，若不是他执意在湾浩广场这边开店子，也不会出事。我便劝他，说命中该有注定有，欧阳老先生古道热肠，这事情，即使不是他，换作别人也是一个样子的。万物都是一个圈，会绕回来的。不过欧阳老爷子这个人，算了一辈子的命，到最后，却把自己的性命给搭进去了。所以说，趋吉避凶的事情，算他人准，算自己难，皆因沾染因果，有所牵挂。

大家齐声叹气，说老爷子这一辈子行善无数，倒是走得早了。

杂毛小道想起一件事情，问我，说你醒了，宗教局的人有没有过来找你？我摇摇头，说没有啊，刚刚醒来呢。说来奇怪，这种事情不是应该什么国安局、总参之类的部门来搞吗？为什么是你大师兄，还有那个张伟国，怎么跟冷衙门管理局扯上关系了呢？

杂毛小道笑了笑，正待解释，病房的门被敲了敲，接着门开了，走进来三个人：张伟国、杂毛小道的师侄黄鹏飞和一个穿着藏青色职业装的年轻女性。

第二章 招揽

　　留着地中海头的张伟国带着两个手下，来到我的面前，看着坐在床上的我微笑，说你可终于醒了，三天了哦，医生说你是疲劳过度，再加上身体受了很多伤，所以才会导致如此。我找了几个人帮你瞧，都说依你的体质，不应该睡这么久的——还好，你总算是醒了过来，不然整个事件里，最关键的部分都缺少了记录。

　　他也不客气，直接搬了一个板凳就坐了下来，而换了便装的黄鹏飞则伸手去赶杂毛小道和阿根，说两位，例行公事，请出去等待吧。他说完，阿根便老老实实地往外走，而杂毛小道则一动也不动，看着面前这脸上有青春痘的家伙，冷笑。见杂毛小道不动，黄鹏飞面露愠色，说你什么个意思？

　　杂毛小道面无表情地说："小朋友，别说是你，便是你师父杨坤鹏来，也不敢这样对我。"

　　黄鹏飞呵呵怪笑，说你以为你还是掌教的真传弟子？十几年前的老故事了，一个被赶出门墙的弃徒，就不要跟我们摆老资格了，好像你很牛一样……他话还没有说完，脖子就被杂毛小道给掐住，拥有一牛之力的老萧显然要比这个正牌道士要厉害些，被制住的黄鹏飞眼睛立刻凸了出来，伸手去抓老萧。

　　杂毛小道冷冷地说，小子，有些事情你不清楚，就不要乱说，免得有一天，怎么死的都不知道！

　　一直端坐着的张伟国厉声喝止："够了！"他看着杂毛小道，说小萧，给我一个面子……杂毛小道松开了黄鹏飞，头也不回地走出门去。黄鹏飞脸上刚一得意，便被张伟国淡淡地说了一句："你也出去"，脸色尴尬，也悻悻地走了出去。窝在一旁的虎皮猫大人瞥了一眼这师侄，大叫一声傻瓜，振翅飞出，路过黄鹏飞的时候，谷道一松，一大泡新鲜出炉的热鸟屎就落在了他的头顶上。

　　当门被关上的时候，房间里就只剩下我、张伟国和负责记录的那个年轻女性。

　　"谢奇。"

　　张伟国帮我介绍旁边这个负责记录的女性，然后直接进入了正题，让我把那一晚在湾浩广场所有的经历，全部都讲一遍。既然赵中华是他们的人，想必事情的大概都已经清楚，而我的底细，只怕也没有多少值得隐瞒的了。我沉吟了一番，然后开始将那天在现场所说的话语，重新说了一遍。前面的自然有赵中华和在场的人作见证，直到后来的大鬼从地下渗出，张伟国才反复求证，问个仔细。

　　我有些不耐烦了，说我说的话，自然是确定了的，如若不信，你可以找老王、找许永生、找地翻天求证。张伟国盯着我的眼睛，说陆左，你可知道，许永生被那个叫作翟丹枫的女孩子当场射杀，老王没熬到早上就五脏移位而亡，地翻天，嘿，被你下的蛊毒折磨得快精神崩溃了……

我讶然，没想到我昏睡的这几天居然发生了这么多事情。提到地翻天，我问张伟国，说这家伙最后说没说那个老王口中所谓的组织的事情？张伟国摇头，说地翻天死都不肯开口，曾经试图自杀过两次。他最后一遍跟我确认，说广场束缚的那个大鬼，真的是被欧阳指间以生命为代价，消灭了？

我麻木地点了点头，说是的。

张伟国将信将疑，说按道理，那个家伙不应该这么弱啊？即使是它提前苏醒过来，也不会这个样子啊？

听着他说的话，我突然回想起来，那个鬼东西附上我的身体时，似乎是遇到了什么，结果仓皇逃出，实力暴跌……遇到了什么呢？我仔细思索着，然而头却立刻开始痛了起来，就像有虫子在里面咬，吮吸着我的脑汁。我的眉头立刻皱了起来，疼得直想去撞墙。见我这般痛苦，张伟国站了起来，手伸到我的天灵盖，一股祥和温热的气息，便从他肉乎乎的手掌上传递过来。

两三秒之后，我的头疼缓解了一些，睁开眼睛看着他，说这是什么？

这个胖子温和地笑，说他父亲是以前大内的气功师，家学渊源深远，所以学到一些皮毛，看我头疼，便给我缓解一下。他这么说，我心中便听出些意思来，这很明显是在向我示威：莫要以为认识黑手双城就牛了，老子的长辈还是给中央级别大佬看病的存在呢。

我点点头，说谢谢了。

张伟国收回手，旁边的谢奇立刻拿出一块湿毛巾，给他擦手。他慢条斯理地擦完手，然后微笑地跟我说："陆左，你知不知道你惹上了一个很大的麻烦？"我心道果然，这家伙刚刚摆完后台，就立刻开始进行威吓了，我装作惊讶，说怎么了？

张伟国问我，知不知道这个湾浩广场在这个城市落成九年，而后频繁出事，荒凉至今，后台是谁？

我想起了赵中华质问工程师许永生的话语，开玩笑一般说，难道是共济会？

张伟国沉默了一会儿，摇头说是不是共济会这不得而知，但是老王和许永生有很大可能是邪灵教的人，至于邪灵教是不是共济会的组成部分，这个我不会告诉你，你也最好不要打听。不管怎么说，邪灵教这个东西，你肯定是惹不起的，对吧？

我奇怪，说老王和许永生已死，地翻天被擒，整件事情，除了你们，还有谁知道呢？再说了，事情毕竟都是你们在主导，我们只是误打误撞而已，若没有我们，你们还不是一样灭了那里。说到底，跟我实在没什么关系吧？

张伟国笑了笑，说希望那些疯子也是这么想的。

他看着我，说陆左，我已经听过赵中华的报告了，他觉得你是一个很成熟的男人,也有着超乎常人的能力,他向我举荐了你,我考虑了一下,确实可以破格接纳你进来。我们那里有不少行内的人,上面的资源相对而言,也都会朝这边倾斜。我希望你能够考虑一下我的提议。

张伟国突然抛出这么一个事情,倒是让我意外——神秘的有关部门,居然说要招揽我?

我自年少之时便一直想当一个光荣的军人,而后慢慢长大,军人的梦想已经渐渐淡去,但是却十分羡慕公务员的稳定和轻松,时下正在热播的电视剧《落地请开手机》,那神秘的有关部门,不知被多少人所崇敬……然而,我不再是热血轻狂的少年了,考虑问题,更多的是从利益入手。所谓的资源倾斜,到底是一个什么样的情况,如果仅仅只是金钱上的话,我何必放弃现在的生活和时间,去卖命呢?

要知道,朵朵和小妖朵朵分离所需要的麒麟胎到目前还没有音讯,我哪里有时间分心?

我抬头看张伟国,问他知不知道麒麟胎这东西。

在听完我的一番描述之后,张伟国一头雾水,说不知道,到底是什么东西,如果需要的话,他可以帮我通过内部的系统找寻一番。我说好,多谢,如果有消息请及时通知我。

说完这些,我又问他,这一番话有没有对萧克明说起?

张伟国摇摇头说没有,陶晋鸿老先生曾经是他们部门的高级顾问……

我点了点头,表示理解,心中却彻底断绝了加入的想法。这决定并不是因为其他,而是因为张伟国的几句话。其一是他说陶晋鸿是高级顾问,便不能接纳杂毛小道;其二他说自己是领导身边的气功师之子,就这两点,只是简短的接触,我便觉得被一张遮天盖地的厚网笼罩着,透不过气来。

像我这般的野路子出身,能去干什么?我想起他对待手下那呼来喝去的风范,有人或许认为他是亲热,但是我,却只能在脑海里形成两个字。

炮灰!

娘咧,人人生而平等,老子凭什么去做炮灰?现在这般的舒适日子,我会过得屁股疼吗?

直到张伟国起身告辞之后,我还在想一个问题。门被推开,杂毛小道阴着脸走了进来,问我,说他们是不是准备招揽你?

第三章　夜店

我把我的想法告诉了杂毛小道，他阴着的脸这才好了一些，说你这个家伙，倒是个明眼人。你要么有本事，要么有关系，要不然终究是混不出头，说不定就死在哪个烂沟子里面了。

我吓一跳，说不会这么危险吧？哪里可能会这样？杂毛小道耸了耸，撇着嘴，说你爱信不信，我知道你的小心思，觉得加入了他们，黄菲的父母便会承认你们的爱情，让你们结婚对不对？错！你这简直是妄想，没有一个做父母的，会同意自己的女儿嫁给一个随时都有可能隐姓埋名死去的人，他可以觉得你很伟大，但是绝对不会同意这件事情的！要知道，他们几十年的经验到如今，个个都是老油条了。

我有些担心，说我若不答应，会不会有什么副作用？

杂毛小道摇头说不会，张伟国这些人自视过高，他认为这是在提拔你，你若不答应，他就不会再看你第二眼，任你自生自灭。反正你不管怎样，已经上到档案里面去了，到时候如果出了什么事情，肯定会有人监控你的。这是常规的做法，至于对你做些什么……全中国如你这样的人多得是，他忙得过来吗？

我点点头，这才放心下来，说你刚刚怎么回事，阴着个脸的，那个黄鹏飞惹毛你了？噫，那个家伙我似乎是在哪里见到过？

杂毛小道说你忘记了？去年在江城野驴岛上面的植物园，我们重返现场的时候，处理那件事情的，就是他和夏宇新两个家伙出的面。他们是负责南方省这一片的，我倒是有几次常常碰到，小时候被我欺负过，现在出道了，见到我就恨不得咬下我一口肉来。

我哈哈笑，说你在人家童年留下了心里阴影，人家报复报复你，也是理所当然的。

阿根苏醒不久，店子里的事儿千头万绪，而且莞太路的那个新店现如今也要准备重新开张，所以待不了多久。他请求杂毛小道给他画几张镇宅的符咒，以免再次出现倒霉的事情，杂毛小道并不因为交情好而手软，好是宰了他一笔。虽然有着救命之恩在，但是这个数额也让向来节省的阿根一阵肉疼。

两人离开之后，我叫来护士把窗帘拉上，然后唤出朵朵和金蚕蛊。

虽然刚才跟杂毛小道、阿根谈笑欢颜，但是我的心情其实一直很郁积，总感觉心里面压着什么，然而看到慵懒的肥虫子和乖巧可爱的朵朵出现，心中好像照进了明媚的阳光，一下子就宽敞了好多。

肥虫子不会说话，吱吱吱，扭着肥肥的身躯就飞到我的脸上来，我有点儿嫌弃它，揪着甩开去，吧唧一下掉在地上，它满不在乎，没心没肺地，又摇头晃脑地飞回来；朵朵站在我的床头，然后跟我说起那天发生的事情，满脑子都是小女孩的猜测。看着肥虫子和朵朵，我感觉两个小东西似乎虚弱了一些。

广场上的行动，真的是损失惨重啊！

窝在一旁的虎皮猫大人醒过来，与肥虫子、朵朵一阵玩闹。我看着它们三个在病房里玩来玩去，心中的阴霾就都消失不见了。

我在醒来的第四天出了院，在此期间，那个叫做谢奇的女人过来找过我，我婉言拒绝了张伟国的招揽。

她没有说任何事情，只是表示知道了，转身离开。接着地翻天被送过来解了蛊。

杂毛小道告诉我赵中华跟我在同一个医院，问我要不要去看他？我考虑了一下，虽然赵中华是官方的人，而且在湾浩广场一事上对我们有所隐瞒，但如果不是他联络了张伟国一干人等，只怕我们根本就逃不出那个恐怖的广场，成为一堆枯骨了。共过生死的朋友，自然还是要去看一下的。

那是在我醒来的第三天，我的身体已经恢复得差不多了，于是与杂毛小道一同前往。

同样是高级病房，在房间里面我们看见了躺在床上的赵中华，旁边还有一个年轻女人以及一个三岁多的小女孩。这是赵中华的老婆和女儿，一番寒暄之后，小女孩甜甜地叫了我们叔叔，然后被母亲带出去玩耍。赵中华脸色好了一些，说他的病情还好，子弹伤及腹部，但是他毕竟有一些底子，学过硬气功，肌肉紧绷收缩，当时虽然疼晕了过去，但是，好歹没有去见马克思。

我们聊了一会儿，欧阳指间，这个老人是避免不了的伤痛，而后谈到效力有关部门的事情，赵中华却有着不同的见解。所谓"六扇门中好修行"，虽然师门传承确实不好获得，但是会有更多的资料可以了解、对照，也会认识更多的同行可以交流，同时只要表现优秀，获得的资源也会更多，虽然很多时候需要付出，但是一分耕耘一分收获，终究是比一个人摸黑探索要好得多。

他很惋惜，说机会难得，怎么就放弃呢？

我们笑，说反正已经回绝了，就不想了。谈及自己的身份，赵中华说自己真的就是一个收破烂的，经营了一家废品回收公司，一般不出任务，所以也还悠闲。聊到自己的女儿，这个男人就满脸的笑容，说现在还小，不懂事，希望以后能够和你那个小鬼一般懂事就好了。我们聊了一阵，见他的伤势需要休息，于是告辞。出门的时候，赵中华叫住了我，说陆左，你说的麒麟胎我会留意的，但是你被诅咒的双手，有没有想过，要化解一下？

我伸出双手，看着自己已成断十字纹路的手掌，说掌柜的你有办法吗？

赵中华说他的授业恩师对消磨诅咒略有心得，老人家在北湖恩施，等他伤好痊愈之后，可以带我去见一下。我点头，与他相互留了联络方式，这才离开。

出院之后，我又去饰品店，与阿根、古伟一起商量生意上的事情，阿根一再请我回来，共同做事业。他对我跑去洪山开餐厅的事情十分不满，说既然能够跟阿东一起合伙，为什么不能跟他一起呢？我无奈，言明我并不会在洪山待多久，苗疆餐房的事情，主要是阿东没有本钱，帮忙而已。到了晚上，华灯初上，杂毛小道来电，问我上次车里面的事情，还做不做得准？

我发愣，说什么事情？

这几天脑袋有些发晕，也不记事儿，所以我不知道他到底想说什么。结果杂毛小道在电话那头嘻嘻笑，说不是约好了一起逛夜店喝花酒吗？你小子，是真不记得还是准备当和尚了？我这才想起来，似乎是有这么一件事情，当下也嘴硬，说去便去，谁怕谁？杂毛小道说晚上八点他来店子里面找我，同去。

我并不在意，与阿根、古伟和店子里几个骨干在傍晚的时候，一起去外面吃饭，折回来的时候，才发现杂毛小道已经在店子里等候，指着时钟质问我，已经快九点半了，奶奶的，真不是个守时的人，不想去算球。阿根上来打圆场，结果被杂毛小道一起拉上，说同去。

结果，晚上十点钟的时候，我、阿根和杂毛小道准时出现在了附近的一家夜店里面。

夜店其实也分很多种，从广义上分有KTV、酒吧、迪吧、量贩式KTV、演艺厅、歌舞厅、DISCO、夜总会、洗脚城、桑拿房，但是在东官，只有两种，即付钱的和不付钱的。都市的喧嚣和浮华沉淀不了太多的东西，所以在这纸醉金迷的夜里，欲望便成了主流，这里所指的欲望，是动物性的、赤裸裸的欲望。

不过还好，为了照顾我和阿根的感受，杂毛小道总算没有找直接付钱交易的那种，而是来到稍微正规的盛天会所。盛天会所，在东官南城区应该算是比较大的场子，虽然酒水比较坑爹，但是音响设备、服务和名气都是一流的，而且过来这边消遣的都市女性，通常质量都很不错。

我们坐在吧台上，看着舞池里无数挥舞双手的年轻男女，抿着酒感叹，果真不错。

杂毛小道被我再三要求，没有穿那吸引人目光的道袍，打扮得跟个潮男一般，而我和阿根，则是黑西裤白衬衫，稍显严肃。杂毛小道放肆地评论着在酒吧穿梭的女孩子的身材和容貌，口水四溅，在这一刻，我很难把他和做法时的那个道士联系到一起，因为此时的他，我光看这脸，都感觉到有一股猥琐之气迎面而来——落差太大，让我感觉十分不真实。

我以前卖保险和做生意的时候，也会来这里陪人消遣，这样的场所，我倒是并不陌生，只是不喜欢而已。所以倒也不是太拘谨，随意地和凑过来的女孩子聊天，说说冷笑话，逗人一乐。杂毛小道盯了我一会儿，便忘乎所以，不知道跑哪里去了。唯有

阿根，一个人在那里喝闷酒，倒是让人担心。

　　跟我聊天的这个女孩，容貌着实有些抱歉，而且举止还粗鲁，我聊了几分钟，便借口尿遁。当我从洗手间出来的时候，阿根从我旁边匆匆走过，我拉着他，问去哪里？他指着二楼的 KTV 包厢，说他看见王姗情了，要去看一下。

　　我看着阿根的脸上，满是怒气。

第四章　蜘蛛

王姗情？

乍一听这个名字，我心中就泛起一阵不舒服，这让我想到了一条潜伏于暗处阴冷湿滑的毒蛇，和那恶心得如同鼻涕虫一般的情蛊。我一把拉住阿根的手，说看见就看见了呗，你走你的阳关道，她过她的独木桥，既然没关系，何必还要相见，你被骗得还不够吗？

阿根想挣脱我的手，说陆左，我刚刚看到王姗情醉得发晕，给一个男人扶上了二楼，恐怕她出事。毕竟都是朋友，遇见了，怎么都是要管一管的。你放开我……

我顿时笑尿了。我这傻兄弟，到现在还把那娘们儿当成朋友看？哼，要不是有我在，只怕阿根现在都已经命丧黄泉，一把骨灰了。

然而见阿根如此执著，我也没有办法。做兄弟的，点醒不了他，只有任由他去犯傻了。我陪着阿根一起走上楼去，二楼有一个小型的演艺厅，气氛比楼下稍微平和一些，声音也没有那么浮躁，其他地方都是包厢。扫了几眼，那暗色的暧昧灯光，让我心中有一些不舒服，总感觉有什么东西在似的。演艺厅没看到人，阿根挨个儿地去包厢找寻，依然没有找到，倒是惹来了别人的怒骂。

我看那些人准备找保安了，连忙拉着阿根退回楼下。坐回吧台，阿根仍然心不在焉，跟我说想再去看看。

我把一大杯酒放在他面前，面无表情地说喝下去先，阿根也没有犹豫，一口喝下，喉结咕嘟咕嘟地动着，然后眼睛通红地看着我，说怎么样，是不是觉得我很贱？

我盯着他通红的眼睛，说阿根，你担心的那个女人，她不是一个玉洁冰清的圣女，而只是一个下海的小妹！她有过的男人，比你每天见过的女人还多十倍百倍。她来这里，不是消遣，而是在工作。工作，你懂吗？是你情我愿的交易而已，说不定这对狗男女已经在包厢里交易了，你在担心什么？你不是看开了吗？现在怎么又是这副尿性，你再这样，别跟别人说你是我朋友。

我严肃地指着他，说我真心丢不起这人！

阿根眼睛红了，身子伏在吧台上，肩膀耸动着，不停地抽搐，让人心里面难过。我摆完狠话，却不知道怎么安慰他。女人喜欢浪子，然而却有几个人能够做到洒脱不羁？每个人都年轻过，心中总会有一道伤痕，你想要忘却它，然而时间流逝，偶尔，这伤痕又翻滚了上来，让你觉得心疼，感到伤痛。

我不理他，也不去想自己心中那些隐藏在时间背后的往事，拿起吧台上的酒杯，让里面的液体在灯光下摇曳着，感受着迷乱之中的宁静。然而三秒钟之后，我的眼睛圆瞪起来。

天啊，我看到了什么？

在我的酒杯中，琥珀色的液体里面，飘荡着三个细小的红色蜘蛛。这蜘蛛是如此的微小，我甚至都找不到可以对比的东西来形容它，如果不算散开的肢节的话，甚至没有半毫米。它整体分为头胸部和腹部两个部分，四对跗节，通体都是红色的，有极细微的黏毛组成的毛簇，我眯着眼睛，甚至能够看见它吞吐的口器，上面密密麻麻的利齿……在这个灯光昏暗的大厅里面，我居然能够看清楚这么仔细？

我擦了擦眼睛，感觉真的是不可思议。

就在为我的视力增长高兴之余，我突然想起了一件事情来，在我的杯子里面，怎么会多出这么三只红蜘蛛来呢？而且还是活蹦乱跳的。看着在酒中飘来荡去的红蜘蛛，这比针眼还小的东西，让我莫名地生寒——这种东西，莫不是有人故意放在这里的吧？

我立刻把阿根拉起来，这个痴情的男子抬起头，泪眼蒙眬地看着我，说怎么了？他有些不好意思，伸手去揩眼睛，我拦住他，指着我的酒杯说等一等，我们可能被人盯上了，酒中有毒。阿根吓一跳，说怎么回事儿？我把手放在他的脖子上，唤醒金蚕蛊，感受阿根的身体状况。

我心急如焚，金蚕蛊据我外婆声称是万蛊之王，然而只是说它的毒性强、用处多，并不一定能够解百毒。要是阿根喝到了什么连肥虫子都解决不了的毒素，那就真的惨了。

我凝神静气，感受了半天，金蚕蛊给我传递回来的信息是没有。

这便好，是我杯弓蛇影了吗？我犹豫着，结果肥虫子不听招呼，直接拱出了我的身体，飞进了酒杯之中。我吓了一大跳，双手连忙捂住杯子，不敢让外人看到。还好音乐声喧闹，旁人自顾自玩乐，并不曾注意这边，酒杯中的酒，以肉眼可见的速度消失，肥虫子打了一个饱嗝，然后把那三只小小的红蜘蛛给一口吃掉。

随后，一种强烈的满足感从肥虫子那里，蔓延到我的意识中来。

如此满足，显然这小红蜘蛛是剧毒之物。

有人要害我，到底是谁呢？

我抬起头来四处张望，正好对上了一个留着一脸络腮胡子的男人。这个男人站在舞池的另一边，一直关切地看着我，见我望来，立刻低下头去。我伸出手，让肥虫子爬到我的手臂上，然后吩咐阿根，别管那个劳什子王姗情了，找到杂毛小道，不要离开他身边。我一步一步地走向那个男人，在还有十几步的时候，他突然跳起来，朝门口的方向猛跑而去。

还真的是他，我也不管缘由，拔腿便追。

夜店里面实在是太挤了，络腮胡如同游鱼，滑溜得很，不一会儿就跑到了门口，我哪里敢把这么一个阴暗中的潜伏者放虎归山，于是也管不了别的什么，抬脚追去。出了夜店门口，只见穿着短袖 T 恤的络腮胡朝北边跑去。我一边掏出电话打给杂毛小道，一边使劲地追。

也许是夜店里面的音乐太过吵闹，杂毛小道的电话一直没有通，都是嘟嘟地响，在这关键时刻掉链子，气得我直想把那手机给砸掉。前面奔跑的那个络腮胡子似乎还练过跑酷之类的玩意儿，身手灵活得紧，我把手机往裤兜里面一揣，也不管了，咬牙猛追。

络腮胡子在前面猛跑，我在后面追，这一追便足足追了二十多分钟，我们从繁华的商业街一直跑，穿过了居民小区，又跑过了小区尽头的工地，无数的建筑在我身边如风而过，一直来到了一个露天垃圾场。这一路上，不断有人用诧异的目光瞧着，然而这男人似乎还刻意选了路线，居然没有碰到一个警察，而且每当我快赶不上的时候，又出现在我的视线中。终于，在一个中型的垃圾场边缘，我失去了络腮胡子的身影。

我跟丢了，那个家伙实在是太滑溜了。

这是一个很普通的垃圾掩埋场，每个城市总会有这样的地方，空气中散发着阵阵恶臭，满目都是垃圾堆成的小山。这个地方，倘若在白天，定然还会见到很多拾荒者（大部分是老人）在此处，迈着蹒跚的步了，试图从垃圾堆中，翻出一些值钱的玩意儿来维持生计。我站在边缘，四处张望，却始终没再看到那个家伙的身影。

盛夏的夜里，空气里都有一丝炎热，四下静寂，只有虫子的鸣叫和几只野鸟的声音。

这空气质量并不算好，然而我体内的肥虫子却蠢蠢欲动，想要出来混一顿饱饭。我拦住了它，正想要再次打电话找杂毛小道讲明现在的情况的时候，突然听到不远处传来奇怪的声音，是打斗声，但不是人的打斗，而像是动物的撕咬和争夺，不时还传来低沉的犬吠声。

2008 年的东官，特别是南城区那一片，并没有建立起足够的动物收留中心，所以经常会见到流浪狗、流浪猫，而这些可怜的小动物大部分都聚集在垃圾场中，在生活垃圾中翻食着残羹冷炙，这并不奇怪。我本来也并不在意，然而我的鼻间却是一阵痒，感觉总是有一些不对劲，至于是什么，却又说不出来。

我拿着手机发了一会儿呆，终于想起来了。

这是血腥味儿，浓重的血腥味儿。

我瞧着前面的垃圾堆，在不远处昏黄的灯光照耀下，垃圾堆的背面，有着难以言明的诡异。撕咬的声音越发的激烈了，不断有嗷嗷的哀叫声传来。我有些奇怪，之前似乎还平静着，怎么我没站多久，便是这般的喧闹？缓步走上前去，我踩着一地的垃圾，绕过那个挡住我视线的垃圾堆，定睛地瞧去。

在我眼前的空地上，有五条流浪狗在打架，品种不一，有狼狗、狮子狗和中华田园犬（也就是常说的土狗），一律的浑身脏兮兮、湿淋淋的，凶猛异常，与平时所见的狗相比，丑陋、毛发脱落、癞子……

然而这并不是重点，我紧紧地盯着这些流浪狗在抢夺的东西，心中骤然发冷——这是一具人的零碎尸体，四肢被扯烂了，肚子也给掏了个空，只有头颅稍微完整，看得出是一个头发花白的老人，女性，脸上的皱纹沉淀了岁月的无情，脸被啃了半边，眼珠子全部不见……

我的出现，给这空地带来了片刻的宁静，这些刚刚吃完人肉的流浪狗停止了争夺，扭过身子来看我。它们的眼睛，在远处昏暗的灯光下，呈现出暗红的颜色。而在这些狗的后面几米处，站着一个黑色的人影。

第五章　漏网之鱼，食尸狗

这个一脸络腮胡的男子，正一脸笑容地看着我，而这笑容的背后，是浓重的怨恨和愤懑。

我试图从记忆中去寻找这么一个人，然而我很遗憾地发现并没有找到，也就是说，我并不认识这个家伙，姓甚名谁？来自哪里？我一概不知。所有的一切都是虚幻的，只有恨意，如此真实。

那五头流浪狗趴在地上，红色的狗眼睛死死地盯着我，张着嘴，浑浊的口涎顺着红色的血肉留下来，喉咙里面，有着低沉的嘶吼，不像是狗，反而像狼。前爪刨着地，蠢蠢欲动，似乎随时就要跳起来。

我看着这些古怪的流浪狗，皱着眉头问这个男人："是癫蛊？"

他点点头，说不愧是养金蚕蛊的蛊师，这变种癫蛊你也能够看得出来。

我眯着眼睛，盯着这个男人。确实，这种癫蛊是壮族的不传之秘，据说是用一种独特的青叶蛇埋在地下制作而成。中者心昏、头晕、笑骂无常，饮酒时，药毒辄发，忿怒凶狠，俨如癫子，此为其次，并不比寻常蛊毒奇特多少。而真正厉害的家伙，能够用中癫蛊死去之人的血肉，饲养出比寻常更加凶猛的畜生来。这种畜生食过人肉，会变得凶残恶毒，迸发出身上最原始的野性来，淡忘死亡的恐惧，眼中只有活人的血肉，变成丧尸一般的存在。

这东西叫做食尸狗。

它唯一恐惧的，就是制作癫蛊的那个养蛊人。

古时候的岭南蛊壮，就是靠癫蛊训练这种畜生来与外地争斗的，并且在苗蛊的阴影之下，打出一片天。时隔多日，制作食尸狗这种技艺，早已消失在时间的磨砺之中了，但现如今，又重现在我的面前。我心中戒备着，这已经不是单纯的蛊术范畴了，我的肥虫子，未必能够派得上用场。

我看着他，说混这行饭的，想要吃得饱，定要晓得多。癫蛊这东西，我不会，但肯定是知晓的。不过，你是怎么知道我养的是金蚕蛊，为何又要来找我麻烦？

我说着这话，络腮胡脸色立刻变冷，说五天之前，捣破湾浩广场的人里面，便有你一个。你知不知道，你的多管闲事，让多少人的心血白费？整个东官分庐，就只剩下我一个人逃脱出来，连上线都联系不到，我不找你麻烦，找谁麻烦？而且，都说金蚕蛊是蛊毒中的王者，我却是从来都不屑的，今日，总是要比上一招的，不然，我以后岂能过得了自己心中的坎？

原来是漏网之鱼！我想起当日被人背出广场大楼之时，老王和许永生确实有一些同伙被擒拿着，一排排地抱头蹲在车旁边。想来也是，这么大的一栋大楼里，除了领头的几个，下面确实是需要有些跑腿的同伙。至于这个人，莫非就是老王口中的那个蛊师？

　　老王第一次露面，身上已然有着防备，让金蚕蛊靠近不得，他曾说过是请教了一个蛊师。我之前以为那个蛊师远在天边，没想到却是近在眼前，而且居然能够在有关部门的重重包围之中，逃了出来。

　　我苦笑，说你倒是好诚恳，不过这个时候你不是应该要跑路吗？

　　络腮胡呵呵地冷笑，眼睛在这昏暗的路灯的反衬下，像是碎玻璃渣子一般的尖锐、怨毒，他笑完，说我本就没打算让你活着离开，不妨让你做一个明白鬼，不然留着执念在尘世，反倒是多了几分因果。说完这话，他从怀里拿出一片青色的竹叶子，然后放在唇上，吹出一首曲子来。

　　这曲子婉转悠扬，在这寂静的夜里，并没有让我感到丝毫的宁静，而是凭空多出了一丝恐怖的气息。

　　因为随着这曲子地响起，原本蓄势待发的五条食尸狗，便如同离弦之箭，朝我迎面扑来。

　　这五条食尸狗大小不一，最大的狼狗及膝高，最小的狮子狗只有狼狗的三分之一，舌头全部耷拉在外边，跑动的时候，甩动着带着血浆的口涎。我这人小的时候被狗咬过，所以一直都怕狗，心里有阴影，时至今日，看着猛犬一纵一纵朝我扑来，我心中立刻想要转身而走。

　　然而这念头一起，心中便暗骂：怕个毛啊？老子僵尸厉鬼都交过手，而且还战而胜之，现在怕什么狗？

　　我身上不是还带着两个小东西吗？对付狗，朵朵和金蚕蛊比我有经验啊？

　　念及至此，我立刻高喊一声"请金蚕蛊现身"，肥虫子立刻亮闪闪地出现，而我胸前的槐木牌中也射出来一道金光，是朵朵——不知道为什么，我看到了朵朵，心中反而有了一点失望。按照一天一轮的规律，今天本来是该小妖朵朵出现的。可是这小妮子现在不太爱理我了，除了上一次十万火急时现身之外，后面的几天，她根本就没有出现，或者是在我睡了的时候才现身。

　　我知道她是对我有怨气了，她觉得我根本就没有重视她，喜欢朵朵和肥虫子更甚于她。

　　朵朵一出现，顿时尖叫，说哪来这么多狗狗啊？

　　话还没有说完，那条最大的狼狗就狠狠地朝我扑来。我早有戒备，一见到这狗奔来，抬腿便是一脚，不踢它头，不踢它前爪，专往那脖子处、侧颈处踢。这一踢及中，感觉就像踢到了一头小牛犊子。这条狼狗与我擦肩而过，立刻又有一条土狗流着哈喇子冲了上来。

朵朵立刻俯身而下，伸手就揪住了这条土狗的耳朵，小萝莉一发狠，高喊一声可恶的狗狗，便将这只浑身开始变成癞痢血浆的土狗，给甩飞了出去。我疲于应付这剩下的四条食尸狗，却指挥着金蚕蛊朝络腮胡冲去，不料裤脚被唯一的一条狮子狗给咬中。这是一条本来应该为白色的小狗，然而此刻，蓬松的毛发全部结痂，露出灰红色的皮肉，张开嘴，牙齿比普通狼狗，还尖利。

夏天，我穿的是单薄的西装裤，被这小家伙一口咬住，一阵剧痛传来，疼得鼻尖都冒汗了。

这狗牙有毒，伤口处，麻麻痒痒的，十分不自在，一股阴寒往上蹿。

见到我受了伤，朵朵一阵大怒，飞下来，坐在那条癞皮狮子狗的身上，闭上眼睛，举起拳头一阵猛捶，说敢咬陆左，打死你，打死你……那狮子狗咬住我不松口，我也不敢在原地僵持，箭步跑到一垃圾堆旁边，捡起一根一端钉了铁钉子的木棒（其实是个桌子腿），深吸一口气，将跟来的两条狗一棒子给打开，而被朵朵蹂躏的那只小狮子狗也终于松开了牙齿，肚皮朝上，翻倒在地上，四肢抽搐起来。

我手中拿着那根将近一米的木棒，一连打翻了三条恶狗，环顾着四周，旁边的几条狗陆续翻身爬起来，围着我狂吠。我喘着气，指着络腮胡说你这伎俩要杀我，是不是在开玩笑？这狗也能够杀人吗？络腮胡往前走几步，一脚踩在了地上的头颅上，说怎么不能，这个老太婆不就是被活活咬死的？他一脚踢开，看着在他旁边萦绕、不敢上前的金蚕蛊，说你这号称蛊中之王的虫子，也不过如此嘛。

被食尸狗啃得只剩半边的头颅，骨碌碌地往旁边滚去。

我拿着木棒，跟两条狼狗、两条土狗作对峙，看着这四条皮包骨头的食尸狗在我旁边伺机而动，身上的毛发一撮一撮地掉落下来，露出了烫伤一般的皮肤，呈粉嫩色，然后破裂，有类似于蛆的白色虫子在上面钻来钻去，黑黄色的口涎与之前的人肉一起，不断地滴落下来，又骚又臭。

木棒上面滴落着血，我有些喘气，这被癫蛊转化过的食尸狗，没有痛觉，那大棒子上的生锈钉子，几次都砸进了食尸狗的头颅中，翻起血花来。然而却对它们没有多少的影响，倒地之后又立刻翻身而起，像狼一般在我外围游走着，尝试寻找空隙，准备偷袭。

我小心翼翼地看着这四条食尸狗，凝神盯着它们，恶狠狠地瞪，朵朵与我背靠背。

在那一刻，我对于那一套传说中的丐帮镇帮之宝打狗棒法，有着发自内心的期盼，特别是最后的一招"天下无狗"，则是我心中最大的向往。然而，我面前的这四条，已然算不上是狗了，更多的，是一种被癫蛊毒性控制的"僵尸"，没有恐惧，没有胆怯，只有对食物赤裸裸的欲望。

我看着不远处暗笑的络腮胡，心想他是有预谋的，所以把我引来至此，一举灭杀——难道，我真的会死在这几条不伦不类的恶犬之下吗？怎么可能？我捏紧了手中的木棒，发了狠，箭步上前，冲往那络腮胡子处。射人先射马，擒贼先擒王，我先把这王八羔子弄死再说！

随着我的身形一动，那四条凶恶的食尸狗立刻先后扑来，朵朵挡住两个，我乱棍打散两个，离那络腮胡子只有四五米的时候，那个家伙哈哈大笑，说要杀你的，你以为只有我一个吗？

话音刚落，从地上突然腾起一股黑气，发出诡异的笑声，一声比一声凄惨哀怨。

第六章　围殴

这从四面八方涌来的笑声，让我后背心的鸡皮疙瘩一瞬间冒了起来。

这笑声我是十分熟悉的，它让我立刻就回到了湾浩广场的惊魂之夜。是的，这个女人的声音，就是广场大楼中那十二个女鬼的老大，身着白衣的无面女鬼。我的脑子在瞬间就回忆起来，老王说他的十二头女鬼就只剩下三个，而最后附体的人却只有小东和蔓丽，还有一头，再无踪影。我本来以为这些首尾，自然有张伟国那一票专业人士搞定，没曾想，他们不但漏掉了络腮胡，还把这头女鬼给放掉了。

这办事效率，我能够吐槽吗？

我能够骂娘吗？

我能够竖起两个中指，表示我发自内心的赞叹吗？

电闪火石之间想明缘由的我已然冲到了络腮胡的面前，抬手要一棒子擂死这该死的家伙，没曾想棒子立刻就被那女鬼给缠住，动弹不得。时间紧急，我也不作纠缠，放开棒子，伸手就揪住了这个意欲报仇的蛊师。我本以为他跑得如此迅疾，身手灵敏，定是和老王、许永生一般的练家子，然而我这一抱一推，他竟然和我一同倒在地上。我们两个滚了几圈，我这才发觉络腮胡一身的汗水，不停地喘气。

我才想起来，我们两个前追后奔的，高强度地奔走了二十多分钟，就算是一般的练家子，此刻也是手脚酸软了。不过奇怪，不知是不是金蚕蛊在我体内的缘故，我竟然还是一身的好体力。我和络腮胡在平地上翻滚，相互较劲，而让我担心的食尸狗却并没有跟上来，我这才注意到，金蚕蛊已经加入了对食尸狗的战斗。

食尸狗即癞蛊，在肥虫子的领域里，它自然不肯服输，坚决顶上。

我仗着身体强壮有余力，把络腮胡按倒在地，半直起身来，啪啪就是两个耳光。这耳光打得畅快，心中正舒爽，却感到后背被一阵阴寒狠狠一撞，心脏都差点儿蹦了出来，意识不稳。不用问，定是那唯一幸存的女鬼。不过，这女鬼要真有本事，就上我身来，像这般缠绵，哪能动我分毫？

我不理，自念金刚萨埵心咒，暗结了不动明王印，又一掌，朝我身下这络腮胡的胸口重重锤一下。

这一锤，络腮胡口中喷出鲜血来，然而他却在哈哈地笑，笑容诡异得让人迟疑，感觉不妙。

果然，在我把这个络腮胡扇成猪头之前，他突然睁开了眼睛，晶状体里面的瞳孔为白色的，没有一丝的人类感情。接着他伸出双手，握住了我的手腕，如同铁钳一般，让我动弹不得。络腮胡紧紧掐着我的手腕，诡异地笑，然而眼睛却是不喜不悲，说小子，你以为你能够逃得过我的追杀吗？不但是你，你们所有人，都要一个接着一个绝望地死去，没有人，能够逃得出我的追杀……

这笑声清冷，古怪，像女人在唱歌。

他拉着我就往后甩去，被鬼附身的络腮胡力气大得出奇，我还没有反应过来，便腾云驾雾一般飞起，最后砸在了一大堆生活垃圾里面。我被震得浑身都快散了架，腰间被一个尖锐之物硌到，生疼。我从一堆烂菜叶子和腐烂的泥浆中爬起来，顾不得身上的熏臭，转身朝另外一个方向跑去，感觉身后有风声响，掏出震镜就是一照："无量天尊！"

关键时刻，这铜镜子也给力，立刻冲出一道金光，将络腮胡给笼罩住，他顿时失去平衡，摔倒在地。

这么凶猛的鬼，我可没有降服的法子，而虎皮猫大人——那只能够吸食鬼魂的肥母鸡又被杂毛小道丢在了家里面睡懒觉，我毫不作停留，拔腿就往来路逃去。那一边，一条食尸狗瘫软在地，而肥虫子则不见踪影，朵朵悬于半空，两条粉嫩如莲藕一样的手臂平伸着，那三条食尸狗则静止不动。

神念阻绝，戾气未消。

我想起来了，这是《鬼道真解》中隔绝所选对象与外物联系的一个法子——癫蛊本是依据毒性而发作，而这恶犬，除了服从本能之外，还听从于下蛊人的命令，朵朵切断了两者之间的联系，便能够让这恶犬稍微地停歇下来。不过，这笨孩子，切断这三条食尸狗的思维感应，可不是一件轻松的活计，依她这小孩子的水平，能够持续多久？我风一般的冲到朵朵面前，只见这小萝莉额头上全部都是汗水。

鬼为灵体，本来是无汗的，只是朵朵为鬼妖之体这种甚为稀少的存在，有汗水自然也不用稀奇。

小萝莉嘟着嘴，眼睛水汪汪，如月光下溢满水的石井，让人看着心疼。

我气愤得很，也更加珍惜朵朵给我制造的这个机会，抬起一脚，猛然间就将那条最凶猛的食尸狗的脖子给踢断，它呜咽着瘫软在地，已经变得十分恐怖的狗头无力地垂着，口中血沫子汨汨地流了出来。正当我想解决第二条的时候，络腮胡已然冲到了我旁边，一把就抓住了我的左臂，往旁边又是一扔，我又是腾空而起，朝着一堆棱角分明的固体垃圾处跌落下去。

以我的速度这一跌落定然要伤到几根肋骨的。

然而落下来时，我却没有感受到疼痛和猛烈的撞击，一双手将我稳稳地托住，顺带着往旁边移了几米，让我有惊无险地掉落下来。我扭头一看，正是我那好色风流的老搭档——杂毛小道。这时，瘫软在地的那头食尸狗终于被金蚕蛊成功策反叛变，扑向了络腮胡。来不及寒暄，问清缘由，我们两个一同再次冲上前去。

因为惧怕络腮胡，朵朵已然飘上了空中，口中念念有词，正是那日对付女鬼的招数。

灵体对灵体，这才是正解。

被金蚕蛊控制的食尸狗已经被络腮胡子一脚给踹飞了出去，这家伙有女鬼附身，力道大得出奇，那浑身血淋淋的畜生呜咽一声之后，便"撒手人寰"了，始作俑者却并没有受到半点儿的伤害，鬼头鬼脑地溜出来，又像一粒子弹一般，射进了另外一头食尸狗身体内。

这是唯一剩下的狼狗，体型最大的存在。肥虫子就是以反复侵入的方式，准备迎接最后的胜利。

在金蚕蛊和癫蛊秘术的较量中，金蚕蛊完胜，成功守卫了自己身为王者的尊严。虽然这个小肥虫子平日里一副饿死鬼投胎的样子，似乎并没有什么尊严。但是毕竟，人家脑门顶上，确实长了一颗青春痘。有痘，一切皆有可能。

剩下的那条食尸狗自有反水的同类纠缠着，我和杂毛小道已无后顾之忧，一齐对上了络腮胡子。络腮胡之所以力道大如蛮牛，只因他身上附有一头凝练十年的恶鬼存在，不然以他二十多分钟的高强度奔跑，体内的肌酸已然堆积得影响呼吸了，哪里还能够做到现在那天神下凡的样子？

巧不巧，偏偏朵朵对灵体相搏，已然有了一些经验。

仅仅在一瞬之间，络腮胡便陷入了被三人围殴的悲催场面。他气力依旧大得出奇，然而我们并不与他正面接触，只是游走。去夜店娱乐，自然没人像神经病一样带着桃木剑、乾坤袋的家伙什，所以杂毛小道双手空空，一手的好剑法施展不出来，唯有用拳脚功夫应对。

不过这家伙是科班出身，自小基础就扎实，发力用劲也滑溜。相反的，络腮胡到底是鬼上身，力量是大，但是反应毕竟还是慢了一拍，所以以杂毛小道为主力的围殴团伙竟然坚持了好一会儿。朵朵瞅了一个空档，直接飞临到络腮胡的头上，圆润精致的小脸憋得通红，双手按在了他的头顶上，大喝一声："脸上长毛毛的怪叔叔，看朵朵的'博魂大法'！"

这一拍之下，络腮胡浑身一震，一团黑色的雾气化作一个凶厉的女鬼，与朵朵纠缠在一起。

我一边冲上去助阵，心中一边在冷汗：以后再也不给这小家伙看《海贼王》《火影忍者》了，瞧瞧这小萝莉，现在的身上，尽是些毛病，打架还喊起口号来，让人摸不着头脑。

博魂大法？亏这笨孩子想得出这么土的名字。

不过名字虽土，但是她这一震，却将女鬼剥离出了络腮胡的身体。刚刚脱离人类的躯体，这个时候的女鬼因为不适应此时的存在，其实是最弱的时候。小道因为没有施法的桃木剑，唯有大拇指扣着中指和尾指，作剑指状，快速念着咒法，凝神超度这怨气腾腾的存在。

这黑雾在朵朵周身缭绕,而络腮胡应声而倒,朵朵虽为鬼妖之体,但是毕竟年份太少,显然敌不过这在阴阵中积淀十年的厉鬼,一边保持自身的神志不被吞噬,一边忍不住痛,流下了眼泪来。杂毛小道见得心疼,大叫小毒物你还不赶快出手?我也心急如焚,将络腮胡子的脖颈处使劲来一下,解决后患之后,看着浮于半空的那团黑雾,说这咋办?

杂毛小道剑指在黑雾上戳来戳去,大骂说,你那对爪子厉害得紧,抓住它,弄死它。

我关心则乱,听他大骂,这才恍然大悟,我这双被诅咒过的手,对灵体的伤害,其实远高于咒语经文。当下立刻结大金刚轮印,朝着那个与朵朵纠缠的女鬼,狠狠地印去。

此印一结,在我心中,突然不受控制地腾升出一种狂暴的力量来。

第七章　出事

一股让我意外的力量从下丹田之处涌现出来,而我的手掌灼热得连自己都难以承受。

此印法正中那团黑雾形状的女鬼,蓝色的光芒在夜晚里荧荧发亮,有一种音爆一般的声音凭空响起,黑雾一阵恍惚,竟然有一溃而散的迹象。只这一下,黑雾便与朵朵脱离开来,发出一声惊疑的尖叫,这尖叫像是直接在我们的心头响起,好似钝刀子刮在玻璃上,让人浑身生出一阵鸡皮疙瘩。

打铁趁热,我紧紧地握住这一团黑气,不让它挣脱开去,手臂的肌肉绷得紧紧的,有源源不断的力量涌到手掌上,像是不受控制一般。化身为黑气的女鬼哀号了一阵之后,声音慢慢低沉、淡薄,忽然之间,消失不见了。

是被打散了……

有一股阴凉之气流回了我的双手,让发烫难受的皮肤变得稍微好受一些。我有些发愣地看着这奇怪的双手,不知道说什么好。太古怪了,那个无面女鬼,是我们在广场大楼中见过的女鬼中实力最强、也是最难缠的一个,竟然被我一双龙爪手,便将其一举抓爆了,这合理吗?这科学吗?

别说是别人,我自己都有些发懵,觉得怎么都说不通。

我伸手去拉浮在空中的朵朵,小丫头脸色苍白的飘开,不敢靠近我,说怕,你的手好热。杂毛小道倒是热情地过来,将我好是一番称赞,说不错不错,塞翁失马,焉知非福,你小子这双手虽然经常惹麻烦,倒霉运,但是用来抓鬼,却是一等一的利器。不过呢,你要把握好,不要跟朵朵玩的时候,一时激动,就……要真的是那样了,老子第一个把你的皮扒了,放风筝玩!

我问他怎么过来了?

杂毛小道说他在舞池里面蹦迪呢,周围都是热辣的小靓妹,玩得那叫一个畅快,正想勾搭一个去酒店滚床单,结果遇见了我那新房客小澜,她是和几个朋友来这边玩的,本来想找我一起过去聊聊,结果遇到了阿根,听说我有事,便追了出来。出来之后人影无踪,他便费尽心力给我卜了一卦,大凶,杀机浮现,于是他循着《金篆玉函》查询气机的法子,一路寻找而来。

还好,还好,总算在最后关头,赶上了,没有错过精彩剧情。

杂毛小道说完,指着地下躺着的这位络腮胡男,说怎么回事,这位被鬼上身的仁兄是谁?

我将事情的来龙去脉给他解释清楚，杂毛小道不停地咂嘴，说也奇怪了，这哥们长得一副磕碜样，心智也怎么这么不成熟？不想着潜伏在窝里，避过风头，还想着找俺们这些打酱油的路人麻烦，脑子真的坏掉了。有本事，去找张伟国他们干架去，老子还赞叹他一声牛！

我说怎么打电话给你老打不通了，原来是泡美眉去了，那天下午看你表情就有古怪，是不是看上小澜了？

杂毛小道并没有像以前一样露出招牌式的流氓笑容，与我调侃一番，而是摇了摇头，语气有些严肃地说没有，那个小澜，很像一位故人……我问是谁？他摇头没说。

肥虫子将剩下的那两条食尸狗给收拾了，地飞回来，见到杂毛小道，亲昵地往他脸上蹭。杂毛小道一直以来都对金蚕蛊存着敬畏之情，生怕这小东西给自己来一下，虽然不乐意，但还是让肥虫子蹭了一脸的血。这吃货，最喜欢做的事情就是同"蛊"相残，最喜欢的食物就是蛊毒，这是它诞生之日起，就铭刻进骨子里面的习性，除非消灭它，要不然永远都改变不了。

我望着在地上昏迷的络腮胡，这位我至今都不知道名字的老兄，现如今看来，还真的是个活雷锋。至少肥虫子就很喜欢这样白送食物、不求回报的家伙。

我们歇了口气，又去看了那个身体已然不完整的老妇人。看着这具支离破碎的尸体，我们都沉默了。看得出来，这老妇人是在经受了一番折磨之后，被活活咬死的。这世界上总是有这么一些人，泯灭了人性，却又掌握着常人所没有的力量和权利，故而会做出一些耸人听闻的事情来。这种事情太多，就不举例了。

事情发生到这一步，已经不是我和杂毛小道所能够控制的了。望着这血淋淋的场面，我把通讯录里赵中华的号码翻出来，打电话给他。接电话的是他老婆，之后病房里已经睡去的赵中华被叫醒了，我把今天碰到的事情给他讲起，他说他知道了，问了我们所处的位置，让我们等一下，他叫上面派人过来。

我们就在垃圾场中等待了大概半个钟头，来了两辆车：一辆黑色奥迪，一辆加厚的旅行车。总共七个人，为首的很眼熟，自我介绍的时候才知道叫作曹彦君，曾在地下室里面和杂毛小道的两位师侄子一起围殴被鬼上身的小东和蔓丽。他对我们的态度，明显就比那个黄鹏飞要好得多，人也礼貌随和，自言是正一派龙虎山贵溪古镇的俗家子弟，在这里是个闲职，勉强混混而已。

遇到这般妙人，自然是比黄鹏飞那般的二百五好得多。有人忙着收拾勘查现场，羁押凶手，我和杂毛小道则在车中将事情的经过，一一叙述给他听。有人负责记录，曹彦君也并不为难我们，偶尔会实事求是地问几句话。谈到如何处理那人和狗的尸体时，我建议最好是就地焚烧，并且用生石灰和艾草熏，他也一一照办，叫了两个人，立刻去采购一应用具。

我们站在车边聊天，曹彦君很遗憾地跟我说，组织里像我这般的蛊师并不多，中原重道礼佛，派流纷繁，传承也多；而巫蛊之术，则多传于少数民族——特别是蛊，这个东西从古至今，一直都被严厉打击，只有偏远的少数民族山区的寨子里，才会有所传承。而往往掌握这种手段的人，大部分都是很固执的，有着难离故土的感情和对外人的不信任、不理解，顽固，能够进入组织的并不多，虽有，但是本事并不算高。

可惜了，可惜了，要是你来，至少南方区这边，能够占有一席之地。

我抱拳说多谢美意，不过我这个人，向来浪荡惯了，受不得拘束，被人一管啊，浑身都发痒，像中了蛊一样，难受得紧。算了，反正是朋友，到时候有什么事情，招呼一声。曹彦君拍着我肩膀大笑，说等的就是你这一句话——人嘛，就怕有个病啊灾啊的，所以呢，总是有求人的时候。我求你，你求我，关系就这么铁下来了。说完这些，我们相互留了联络方式。

杂毛小道的手机突然响了起来，他拿起来，看到号码一愣，接通之后，草草说了几句，脸色大变。

他走到一边去，嘀嘀咕咕说了几分钟，然后匆匆走回来，问曹彦君他可以走了吗？曹彦君要交好于我们，自然说好，基本上也没有什么事情了。然后，杂毛小道拉着我来到一边，告诉我他要回家一趟。看他神色有些慌张，我急忙问是怎么回事？杂毛小道长叹一声，说他三叔萧应武出事了，现在生死不知，需要他和虎皮猫大人回去。

我奇怪，说到底怎么回事？

杂毛小道的眉头一阵抽动，咬着牙说你还记得今年二月末，我们在神农架的那个山洞子里面，三叔不是说不要拿里面的任何物件吗？我说是，记得呢。那里面的东西，太邪性了，给人阴森森、沉甸甸的感觉，拿出去，那不是徒留祸端吗？杂毛小道说你我都是这么想的，可是有人却不是——那可是古董，几千年的东西，说不定能够卖个好价钱呢？

我心中一动，说是周林？

杂毛小道点头，说就是周林这狗东西，他从里面偷偷拿了一个黑蝠雕老玉佩，并且一直藏在身边。这件事情没有人知道，周林回到句容之后，说要回家一趟，办点儿私事，一去便是五个多月。而后返回的时候，三叔见他身上有黑气，冉冉萦绕，问他怎么回事？他还回答说是在家中，撞到了煞。三叔并不以为意，给他制了一张符，让他好生收起来，日夜诵念即可。

本来也相安无事，谁知道，这畜生在今天中午的时候，趁着三叔午睡，竟然想要弑师，欲夺其魂魄。

三叔并不提防这畜生，一时间便着了道。幸好有姜宝看见，呼唤了众人，周林那畜生这才惊慌而逃，不见踪影。而三叔的头顶上，居然已经被密密麻麻插上了十三根银针，直入脑髓，分神锁魂。

我心中一跳，说这可如何是好？

杂毛小道说现在不说这么多了，这件事情连他爷爷都束手无策，完全不敢动弹。

想到虎皮猫大人,不知道它有没有主意。所以,他必须要带着虎皮猫大人返回句容,去见一见他三叔的模样,再做定夺。我问我要不要去,杂毛小道说不用了,你去也派不上什么用场,干着急而已。

　　当下我们便不再深谈,找曹彦君借了车,去家中把睡懒觉的虎皮猫大人接过来,然后换乘我的车,把杂毛小道和虎皮猫大人送到南方市白云机场。

第八章　平淡

我站在机场外面的广场上，看着一辆大型波音747朝着天空尽头飞去，尾灯闪亮，心中恍然若失。

夜空中繁星点点，也许是城市灯火的光学折射，看得不是很清晰。我突然发现自己有好久没有仰望那令人生畏的苍穹，正如很久没有审视自己的本心。身边有行人走动，路过我，都会下意识地捂住鼻子，然后匆匆离去。我这才想起来，自己仅仅是匆匆换洗了一下，身上依然还有之前掉进垃圾堆的臭味。

杂毛小道走了，虎皮猫大人也走了，这只扁毛畜生在来的路上，与朵朵依依惜别，说了一大堆钦慕的鸟语，然而朵朵却懵懂无知，扮鬼脸，并不理会它，让伟大的虎皮猫大人十分神伤，差一点儿都不想回去。这肥厮！最后，杂毛小道再三请求，还是看在三叔生死未卜的面子上，大人才勉强答应，舍身离去。

它泪眼蒙眬地冲我喊，陆左哥哥，收了我做你的宠物吧？嘎嘎⋯⋯

朵朵小萝莉闭着眼睛正修炼鬼道真解，肥虫子在旁边监督着，黑豆眼瞪圆，而我和杂毛小道差点儿吐了一地——陆左哥哥⋯⋯这一句话从这只肥鸟儿的嘴里面说出来，节操都碎了一地，让我们不知从何说起。

杂毛小道走得很急，还好我有个机场的朋友，于是帮忙留了一张最近的机票，一路狂奔，终于赶上了航班。

这一路的辛劳，自不必说。

送走了人，我当晚也就没有着急再赶着回去，在机场附近找了一家酒店住下。

次日，我返回东官，与阿根、古伟两人碰头，了解了店子的事宜。中午的时候我跑了趟郊区，与尚玉琳、宋丽娜交接房子的搬离事宜。有过一场近乎生死离别的经历，两人也看开了很多，对于物质上面的东西，反而并没有太过在意，特别是宋会计，以前那种浓重的市井感觉消失不见了，人也成熟了很多。

这让我感觉很好，人有的时候，确实需要改变一下观念。

返回市区的房子，我与新房客张君澜和潘丽正式地见了面。很巧，这个潘丽自称是一家大型珠宝公司的推广策划，我也是随意，便将麒麟胎的外观和形状说与她听，她迟疑，说她入行也有四年多，策划过几十场大型的珠宝玉石展览会，但是天生自带麒麟胎盘形状的玉石，却是没有见过，也从未听人说起。不过不妨紧，现在这个社会资讯发达，不是有网络吗？去相关的论坛上发帖求助，说不定会有效果呢？

听她这么说，我的思路豁然开朗，一人之力不如万人之力，如此一来，自然

最好。

　　潘丽答应我，帮我在相关专业的网络论坛上发帖找寻。为了感谢这个事情，我还特意请她们吃了一顿饭，吃饭的时候，小澜问我为什么要找这个叫做麒麟胎的东西，而且貌似很急。我只推说是个人喜爱，往昔听别人提过，便特别想要拥有一个。这个理由其实十分牵强，以至于小澜盯着我看了一会儿，若有所思。

　　我真的没有心思去编故事，所以并不理会她的好奇，当做不知。

　　这个长得像杂毛小道故人（莫不是初恋情人？）的女孩子，似乎有一些不简单呢。

　　东官这边事了，我便不再停留，驱车返回了洪山。苗疆餐房的生意已经步入了正轨，并不需要我再操心什么，每天的那十道菜，我也给取消了，不再出手——人鬼殊途，被鬼上身，终究是害大于利。朵朵虽然并没有伤害我的想法，然后经常出入我的躯体，对我和她，都会有所损害，长此以往，总不算一个事儿。我已然明白了一个道理，钱是赚不完的，用道行上的进步来赚钱，似乎有些缘木求鱼了。

　　为此事阿东没少跟我埋怨，不过我坚持，他也没有办法，毕竟我不是餐房聘请的厨师，而是股东之一。

　　虽然如此，餐房已经拥有了良好的顾客群体，阿东从家中请来的大厨与原来的李师傅相互磨合，口味也稳定下来了，来自少数民族地区的美食和风情，在这附近也算是小有名气了。阿东告诉我，我们这里的苗家腌鱼和晋平酸汤鱼已经成了招牌菜，并且上了地方电视台的一档美食节目，虽然这里面花了一些钱，但是效果却出奇的好；还有一件事情，就是餐房在"大众点评"洪山站里人气颇高，广受好评。

　　我嘴角噙着笑，听着阿东如数家珍地跟我说着这些东西，心中多少有了一丝温暖。

　　长期在黑暗和死亡边缘挣扎的我，对于这种平静而阳光的生活，心中还是十分向往的，正如我十六岁背着简陋的行囊南下打工，那些艰难但是充满着简单快乐的时光，有欢乐，有痛苦，但是永远不会消磨对未来的希望。阿东便是这样，所以他是幸福的。而我呢？我想我也是幸福的，因为我有了朵朵、金蚕蛊、小妖，在我的家乡，还有身体健康的父母、有亲人以及总是出现在我梦中的黄菲。

　　人有希望、有目标、有值得期冀和追求的一切，那便是幸福的。

　　在回到洪山的日子里，我过起了深居简出的生活，房间的冰箱里总是堆得满满的，分门别类地放着各种食物和饮料，除了每天早上坚持的长跑，我几乎都不怎么出门，说好听点儿叫做"大隐隐于市"，不好听的就是一死宅男。在家做什么呢？研究《镇压山峦十二法门》！毋庸置疑，这是一本奇书，而拥有它的我，却连十分之一的内容，都还没有吃通透——熟读和精通，这是两个概念，天差地别。

　　我感觉自己就像一个捧着金饭碗要饭的乞丐，明明应该很厉害，但是每次都是处于弱势地位，若不是强到爆的狗屎运，说不定已然成了一堆枯骨。

　　这世界上坏人太多，所以地球总是比火星危险，特别是入了行的我。

我要努力,要奋进,要把自己逼到悬崖上去。

然而奇怪的是,不知道从什么时候开始,对于《镇压山峦十二法门》这本传承自我外婆的破书,原本我一直难以理解、艰难晦涩的部分,现如今重读起来,竟然有一种别样的体会,就好像是尘封的记忆,一个曲折的数学题,思维被莫名地打开之后,读起来有了更多的体会。

我不明白,但是却并没有为突如其来的茅塞顿开而奇怪。

这终究是一件好事。

除了我之外,朵朵也很用功。这个乖巧的孩子,每次都会帮我准备一天的伙食,然后洗衣拖地……她最早恳求我带上她的时候,还不会说话,只会可怜兮兮地跟我比划,说帮我做家务。那个时候她还是一个弱小的小鬼,现如今不但找回了地魂,而且还已经是一个修有功法的鬼妖了,实力跃上了一个新台阶,与往日相比有了很大的进步,然而却仍然执着地包揽了一切家务。

这是她的快乐。

肥虫子乐得美不可滋,因为朵朵给它做的营养特供,它十分喜欢吃,几乎连盘子都舔舐干净。

然而朵朵并不会一直都在,轮到小妖朵朵出来的时候,我只有自己做饭吃;而肥虫子,只有噙着一包眼泪饿肚子,然后一小口一小口地饮老白干二锅头,像一个老酒鬼,却始终不肯吃我的招牌菜"内脏拌酒"。小妖朵朵是个刀子嘴豆腐心的丫头片子,没两天便恢复了常态,死乞白赖地对我提出各种要求,逼着我把这小小的两室一厅,摆上了各种盆栽植物,绿色成荫。完成之后,这狐媚子便显得有些无聊了。她也修行,但是并不勤快,爱上了上网,翻着新华字典,一个字一个字地学习着。

除此之外,她还是喜欢弹肥虫子的屁股,经常找各种理由弹。

肥虫子没两天,屁股肿了一圈,见到小妖朵朵就躲开去。

在杂毛小道走的第三天,我接到了他打来的电话。小道告诉我,说他三叔中的是消失近千年的"银针追魂术"。这门术法是用祭于神龛之上的银针,采用诡异歹毒的刺穴方法,锁住藏于头颅中的神魂,然后炼制"噬魂针"的法子。什么是噬魂针?这是一种可凭施术者意念控制的法器。炼制方法歹毒,需要活生生的鼎炉炼制,这鼎炉便是有道之人。而吸取鼎炉的神魂,便能够随人的意念而杀人。鼎炉生前的道行越大,噬魂针的威力便越强——这东西听着像是神话故事,然而却是确实存在的,只是由于引起了公愤,早已在南宋的时候就绝迹了。

没曾想却出现在周林的手上,真不知道这畜生到底遇到了什么东西。

杂毛小道跟我说虎皮猫大人正在尝试破解,但是结果如何,还需要时日——这是一个熬人的活计。

挂了电话,我心中一阵不舒服,周林这家伙我对他印象虽然不佳,但是也不至于连自己的舅舅、师傅都不放过。这内中必定有什么缘故,然而我离得太远,鞭长莫及,其中详情也未必知晓。如此又过几日,我意外地接到了一个来自鹏市的陌生电话,电话那头有一个女人用怯怯的声音小心问我,说是陆左先生吗?

这口音,是晋平的方言。

第九章　恶毒

听到这女人小心翼翼的乡音，我的思维一下子有些短路，想了半天愣是没有想起来。

难道是我的亲戚，或者老乡在鹏市吗？

这声音听着让我没有一点儿熟识的印象，许是听出了我的诧异和意外，那个女人费力跟我解释，说陆左还晓得我没？我是钟琳，我们今年春节后一起坐飞机的，你说你懂一些玄门奇术，还给我留了一个号码，说我家闹闹要是出什么事情，可以随时打电话给你……

我才想起这么一件事情来，今年，年后我与杂毛小道约好一起去他家求唤醒朵朵的法子，于是从家里出发飞到南方市，在栗平机场的候机大厅碰见一对母子，母亲叫钟大姐，而那个小孩子似乎能够感应到朵朵的存在，还冲我吐口水，当时我就感觉这孩子体质特殊，有阴阳眼，阴阳眼是一种通灵的生理现象，能看见鬼魂等其他人看不见的超自然现象，对于修道之人来说，天生的阴阳眼是一笔财富，因为若后天以阳气强行开启，会折损阳寿。然而阴阳眼出现的时间比较短暂，通常只会在心灵纯净、始终如一的人身上出现。而这类人，大部分都是孩子。

如我之前所言，能够天生看到鬼魂者，大部分都是三岁到八岁之间的小孩子。

莫要以为拥有阴阳眼是一件好事，如果不是入道，或者没有阴阳玄学大师帮忙改命布风水，将这阴阳眼给封印掉，那么拥有这种能力的人一生都会注定平庸，碌碌无为，始终都是一个不得志的卑贱命。而且，从小就与不属于这个世界的魑魅魍魉之物打交道，精神和思维都不正常，也很容易招惹麻烦。

所以我当初才会跟钟大姐说一旦有事发生，随时打我电话。

听到电话那头的话语，我说晓得，哪个不晓得呢？钟大姐，你家小孩现在怎么样？还有没有碰到脏东西？电话那头立刻就传出来一阵哭泣声，断断续续，我喂了好几声都没有回应，过了一会儿，电话那头的钟大姐抽抽噎噎地告诉我，她家闹闹出事了，一个月以前死了。

我大惊，说怎么回事？怎么就死了呢？

钟大姐告诉我，她和她老公在鹏市的一家企业上班，小孩一直都是放幼儿园里面的。结果上个月有一天幼儿园碰到上级检查，就放假了，她就把小孩寄托在房东阿姨那里。然而下班回家的时候，没见到自家小孩，房东阿姨说小孩太闹腾了，便让他回家了。结果，她在自己家浴室里发现了闹闹的尸体……

我心中一跳，想起上个月从香岛回来，路过鹏市，跟阿培、孔阳两个往昔的工友一起吃饭的时候，孔阳说起的那件事情，连忙问钟大姐，说你是不是在龙华那家台资公司上班？

她说是，问我怎么知道的？

我说听过这件事情，在上个月。早晓得是你，当初就应该去看一看的。闹闹的这件案子，现在结了没有？钟大姐哭着说没有，事情闹了一阵子，也没有给他们一个合理的解释，闹闹后来给火化了。她伤心得不行，于是请了假在家里面休息，没曾想最近总是梦到闹闹赤身裸体地出现在她的面前，浑身流着血，一脸铁青，哭着说妈妈，我痛！这件事情刚开始她还以为是自己对闹闹思念过度了，没想到到后来，发展到白天都出现了幻觉。她天天哭，老公带着她去仙湖弘法寺求了一道符戴着，然而依旧没用。

这个时候，她才想起有我这么一个人来，于是病急乱投医，找到了我的电话拨通。

钟大姐在电话那头哭泣，求我帮帮她，她现在都要疯了，恨不得去地下陪她家闹闹。我沉默了一下，觉得在洪山苦等麒麟胎的消息，也烦腻，静极思动，还不如去鹏市走一走，上次阿培和孔阳说要弄一个水晶火锅自助餐厅，我正好也过去瞧一瞧。想到这里，我答应了她，说可以，我到鹏市来，帮忙看一看。

我接到电话的时候是晚上，于是第二天早上启程，不到两个小时就到了鹏市。

因为是星期六，正好阿培和孔阳休息，我便通知了他们。

到了地方，我们先一起吃了早点，在茶楼里谈起了开自助火锅店的事情。阿培说这个投资并不大，设备可以接一个老乡的，店子不用大，几十平方即可，限时不限量，而且开在这附近的话，工人们的消费能力也足够。吃完饭他俩还带我去看了一下准备盘下的店面，确实还不错，不大，但是离工业园挺近的，人流量也大。两人这些年也有一些积蓄，其实可以自己来搞，只是心中没底。我让他们做好调研，准备充分了，到时候我介绍阿东给他们认识，帮他们把把关。

大概中午的时候，我辞了他们的邀请，独自一人去找寻我的那个老乡钟琳，钟大姐。

事发之后，她搬离了原来所租住的出租屋，另外找了一套房子，一室一厅。我辗转找到了地方，走进房间里，她和她先生老米正在等待着我。老米是南方本地的，但是老家在本省西部，所以并没有在鹏市买房子——话说鹏市的房价真心贵得离谱。这个男人三十多岁，戴着黑框眼镜，眉头皱成了川字。对于我的到来，他并没有钟大姐那般热情，端上了一杯茶水之后，在旁边静静地听着，脸色发冷。

显然，他把我当成了一般的神棍骗子了。

坐在他们家里，我能够很明显地感觉到一股压抑的沉闷。钟大姐说她总是能够看见自家的小孩在房子里跑来跑去，一回头，又不见了。她的神经明显地衰弱了，语言没什么逻辑，颠来倒去的，说不清楚。我望气，看见她虽然体质虚弱，并没有沾惹邪气什么的，只是有点儿阴。

我听了一会儿，咳了一下，说我能不能问一下闹闹死的时候，具体发生了什么事情？

钟大姐立刻就崩溃了，哭得上气不接下气，反而是老米，虽然半信半疑，还是将当日之事讲给我听。

原来，当时一出事他便立刻赶回了家里，当时钟大姐吓瘫在地上，除了打电话给他之外，竟然都不知道要干吗，警都是他报的。家里面乱七八糟，他来到浴室里面的时候，他死去的儿子闹闹已经被他老婆给抱了下来，双手吊双脚的绳子还没有给解开。那绳子是平时上网的那种网线，内包铁心的那种，他想解开，结果弄不断，捆得死紧，最后还是用刀子给割开来的。孩子当时已经断气了，血流了一地，是从头颅上面流下来的，有人用钉子在头顶凿了七个洞眼……

老米说着，情绪也很愤怒，我从他的话语中，得到了大概的情况——除了头顶处北斗七星勺子状般的凿了七个孔外，在孩子的肚脐之下还被割开了大小一样的三道口子，有被火烘烤的痕迹，有油流出。但是这都不是他儿子真正的死因，闹闹真正死于窒息，是被用一根布带之类的东西勒住了脖子，然后吊在浴室上，上不着天下不着地，活活吊死的。后来法医在闹闹的脖子上面发现了红色的丝线。

还有一个情况，闹闹生于2004年8月29日，甲申猴年壬申月庚辰日，折合成农历，就是七月十四。

而闹闹死的时候，距离他四岁的生日，还有整整四个星期。

老米说儿子死后的几天，他就听家里面的老人讲，这里面可能有巫术弄鬼的痕迹，他就仔细回忆，想起当时的场景，确实古怪，阴森森的，然而当时悲伤，哪里注意查看那么多？后来警察跟他讲，说屋子里面根本就没发现有人来过的痕迹，附近的居民也没有发现有什么异常的人。这个案子一点儿线索都没有，然后就挂了起来，至今仍然没有音讯。

他们前一阵子在忙着跟那个房东打官司，也就没注意这事，结果他老婆最近一个多星期都是半夜惊醒，一身一身的大汗，说见到闹闹了，后来白天都会出现幻觉。去了医院也没有个说法，最后没得法子，所以才尝试着找懂这方面的人，来帮忙看看。

我皱着眉头，心中越发地沉重起来。

在十二法门中有讲，头为精明之府，五脏六腑的精气皆上升于头部，十二经脉中，手、足三阳经也均起于头中七窍，乃神魂汇聚的地方，人之七魄藏身的海底轮、脐轮、太阳神经丛、心轮、喉轮、眉心轮、顶轮最后也汇聚于此。将这头颅凿开七个孔，很明显就是用离魄钉锁住七魄，而脐下的三刀，则是勾取此小孩的魂体……

我已经有了七成的肯定，这又是一起炼制小鬼的案件，而且这法子，比罗二妹的更加恶毒——这可是用活人的神魂来炼制,手段之凶残,筹谋之缜密,行事之恶毒,不是一般人所为。而综合了这小孩的生辰与死辰,以及生前便能够沟通阴阳的特殊体质,所练就而成的小鬼,那可不是寻常的厉害。

这种处心积虑弄出来的小鬼,比朵朵这种懵懂无知的小家伙,要凶暴无数倍!

因为,越是干净、无垢的灵魂,被这种邪门恶毒、令人发指的法术沾染之后,就越是饱含着怨念,这怨念达到一定的程度,便能够以力量的形式表达出来。

这一回的事情,可能凶险了!

第十章　意识

　　这世界上有一种人，天性淳良，品格端庄，然而在换了一个环境之后，突然就会爆发出让人难以想象的恶毒。这就是所谓的"老实人发威"，比如"榔头哥"马同学。再说小鬼，亦是如此，越是天性美好的东西，越是有人存着险恶之心，想要去玷污一下，满足自己的破坏欲。

　　所幸朵朵并没有遭遇到这种邪术，而后又遇见了我，才不至于沦为纯粹的杀人工具。

　　头顶凿孔、脐下三刀分魂离魄，这种法子在十二法门中有过记载，恰好是巴颂的师傅曾经提出来，而后被洛十八给记载下来的。说实话，若论举一反三、发散思维，以及对巫蛊之术的天才程度，这个被洛十八赶出门墙去的第七弟子，无疑是其中的佼佼者，远比我外婆的师父许邦贵，要厉害许多倍。

　　然而天才往往都是疯子，并且洛十八似乎也并不喜欢这样不择手段、没有一点儿底线的徒弟。

　　见到我的沉默和凝重，老米和钟大姐有些不安，说怎么了？

　　我咳了一下，看着面前这两位普通的年轻夫妇，说你们可能已经听说或者猜测到了，根据目前的情况来看，你家小孩子确实是中了邪术。而且我可以告诉你们，这东西在行话里面叫做养鬼术，就是将你家闹闹的三魂七魄全部夺出来，炼制成一个供施术之人驱使的恶鬼，闹闹所中的邪术，在养鬼术中是最恶毒的。闹闹死的时候，必定是受到非人的折磨和虐待，纯净的心灵里面积攒了滔天的怒火和怨恨；而且，闹闹死后，必定会受到更残酷的阴风洗涤，让他每一日，都处于痛苦之中。

　　所以，这也许，就是他遗留在作为母亲的你这里的眷念，所表达出来的痛苦吧……

　　钟大姐听到我坦诚的话语，眼泪顿时滚滚而出，滑落在脸上，而老米则咬着牙，说小陆你说的可算得真？我盯着老米，说你或许认为我跟街头行骗的神棍一般，总是对你们有所企图的。但是这世间的人，若都如此，就形成不了这美好的世界了。我跑到鹏市来，不收你一分钱，仅仅只是看在钟大姐是我老乡的面子，当初认识并且十分投缘而已，若你计较这些，我便离去，不再管便是……

　　没待我说完，钟大姐突然半跪在我面前，声泪俱下地哭说，陆左，你可一定要帮帮我那可怜的孩子啊……老米也是一脸的懊悔之色说，陆……陆大师，多有得罪，多有冒犯，请你一定帮帮我们。我把钟大姐扶起来，让他们坐下，舒缓一下情绪之后，问他们最近这段时间里，有没有找人给孩子算过命？

我之所以这么问，是因为从作案方式来看，凶手要么是老米夫妇的熟人，要么是观察他们很久的家伙，而最最重要的事情在于，凶手选择在孩子离四岁欠四个星期的时候下手，自然是算准了时辰的。

而知道孩子生辰八字，并且注意到他是七月十四，鬼气最盛的时节出生的人，最大的嫌疑就是如杂毛小道这种在街头流窜的算命先生。

就这一点而言，警察的判断和我一样。

两人都摇头，说没有，他们今年一年都没有遇到这样的人。我让他们仔细回忆，不一定是算命，只要是知道孩子的出生日期、并且知道这孩子有异常的，都有是凶手的嫌疑。两人使劲想，说了几个人，总是感觉不靠谱。突然，钟大姐的脸刷地一下白了，眼睛睁得滚圆，说不会是她吧？

我见她一副恍然大悟的样子，说你记起什么来了吗？

钟大姐有些犹豫，说她儿子以前读的那个幼儿园，有个女老师对她家小孩特别照顾，钟大姐这个人就是个话痨，有一次便跟那个老师提起自家小孩常常见到鬼的事情，当时那个女老师的反应有些奇怪，总感觉哪里不对劲似的。现在想起来，她的嘴角抽搐了一下，很怪异，让人看着心寒。当时警察问的时候，她只想到之前请的几个算命先生，没有想到这件事情。这些天看到她死去的孩子出现在窗外、出现在床头，她总是不自觉地想到那个女老师嘴角的抽搐，以前根本没在意，现在跟我讲话，就又想起来了。

我仔细地盯着钟大姐的眼睛，看到她的眼睛里面，是确定。

道家修炼中有一个说法，叫做"有所感、有所思、有所想"，万物都是有联系的，密密麻麻织成一张大网，只不过平常的人并不能够把这纷繁复杂的内在联系，看清楚，并且掌握于心，所以才会感觉不到。

然而真的是感觉不到吗？

人类的脑神经细胞数量约有一千五百亿个，脑神经细胞受到外部的刺激，会长出芽，再长成枝（神经元），与其他脑细胞结合并相互联络，促使联络网的发达，于是开启了信息电路，然而人类有百分之九十五以上的神经元处于未使用状态。在我们一般意识下，一直潜藏着一股神秘力量，是相对于"意识"的另一种思想，又称"右脑意识""宇宙意识"或者"脑先祖"，它是人原本具备却忘了使用的能力，这便是潜力，也是潜意识。

潜意识聚集了人类数百万年来的遗传基因层次的信息，囊括了人类生存最重要的本能与自主神经系统的功能与宇宙法则，即人类过去所得到的所有最好的生存情报，都蕴藏在潜意识里。

因此只要懂得开发这股与生俱来的能力，几乎没有实现不了的愿望。

这便是古往今来，佛、道、巫、萨满、基督以及一切宗教和超自然力量的理论依据，通过无数先贤、哲人和大拿所验证过的东西，最真实的存在。无论流派，无论地域，所有入道之人，修的便是这么一个"真"字，明了的最终就是"本我"。"人法地，地法天，天法道，道法自然。"如是而已。万事解释清楚了，便是这么简单，无所谓神秘不神秘，它一直存在，就在那里，就在你的身边。

当然，即使没有通过训练的普通人，其实也是能够拥有短暂的潜意识，也就是第六感的。

只不过在于，你抓没抓住！

我感觉，钟大姐若不是心中所念出现了幻觉，那么一定是抓住了这潜意识的尾巴。之所以会出现这潜意识，大概也是因为她情绪投入太多，对自家小孩思念过度的原因。

我问清了钟大姐所说的一切，站起身来，打量了一下四周，然后说现在是白天，晚上我再来吧。

至于那个幼儿园的女老师，我去查查看吧。

说完这些我起身告辞。

从钟大姐家里出来后，我直接驱车来到了钟大姐儿子闹闹生前所待的幼儿园。

我并不是什么办案人员，然而心中却不断回忆起那个虎头虎脑的小家伙，虽然他冲着我吐口水，然而他唤着要找朵朵这个小姐姐玩的那可爱模样，想着他那黑亮干净的大眼睛，以及钟大姐两口子悲伤的情绪，心中实在难受，也越发地对将他害死的那人，感到发自内心的愤恨。

这世间总是有那么一些人，他们或许在某一领域，有着高出常人的造诣，但是，这并不是他们高人一等的理由，也不是他们把常人当作牲口、畜生的理由。做出这么令人发指的事情，又被我看到了，我能不管吗？——不能！虽然这世间有着太多的不平事，我管不过来，但是为了那一双纯净的眼神，这事我得管！

毫不犹豫，不管就是违背了本心。

我来到了闹闹生前所在的幼儿园，然后以孩子要入学为理由，见到了幼儿园的园长。这是一个民办的幼儿园，规模并不是很大，一番了解之后，我从侧面打听到了那个叫做史雪倩的女老师的情况，得知这个女人已经于两个星期之前离开了幼儿园。至于去哪里了？她也不知道。园长很警惕，问我找那个老师干吗？

我只是推说小孩在这里的同事说这个女老师很凶，要是还在这里的话，我就有顾虑了。

幼儿园园长一脸奇怪，说小史这个人虽然话语是少了一点儿，但是对小孩子却是蛮好的啊，怎么可能凶？要不是她家中急着有事，园里面怎么可能放她离开？她来了小半年了，一直都是小孩子们最喜欢的老师之一，因为她的离开，好多小朋友还一直哭了好久呢。

我问这个小史是哪里人？

然而我面前这个中年妇女终于发现了我的企图，说你到底是什么人，不问幼儿园的情况，反而老是打听我们一个离开的女老师？我被她的一番话语给堵得话都说不出来，园长笑，说小伙子，你就别想小史了，人家可是有男朋友的，你既然已经有了小孩，还是收一收心吧。

我从幼儿园里出来的时候，大概知道了史雪倩的男朋友，是与钟大姐一个大集团的工程师。有了这线索便好，我驱车去采购一些东西，准备晚上再上钟大姐家里，给她辟邪作法。

第十一章　小鬼

晚上半夜十二点，钟大姐家的客厅之中立一张桌子，上面摆一个橙子、一碗米饭、肥肉鲤鱼猪耳朵各一份，点檀香三支，蜡烛一对。门窗关闭得紧紧的，蜡烛点燃之后，黄色的火焰在跳舞，随着我的经文，跳动出不同的形状，勾勒出许多引人思索的图案来。

桌子上除了上述的物品之外，还摆放着三件东西。

第一，是闹闹死的前一日，身上穿着的衣服；第二，是闹闹平日里最喜爱的一把玩具枪；第三，是钟大姐穿得最久的一件贴身衣服，那上面有闹闹妈妈的味道。

头顶凿孔、脐下三刀，三魂七魄尽数被收，按理说闹闹是不会与自己的母亲有任何的牵连，也不会常常出现在钟大姐的梦中和幻觉里的。然而这人世间，实在有很多东西，连道门玄学也难以解释清楚，比如人类最原始也是最浓郁的母子之情。闹闹在受着煎熬，心中唯一的寄托便是母亲，而钟大姐日思夜想，心魂都牵扯在自家亡故的儿子身上。这便是念力，这便是联系，最后以噩梦的形式表现出来。

而我要做的这件事情，是尝试着能不能够引出这股执念，寻根问底，最后将这可怜的孩子超度。

或者实在不行，便将钟大姐和闹闹之间的联系，给斩断，让她脱去痛苦，迎接新的人生。

开坛做法，与往昔不同的是，我拥有了一把桃木剑。

这剑其实是把二手货，是杂毛小道离开之前，不好带上飞机，于是便留了下来，赠予了我，并且答应我如果有好的材料，定然会帮我量身打造一把专属的法剑，便如同我胸口槐木牌一样。虽然是把二手货，但是杂毛小道在上面精心篆刻了不少古怪的花纹和符号，隐隐间已然有了一些增幅器的味道，我用得颇为顺手，比之以前用手结印，要便利许多。

《镇压山峦十二法门》第一章便为坛醮之道，这是沟通"神灵"，获取神力道行的第一法门，里面的记载繁多，自然也有相应的法子。借其招魂走阴，这里面有着很高的成功概率。

我在开坛作法，而老米和钟大姐则蹲坐在墙角处，静静地看着我。房间的灯关着，透过红蜡烛跳跃火焰的昏黄光线，有袅袅的檀香青烟在房间里环绕着，他们的脸色不断地变化，也不知道在想着什么。我念完最后一句话，盘腿坐在一个草蒲团上面，双手合十，闻着檀香，让自己的心沉静下来。

我一动也不动，墙上挂着钟表，秒针一点一点地走动着，嗒、嗒、嗒……这声音开始不大，后来便掩盖了所有的声音，充斥着整个世界。桃木剑被我平放在双膝之上，如一根枯木，并无光华。

　　黑暗中的我面无表情，眼观鼻，鼻观心，让心去体验世间万物所想。

　　流动的依然在流动，静止的从来都不静止。

　　时间流逝了半个小时，当檀香灭完，蜡烛燃烧到一半的时候，跳动的火焰突然变得静止了，明黄色的内芯里能量不断地涌动，是阴寒的力量。钟大姐突然站了起来，她问老米，说你听到了吗？闹闹在叫妈妈，他在叫我呢……老米一脸的古怪，想拉住自家的妻子，钟大姐一下子就冲到了我的面前，说陆左，你听到了没得？我家崽在叫我呢，他讲他痛死了，好痛！

　　她抓住了我的胳膊，一股浅浅的阴寒从钟大姐的手指间流了过来。我一激灵，这个鬼崽子来了——不，应该是闹闹的一缕意识，已经缠绕了上来，而我需要做的，则是将这一缕意识无限放大，让他把自己的情况，讲明清楚。我口中念起了咒文："尘秽消除，九孔受灵，使我变易，返魂童形……"

　　我一边念一边抓住了钟大姐的手，将她与我易位，盘坐在草蒲团之上。

　　咒文完结，钟大姐便像是失去了知觉一般，茫然不知地坐着。

　　老米着急地冲了上来，问怎么回事？

　　我伸手拦住了他，示意他退后。过了一会儿，钟大姐的身体开始颤抖起来，不断地前后摇动，脸上似笑非笑，似哭非哭，那是一种很奇怪的表情，让人难以述说。突然，她睁开了眼睛，瞪着我。

　　是一双白眼仁，直愣愣地看着我，里面有着无比的怨毒。

　　它来了。

　　钟大姐看了我半天，然后露出了害怕的表情，轻轻地喊："妈妈，妈妈……"这声音跟她原本的声音完全不同，根本就是孩子的哭声。我身后的老米一阵激动，走到前面来蹲下，颤抖着嘴唇，带着哭腔说孩子，是你吗？闹闹……

　　钟大姐头缓慢地移动，偏向了老米，露出了雀跃的表情，伸出双手，说爸爸，爸爸抱抱闹闹……

　　老米上前，没成想钟大姐一下子就把老米扑倒在地，掐住了他的脖子，表情立刻狰狞起来，口中喷着泡沫，说爸爸，我好痛，你来陪我吧，有爸爸陪着，闹闹就不怕痛了。钟大姐一米五几，而老米却有一米七，属于体型偏胖的那种，然而被这一压，左右扭了几下，居然反抗不得。

　　我出手了，一张祝香神咒符贴在了钟大姐的脑门之上，这才消停下来。

　　于是，我尝试着跟这东西聊了起来。这并不是闹闹的主体意识，连三魂七魄的任意之一都不是，仅仅只是一丝眷念而已，所以根本就透露不出太多的信息。不过这也无妨，再三确定之后，我举起怀中的震镜，命令里面的人妻镜灵，将这一丝意识给收归已有，好做后续的联系。

结束之后，我打开房间里的灯，将手指掐在钟大姐的人中之处。

过了一会儿，她幽幽醒转过来，看看我，说怎么了？老米带着又是激动又是伤悲的感情，跟自家老婆讲起了刚才的事情，然后问我，到底怎么回事？我说闹闹已然死了，钟大姐之所以总是看见闹闹，是因为闹闹在她心中的投影，两者相互牵扯，才会这样。按理说，死者已矣，魂归地府，然而闹闹的事情比较复杂，可能是被人炼制成了小鬼，成为灵体。

我已将它留在钟大姐身上的念头收了，以后再也不会发生这种事情了。至于变成灵体小鬼的闹闹，老米你也看到了，已经不是原来的他了，而是一头怨念满身的恶鬼了！老米犹豫地问我，说能不能找到那孩子？把他超度了，不要再留在人间痛苦。

我说可以，我正想去一试。然后我把下午打听到的情况说明，问那个女老师的男友老米认识不认识？

老米大叫，说杨晓硕这狗东西？咋个不认识！

我一听，知道有情况，问怎么回事？老米说杨晓硕是他们同一个事业部的PE，也就是工艺技术科的人，平日里是个沉默寡言的人，但是又有些骄傲，别人都叫他老吊。老吊上班整日都是一副没有精神的样子，平日里人际关系也不好，是个边缘人物。去年病休了大半年，回来之后，就更加沉默了。不过呢，他跟老吊的关系并不算差，是少数几个聊得来的朋友。

我问他知不知道老吊住在哪里？

老米知道，我便让他带我去老吊所住的出租屋。钟大姐经过刚才的事情，心中忐忑、害怕，并不敢留在家中，而且又关心她家孩子，便与我们一同出门。现在是凌晨近一点，但是在工业园里，仍然有很多上夜班的工人在，所以并不算冷清，在老米的带领下，我驱着车来到了不远处的一栋楼下。

老米指着四楼的一个窗户，说那就是老吊杨晓硕所租的出租房。

我望着那黑黢黢的窗户，外面还挂着女人的内衣，是黑色蕾丝的，想来定然不是一个被叫作老吊的男人所有。我让两人下车去，然后把窗户留了一丝空隙，将金蚕蛊请出来。肥虫子出现，看到只有它一个，让它喜爱的朵朵和让它恐惧的小妖朵朵都没在，有点儿纳闷。我将事情告知它，让它上去查探一番。小家伙居然罢工了，附在方向盘上面一动一动的，就是不肯走。

嘿，这狗东西，昨天还跟我嬉皮笑脸地玩儿，今天就翻脸了？

我一转念，便知道这家伙的心思，原来是想要跟我谈条件……我掏出一瓶二锅头，摆在驾驶台上，打开，酒香四溢。肥虫子不为所动，依然爬啊爬，爬啊爬。我那个气啊，把酒盖子一放，威胁它再不飞出去，我就把小妖朵朵叫出来，弹它屁股了？话音还未落，肥虫子便已消失不见。

得，这小东西也就是欺善怕恶的家伙。

我闭上眼睛,将意识附着上本命蛊……世界的角度开始转变,一坠一坠的,万物皆变得如此的大,以至于我心灵差一点儿受到冲击。肥虫子飞到了窗户旁边,在它的视野里,只见卧室的大床左边躺着一个浑身雪白的玲珑女子,浑身上下未着寸缕,身材火爆,头发散乱如云,将脸遮盖着;在这女人旁边,还有一具毛巾被裹着的女人躯体。而在床前的柜子前,有一个枯瘦的男人,正在对着一个神像虔诚跪拜。

　　突然,从窗帘背后出现了一个黑影,一下子飘到了金蚕蛊的面前。在我的视线里,这是一个脑袋比身子还大的光头娃娃,头颅上的青筋密布,表情狰狞诡异,一张开口,里面全部是密密麻麻的利齿,黑乎乎的。

　　啊!

第十二章　背影

我猛地一睁开眼，起身把车门推开，走下来，对着在旁边忐忑等待的老米和钟大姐急迫地问道："上次督办这件案子的警官，他的电话号码还记不记得？"老米说记得，我便让他赶紧打电话报警，让警察立即过来一趟。老米眼睛一睁，说，真是那个家伙？你怎么知道的？

我说，让你打你就打，废那话干吗？

老米不敢再问，匆匆拿起手机打电话，而我则快步走到这栋楼的门口。

这类出租屋，一般房东或者管理员都在一楼，我拍门，拍了几下都没有人开，我回头看老米他们没注意，便唤出朵朵来。小丫头不用我的招呼，直接飘进里面去把铁门给弄开来。我顺着楼梯往上跑，这时一楼的第一个房间门口才出现一个老头，睡眼朦胧地朝着我大骂，说哪个扑街仔，大晚上不睡觉，闹什么门？

我心中急躁，既然那个小鬼已经发现了金蚕蛊，那么房间里面的人定然是知晓了的。要万一这些家伙察觉逃跑了，我岂不是前功尽弃？所以，我一定要把门给堵住。我三步并作两步走，飞快地来到了四楼，然后来到了那房间的门口。刚刚跑上来，我有些气喘，楼道的感应灯熄灭了，我一敲墙，又亮了起来。

凝视着眼前这道绿色的铁门，我在犹豫是要让朵朵进去开门，还是等待着警察的到来。

朵朵嘟着嘴，乌黑明亮的眼睛看着我，在等我的决定。

这时候，门口传来了一声轻微的响声，是锁在响。我手一招，让朵朵让开，小心地往后面退了好几步，身体绷得僵直，蓄势待发。门突然一下子被推开，狭长的走廊上，一道刀光闪现。我连退两步，只见一个光着膀子的男人提着菜刀，出现在我面前。一击不成，他反而没有再进攻，而是小声地问我是谁？

这个人就是老吊，见他在神像前面跪拜祈祷，想来就是那个养鬼之人。

我装着诧异的样子，说我路过，你这是干吗呢？

他冷笑着，手中的菜刀轻轻摆动。一股阴凉的气旋从他的脚下面朝我袭来，老吊表情似笑非笑，以为我根本没有察觉。那气旋滑过我的脚跟，然后从我的身后飘浮而起。我躬身往后面退了两步，只见一个头颅超大的恐怖鬼娃娃正双手胡乱挣扎，超过二十厘米的大嘴翻起。里面一片交错的牙齿。它被抓住了，朵朵从虚无的空间里，一点一点地浮出身形来，紧紧地掐着这个小鬼娃娃的脖子。

这个鬼娃娃的脸目，依稀还有着我记忆中那个朝我吐口水的小孩的影子。

这小孩奋力挣扎,然而朵朵毕竟比它厉害许多,唯有嘤嘤地哭着,和别的小鬼一样,这哭声是从人的心灵之中,凭空生起,让人心烦意乱。老吊阴着脸看我,说想不到你也是一个养鬼人,还以为是警察呢,半夜三更的,你到底要干什么?放开我的小鬼!

见到自己精心炮制的作品如此不给力,他有些意外,看向我的时候,多少也有了一丝尊敬。

我没有说话,静静地看着这个男人。

空中的鬼娃娃突然尖厉地一叫,竟然挣脱开朵朵的手,奔向了房间里去,而老吊则毫不犹豫地提着菜刀朝我冲了过来。我虽然意外这小鬼的厉害,但是对于挥来的刀子却并不敢掉以轻心,先避开这一刀,然后一把抓住他的手,紧紧控制着,将他按倒在地,死死压着。旁边有一个门开了半条缝,看见我和老吊在地上搏斗,立刻把门关上,一阵锁链声。

我听到楼道里有脚步声响起,叫朵朵隐匿了身形,然后把老吊手中的菜刀甩到一边去,哐啷一声响,结果从房间里又冲出一个女人,抬手就是一棍,朝我招呼过来。我没注意,用背部肌肉生生抗住了这一棍。居然是工地的那种螺纹钢筋。我疼得咝舌,滚落一边,老吊爬起来,抬腿朝我踹来。我往旁边一滚,只见一道黑影狠狠地撞在了老吊的身上,两人齐齐跌倒,接着传来了一个男人压抑不住的怒吼:"老吊你这个家伙,老子平日里对你这么好,你居然敢害我儿子!"

来人是老米,这个男人承受着丧子之痛,接着老婆又差一点儿成了神经病,压抑了一个多月,现在终于爆发出来。我爬起来,避开那个长得雪白的女人手中的螺纹钢筋,伸手紧紧握住这钢筋,将那女人给拉过来,手上一使劲,啪啪两个耳光便扇了上去,把这女人打得吐了血。

望着她雪白的脸上浮现的两个手掌印,我将她重重推倒在地。

以前我总说我不打女人,然而这女人的心肠毒得不行,这螺纹钢筋要是插进了身体内,不死也只有半条命。那女人被我推倒,没有再爬起来,而跟老吊厮打在一起的老米,却已经被老吊翻身过来,饱以老拳。我冲上去,把老吊又是一阵好抽。

楼上有人下来,看到这打斗场面,逃也似地朝楼下跑去。

老吊和旁边这个女人并不是什么练家子,而我这一年多来见惯生死,发狠起来也凶猛,三下两下便将这两人打趴下。老米在厮打的过程中眼镜掉了,眼窝子给搡肿了,见这姓杨的倒在地上,抬腿便是一阵乱踩。他下手没轻没重的,尽往要害招呼,老吊被打得哎爹喊娘。我拦住老米,让他不要打得兴起,将这家伙弄死了,吃人命官司。老米呸了一口血沫子,说打死才好呢。

说是这么说,他终究还是停住了手。

我从门口摆放的鞋架子上拿出一双球鞋(出租屋的鞋架子是摆放在外面的),然后抽出鞋带将地上这两人给捆起来,老米帮忙捆,我则盯着半掩的房门看。那个鬼娃娃逃回去了，这可是有些奇怪。以这般鬼物的性子，它就是再惧怕朵朵，也要拼死一搏的，怎么就逃走了呢？而且里面还有一个女人，一直没有露面，难不成是准备伏击我？笑话，我家肥虫子可是一直在旁边盯着呢。

把地上两人捆好，我叫老米盯着这两人，推门而入。

朵朵趴在我肩膀上，小心帮我揉着刚才被那女人打伤的地方。

这是一个很普通的一室一厅，走到客厅里，我仔细地打量四周，发现并没有太多的异常。我快步走到卧室里，只见肥虫子正在窗口处与那个大头鬼娃娃纠缠，而房间里面并没有最后那个女人的身影。在窗口处，肥虫子周身漾起一道淡金色的光芒，摇头摆尾，将这鬼娃娃给挡在了这一边；而鬼娃娃的周身都是黑色的雾气，大大的头颅出奇地恐怖，猛烈地朝金蚕蛊撞了又撞。

它撞了一次又一次，肥虫子岿然不动。

一夫当关，万夫莫开。

终于，它绝望了，朝着我这边奔来。我扬着手，朝这鬼娃娃抓去。它机灵，并不与我硬碰，而是沉落到地上，化作一股气流与我错身而过。我急追而去，然而却晚了一步，被它从客厅的窗户处逃出。它浮在窗户的玻璃外边，一双黑红色的眼睛死死地盯着我，这眸子里面有着瘆人的冰凉，还有一种难以言及的情绪。它是厉害的，只不过是成形较晚，倘若给予时日，说不定就成了大害。

"闹闹……"

我后边传来一声撕心裂肺的呐喊，转头看去，我才发现老米站在门口。原来这个鬼娃娃看的不是我，而是我身后的老米。只见它稍微一停顿，嘴如同怪兽一般大大地张起来，满目的狰狞。而后，它箭矢一般，朝下面射去，我疾步跑到窗口，只见楼下面的道路上，有一个骑着摩托车的女人，手中高高举着一个陶罐子，正往身后的储物箱里面收回。接着，油门一轰，朝另外一个方向窜去。

金蚕蛊如同一道金光，紧紧跟着过去。

我看着那个戴头盔女人的背影，总感觉到有一丝难以言语的熟悉感，好像是一个熟人。而更远的地方，遥遥驶来了两辆警车，停靠在我的车子旁边，走下来几个警察，正在跟钟大姐交谈，并且频频地朝这边看来。老米跑到我的旁边，朝下看，然后问我闹闹呢？他儿子闹闹在哪里？

我没有回答他，而是闭上了眼睛，去联系金蚕蛊。过了一会儿，我睁开了眼睛，说老米，你刚才没有看仔细吗？那个东西已经不是你儿子闹闹了，它只是一个被人炼制的工具，一个害人的玩意儿，是鬼，你懂吗？老米泪眼蒙眬，说那又怎么样？他是我儿子啊！

我摇摇头，不说话。我可以理解一个失去儿子的父亲的痛苦，但是那个闹闹的情况，跟朵朵不一样。

闹闹入邪了，这心里面只有害人，神魂不消，害人不止。

门口处传来了好几个人的脚步声，我将隐身的朵朵收回了槐木牌中。钟大姐和警察一同来的，这也省去了一番解释。我走到卧室的门口，借着窗外微弱的灯光看了一眼，心中一愣。

　我想起来那个熟悉的背影是谁了。

第十三章　神像

我看到在床对面的柜子上,有一尊黑色金边的木质小雕像,三头六臂,面目青黑色,口中吐火,愤怒裸体相,座下有黑莲十二瓣。花开,趺坐其间。一面"喜",一面"怒",一面"痴",栩栩如生。这雕像我原本不熟悉,但是至此,我已经见过三次了——第一次是在阿根的新居里,第二次是在镇宁蝎子蛊的老歪家中,而这里,是第三次。

我不知道这黑佛神雕到底是什么东西,但是我却想起来那个骑摩托车的女人是谁了。

王姗情,那个养着情蛊的女人。

我对于这个女人的记忆并不算十分地深刻,只记得她在我手下当店员的时候,长相甜美,是一个十分爽利圆滑的女孩子,与小美并列为饰品店的美丽双姝,业绩经常是第一名。而后被男友拖下海,再无消息。我当时仅仅在心中叹息一声,也没有再追究什么,然而我的兄弟阿根却对这个女孩念念不忘。至今年春节后,我才发现这女人已经回到阿根的身边,还对他下了吸食生命的情蛊。

当时我便按捺不住,将这女人的真面目一举揭穿,要不是顾及阿根的面子,早就将她给扭送派出所了。

最后一次听到这个女人的名字,是月初在酒吧听阿根说她被一个男人给抱上了酒吧二楼。阿根这个家伙似乎还有些余情未了,想去仗义一番,被我骂了个狗血淋头,再也没有提起来。

没想到,我们会再一次见面,而且是以这种形式。

看着这神秘的黑佛神像,想起这些人炼制小鬼那残忍的手段,我越发地觉得王姗情这个女人,果真不简单。一想到这里,我就心生懊悔,当初要是把这女人扭送进局子里去,也省了许多事。我暗下决心,下次再碰到这个女人,定然没有好果子给她吃!

我站在门口看了一下,有警察在屋子里面找到了闹闹生前的衣服、毛巾和小牙刷,都是用一个黄色的符文纸袋给包裹着,钟大姐一眼就看到了,抹着眼泪给予了指正。然后又在床底下、柜子里搜出了作案用的生锈铁钉、装着几节骨头和一些血肉的小玻璃瓶、颗粒状的盐结晶、画有符文的红布、纸娃娃、老米原来住地的照片以及一些零碎的东西。这些东西,将变成铁的证据,出现在法庭上。

这些警察领头的姓刘,叫刘能,是一个身体发福的中年男人。

他来到我的面前，紧紧地握着我的手，激动地说谢谢你，陆左同志，我已经听说了，要不是你的帮助，他们根本找不到这里来。谢谢你！我说不客气，举手之劳。刘警官指着已经戴上手铐的老吊，问我是怎么知道这个家伙就是凶手的？我说我也不知道，听钟琳说那个史雪倩有问题，我便去幼儿园查问了一番，然后得到了她男朋友的信息，便一路查过来了……

　　刘警官一副吞了苍蝇的表情，笑了笑，转头问手下的人搞完没有？有个年轻警察说搜集完证据了。他问我能不能去局里面协助一下调查？

　　我说可以，并告诉他，有一个女人骑摩托车逃走了，那个女人有可能是主谋，叫做王姗情。

　　我和刘警官一同走出了房门，见到有警察在，这栋楼的住客约好一般，纷纷醒转过来，推开房门过来凑热闹，交头接耳，纷纷猜测到底发生了什么事情。房东是跟着警察一起上来的，一直还在纳闷，我们到底是怎么进来的。得知自家可爱的儿子就是面前这对狗男女害死的，钟大姐一下子就发了疯，冲着老吊和史雪倩又是抓又是挠，警察都拦不住，最后老米把她给劝住了。

　　走出出租楼，金蚕蛊偷偷摸摸溜进我的衣袖——那个狡猾的女人太快了，它没追上。

　　乘车直接到了区刑警队，刘警官亲自给我做了笔录。

　　我自然不会将全部的实情告知他们，只是说我略懂一些玄门之术，所以之前就留了一个电话给老乡钟琳，接到电话之后便过来探访，没想到还真的就把凶手抓出来了。至于逃逸的王姗情，我把我知道的一切资料都给刘警官讲了，甚至连身份证号码，我都打电话去东官把古伟半夜吵醒，让他把之前的记录给我传真一份过来。对于我的合作，刘警官拍着我的肩膀，乐开了花。

　　这么一个案件的告破，自然有他的一份功劳在。

　　警察连夜突审，到了下半夜的时候，老吊没招，反倒是他女朋友招了，说这一切都是老吊去年加入的一个神秘组织所引起的。这个组织是一个传播巫术和末日理念的教派，叫做厄勒德。老吊通过一个偶然的机会，加入了这个协会。之后，他十分兴奋，还专门办了半年多的病休假，去某个地方集中培训。过了大半年，又被派回鹏市来蛰伏。而他炼制小鬼的方法，也是那段时间学到的。一个偶然的机会，老吊知道了老米的儿子米闹闹是一个出生于阴节的天生阴阳眼，便筹谋着将这个小孩子炼制成小鬼。

　　老吊告诉史雪倩，如果将闹闹炼制成小鬼，以后他两个就会一帆风顺、财源滚滚，做什么事情都无往而不利，魅力大增……因为史雪倩就是闹闹幼儿园的老师，他缠着史雪倩去核实闹闹的生辰，以及老米所说的异常是否是真的。当得知了确有其事的时候，老吊就准备下手了。

　　为了万一起见，老吊还通过组织，请了他的上线来指导工作。

他的上线,就是逃脱的那个代号叫做"黄鳝"的女人。史雪倩提供了情报和信息,而整个计划的实施,全部都是老吊和黄鳝完成的。黄鳝在指导老吊完成了炼制小鬼的过程之后,离开了大半个月,就在前天,又返回了鹏市,说过三天之后,要把这小鬼拿给上头的人鉴定,如果有价值的话,说不定会给老吊提供更多的资源、更好的待遇以及更高的职位。

为什么说还要三天呢?这里面有一个说法,此小鬼炼制不易,需要三十六周天之后,方能够完工。

黄鳝这个女人在这里已经待了两天,荤素不忌,天天与老吊逼着她一起做羞人的事情,日夜不间隔,说是什么密宗双修大法。而今晚夜里,小鬼突然示警,说有人窥探。那个叫做黄鳝的女人便穿了衣服,拿着装有鬼娃娃生前尸油和秘制物的瓷罐子,就往楼上跑去……

史雪倩所知不多,而刘警官也并不避讳我,将所有的审讯记录都告知与我。虽然这样子并不符合程序,但是我已经答应了把这次的功劳全部都算在他的头上,这让他对我放下了心防,还征求了我的意见。我知道他们上面,肯定会有一个级别的人知道赵中华他们那种有关部门,所以让他上报就好。

他翻翻白眼,然后喜滋滋地离去。

我抽空打了一个电话给赵中华的同事曹彦君,把这件事情的来龙去脉都讲给了他听。厄勒德,这东西不就是邪灵教吗?曹彦君说他知道了,多谢我打电话给他报信,他会找人过来接手这个案件的。

我在局子里面熬到了天亮,困得要死,早上的时候老米和钟大姐约我去茶楼吃早茶,在桌上递了一个红包给我。我没收,一番推辞之后,只是让他们把早点的钱付了。两口子不断地感谢,然后流着眼泪,伤感地怀念着死去的那个孩子。我默默不语,说反正也有我的电话,以后有什么事情,案件有什么进展,都可以随时联络我,是老乡,所以不用客气。山不绿水绿,亲不亲家乡人。

吃完早点,我便离开了这里,去找阿培和孔阳商谈他们创业的事情。

这件事情便这样结束了,两个月后钟大姐打电话给我,说有朋友从泰国的寺庙中带古曼童回来,问我可不可以请一个,慰藉一下心灵。我说可以,不过那种从佛家寺庙中请回来的东西,心诚则灵;有,也是做做善事而已。最好的办法莫过于重新养育新的小孩,忘记过去的伤痛。后来我都差一点儿忘记了这回事,去年的秋天,钟大姐打电话给我,说她又生了一个女孩子,七斤六两,为了纪念闹闹,决定取名字叫做陌陌(默默?)。

谈起这件事情的时候,钟大姐的心情一直不错,也没有了以前的感伤。

忘记一件悲痛的事情,莫过于一段新的开始。

然而我没有想到的是,这个叫做闹闹的小鬼娃娃,后来会成为怎么样的麻烦。

当然,这是后话。

阿培和孔阳的自助火锅店是小事情，我把阿东介绍给他们，具体的事情，我便不再参与，只是到时候凑钱开业便是。我返回了洪山，大概在八月中旬的时候，接到了顾老板的电话，他跟我说起一件事情，说 8 月 23 日在缅甸仰光有一场玉石交易会，听传闻交易会里有一块神奇的玉石原矿，半夜能发出娃娃的哭声，还有人看到那石头在夜里面有野兽的形状浮现。他问我要不要去看看，说不定就是我一直想要寻找的麒麟胎。

如果来，先过香岛，他叫秦立帮我办理相关手续。

第十四卷　降头术，麒麟胎

第一章　解术条件

我一听到麒麟胎的消息，立刻眼睛发亮，头点得跟鸡啄米一般，自然要去的。

缅甸玉又称翡翠，由于硬度高，光洁明亮，且好的翡翠颜色既鲜亮又平和，有很高的保值和收藏价值，故而称为"玉中之王"。它主要产自缅甸北部的山地里，乌龙河流域、亲敦江支流的交界一带，因为一直被国人追捧，历年开采，上等玉石越来越少，原石价格逐年攀高，目前的缅甸政府为了保护玉石资源，已经限制了上等玉石的出口，只允许加工后出口。

而在缅甸，买玉的地方一般都是在缅甸仰光、曼德勒的玉石集散地以及帕敢的玉石产地。

缅甸每年都会举行大型的交易会，每三个月左右又会举行一次公盘，一般都十分的火爆，而主要的客商都来自邻国和地区。

临行之前，我打电话给杂毛小道，问起了三叔的事情。

杂毛小道说他三叔头顶上那十三根银针，锁定了所有的神魂，这是一个极其恶毒的连环阵，就像是一个密码锁，想要将这个解开，必须知道周林那个畜生到底是先插的哪一根，接着又插的哪一根。所有的顺序都要逆推而为，错一步，顿时脑浆爆裂而亡。除非是能够找到温养这力量的天材地宝，将银针上暴戾的气给暂时封闭住，不然连虎皮猫大人这个牛烘烘的家伙，也不敢下手。

而且更糟糕的情况是，两个月之内如果不将这银针拔除，他三叔的神魂便自动消散，不在人间了。

他说完这句话，我和他共同都骂出一个"丢"字。

我问他周林那小子的踪迹找到没有？

他说没有，这个畜生就像是在人间蒸发了一般，他萧家发动了一切力量，甚至求得他大伯、大师兄，以内部消息的形式下了通缉令。但是中国那么大，那畜生便找一个地方一钻，不冒头，还真的找寻他不得。找不到他，便不能够知晓那"银针追魂

术"的解法步骤，这便是死结。

我问那需要找什么天材地宝，用人来不行吗？

杂毛小道说不行，人的力量，自先天起便是自带着本有的属性，做不到公正平和、温养神魂的效果——或许有，那是接近于"道"的高手，他们是不认识的，便是他师父陶晋鸿以及龙虎山、阁皂山、峨嵋金顶、昆仑悬空寺这些地方的老家伙，都不一定能成事。哪些天材地宝呢？杂毛小道苦笑，说都是些传说中、玄之又玄的东西，什么青龙角、白虎鞭、凤凰胆、玄武卦的，听都没听过的，哪里找？哦，还有一个，虎皮猫大人说麒麟胎也是……

杂毛小道唠唠叨叨，说麒麟胎要是那么好找，咱们还要费力到处求人吗？唉，不过一饮一啄，莫非天定？如果我们能够早些把麒麟胎找寻了，说不定三叔这场大劫，也就不用度得如此艰难了。

我心中一喜，说你这个杂毛，你知道我要去哪里不？

杂毛小道一愣，说听你笑得这么淫荡，难道小毒物你准备去红灯地潇洒一圈？要是如此，别的地方我就不说了，洪山我倒是可以帮你介绍几个好一点儿的场子，你等等，我一会儿发几个号码给你，都是手头有正妹的经理的号码，一会儿你随意拨几个便是，包你舒畅。

我呸他几口，说你个混蛋，这个时候了还有心思讲笑话，恨不该你去床上躺着，三叔来和我吹牛！

杂毛小道苦笑，说那怎么办？天天哭丧一样？我奶奶二月份走了，我三叔八月又遭劫，别人家喜气洋洋地看奥运会，我家这里一片死气沉沉，几个叔伯弟兄除了唉声叹气，就是摩拳擦掌，我姑妈现在每天都在闹自杀，一想起生出那么一个忤逆子，投河的心思都有了。就连没心没肺的虎皮猫大人，都掉了好几两肥膘，飞得那叫一个爽溜……

我说顾老板告诉我有麒麟胎的消息了，下个星期我去缅甸，你来不来？

电话那头沉默了三秒钟，然后传来一阵大吼，小毒物，我就知道你是我的福星！妥妥的，哪里汇合？我说香岛，从香岛出发。

去香岛的路驾轻就熟，我于17日早晨从洪山出发，到了鹏市，然后经海关，到了香岛。

依然是秦立接的我，顾老板事忙，没有来接我，由秦立直接把我送到酒店去住下。又有一两个月没见，秦立更加消瘦了，脸色苍白，眼窝深陷，有点儿大烟鬼的感觉，不过眸子倒是晶晶亮。他说他生了一场大病，病倒了一个多月，不过还好，现在没事了，只当是休假——自从跟了顾老板之后，终日忙碌，还真的没有什么闲暇的时间。我问是什么病，他说是细菌性和阿米巴性痢疾，不过已经好了。

我听不懂，也就不问了，想起一事，问他上次给他的黑猫，有没有火化？

秦立说焚烧了，当夜他就送去处理了。见他斩钉截铁地回答，我这才放心了一些。

到了晚上的时候，顾老板约我在一家私人会所吃饭。

席间他告诉我，说这个消息呢，是缅甸的矿场放出来的，不知道真假。因为他和李家湖曾经对此作过讨论，近年来缅甸放出的翡翠原石的质量越来越差，往日非常火爆的春秋两季交易会，现在去参加的有钱大主顾并不多，所以他们才会故弄玄虚，弄出几个噱头来，将这个月的专场交易鉴定会炒热，以增加交易额。不过呢，他看我这么急，有错过不放过，于是通知了我。

我说无论是与不是，总是要去看过才知道，反正不会抱太大的希望，也谈不上什么失望。

我还提起杂毛小道会跟我一同前往，顾老板就笑，说你们两个倒是天生的好搭档。吃完饭，他说起一件事情来，说李家湖这次也去，听说我来了，明天要请我去吃饭。我答应，说好的，这个没问题，不过萧克明明天也到，我可能要去接他。顾老板点头称是，嘱咐秦立跟我一同前去。

当晚无话，返回酒店住下。

次日中午，秦立载着我到国际机场去接杂毛小道，在接机口等了半天，只见除了杂毛小道之外，他小叔萧应武也来了。虎皮猫大人飞在他头顶上空，骂骂咧咧，说航空公司的一堆人都是群傻瓜，竟然敢把大人它关在有氧舱里面，待了如此之久。

萧家小叔的到来让我着实有些惊喜，迎上去握着他的右手，好是一阵寒暄。虎皮猫大人在旁边撇嘴，说你个小毒物，没想到口味这么重，娘希匹的，居然好这一口！小叔在神农架耶朗祭殿之中的时候，左手被洞口的那个黑影子齐肘斩断，如今配上了一个假肢，刚刚过安检，这会儿装上，是一个铁拳。机场里面人来人往，我们也不再继续停留，而是乘车返回了酒店。

小叔这个人是一个资深的野外探险者，崇山峻岭攀过，大江大河渡过，便是那原始森林、戈壁无人区和莽莽雪原，也与人一起穿越过，是个脑子里面装着无数知识和经验的人，也健谈，与秦立没一会儿就聊到了一起来，满面春风。

然而到了酒店的房间，等秦立走了之后，小叔的脸色就严肃了下来，望着杂毛小道、虎皮猫大人和我，说这麒麟胎之事，有几成把握是真的？

我摇头，说作不得准，顾老板跟我分析过，说这东西听着像是麒麟胎，但是有很大一部分可能是组织方散布出来的噱头，增加交易会的关注度。小叔点头，说对，跟他们合计的是一个情况。他这次前来，已经作了两手准备，一便是那翡翠原矿真就是麒麟胎，那么我们一定要拿到手；其二，在泰国清迈契迪龙寺有个般智上师，据说对银针追魄术的造诣很高，所以去请教一下他，也是一个法子。

我奇怪，说若说懂此术者，中国的大拿也不在少数，为何还要千里迢迢跑到泰国，去请那劳什子般智上师？杂毛小道跟我解释，说他们所交游的同行，对此术所知并不多,这方面,虎皮猫大人算是最厉害的一个,但是也不敢贸然下手。而那个般智上师,是他大伯推荐的。

与他大师兄一样,他大伯也是在有关部门效力,不过主要是在西北边疆那一代活动,打击拜火教,所以赶不回来。而这般智上师,据同僚说起,曾经空手解救过好几个中了银针追魂术的同道——这毋须怀疑,就巫邪之术而言,东南亚要远远发达于中国本土。只不过那人处于隐居状态,不知道好不好找寻。

虎皮猫大人撇着嘴,骂说就是一个入魔的和尚秃驴而已,有什么可牛的?

我们几人大笑,但是都不把这肥鸟儿的冷嘲热讽放在心里。

过了不久,秦立打电话过来与我们确认,说是李家湖于下午五点邀请我们参加派对,问有没有时间。

我们自然说好。

第二章　雪瑞

香岛全程，自然有秦立接待一切事宜。

来到了李家湖指定的私人会所，才发现来参加派对的人其实有很多。秦立跟我们介绍，说都是一些珠宝金融行业的朋友，今天是李家湖妻子 Coco 的生日，正好我们需要打探麒麟胎的消息，所以便邀请过来，至于服装，顾老板已经帮我们备好。

大厅里的人其实还蛮多的，都穿得西装革履、衣冠楚楚，三五成群地聚在一起，举杯畅聊；还有不少打扮得跟花孔雀似的女士在大厅里面，游走交谈；会所自有专业的服务人员，穿着侍者的衣服在忙碌，中间有一个小舞池，在一个小乐队的伴奏下，不少男女已然在翩翩起舞。

诸如此类的派对我其实也参加过几次，但对这种名门交际并不是很感冒。杂毛小道和小叔似乎也是如此，在秦立的带领下，我们找了一个地方坐下来，饮酒。

也许时间还早，并没有见到主人。

没想到过了一会儿，许鸣端着酒杯坐到了我们的面前，招呼一声，秦立离开。

相隔不到一个多月，许鸣的精神比往日要好不少，他热情地跟我们打了招呼，陪我们聊了一会儿天，然后与杂毛小道碰杯，说一声多谢。小叔并不知道面前这个帅气的年轻人是谁，只是保持礼貌的寒暄，我则反应冷淡。许鸣已然适应了李致远的身份，言谈举止间也多了几分大家风范，脸上洋溢着温和的笑容，跟我们谈着话，不时地与远处的人举杯致意。突然，他说他也将参加下个星期在缅甸的翡翠原石交易会。

我们一愣，问为什么？

许鸣说这一次不是正经的公盘，而是一次小型的鉴赏交易会，受邀的人不多，他父亲也是听说了缅甸传来的消息，十分心动，想要把那个石头拍下来，然后剖石成玉，仔细雕琢，收藏起来。他笑了笑，说他父亲是一个收藏狂人，只不过因为最近美国的金融危机，无暇脱身，而他正好手头上的事情已经处理完了，便代李隆春去出席。

他见我们都面无表情，笑着说："不过我知道你们对那块疑似麒麟胎的原石志在必得，我会帮你们的。"

许鸣这是在向我们示好，不过这件事情重大，我们也只有承他的情了。

须知，随着世界各地对于翡翠玉石需求的日益增长，玉石原矿的交易额度也出现了惊人的爆发，一块不起眼的石头卖出八位数、九位数这种天价的事情，也是常有的，莫说是我们这几个穷鬼，便是顾老板、李家湖这些人，在那交易会场也只能算是小角色。没钱怎么办？猫有猫路，狗有狗路，我们这些光着膀子的家伙自然有着自己的打算和办法。

换句话说，我们自打准备前往缅甸，算的就是个"空手套白狼"，做的是无本买卖。

许鸣想来也是知道了我们的打算，告诫我们小心，缅甸那个地方，一直都是军政府管理，都是些杀人不眨眼的角色。这也就罢了，你们真当那些主持交易会的幕后人是那么好相与的？有钱能使鬼推磨，那么大的盘子，不但会有军人在场，而且肯定有厉害的降头师坐镇。你们想要通过暴力夺取，能去不一定能回来。

我们皆好奇了，问缅甸的降头师到底有多厉害？

许鸣说降头黑巫之术，在整个东南亚都十分的流行，但是若论最厉害的，莫过于泰国。

为何？泰国被喻为"千佛之国"，占地约五十万平方公里，南面接马来西亚，西北接缅甸，东北接老挝，西南接柬埔寨，是好几个小乘佛教以及巫术大国的汇聚点。整个泰国上下约有三万多间寺庙，百分之九十九的人民笃信佛教，由于地理环境优越，黑白巫术盛行，又能大范围吸收邻国的巫术精华，再加上政策上的允许，所以泰国降头黑巫在东南亚一带，是一枝独秀。

相比较而言，马来西亚缺乏对外交流，厉害者多在隐居；老挝林多人少，森林面积占国土的一半，巫术僧不浮于水面；柬埔寨终日枪林弹雨，天天打仗，哪里有心思发展这些？而缅甸，则是半桶水的神职人员、降头师居多，然而烂船还得几根钉，你们莫要以为就没有能人了。据我得到的消息，那交易会里，便有一个炼有真正飞头降的僧人，而且已经炼制到第三层境界！东南亚那个地方，虽然大道正理不及外面，但是旁门邪术，却是厉害得紧。所以我在这里劝大家一句，凡事以和为贵，莫要冲动行事。

我们面面相觑，想不到此行竟然有可能会如此凶险。

这时顾老板过来了，拍着我的肩膀笑，说怎么跟李公子这么熟？许鸣说上次遭到劫匪，幸好有陆左和萧道长在，要不然就见不到现在的太阳了。救命恩人，自然要热切一些。顾老板说李公子真讲究。他拉着我的手臂，说要帮我介绍几个好友，他们一直都很仰慕传说中的高人呢。

杂毛小道坏笑，而我则一脸无奈。

顾老板就是这么一个人，说他古道热肠也好，说他圆滑交际也好，总之就是这么烦人。虽然我并不喜欢这样的事情，但是他对我有知遇之恩，我也不好推却。只有站起身来，和他一起去晃了一圈。

顾老板的朋友多是生意场上的人，人经历多了，怪事见了不少，年纪又大了，便对不能预知的事情起了敬畏之心，所以也比较笃信。

而顾老板老是拿我的名字吹嘘给这些老友听，搞得他们对我十分热情。

有人不信，说这么小的年纪，哪里可能会有什么成就嘛？顾老板一听这话就生气，拉着那人的手说老马，你若不信也可以，要不要给我这小兄弟试一下，给你显一显本事？那人嬉皮笑脸地说小顾，你还真的别吓我，这香岛虽弹丸之地，但也是处处有高人的。你看看那些高人，哪个不是一把胡子，仙风道骨？所谓玄学，不但要博览古今，而且还要有一辈子的经验在，感悟道，才行。你看看你这小兄弟……

　　旁人纷纷看我的打扮，黑西服白衬衫，跟他们手下的一个马仔一样，都笑说确实哦，陆大师看着不像哎！顾老板在一旁冷笑，说你们知道老李吗？他女儿去年被人下降头，找了这么多高人，谁能行？还不是陆左帮解的？老章，那个家伙夜夜被鬼缠身，谁帮忙破的，还不是他出的手？你们这伙人，希望以后别有事，不然以后哭起来，别来求我这小兄弟。

　　听到顾老板地谈起确凿的往事，可信度又高，那些人也变了脸，笑说逗你玩的，人家陆师傅都没有怎样，你老顾倒是翻了脸皮，真的没有意思。

　　正说得热闹，一个阴阳怪气的声音传来："不过是旁门左道而已，有什么值得骄傲的？"

　　我抬头望去，正好看见一个枯瘦的老头捋着胡须朝我看来。这是一个精神矍铄的老人，胡须花白，约莫有六七十岁的年纪，穿着一身黑色的丝绸唐装，右手握着一小串玛瑙，这玛瑙颗颗滚圆，黄澄澄的。我一愣，顾老板给我介绍说，哦，这位是港岛湾仔的黄忠信黄大师，风水相宅，是有名的易学大师。

　　我听这名字，感觉有些熟悉，再一想，哦，原来章董被鬼缠身时，请了几个本地著名的算命、风水先生来帮忙看，但是却没有一点儿效果，那几个人里面，便有我面前这一位。

　　难怪顾老板一提到章董之事，这个老头儿便气得胡须一阵颤抖。

　　不过这跟我有半毛钱关系？自己撒不出尿来，还赖上了坑不成？我看着他，黄忠信朝我敷衍地一拱手，说小老弟，既然如此厉害，便问你学的是风水、堪舆、阴阳宅居还是周易、卦卜？我耸耸肩，微笑，说这些，我都略懂，但是不精通。我会的，是捉妖抓鬼那一套。

　　黄忠信哈哈笑，说你倒是好耍无赖，本来还想与你讨教一番，没成想竟然这么说，难道这里面还有鬼怪给你抓不成？算了，算了，我也不与你黄口小儿动气了。

　　他过完嘴瘾，便朝另一边离去。

　　我也不理这人，只听到音乐声停歇，然后李家湖和他太太盛装而来，同行的还有一个剪着民国学生头的清丽少女。我看到这个明眸皓齿的少女，含着笑，就像白天鹅一般纯洁，眼前一亮，心情都不由好了起来——这个女孩子不就是以前被我治疗过的雪瑞（Sheri）吗？我们差不多有一年的时间，没有见面了，她比以前出落得更加漂亮，肌肤像牛乳一样洁白，头发如鸦靓丽，精致的面容在头发的对比之下，更加俏丽。

关键是，以前的太平公主，现在的身材也发育得很好，虽然相对于小妖朵朵这狐媚子的火爆身材，还略显不足，但是在东方人的身材里面，却算是不错的了。

　　这一年，她应该有十七岁了吧？

　　不过……我看着她晶莹黑亮的眼睛，似乎总是少了一些神采，让人感觉她与现在的气氛，多少有些格格不入。

第三章　天师道北宗海外传人

无数人凑上去恭喜，一番喧闹，而我则退回到杂毛小道他们所在的位置坐下。

李家湖在本港商界的地位并不算很高，但是因为上头有未去世的李老太爷，又有一个金融奇才的叔叔李隆春，所以还是蛮被人追捧的，周遭有无数的商界好友，带着子弟出场，恭贺夫人生日。这是一个西化的自助餐派对，他的用意也是联络生意上伙伴的感情，所以我们反而显得并不重要，也懒得去凑那个热闹。

许鸣不知道什么时候走的，我问杂毛小道，他撇了一下嘴，说这个家伙，倒是个天生的交际家，有热闹的地方就有他，哪里管得了？

小叔显然已经听过了杂毛小道的解释，说你们这样并不好，应该将事情的来龙去脉，都告知李隆春的。

这个道德负担，并不需要你来背。而至于证据，你说便是，李隆春在商界打拼那么多年，难道就没有自己的判断？不过话说回来，这个许鸣对你们似乎还是蛮感激的，对此行也有帮助。有的时候，人生并不只是黑与白，有太多的选择可以做，反而会让人有些无所适从。算了，反正也就这样了。

虎皮猫大人孤独地啄着杯中的红酒，突然发了脾气，说狗屁的高档派对，连恰恰瓜子和龙井茶叶都没有，搞什么啊？那个许鸣，穿着一整套假面具，一看就不是什么好东西，你们也是，存心想要饿死爷啊？

二货！

我们被骂得狗血淋头，忙不迭去拿来些坚果，给这扁毛畜生吃，免得它骂顺了嘴，机关枪似的脏话往外冒，到时候我们可就收不了场了。我们忙着伺候这一只肥鸟儿，过一会，李家湖走到了我们的面前，热情地与我们握手。而旁边跟着的，则是他美丽的女儿雪瑞，看得杂毛小道不住流口水。

坐下来，李家湖忙不迭地道歉，说怠慢了我们——因为正好碰到了他太太生日，便想着把我们叫到会所，一起参加派对，也不知道我们喜不喜欢。我们都客气，然后李家湖拉着自家的女儿，说雪瑞，你看看，这就是去年帮你治病的陆左，他今天也被爸爸请过来了。

雪瑞脸上含着笑，明媚动人，然后头朝向了我，说好久不见啊，陆左哥哥。

看着昔日的黄毛丫头一下子出落得亭亭玉立，我有些颇不自在，特别是看着她如红菱一般娇嫩的嘴唇，我不可控制地想起肥虫子这厮还大摇大摆地从人家嘴里出入过，心中不由一愣，也不知道说什么好，只是说怎么叫哥哥啊？我记得以前好像是叫

我叔叔的……

雪瑞红着脸呸了我一口，说什么叔叔啊，尽占人便宜。

李家湖哈哈大笑，说陆老弟，我跟老顾同辈，按理说你是应该做雪瑞的叔叔，可是你也大不了雪瑞几岁啊？要不然，我们各叫各的便是了……

我点点头，发现雪瑞站在我们的面前，眼睛就像一对宝石，晶莹黑亮，然而却又似蒙上了一层雾气，烟雨朦胧地看着我们，但是又好像没有注视着一个焦点，感觉奇怪。我们几个都发现了异常，不住地打量。李家湖叹了一口气，说雪瑞因为被下降头太久，损伤了眼睛，视力一直很模糊，后来虽然陆左你将那玻璃降给解了，但是这视力却一天天的退化，直至如今，仅仅能够看见前方一米半的东西了。

我问戴眼镜能不能解决？

李家湖摇了摇头，说不行，这种病不是近视，而是由于屈光介质混浊和视网膜、脉络膜变性引起，是视觉神经萎缩了……这病暂时没有完全的治疗方案，换眼球都不行。雪瑞在美国待得烦腻，所以才把她接回来，参加她妈妈的生日。雪瑞在一旁娇嗔了一声爹地，不要再说这些不开心的事情好不好？罗叔叔他们在叫你呢，还不赶快去聊你们的生意去？不要在这里打扰我们的谈话。

李家湖笑了笑，说你这孩子，耳朵倒是挺灵的。他跟我们一一握手，然后去招呼别的宾客了。

见自己的爸爸走开，雪瑞脸上浮现出了会心的微笑，对着我说："陆左哥，你还记得我一年之前临走的时候，我们之间的约定吗？"我有些愣神，说什么约定？我真的想不起这么一件事情，记得最后一次见到雪瑞，是我那便宜师叔王洛和绑走了小美，当时的我急得心中冒火，哪里还记得其他的事情？

见我忘记了，雪瑞有些不高兴，气鼓鼓地说瞧瞧你的记性，当时我不是说我要去拜一个玄学大师，然后回来帮你吗？你当时还给我推荐了两个人，一个叫做白鹤鸣，一个叫做黄易。结果我回来找，才发现你坏死了，竟然骗我，那个黄易居然是电视剧《大唐双龙传》的原作者，是个写小说的；而白鹤鸣，他是风水大师，学易学的，我学上十年都不能够帮上你的忙。

我哈哈大笑，说我当时随口说的，你倒还真信啊？

杂毛小道在一旁抹黑诽谤我，说小美女，这个家伙向来都只会骗小姑娘，你要小心咯，要有识人之明的。如果有什么心事要倾诉的话，你可以找一个比较靠谱一点儿的大哥哥，比如我这样长相诚恳和善良的人。

雪瑞明丽的眼睛瞥了一眼杂毛小道，哼了一声臭道士，老是喜欢占便宜。

杂毛小道无奈地耸耸肩，对我说道："你看看，说你有萝莉缘你还不信？但凡是十八岁以下的女孩子，都喜欢你不喜欢我。这是一个什么现象？"他说着，奇怪看了一下自己的装束——为了避免围观，杂毛小道换了一身便装——然后皱着眉头回忆，说记得当初我们好像没有怎么见面啊，你怎么知道我是个道士……难道是小毒物在背后编排我？

雪瑞笑了，说小毒物？说的是陆左哥吗？没有，我好像没有见过你，不过我能够看见你是个臭道士。

我也来了兴致了。要知道，杂毛小道跟雪瑞对坐着，离得有一米多远，而且还穿的是便装，雪瑞是怎么知道老萧是个道士的呢？

雪瑞说能不能听我把故事说完？我们几个都点头，然后雪瑞说她在美国治了一年的病，去年十月的时候在医院认识一个老人，也就是她现在的师父，罗恩平。

她师父本是天师道北宗的弟子，于上个世纪四十年代末流落美国，隐居于旧金山的一个唐人街里。她师父在华人圈中并不出名，但是旧金山道教协会的副会长，就是她师父的弟子，她的师兄。这样一个身怀绝技的老人大隐隐于市，在唐人街里开了一家祭品香烛店，一直就这么一个人过活。直到去年身上被查出了美尼尔氏综合症，突发性地站立不稳、恶心、呕吐、天旋地转……他算到自己活不过两年，于是想在这段时间里，再找一个关门弟子，传授一身的技艺。

罗恩平就在医院里碰到了雪瑞，一个眼睛几乎快瞎掉、但是纯净得如同天湖之水的女孩子。

两人便这般相遇了，之后，雪瑞拜入了罗恩平的门墙，成了这个九十五岁老人的关门弟子，衣钵传人。罗恩平是一个高人，何以见得？因为他会挑徒弟，而且会调教徒弟。藏传佛教把师父称作上师，徒弟会把自家所有的财产都贡献给上师，为什么？因为上师会手把手地带你入道，走进一个全新的境界，去一个你这一辈子都想象不到的地方，所以心甘情愿。这便是有师父的好处。

说偏题了，罗恩平花了两个月的时间，帮雪瑞调养身体，第三个月，罗恩平帮助雪瑞开了心眼。

这里讲的心眼，跟佛家说的五眼："肉眼、天眼、慧眼、法眼、佛眼"中的天眼和慧眼一般，都是不凭借肉眼，而能够明辨物象，看清大小、形状、颜色和距离……事物的本质以及后续的因果。这是一种超越了肉眼辨明的存在，只有天资聪颖者才能够有的。简单来说，雪瑞看到的不是杂毛小道现在的样子，而是他那带着猥琐气质的灵魂。

这心眼，是代替雪瑞感知这个世界的工具，并且由于她师父的某些布置，并不折损她本身的精力和寿命。也就是说，这个东西，已经被她师父稳固成了天赋。这一稳固，则能够看出她师父的能力了。

当然，这也是雪瑞体质特殊。

之后，雪瑞便一边在医院治疗，一边跟随着她师父罗恩平一起学习。罗恩平所学繁杂，但是大部分都是脱胎于五斗米教的天师道道术，这道术有五类，养精、养气、养神、养形、养食，此乃内丹派的功法。而符箓宗的，他老人家也多少会一些。人即将死，罗恩平便倾囊以授，也不怕她囫囵吞枣，全部都教予她。

唯一的条件是，不要告诉她的家人。

所以说，李家湖并不知晓，或者他已经知晓，装作不知道。直到上个星期，罗恩平有事前往纽约，便让雪瑞返回香岛，参加她母亲的生日派对。

我们瞠目结舌，这老母鸡变鸭，雪瑞转身一变，竟然成了我们的同道中人，真的是——命运多奇妙！

第四章　老牛不能吃嫩草

我们几个惊奇，说这可是天大的秘密，雪瑞怎么一来就告诉我们？

雪瑞甜甜一笑，说她之所以想学玄门道术，为的就是我。她跟她师父说过，师父也没有反对。如果为了保留秘密，而让自己变成一个小心翼翼、沉闷的人，那岂不是舍本逐末了？修道，修的就是一个"自然"，修的就是一个"真"，如果连自己的心都丢失了，那么还修的什么道，正的什么果？

我们面面相觑，杂毛小道看着我，挤眉弄眼，表情十分淫荡。

我这也听出来了，雪瑞这小妮子，对于曾经救助过她的我，似乎有一些情愫在。然而见到我们这个样子，雪瑞却先知先觉，直接指出来，说陆左哥，你别以为我喜欢你哦，你这么老了，我可还是嫩草呢，老牛不能吃嫩草，这可是天理，你可不要胡思乱想、想入非非哦，我喜欢的可是帅帅的小男生，所以我只是遵守承诺而已。

老牛不能吃嫩草？这是哪门子的天理？

没想到这个小妮子一下子又变得古灵精怪，仿佛嘴里面长出了尖牙，头顶上出现两圈圈。我额头上一阵冷汗，顿时不知道说什么好。杂毛小道见我吃鳖，又是一阵开怀大笑。

待杂毛小道幸灾乐祸地笑完，我问雪瑞，说你眼睛真实的情况是什么样子？有没有恢复的可能？

雪瑞的眼睛依然明亮，美丽得如同璀璨的星空，然而她却摇了摇头，说不行，上帝为你打开了一扇门，就会给你关闭另外一扇门。她的病症很复杂，除了之前中降头留下的影响之外，还跟她本身的体质也有关系——最重要的是体质，而玻璃降只是将这症状提前爆发出来而已。不过也不是不可以，她这大半年以来，一直都在尝试修复萎缩的视觉神经。

这一过程十分的漫长，不过她师父说了，如果她的道行略有小成的话，重开肉眼也是没有问题的，至于多久？也许几年，也许十几年，都要看本身的努力。

小叔在旁边点头，说内丹派呼吸为风、意念为火，如果能够炼至小成境界，确实能够瞎子视物、聋子闻声、哑巴开口，这些在历史文献里都是有所记载的，天师道分南北两宗，南宗有龙虎山、青城山、庐山太虚观、鹤鸣山四脉，各有所长，但主要都是以修符箓为主，而北宗则是内外兼修，道场设在山奚大同，是个极厉害的门宗。只可惜抗日战争时期，大量的北宗子弟都投入了抗战第一线，血洒疆场。随后政局动乱，花开两枝，东西飘零，也就沉寂下来。你师父，想必便是那个时候辗转到的美

国吧？

雪瑞摇头说不知道，她师父从来都不提以前之事，也不准她问起。

小叔叹气，说当时同门死伤无数，后来留下来的苗子也都相继遭到了清洗，北宗就此绝迹，老人家应该是伤心了。他似乎知道些什么，然而最终还是摇了摇头，不说话了。雪瑞轻笑，说不提那些陈芝麻烂谷子的事情了，无事不登三宝殿，你们这次来香岛，是准备做什么的？

我们便把这次准备和顾老板、她爸爸李家湖一起去缅甸仰光参加交易会的事情，告知了她。

知道这个事情，雪瑞很兴奋，闹着要一同前往。刚刚听到许鸣说得那么危险，我们哪里敢让这个纯洁得像小羔羊一样的女孩子去凑趣？只是摇头。她说你们不带我去，我跟我爸爸一起去，哼！我们想她父亲李家湖那人，定然是不肯让自家女儿去冒险的，也笑，说等你老爸同意再说吧。

我们谈笑了一会儿，雪瑞说起她在美国治病的事情，对于罗恩平，却再也没有说起。

过一会儿音乐声又响起来，因为是她母亲Coco的生日，雪瑞也是主角之一，不时有自认为是名门贵公子的年轻人，过来邀她跳舞。雪瑞在我们面前活泼可爱，脸上的笑容天真无邪，然而面对这些人，却是立刻转变成了气质型的淑女，以眼睛有疾为由，彬彬有礼地给予了拒绝。

然而架不住人长得美，纠缠的人也多，不胜其烦，我们也收获了不少白眼和非议。

又过了一会儿，Coco唤女儿过去，雪瑞便与我们告辞，离开了我们这里。

小叔见我看着舞池里面的盛装男女发愣，用左手铁拳轻轻捶一下我的肩膀，笑着说怎么了，羡慕？你若想过这样的生活，也是很容易的。你的这一身本事，都是实用之术，只要肯低下脸皮，不择手段，什么样的生活不会有？我笑了笑，说没有，我其实是在想另外一件事情。豪门权贵的生活，并不是我所期盼的。那些人过得再如意又如何，最后不还是黄土一抔，青烟半缕？再说了，有所得，必有所失，我很珍惜我现在拥有的一切，舍不得失去。你应该也知道养蛊人的命运，所以小富即安，我很满足了。

杂毛小道问那你在想什么事？

我说我之前没有记得，现在看到雪瑞，倒是想起一件事情来：当初我给雪瑞解除玻璃降的时候，有一股阴寒之力蔓延到我的身上来。那是给雪瑞下玻璃降的马来西亚行脚僧人所留下来的印记，是仇怨，能够下这种灵降的人，必定是极其难缠的。当时我只是想我这一辈子，都不会出国，然而现在想来，说不定在缅甸就能够遇上那人，到时候肯定又是一场纠葛……

杂毛小道宽慰我，说一个马来西亚，一个缅甸，相隔几十万公里，那个家伙未必有那么厉害，还跑来找你麻烦？他当时要真心想夺宝，直接抢了便是，何必弄这么一个降头术，等着李家湖返回去求他？这是什么行为？这是严重的装波伊犯的行为，恪守着某些宗教准则，有约束在，便不会太过于极端。

小叔说希望如此吧，不过我们还是要防备一些的，别到时候情况变得更加复杂才是。

我们在会所里待到了八点多钟，然后便起身告辞了。

李家湖跟我们说，后天有一趟直飞仰光的航班，他托了关系，给我们都弄到了邀请函，到时候我们与各大珠宝行的商人一起参加那个小型交易会，让我们准时登机。他还问我们这两天需不需要司机。我们摇头，说这里的事情都由顾老板派来的助理秦立处理了，一切妥当。

李家湖张了张口，却没说话，与我们握手告别。

晚上回到宾馆，我把憋坏了的肥虫子和小妖朵朵都放出来，跟虎皮猫大人玩。虎皮猫大人好久不见肥虫子，跟着它便是一通猛撺，一时间房间里鸡飞狗跳，不得安宁。小叔看到小妖朵朵，跟她打招呼，说这样的鬼妖他倒是在藏地日喀则见过一个，有上百年的修行，是一座佛塔的守卫，很久以前被一个喇嘛降服了，之后那个喇嘛圆寂了，鬼妖倒是留了下来，成了佛灯座下一弟子。

他是十年前见到那鬼妖的，除了正午几个时辰不能够出现之外，几乎和常人一般无二。

小叔的话语让我心里生出了希望，连忙追问一番。他说那鬼妖是一个老婆婆的样子，整日守在佛塔中，念经诵佛。他当时见到就觉得奇怪，后来才听当地的一个同行说起，并警告他不要接近那老婆婆，不然定会有生命危险。于是他也只是远远一望而已，其他的所知不多。

我点头，心中突然多出了一些希望——既然知道了有这种事情存在，那么接下来的事情，便是努力了。我希望朵朵能够快乐地在阳光下生活，像个正常人一样成长，这便是我最大的目标，也是我一直努力的方向。

小妖朵朵耐着性子跟我们扯了两句，然后便飞过去和虎皮猫大人、肥虫子疯玩了。虽然向来都是热辣火爆，且又故作成熟，但她终究还是一个诞生不足一年的孩子，天性爱玩。

我、杂毛小道和小叔在房间里商谈了很久去缅甸的事宜，决定先看一看交易会那块传说的玉石原矿，到底是不是麒麟胎，然后再去寻找般智上师。其他的事情，可能要到了缅甸，才能够具体知晓。当然，这边虽然在忙着找麒麟胎，但是小叔还是很关心家中的事情。与杂毛小道一样，不管周林到底是出于什么目的，反正如果他们再遇见周林，这个家伙死定了——虽然他还是自家的亲外甥。

到了晚上十一点，小叔回房休息，杂毛小道则问我要不要出去过夜生活？

我看着小妖朵朵和肥虫子，摇摇头，说早点睡吧，这几天要养精蓄锐，到了缅甸定然是有一场凶险的。杂毛小道撇嘴，说假正经，老萧我最讨厌的就是假正经了。他回头喊虎皮猫大人，说要不要同去？虎皮猫大人展翅飞回这边来，说嘎嘎，不陪你们这些小家伙玩了，大人我要会老友去了。

两个家伙施施然离去，肥虫子想跟去，被我揪住尾巴，拦住了它去学坏。

又会老友？我想着虎皮猫大人的话语，莫不是去找一只真正的肥母鸡，一解相思之情？我苦笑。第二日我们与李家湖、顾老板、许鸣碰了一次面，商谈好去缅甸的细则。第三日上午，我们乘飞机抵达了缅甸仰光。值得一提的事情是，同行的居然还有雪瑞。

真的不知道李家湖这个当爹的是怎么想的。

第五章　仰光街头遇故人

仰光是缅甸联邦原来的首都和最大的城市，地处缅甸最富饶的伊洛瓦底江三角洲，是一座具有热带风光的美丽的海滨城市，城区三面环水，地理位置十分优越，素有"和平城"的美称。飞机于明加拉当机场降落，到的时候已经是下午四点。李家湖在缅甸的分公司包了一辆大巴，将我们接往市区的酒店。

机场离市区足足有二十公里的路程，上了车，才发现缅甸的前首都跟国内的二线城市一般，路上有许多老爷车在行驶，看着就像是从废品收购站里面拉出来的一样，让人有种穿越感，仿佛回到了几十年前的感觉。听人介绍，这些车子都是日本、韩国上个世纪七八十年代的古董车，有的年头更久，可以追溯到第二次世界大战时期。我听着汗颜，真难为它们还能够在路上跑起来。

与国内的二线城市比，作为缅甸第一大城市，仰光并不算繁华，建筑陈旧低矮，一路行来，反而更像是一个大公园，到处是植物、花草和佛塔。这是一个现代文明和历史文化结合的城市，也是一个悠闲美丽的城市，不断看到有裸露左肩、穿着红色袈裟的僧人赤脚在街上走着，年轻的女人脸上抹着"特纳卡"、裹着筒裙在追赶孩子，光着膀子的男人露出一身瘦肉，在欢乐地笑着。

天空上发出一阵咕咕的响声，有鸽子在飞翔。

从车窗往外面望，看到最多的就是无数或镀金或白石的佛塔，点缀在建筑或者丛林之间。

顾老板告诉我们，缅甸人笃信小乘佛教，无论是谁，建造佛塔就是完成一个最大的善果。人们一生最大的愿望，就是修建一座献给佛的塔。所以在最多的时候，这整个蒲甘平原上，曾经屹立着一万三千座佛塔。岁月流逝，时至如今，所有的古塔、古庙和遗迹，加起来还有五千多座。

缅甸被评为最不发达的国家之一，但是这里的人们有了信仰，便不觉得贫穷有多么的可怕。

然而就我们这些外人的角度来说，却不由得对自己背后的祖国生起了强烈的自豪感。而这种自豪感，是身处于国内时所没有的。

我们一行有二十多个人，除了我、杂毛小道、小叔、顾老板、秦立、李家湖、雪瑞、许鸣之外，还有一些香岛的珠宝商以及保镖、私人秘书等随行人员。到了市区的酒店，倒是差别不大，只是能够感觉到强烈的民族风情。从机场过来的大巴，气味并不是很好，我头都有一些晕，更别谈其他养尊处优的富商了。只不过由于西方的封

锁，缅甸很难进口汽车，所以很多时候，都是有钱没处花。

到了酒店，我和杂毛小道一个房间，而小叔一个房间。

我们洗了一下澡，稍事休息，秦立便来敲门，叫我们下楼去吃饭。晚饭是在附近的一家高级餐厅吃的，参加的都是我们这些认识的人，其他同来的商人却是自有活动。李家湖的家族企业在仰光有一个小型的贸易公司，其实也就是个办事处，主要是收集玉石的行情和相关的交易，所以在这边都由一个叫做郭佳宾的经理在打理行程。

说是高级餐厅，但是装潢还不如我的那个餐厅，这里主要经营的是缅甸风味，上来的菜却比较偏油，吃起来有些咸鲜，但是米饭却十分香，咖喱烹制的鱼味道也很不错，凉拌菜很爽口，而且缅甸人似乎很钟情油炸食品，这一桌子便有炸玉米、炸洋葱、炸香蕉、炸葫芦、炸虾五道油炸食品，不过这些都是裹着面粉和香料炸的，香气四溢，闻起来十分不错。顾老板指着我们面前的饭，笑着说缅甸人超喜欢吃饭，所以做的菜都是又咸又酸又辣，跟咱们内地做咸菜一样，好下饭，所以你们要多吃一点儿饭，入乡随俗。

我们点头，说看来缅甸人民的生活，真不幸福，全靠吃咸菜过日子。

不过，当天晚上我连吃了四碗饭，真香。

一圈人围在饭桌前，谈及明天即将举行的交易会，李家湖跟我们解释，说2008年的公盘已经举行过了，但是就目前公布的数据来看，情况并不容乐观，因为交易会后面的军政府政策多变，而且对上等玉石的出口限制越来越严了，这些引起了大批内地和香岛商人的不满，虽然缅甸玉在市场上逐年走俏，但是自2006年起，来参加交易会的商家和资本都呈减少的趋势。

说实话，现在的交易会，一定程度上已经沦为某些势力的洗钱工具了。

这一次交易会呢，举办的规模并不算大，得到消息和邀请的商家并不算多，不过都算是有实力的，汕头和建福那边也会来一批人，还有日本、欧洲都有人来，不过最多也就一两百人。这一次组织方应该会出一些精品，以挽回逐年下滑的交易量。要知道，现在的玉石行业，差不多算是缅甸的支柱性产业了。

吃完饭，顾老板和李家湖等人要回去商量明天交易会的事情，问我们要不要在仰光到处看看，可以叫分公司派一辆车、司机、翻译给我们用。我们拒绝了，说自己出去走走看看，体验一下仰光的风俗民情。吃完饭之后我们分开，沿着商业街到处逛，同行的还有许鸣和雪瑞，以及李家湖派的一个翻译。

雪瑞之前跟她父亲李家湖来过缅甸，并且中了玻璃降。

不过也正因为有了那一次经历，使得雪瑞在缅甸倒还算是一个称职的导游。其实依李家湖这种老狐狸的精明，自然知道自家女儿的变化，所以很多时候，他对女儿的管束反而没有之前那么严格，即使是重返缅甸这危险之地，他居然都答应了。

因为他已然明白，自家的女儿，终究是长大了，已经有了自己的主意和想法，也便随她去。

李家湖是一个聪明的父亲。

绿树成荫,满目都是绿色的乔木和五颜六色的小花,身处于这异国的街头,夏夜的风从我们的身边游走,这风黏黏的,让人不舒服。雪瑞走在我的旁边,给我们介绍着缅甸的风俗民情、经济和政治情况,不时还指着某些稀奇的东西,让我们去注意,完全不像是一个双目接近失明的女孩子。

看着身边这些穿着或鲜艳或暗淡的民族服饰的本地人,我心中总是感觉有一些不真实——这就是国外?这就是缅甸?这就是缅甸第一大城市仰光?好吧,我真心觉得还不如中国内地的二线城市繁华。

许鸣跟着我们走着,说话,但是雪瑞并不怎么乐意搭理这个堂叔。

过了一会儿,许鸣跟杂毛小道便落到了后面,嘀嘀咕咕的。雪瑞在街上买了好多手工艺品,当地具有民族风情的衣服、草帽和饰品,然后我便帮她提着。五个老爷们(翻译也是男的)跟这么一个小姑娘逛街,其实并不是一件享受的事情,而且我们还想去交易会的现场看一看地形呢,更加没有心思继续走。

我们毕竟不是过来旅游的,而且在军政府的统治下,缅甸的旅游业远远不如邻居泰国。

我们的目的只有一个,就是那块据说藏有麒麟胎的原石。

见我们有些意兴阑珊,雪瑞问是不是不喜欢这里,要不然我们明天去大金塔看看吧?那塔有一百一十多米高,表面涂了七十多吨黄金,据说里面供奉着八根佛祖释迦牟尼的头发呢。怎么样,要不要去看一看?咦,陆左哥,你干吗停下来了?雪瑞拍拍我的胳膊,奇怪地问着我。

我的眼睛被前方人群中一个男人的侧身,给死死地粘住了。

这是一个长得很俊俏的少年,头发有些略微鬈曲,侧脸就像文艺复兴时期大师的雕刻一般立体果毅。他穿着夏日西装,一身黑,有着少女漫画男主角那特有的忧郁,在这还算热闹的街头里,显得格外的孤独和不合群。然后,他扭过了脸来,静静地盯着我,微笑。

这种笑容不是久别重逢的老朋友之间的笑容,而是带着居高临下的俯视。

他的眼神就像冰镇过的矿泉水,凉得透人。

杂毛小道从后面跟了上来,看到这讨人厌的小子,拳头捏得咔咔作响,说怎么是这个小子?

是的,这个家伙确实是我们的老熟人,在江城植物园中盗草的日本小子加藤原二。这个有着"明媚忧伤"的家伙,表面上看着除了有些耍酷之外,人畜无害,然而我却见识过他当时在植物园中凶狠的表现,杀起人来,眼睛都不带眨的,而且事后的表现也实在嚣张,一副特等公民的样子。之后我们在某个私人会所里打了一架,当时我在搏斗的方面并不是很厉害,全凭蛮力,吃了暗亏,被这家伙用柔道死死压制住,羞辱了一番,而后杂毛小道立即给我找回了场子,把这个臭屁的家伙狠揍了一顿。

我们之间，是有仇怨的，而这仇怨，并不可调和。

当然，也是从那个时候起，我和老萧两个人，开始了一段真正的、毫无保留的友谊。

我们对望，然后加藤原二一步一步走到了我的面前，头轻点，说陆君，好久不见，没想到在仰光街头，我们又碰面了。

第六章　赌石交易会

我望着这个带着浅浅笑容的少年，一年不见，他似乎长高了一些，脸也变得消瘦，说着普通话，有着日本人特有的古怪发音，而且这态度，礼貌得仿佛我们真就是老友，而不是曾经的仇人——这便是某些自诩有修养的人的特点，在拔刀的前一秒，还面带微笑。

强忍着给这个家伙下蛊的冲动，我淡淡地笑，说想不到你也会在缅甸，身边怎么没有保镖？要是又被人胖揍一顿，那可不好。

加藤原二并不理会我的冷嘲热讽，他的注意力已经转移到了雪瑞的身上，稍微看了两秒钟，然后才回答道："我想你们出现在这里，应该不是来旅游，而是为了参加明天的玉石交易会吧？不过，我很奇怪，段天德怎么会插手这种事情？"

我愣了一下，"段天德"这三个字在我脑海里过了几圈，这才反应过来是江城的那个地头蛇段叔。杂毛小道曾经在他手下效过力，混了几个月免费夜总会的浪荡生活。后来巴颂出现，段叔为了彼岸花妖果对杂毛小道下了手。之后的结果是，巴颂身死，而段叔则通过杂毛小道大师兄的调节，与我们和解了。

自此，我们与那个段叔再无联系，也不知道当初下的诅咒是否灵验了没有。

加藤原二很久没有见到我们，所以仍然以为我们还在段叔手下混事。

杂毛小道在旁边说话："小兔爷，好久没见了，依然是这么酷。只是不知道你的姐姐，现在好了一点儿没有？"他这话一说完，挂在加藤原二嘴角那道浅浅的微笑立刻冻结住了，眼神似刀，直直地戳在杂毛小道的脸上，这个少年冷冷地说道："托二位的福，家姐到现在还没有苏醒过来。我之前就一直怀疑是你们两个偷了龙血还魂草，现在更加确定了。哼，亏我当初还以为你只是一个小角色呢！真是瞎了眼。"

他的表情不悲不喜，完全没有懊悔之意，淡淡的。

我轻轻咳嗽一声，说小老弟，你搞搞清楚，我们真的不懂得你所说的龙血还魂草，是什么东西。你姐姐至今没有苏醒，是你们自家的关系，跟我们也没有半毛钱关系。年纪轻轻哪来这么多仇怨？我们只是萍水相逢的路人而已，懂吗？

日本小子没说话了，眼睛里闪耀着碎玻璃渣子一般的光芒，往后退了几步，然后指着我和杂毛小道说你们注意了，这次在缅甸遇到你们，如果再坏了我的事，不要怪我不客气。他朝着人群中走去，而他后面，则出现了几个脸色严肃的黑衣男子，后腰鼓鼓囊囊，紧紧跟随而去。

杂毛小道在我旁边叹气，说早知道此行肯定是一波三折，但是看到这小子，更有

不祥的预感。

雪瑞皱着眉头，说她不喜欢这娘炮，虚伪到了极点。

不过她还是提醒了我们，说这个矮个子身体里面好像孕育着很强大的力量，形式和陆左哥的肥虫虫很像。

她跟我们回忆说："我虽然很少听师父说起以前的往事，但是有一个东西是他特意提起过的，这个东西就是日本的阴阳师。阴阳师本来起源于中国，但是混合了道教咒术与密教占术，传入日本后，与当地文化结合，形成了独特的阴阳道。而推古皇朝的圣德太子制定'冠位十二阶'，建立的'阴阳寮'（等同我国钦天监），兼备了占卜、祭祀、天文、历法等等应用，上至国运皇命，下至庶民之事，都可司职。而这寮中之人，便是最早的职业阴阳师。

日军侵华期间，不但流入了许多浪人剑客，还有这些阴阳师也随军而来，超度战争中无辜死亡的无数冤魂。这些人，有厉害的甚至能够将游荡的亡魂、灵界的生物召唤附身，拥有特别的力量。我师父说他很多师兄弟都是和这些阴阳师交手死去的。这个娘娘腔，依照师父的描述，给我的感觉应该也是一个阴阳师。"

小叔在一旁点头，说对，日本的阴阳师确实很厉害，他们会用一种叫做"式神"的手法，强化自身，诅咒、谋害别人。日本在某一程度上，将这些文化和知识保护得很好，所以他们的整体力量并不逊于中国。虽然这些东西经过动漫、电影的无数改变有些夸张，但是有的东西，还是真实的。他便曾经和一个日本阴阳师交过手，在唐古拉山口的某个地方，要不是同行有高人，差点儿着了道。

许鸣跟我们说，刚刚那个家伙应该是缅甸邀请来自日本的客商，看来明天的交易会热闹了。

因为有不认识的翻译在场，我们便没有再说什么，打的返回了酒店。

值得一提的是，除了小叔，这两辆车子比我们所有人的年纪，都大。

杂毛小道找空跟我说，日本小子虽然没有说明，但是这次恐怕又要跟我们撞上了。他刚刚找那个叫做郭佳宾的经理问询过了，交易会场有军队驻守，消息封锁，戒备森严，基本没有人能够进入。而那块石头将于第二日暗盘竞价，到时候想要去偷，只怕都来不及了，只有从拍卖到手的人那里想办法了。

我点头说确实只有如此了，然后又看着旁边的肥母鸡问，人进不去，难道鸟儿都不能进去？要不然有劳虎皮猫大人跑一趟，帮我们先鉴定一番？

虎皮猫大人扭过身去，用屁股对着我们，大骂一声小毒物你个地主老财，想让大人我去做炮灰？懒得理你！它扑棱着翅膀，窝在了床头柜的地方，找好姿势，便闭上眼睛，睡起觉来。杂毛小道在旁边也笑，说那会场定然有高手镇场，虎皮猫大人只身前往，确实是有些危险，说不定就给人红烧清蒸了。

虎皮猫大人犹自还在说着梦话，骂："你们这些个傻瓜们！"

早上的时候，秦立过来叫我们起床，然后去参加清晨的交易会。

交易会会场在离酒店不远的地方，我们乘大巴而往，很快就到了地方。来的路上，我们看到旁边有一个绿色的军营，瘦不拉叽的士兵精神萎靡地站岗。下了车，才发现虽说是小型交易会，但是来的人其实蛮多的，不断有车子汇集而来。门口有持枪站岗的军人，这些人倒是精神抖擞了一些，持着枪昂着头，军服整洁，显然是缅军的精锐——不过依然又矮又瘦。

显然，作为出口创汇的一个重要支柱，保驾护航的级别也要高一些。

李家湖的面子大，人缘也广，一下车就不断有人过来跟他打招呼，寒暄，然后攀谈一些生意上的事情。顾老板也作过玉石揽客的生意，自然也有一些熟识的朋友，秦立跟在后面，脸上容光焕发。我们这一行里面除了我们几个，李家湖还带了三个保镖、两个私人秘书和一个首席专家以及本地贸易公司人员等随从，走下来时，闹哄哄。我和杂毛小道、小叔走在后面，而雪瑞则由一个女保镖小心跟随着。

走进会场，只见里面已经熙熙攘攘，黄种人、白种人，操着各式语言在交头接耳。

跟国内一样，交易会的开始总是要搞一个仪式的，轮番上来几个穿得人模人样的家伙讲话，有致欢迎辞的，有讲解交易规则的，或者其他。我们既听不懂，也不关心，只是努力搜寻这里面潜藏的厉害人物。过了一会儿，杂毛小道用左手手肘捅了捅我，使眼色给我看。我依着他给的方向看去，只见在台下的角落里，盘腿坐着一个皮肤枯黄的中年男子，黑瘦，双手十分长，有些怪异，头发很短，如同僧人。而在他前面，有好几个穿着黑衣的年轻人，遮挡着他。

我只看了一眼，他便转过头来，视线与我对上，里面有一种诡异的血红和寒冷。

是个高手，这个黑瘦男子莫非就是许鸣口中的那个练就了飞头降三级的家伙？

我又回头去找许鸣，发现这个家伙已然不见了影踪。

仪式结束，我们直接出了交易厅，来到了外面展示原石的会场。

这会场是由一大片蓝钢棚子组成的，就像家里面的大型农贸市场一样，每一个展位都有标号，基本上是统一的，不过也有好几吨的原石在。前来参加交易会的各地客商便在各个展位前驻足停留、讨论，将号码和自己心中的暗标价格记下，然后继续寻找下一个目标。这里曾经是一个最狂热的赌场，有人在这里一夜暴富，也有人在这里倾家荡产，所有的结果，都在切石的地方，一刀决定生死。

什么是赌石？未经过加工的翡翠原石称为"毛料"，也叫做石头，它的外皮裹着或薄或厚的原始石皮，无法知道其内的好坏，须切割后方能知道质量，赌石商人把这毛料买来，将这石头解开，断定成色、质地和水种，然后转卖出去，这便是赌石。

这玩意儿，利润大、风险大，与赌石交易相比，股票、地产等均因温情而相形见绌。

我看着这些与寻常的石头疙瘩基本没有什么区别的玉石原矿，实在想不通这里面到底蕴含着什么。

我问杂毛小道,你不是会望气之术吗?看一看,里面是不是有玉,要是有,买下来,咱们岂不是发大财了?杂毛小道用看乡下小子的眼神盯了我一会儿,然后问:"小毒物,你听过和氏璧的故事吗?"

第七章　花落谁家

完璧归赵、将相和、负荆请罪、传国玺……和氏璧是一个谜，极富传奇色彩。两千多年来的历史文献中，有许多关于它的记载和传说，有许多文人墨客的诗文吟咏。由于历代统治者极力宣扬获得传国玺就是"天命所归""得传国玺者得天下"，所以和氏璧代表的不仅仅是它本身的价值，更多的是一个政权的力量，是君权神授的象征。

这个我自然知道，看着杂毛小道一副等待我询问的样子，我不耐烦地说有话就赶紧说。站在我肩膀上的虎皮猫大人捏着嗓子叫："卖关子什么的，最讨厌了……"

杂毛小道拉我到人少的地方，小声说你应该晓得"卞和献玉"的事情，晓得那个被砍了双脚的男人的故事。之所以提这个事情，是想告诉你，即使如和氏璧那般的宝物，在没有剖开之前，也是和石头一般。何况是普通玉石？亿万年的岩浆包裹，地质变迁，任何现代光学仪器都不能够查明，除非是练就了佛家所言的阿赖耶识，明了万物真理，不然任何人，都不能够违逆规则而行。

赌石，一是靠经验，二是靠运气，此外别无他法。

我看着在前方的雪瑞，说她开了天眼，不知道能不能够看得到。杂毛小道笑，说开天眼的人多了，都来这里赌石，那这组织方不是亏死了？昨天听李家湖这边公司的经理老郭跟我说，上一次，组织方拉了一大堆破烂石头来充数，有的根本就不是原石，糊弄人的。他们赚的，不就是这个钱？

我看着在会场持枪维持秩序的士兵，忍不住想吐口水——真够黑心的。

随着人流，我们来到了第105号展位，这是一块篮球大的不规则石头，没有切过口，表皮粗糙，呈灰黄色，在背面有一道细小的夹皮绺，仔细瞧，能够看见一抹浓郁的碧绿来。这一块标号为105的石头，便是之前一直传言半夜能发出娃娃哭声，又有野兽的形状浮现的那块。

来之前，我们就研究过了，麒麟胎之所以会有分离神识、安定神魂的力量，是因为它属于自然界神奇的造物，中国古代最原始的信仰是多神教，认为万物皆有灵性，动物成妖植物成精，此外便是一块石头也能够有灵性。而最受中国人推崇的就是玉石，玉乃君子的象征，沉淀了中华民族五千年文化的玉石岂能是凡物？玉能够养人，滋润身体，有道之人拿玉石作为法器，而麒麟胎这种玉石，据说就是一种从玉石里诞生的生命，便如同五色石中跳出来的孙猴子一般。

当然，孙猴子那是神话演绎，而麒麟胎却不是，是曾经真实存在的东西，如同著名的双鱼玉佩一样（这个自行百度，本文不普及）。

蕴含着麒麟胎的原石，在将其剖开之后，定然是色泽单纯如玻璃，明净通透，而在玉石的最中央，会天生自有一团麒麟胎盘的形状，活灵活现，夺天工之造化。握在手中仔细感应，会有一呼一吸，如同胎儿一般的律动，给人一种有生命的感觉。将这麒麟胎放于三叔口中，由虎皮猫大人解针，只要手法快速，顺序不论，次日即能醒来，一如寻常；而将朵朵寄托其中，便能够利用其温润祥和的力量，将朵朵和小妖朵朵分离开来，一个依然是灵体，一个则是玉身。

然而在这块篮球大的原石身上，我从人群间隙中打量，却看不出有什么稀奇来。

不过正如同杂毛小道所说，没到最后时刻，谁能够知晓答案呢？恐怕只有天晓得吧。

盯着这块石头的显然并不是只有我们，这一个展位至少挤有二十几号人，伸长脖子看着。我感觉耳朵一热，转头过去，只见一身白色休闲服的加藤原二正眯着眼睛看着我。这个家伙还真的是阴魂不散啊。我能够想到，虽然不知道这麒麟胎，对他那已经是植物人的姐姐有什么功效，但是这满场的原石之中，若他真的想要参与，必然不会放过这一块的。

我没有理他这怨妇一般的眼神，扭过头去，反倒是虎皮猫大人被盯得不爽，破口大骂道："看什么看……小日本！"此言一出，加藤原二脸色大变，一阵青一阵红。他也无奈，总不能跟一只鸟对骂吧？狠狠指了我一下，转身离去。虎皮猫大人接着骂兔爷、娘炮、小日本鬼子……

旁边好多来自中国的商人，见到虎皮猫大人在这里肆无忌惮地骂人，都觉得有趣，哄笑，纷纷叫好。有个胖子还冲我乐，说兄弟，你这鸟骂起人来，那叫一个畅快……卖不卖啊？

虎皮猫大人头扭过去，骄傲地说，胖子，爷卖艺不卖身，滚球吧你这傻货。

又是一阵哄笑，把现场严肃的气氛一下子就冲淡了。那个被骂的胖子也没生气，笑嘻嘻地冲着我竖起大拇指，说你小子调教得不错，这脏话鹦鹉，又肥又可爱。我微笑回应，背上全部都是冷汗。做人要低调，闷声发大财，自古皆是如此。虎皮猫大人这么大出风头，惹人注意，岂不是麻烦死了？

我有点儿后悔，带这么一个火药筒子出来，还偏偏让它站在我的肩膀上。

搞得我像是一个养鸟的混混。

我离开这个热闹的场合，然后转身朝别的地方走去。小叔走南闯北，也见过一些石头玉器，望了一眼也就不再盯着了，只等有人将它拍下，去把石头给切了，看是不是真正的麒麟胎，到时候再出手。所以，我们三个心怀鬼胎的家伙，便在这里四处游走，装着要看石头、买东西的样子。

虎皮猫大人扑棱着翅膀，转移到了小叔的肩膀上去。

这里的石头，少则数万、数十万，多则上千万，甚至上亿，而我们三个穷鬼，此行身上所带的钱并不算多，而且大部分费用还是蹭顾老板和李家湖的。富生善意，穷有歹心，为了朵朵和三叔，俺们只有做那劫道的土匪，不讲道理，蛮横一回。

逛了一圈，我心中有些恍惚：想当初我刚刚南下打工，每个月挣不到几百块钱，便觉得比在家种地好。而后咬着牙包谷在人生地不熟的南方闯荡，方知道生活的不容易。时至如今，已经不用太为钱财而发愁了，所以有闲暇到处闯荡。没想到在缅甸这个落后的东南亚邻国，一个如同菜市场的交易会里，看着这成百上千万的石头摆在我的面前。

人生的奇妙在于，永远都有你想不到的东西存在，而未来，则总是不可预知的。

雪瑞出现在我的身旁，叫我，说发什么呆呢？

我转过头来看她，今天的雪瑞穿着一身白色的短裙，黑亮的头发扎起来，露出洁白修长的天鹅颈，眼睛眯着，耳朵在轻微地动。我微笑，说我在想一个问题，你能不能够看到这原石里面是不是有玉呢？如果是，那我就是倾家荡产都要叫你帮我看一块儿，买回去，坐等升值。

她说好啊，我帮你看。

我屁颠屁颠地跟着她走，而她旁边则还跟着一个英气的女保镖，剑眉，不苟言笑地跟着。来到57号展位，雪瑞指着地下一块屁股大的石头，说这个咯。我蹲着看，只见这块石头被擦了一道边，边上有一片淡淡的绿色。我并不懂赌石这种东西，只是看到这一片绿色，心中就觉得不靠谱。昨天吃饭的时候，听他们聊天，说什么"灯下不观色""宁买一条线，不买一大片""无绺不遮花"的这些口诀，知道越是看着这一抹绿色，卖得越贵，然而石头一破开，说不定就是薄薄的一层，亏得心肝儿颤。

雪瑞说她也看不出来好坏，只是这块石头破了口，溢出来的玉色让她觉得浓郁，所以给我指点一下。

我问这一块石头需要投多少钱的暗标？雪瑞摇头表示不知道，而旁边一个男人操着南方口音的普通话笑，说这一块石头，你要是肯投二十万，估计都是你的了！我顿时黑脸，这么一块破石头要二十万？俺真心玩不起。雪瑞倒是笑，说还不算贵，她的压岁钱就可以买了。她问我要不要买，我木然地摇头。

她说哦，她一会儿去投标。

我们又逛了几圈，不时碰到一堆人聚集在一起讨论着。雪瑞又问起我要不要去"大金塔"玩？我摇头，她说你说你们，过来这里也不好好玩玩，真是无聊死了。我耸耸肩，没有说话。我们过来的目的，本就是为了麒麟胎，那一块石头如果是的话，我们就得好好策划一场惊天劫案，如果不是，我们还得马不停蹄地赶往泰国清迈，找寻那个什么般智上师，人命关天，哪里还顾得上什么生活情趣？

上午的活动很快就结束了，心中有谱的商人们开始把暗标填好，走到交易处去投标。

到了下午的时候，这些大大小小的原石花落谁家，便可以知晓了。

不过，105号石头的归属，需要在明天下午才能够知晓。

第八章 意外出现的"赢家"

交易会的第一天，会有一部分品相并不是很好的原石，首先完成交易，而从外表上看很有可能出上品的，一般都会留在结束的那一天，再揭晓归属。

好在这只是一次小型的交易会，所以并不如往常一样繁冗持久，仅仅三天。

其实会场的聚焦点并不是105号石头，而是11号、28号和72号这几块，前两者是比人还高的巨型原石，后面一块是一块六棱形、脸盆大而且还擦出了边绿的石头。这些石头如果藏玉，里面蕴含的商业价值，远远比105号石头要来得多。商人重利，所以盯着这三块石头摩拳擦掌的，大有人在。

只有少数人在105号石头周围徘徊，然后小心翼翼地看着旁边同样觊觎的人。

因为重头戏不是105号石头，所以它的暗标是在第二天的下午出现结果。

到了中午，我们去附近吃了些饭，然后返回会场等待暗标的揭晓。李家湖此行的目的并不是陪我们过来玩的，他和他的公司也是要参加投标以及相关的收购活动；反而是顾老板，倒是专门为我而来，看一看交易会的盛况，并且看看有没有做生意的机会。所以在下午揭晓的成交中，也有这两人所选的石头。

雪瑞居然真的把那块57号石头给投了暗标，她给我看，十八点八万，很吉祥的一个数字。

结果下午的消息是，这块石头真的就归雪瑞了。

旁边的那位老兄果然是个行内人，眼睛尖，一下就瞧出来这块石头并没有多少可赌的价值，于是随口报出来的数字，都准确得很。李家湖也投中了五块石头，加起来足足有两百来万，看到雪瑞高兴的样子，问她要不要现场去切石，看一看她买的东西到底是不是宝贝？

雪瑞很高兴地点头，说当然要切开看一看。

会场旁边就有解石的地方，整个交易会最热血、最激情的地方便是这里。前面说过，在这里很多人暴富，也有很多人赤贫如洗，便是看几刀切下去的结果。而且还有很多商人都喜欢在旁边看个热闹，有的商家根本就不去买原石来赌，而是守候到这里，等待有人解石之后，当场叫卖提价。

这样子虽然赚得少，但是可以规避很多不可预测的风险。

来到解石场，李家湖租用了一台解石机，将雪瑞买的那一块石头放在旁边，请他带来的顾问易师傅来解石。这架势一摆开，立刻就有人喊说解石了，解石了，于是好多人围了上来，在旁围观着。解石这东西既是一个技术活，也是一个体力活，有的好玉，一刀切坏了，就破坏了整体。所以，一般做这行当的，都是有经验的老师傅，而这个易师傅则是李家珠宝公司的老人了，经过他手解出来的玉，不计其数。

分析、画图、照射、下刀、水洗、切割……易师傅完成起来娴熟得很，随着前两刀将多余的部分给去掉，一根圆珠笔笔芯粗细的胶皮管子冲出水流，用强力电筒一照，立刻露出一丝晶莹的颜色，旁边的人立刻纷纷叫嚷起来，也有人开始出价了，四十万、六十万……蹭蹭往上涨。易师傅转过头来看李家湖，而李家湖则看着雪瑞，问她的意见。

雪瑞嘴角含笑，说易伯，你只管切，这块石头我可是有用场的，是好是坏都算我的。

易师傅露出了慈爱的笑容，大喊一声好嘞，当下也不犹豫，机器一开，就像变魔术一般，开始将这块大石头给解了出来。随着旁边一声高过一声的惊叹，齿轮飞转，石屑跌落，水流阵阵，最后小心擦石之后，易师傅解出了两大坨的玉石原胚出来——大的一坨外层光泽呈半透明的样子，清亮似冰，给人以冰清玉莹的感觉，小的一坨只有成人的拳头大小，有絮状的蓝色，十分的迷人。

顾老板在我旁边惊叹，说这可是中等的冰种翡翠，小的那个可是蓝花冰，这可以做多少玉镯子和吊坠啊？雪瑞这个小女孩这次的投入，可是一下子就翻了十几番了，厉害，太厉害了。易师傅将解好的两块玉胚小心翼翼地放在了雪瑞手里，而这小妮子则拿着朝我炫耀，露出一口贝齿来。

有认识李家湖的商人纷纷在旁边起哄，说老李，你家女儿这两块玉胚卖不卖？要是卖，我们就出价了？

李家湖看着像孔雀一样骄傲的女儿，抱着拳头苦笑说各位，女大不由爹，这事情我可做不了主。再说了，我李家湖也有公司，也是需要原料的……旁人纷纷发出羡慕嫉妒的笑声，笑着骂他好运气。李家湖得意地拱手为礼，脸上有抑制不住的笑容。

随后的解石，李家湖的五块中三块出了玉，其中有两块水种，一块白底青翡翠，都属于中档级别，倒也算是略有小赚，而且因为块头大，所以能够满足他旗下公司日益增长的中档商品需求。

剩下的两块，则属于废品。

也不是只有一家在解石，所以围观的商人一看到哪里出了绿，立刻就奔走过去。所以这边也冷清了下来。雪瑞找到杂毛小道，问他说会不会做玉符？我这才知晓，雪瑞所说的自己用，原来是找杂毛小道做半加工。因为之前跟雪瑞吹嘘过，杂毛小道便也不隐瞒，说会，不过都是些防身驱邪的，要论攻击性的，倒是一个都不行。为什么？玉虽然灵力契合度很高，但是需要人养，养得越久，便越好，不像是骨头丹书，材料本身就有制作者炼制的功效在。

雪瑞把手中那块大若一本新华字典的玉胚递给他，说帮她做五件玉符，她留给家人。

杂毛小道指着小的那一块，说可以，不过作为报酬，这个我要了。

雪瑞看着手中的这一块蓝花冰，气得直笑，说你这个人倒是贪得很，这么熟了你还迎头宰一刀。杂毛小道浑然不觉得，说你这个小妮子莫要使美人计，不爱大叔的萝莉不是好萝莉，你既然喜欢小毒物，那我老萧何必来做这个人情？还不如捞一点儿实在的东西，也能够弥补我空虚的心灵。

雪瑞脸涨红，气得大骂，说你这臭道士，谁喜欢陆左了，我喜欢正太好不好？

我摸着鼻子，指着不远处正不怀好意朝我们看来的加藤原二，说是不是那样子的少年？雪瑞抬头，闭着眼睛望去，只见那个白衣如雪的少年已经低下了头，正跟旁边的一个眼镜男交谈着。她呸了一口，说那个娘娘腔，脂粉堆里长大的娘炮，谁稀罕？好了好了，不跟你们两个坏人说了，两块玉回宾馆给你，你给我加急赶出来！

杂毛小道摸着鼻子胡乱答应，说可以。说完，脸上笑得都抽筋了。

李家湖问我们要不要帮忙投105号石头？我摇头苦笑，说你买得起，我们还不起，算了吧。

交易会第二天下午，暗标的结果出来了，105号石头意外地被一个来自建福莆田的商人，以高价拍得。这还真的是一个意外，原本我们估计一定是财大气粗的加藤原二夺得这石头。不过转念一下，丫的都能够下作得半夜去偷彼岸花果实，确实也不是大方的主顾，估计这小子心里面也存着和我们一般的心思。

谁叫他也是有一身本事呢，能够抢，何必去出钱？

侠以武犯禁！所以古往今来，统治者总是需要不断地招安这些人，收为己用，然后制定出限制规则。一切都是因为这样一群人，破坏力实在是太大了。

不过包括日本人在内的所有争夺者，都还是有些诧异，不知道这个叫做李秋阳的商人，为何会出到这么一个离谱的价格。要知道，除非是这石头里面出玻璃种，不然他就算是亏了。当得知自己中了标，这个长得又黑又胖的家伙，第一时间带着手下几个马仔，地准备解石。

我、杂毛小道和小叔相视，会心一笑。

之前就担心被某些有心之人拍中之后，直接拿到私家作坊里去解石。若真如此，只有请金蚕蛊大人孤军深入，去查探一番了。公开解石，无论是不是麒麟胎，我们心中都有个数，也好准备接下来的事情。

知道久受关注的105号原石准备要公开解石了，旁边的人兴致出奇地高，我们几个紧紧地跟随着李秋阳，然后第一时间抢占了最佳地形，进行强势围观。李秋阳是个大黑胖子，然而心思却是细腻得很，和一个留着山羊胡子的枯瘦老头商量了半天，然后在那个老头的指点下，将这块石头用粉笔画出了几道线，小心翼翼地将角度推敲出来。

一切准备工作都完成了，李秋阳亲自操刀，开始了解石的步骤。

他人胖，然而手却很稳，一刀一刀，仔细打磨，然后用蘸水的抹布除尘取相，一切都中规中矩，不比我们这边的易师傅差半分。其实也想得到，既然能够出得起那个钱，这人必定不是一般人物。当这个篮球般大的石头被逐步切小，露出来的材质，让旁边的人不断地传来一阵阵嘘声。

不时有人幸灾乐祸地小声叫解垮了，解垮了……

东南亚的夏季炎热，连风都是黏稠的，李秋阳一脑门子的汗，鼻翼上的汗水大滴大滴地掉落下来。他歇了一会儿，然后重返解石机，沉默了好久，终于再次从边线下了一刀。我这边这个角度看不到情形，然而旁边的人，却全部都大声喧哗起来。

第九章　怀璧有罪

　　人群一阵骚动，发出了巨大的声响，而我旁边的一堆人都朝着对面涌过去，纷纷问："怎么了，怎么了？"我没有挤过去，而是心中猛然跳了一下，感觉有一股凶戾之气从前方冲天而起，接着骤然收缩，消失不见，一种莫名的惊悸从我的尾椎骨爬上来，然后有淡淡的腥甜之气传到了鼻间来。

　　这气味，似乎是血的味道，但是又很淡薄，寻常人肯定闻不见。

　　我扭头看向了杂毛小道，而他则小声地跟我说，白虹冲天上，凶煞在人间，这是大凶之象。

　　人太多，主办方有人来维持秩序，这才散开一些，突然有人指着李秋阳手中的石头喊流血了，流血了。我看过去，果然，那被切成足球大小的不规则石头上，刚刚被开了一个口子，结果从那个口子里面晕染出一丝鲜血一般猩红的颜色，而透过那口子，能够看见一汪梦幻般的翠绿，碧波荡漾，宛若千古深潭。

　　这料子，绝对是帝王玻璃种。

　　李秋阳喜不自禁地和旁边的枯瘦老头急切地谈了几句，然后叫来了手下的马仔，将这块解到一半的原石给收了起来，朝四方拱手，说诸位，今天到此为止了，如果有喜欢这块玉的朋友，可以跟我老李联系。散了吧，散了吧……旁边的人也都很激动，纷纷叫嚷着让他解完，让大伙儿开开眼界，以后也好跟人吹嘘一番；也有人出价，比他之前中标的价格又翻了一番。

　　李秋阳只是拱手，告饶，说得罪了，得罪了。

　　我有些着急，低声问杂毛小道，说这里面到底是不是麒麟胎？杂毛小道说不知道，感觉这气场，真有点儿像，但如果能够把石头剖开的话，就能够确认了。这个家伙真狡猾，切一半，然后让别人来跟他交易，果真是赌得大，不知道他到底多少才肯卖？只不过，他这么一来，肯定是要招惹麻烦的。

　　我问旁边的小叔，说虎皮猫大人那厮呢，它应该认得的。

　　小叔来回看了几眼，说刚刚说去拉屎了，谁知道又跑哪里去了？我一阵气苦，奶奶的，这可是大好机会，没想到虎皮猫大人这肥母鸡一到关键时刻就溜号……唉，这家伙已经溜成习惯了。

　　时间来不及了，这个李秋阳就要走了，我再不动手，他到别处去，我可找寻不到了。

　　我缓步走上前去，心中默默唤着金蚕蛊的大名，准备给李秋阳身上留一个蛊毒，让他将这块疑似麒麟胎的东西,能够转让给我——这也是没办法的事情,这种手段本来是预计给那日本小子的,可惜这家伙也是铁公鸡一个,让我唯有找这个黑胖子下手了——不知怎么的,心中就是有些内疚。

一步一步,我走向李秋阳,只要到达一定距离,我就能够隔空下蛊。这便是所谓的灵蛊,以灵性为联系,将蛊毒散播。

突然,我停住了脚步,感觉身后一阵凉意。冰寒,就像是有毒蛇在背上游动着,伸出细长的红信子,嗤嗤作响。这是一种不好的预感,我缓缓地回过头去看,只见昨天早上见到的那个在台下跌坐的黑瘦男人,气势强盛,正迈着大步朝我这边走来,而他的身后,有四个黑衣男人,面目僵冷。我心中一紧,背部的肌肉立刻绷得僵直,他是这里镇场的,定是发现了我,所以要出手对付我,维持秩序。

这个男人手长过膝,走起来像是一个人形猿猴,脸上全部都是枯树皮般的皮肤,眉毛几乎没有。

他走到了我的面前,然后与我擦肩而过。

我有些愣了,紧绷的肌肉有些用力过度,酸疼,视线跟着他的方向看去,于是我见到了日本小子。那个娘娘腔的小白脸儿,狭长的眼睛眯成了一条线,正谨慎地看着走近的黑瘦男人。终于,黑瘦男人停在了一个黑胡子的本地人面前,说道:"吴楚(缅甸人有名无姓,'吴'是指该男子有一定的社会地位),你不应该来这里捣乱的……"他说着,手一挥,两个黑衣男人就把这个黑胡子给拖走了。

然后,黑瘦男人双手合十,向四周叽里呱啦说一堆,旁边的翻译给我们旁边继续解释:"他说,很抱歉给诸位带来困扰,这个人给会场秩序带来了不便,我们已经处理了,请大家自便……"

知道这人不好惹,众人都各自散去,不再在这里纠缠哄闹了。黑瘦男子把李秋阳拉到一边,解释几句后,双手合十,冲着他念了几句经文,然后掏出一根两寸长的黑色铁针,在李秋阳的十指指头处各扎了一个针眼,针眼扎破后流出来的不是鲜血,而是乳白色的脓汁。隔得不远,我看得清楚,但是却不知道两人在嘀咕什么,最后,李秋阳带着山羊胡老头、几个随从匆匆而去。

我刚想跟上,便感觉刚才的那道阴寒又蔓延上来,回转过去看,只见黑瘦男子若有所思地看着我。

我身体僵直不动了,跟旁边的杂毛小道扯着话聊天。

过了一会儿,我感到那人离开了,这才转过头去,果真离开了,而那个日本小子加藤原二也不见人影了。我们无心在此处停留,匆匆出了会场,走出门口,发现李秋阳已然不见踪影。

我回过头来,看着杂毛小道和小叔苦笑,说这可如何是好?杂毛小道打量着四周的车子,然后说他在过来的时候,他大师兄曾经交待,说如果遇到麻烦的话,可以联系一个人。那个人是本地的地头蛇,他们的人,可以帮我们查询一些资料。要不然,

打个电话咨询一番?

　　小叔也点头,说那人既然是建福的,自然也是要回国的,这里实在不好下手,我们便跟回去,晓之以理、动之以情,让他将麒麟胎先借给我们便是。只不过,我们都不确认那块石头,到底是不是麒麟胎——刚才那一下虹光冲天,凶光溢出,而且还有血腥味飘散,确实有点儿像麒麟胎的感觉。真神奇,这样一块在地底下深埋几千万、上亿年的石头,居然能够孕育出生命,大自然的造化,果真是让人匪夷所思。

　　杂毛小道去打电话,我和小叔则在旁边等,我疑惑,说虎皮猫大人这肥鸟儿又跑哪里去了?

　　小叔苦笑,说虎皮猫这厮脑子活泛得很,长有一双翅膀,便到处飞啊飞,向来都是自有主意,来去无踪。放心,它又不是小孩子,自然会找回来的。我恨恨地骂那家伙,果真是个不靠谱的家伙,要是它能带手机就好了。总是搞失踪,让人好头疼。

　　这时许鸣、雪瑞和她的女保镖一起出来,过来找到我们,问怎么都出来了?

　　我们都摇头,说赌石太惊险,不适合我们这些穷人。许鸣笑,说我知道你们在想什么。那块 105 的石头我其实也有投标,只不过少了一些,才被拍走的。不过你们也不要担心,李秋阳是有名的揽客,做的都是投机的生意,他出手买石,并不是为了公司的生意,而是为了过一道转手费。他的联络方式,雪瑞的爸爸、顾老哥都是有的,到时候我们再去谈谈便是。

　　他这么说,我们都很惊喜,谈交易这东西我们并不关心,也没有财力去翻倍购买。

　　我们关心的是,那破石头,到底是不是麒麟胎?

　　雪瑞问我,说陆左哥,你们为什么对那块 105 号石头那么上心,而且还有志在必得的架势?我的感觉就不是很好啊?那块石头有一种大凶的样子,好像有一头老虎潜伏在里面,在择人而食呢。之前我们谈事一直避开她,雪瑞并不知道我们要找寻麒麟胎的事情,现在有一个女保镖在,也不好解释,只得说是因为小道家人有病,事关生死,听闻那块石头有治疗的功效,所以才需要。

　　雪瑞没有说话,反倒是旁边的女保镖忍不住插话了,说有病还是上医院好一点儿,玉石哪里能治病呢?

　　这个女孩子并不算大,应该是与小道同龄的样子,英姿飒爽,长得不算漂亮,但是眉目之间都有一种说不出来的英豪之气。我记得她的名字,好像叫作崔晓萱。

　　我们都笑了,也没说实话,都说是啊,这不是病急乱投医么,不过听别人说得玄乎,所以就信了。

　　女保镖听出一点儿意思,便没有再问了。

　　一分钟后,杂毛小道打完电话回来,然后跟我和小叔不动声色地点了点头。我们也不问,跟许鸣、雪瑞一同返回交易会场。等人少了的时候,杂毛小道告诉我和小叔,说那人同意帮我们查一查李秋阳的具体情况,会尽快出结果,不过让我们不要乱来，要进去了，到时候他不好捞人。

我笑，说没事的，看那李秋阳同行的几个人，没有真正厉害的角色。

小叔却不同意，说怕就怕几个贼把手伸进一个兜里去。你没看到那个降头师抓的人？盯着那货的人不少，并不只有我们这几个。杂毛小道也跟着笑，说狭路相逢勇者胜，这就看谁的手段高明了。

下午结束的时候，许鸣告诉我，说他堂哥李家湖联系上李秋阳了。

第十章　林记玉器行

虽然联系上，但是因为有了当场被人下降的经历，李秋阳心有余悸，所以行踪变得神秘起来，也不敢再次露面，与跟他接洽的珠宝商们通电话时，只是说等他解开石再说。不过话说回来，缅甸玉石交易会从举办以来，时至如今，已经形成了一整套的管理制度和惯例，货物的运送，都是由专门的保险公司负责执行，所以李秋阳也并没有太过担心。

他只是怕有人对他本人动手，就如同下午那个被称为吴楚的胡子男一般。

不过，为了长远的利益考虑，作为活动的举办方，缅甸军政府自然不希望在自己的管治下出现客商一出会场，就遭骚扰攻击的事情，这可是脸面问题。说不定李秋阳能够得到组织方暂时的保护。

李家湖告诉我们，李秋阳将于明天下午交易会结束的时候，与有意出价的各商家碰面，商谈出售玉石的事宜。我问李秋阳把石头解出来没有，如果解出来了，是什么样子的？如果有照片，我们也好判断行事。

李家湖摇头说没有，一切都要等消息。

回到酒店房间的时候，我问杂毛小道，说能不能通过你那牛烘烘的"大六壬"来推算一下，找出李秋阳的住址？杂毛小道摇头说不行，真以为他是神仙啊？我心中烦闷，空落落的，一想到那块石头若真是麒麟胎，三叔便有救了，而两个朵朵也能够分离出来，暂保无碍，就忍不住想要得到。

交易会已经举行了两天，李家湖和顾老板都开始忙活起来，晚餐只有我们三人和雪瑞、许鸣参加。看着桌子上颜色鲜艳的菜肴，我也没有什么食欲，只是陪着大家伙聊天。许鸣的谈意很盛，给我们普及起缅甸的局势，还谈及了目前仍然有争议的掸邦地区，讲到了著名的金三角，讲到了毒品大王坤沙……

抛开别的不谈，许鸣确实是知识渊博的家伙，对缅甸也十分了解，甚至还会说日常的缅甸语，而且他的确是一个能让人愉快的家伙，所以晚餐的气氛还算是热烈。

饭到中途，从餐厅外面飞来一道黑影，在旁人诧异的目光之中，虎皮猫大人御风而来，嘎嘎地大叫饿死了，饿死了。真不知道这个家伙是怎么找到这里来的。我们赶紧给它准备食物，虎皮猫大人骂骂咧咧，尝了几口桌上的汤，说咸，太咸了，这鬼地方的盐不要钱是怎么的？

它这么一闹腾，饭是没法吃了，不过好在大家都已经吃饱了，倒也不在意。

雪瑞和许鸣早已经习惯了虎皮猫大人的神奇之处，反而是雪瑞的女保镖，在邻桌频频回头,打量肥母鸡一般的虎皮猫大人。等到虎皮猫大人酒足饭饱,跳上小叔的肩头,我们离开了餐厅。正准备乘车回酒店,小叔拉住了我,然后对雪瑞和许鸣说我们还要在这附近买一些纪念品,过一会儿自己回去。

雪瑞奇怪,说那好啊,一起去?

小叔没说话,反而是杂毛小道立刻自觉地露出了一副猥琐猪哥样,说小妹妹,有的事情你还太小,所以就不好跟你讲了。纪念品分好多种,有的你能买,有的不能买,只能自己试。我们要去的场合,不适合小女生去,所以呢,你和你致远堂叔就乖乖地回酒店睡觉吧?而我们呢,回来得会比较晚的。

躺枪的小叔和我尴尬地把头扭过去,不说话了。

雪瑞的脸一下子遍布红霞,粉扑扑的,骂他流氓,还说缅甸这里的姑娘……这么丑,你们口味真重!女保镖在旁边扶着雪瑞的手,像对待一个真正的盲人一样,小心翼翼,这会儿投向我们的目光,十分鄙夷。倒是许鸣一眼就瞧出了什么,没有说话,反而是劝着雪瑞离开。

看着三人开车往酒店的方向离去,杂毛小道笑着问我,说小毒物你不会怪我破坏你在小萝莉心中的形象吧?我耸耸肩,说大家都是聪明人,你以为能开天眼的雪瑞,会有多傻?话说回来,我跟雪瑞之间清清白白,最多也只是大哥和小妹的关系。要知道,我喜欢的是黄菲。

杂毛小道嗤之以鼻,说得了吧,之前还是大叔,现在变大哥了。再有,你和黄警花有多久没联系了?

我说真正的爱情是经得起考验的,杂毛小道扭过头去,问虎皮猫大人,说大人你怎么看?虎皮猫大人在小叔的肩膀上走来走去,说一对傻瓜。骂完之后,它开始说事情。原来它之所以离开,是跟踪李秋阳去了。那个黑胖子离开会场之后,转车几次,到了一个私人工坊,然后把那石头开了。工坊的门窗紧锁,它进不去,所以也不知晓里面到底是不是麒麟胎。但是大人它推断不像,反而是另外一种东西。问题在于,李秋阳自以为做得神秘,却已经被好几路人马盯上了,那玉石今晚肯定会易手,妥妥的。

说完这些,虎皮猫大人问我们,要不要去凑热闹?

好几路人马?这么说来,那还真的是一趟浑水了。看看今天那个出手的黑瘦汉子,便知道仰光这里的水有多深了,浅坑里不知道蹲着多少王八,如果我们贸然加入,其中有多危险,还真的是很难说。而最重要的是,那东西是不是麒麟胎,还是两说呢。

小叔没有说话,杂毛小道看着我,我则皱着眉头问那石头是麒麟胎的概率,到底有多大?

虎皮猫大人鸟脑袋一偏,想了一会儿,说大概两成吧……

一想到危在旦夕的三叔和随时可能遭遇危机的朵朵,我咬着牙,说干了,咱们也去凑个趣。我堂堂男子汉，还怕那些个光脚丫子不成？人死卵朝上，不死万万年！杂毛小道拍手大笑，说在这缅甸的大马路上走着，确实没看到一个入眼的小妞，老萧我一肚子邪火，总是要发出来的。好基友，一辈子，走起！

小叔没说话，而是伸手去招出租车。

虎皮猫大人拍打着翅膀飞到半空中，说果不其然，你们这一伙人都是亡命之徒，真合大人的口味。放心了，跟着大人我混饭吃，一切事情，都有我罩着。

二十分钟之后，我们来到了一处陌生的街头，远离繁华的商业街，周遭的建筑都是缅甸风格的，也有一些英式的红顶小楼。在来的路上，有一片波光粼粼的大湖，花圃里鲜花盛开，有热带树木在道路两旁哨兵般挺立，空气中有潮湿温热的风吹来，黏黏的，有种说不出的难受。

这是仰光市里一个极普通的小区，街上到处都是穿着清凉的本地人，街上的店铺好多都是前店后作坊的形式，让人意外的是居然有的招牌还是中文的，这个让身处异乡的我们感到十分的亲切。

有几个光着脊梁的本地小孩朝我们跑了过来，然后拉着我们的衣角，叽叽咕咕说些什么。

我们几个有些发愣，看着这些又黑又瘦的小孩子伸出手，然后一双双渴求的眼睛望着我们，不知道是怎么回事。想挣脱开，然而这些小孩抓得很紧。我们面面相觑，而虎皮猫大人则发话了，说他们在找你们这些外国游客要钱呢，随便给一点儿。原来如此，我一边掏出兑换的零碎缅币给这些小孩，一边问这肥鸟儿，说大人你还懂缅甸语？

虎皮猫大人傲然说是，想当初大人也是通古博今、集大成者，区区缅甸语哪能够难得倒它……它吹嘘了一会儿，然后说好汉不提当年勇，不跟你瞎侃了，前面那处写有中文"林记玉器行"的店子后面，就是黑胖子所在的工坊，不知道这小子走了没有，我再去查探一番。

说完话，它展翅高飞，朝远处而去。

为了不让人注意，我们走到了一巷道角落的阴影处，看着那大门紧闭的店子，实在想不通为什么李秋阳会来到这么一个地方窝着，干吗不到交易会指定的酒店住下，享受组织者军方的保护呢？

我正沉思着这个问题，小叔突然出声说道："小心，有人……"他的声音又快又急，我瞥眼看去，只见一个身形犹如狸猫一样的女人，从巷道尽头轻轻地踏步而来。她体型小，但是灵敏，不一会儿就窜到了我们的面前，不问缘由，不说话语，抬手便是一抓。

这女人的手上套着一个乌黑的手套，而手套上有五道金属勾抓，尖锐得发亮。

小叔首当其冲，也不客气，抬起左手，就跟这女人硬拼了一记。

他的左手在神农架的时候被一道黑影子齐肘斩下，现如今装上了一个坚硬的铁拳，跟这女人的手套硬拼，那女人自然不敌他这老辣的生姜，一招便露出了空门，杂毛小道看得眼热，双手一抓一揽，便将这女人给抱在了怀里，紧紧制住了要害，不让人动弹。那女人张口想叫，小叔伸手，准确地堵住了她的嘴巴。

而我则瞳孔骤然收缩，看着一个熟悉的身影出现在林记玉器行的门口。

第十一章　食猴鹰现，大人受伤

这个人，便是日本小子加藤原二，阴魂不散的家伙。

我早就知道这个家伙不甘寂寞，一定会出现在这里。只是不知道他竟然会来得如此之快，比有虎皮猫大人领路的我们，也仅仅只差了几分钟，前后脚到。不过也是，日本在缅甸的投资不少，势力也大，想来他们在这里的消息也是很灵通的。他并不是一个人，身边还有四个黑衣男人，几个人在玉器行门口站了几分钟，交谈，然后敲门。

而这一边，杂毛小道将这个不到一米五的女人给制住之后，毛手毛脚地摸了一阵，掏出一把小刀、布条以及一些零碎的缅币来，小叔在观察四周，看看有没有人。这是一个极为普通的本地女人，皮肤泛黄，面目普通，身材如同未发育的小孩子一样，然而额头处却有了些皱纹，让人看不出年纪。在她的后背处，有一个黑色蜘蛛的文身。杂毛小道问了她几句话，她只是摇头，嘴里咕哝了几句，然后憋回了肚子里，之后就奋力挣扎，张牙舞爪。

杂毛小道一巴掌，把这个突然攻击我们的女孩子给扇晕了。

我说你不是经常说要怜香惜玉吗？怎么现在下手这么黑？杂毛小道将这个女人拖到墙根，然后平放到地上，抬起头来说对于敌人，他可是从来都不手软的——再说，这姑娘平胸短腿的，扇起来没压力。

这家伙……

加藤原二的人在玉器行的门口敲了一阵，没人开门，旁边店铺的人过来跟他们交涉，说了几句话，接着双方就吵了起来。这一吵，人便聚集起来，闹哄哄的。我看到从街尾处来了一队裸着右肩、穿红色袈裟的僧人，总共有六个，径直朝这边走来。缅甸的男人一生中总要出家当和尚一次的，所以在这里见到也属正常。然而这些和尚的表情却是有些狰狞，气势汹汹地走到了玉器行的门口，立刻跟加藤原二的人对了上来。

在我这几天的印象和所见所闻里，缅甸的僧人都是平和的，深谙佛家教义，走路像踩着棉花，生怕踩到蚂蚁。如此火爆的，却是第一次见着。

因为语言不通，隔得也远，我们只能看作是哑巴戏。只见双方吵闹了一阵子，结果却出人意料，为首的一个老和尚竟然带着人从巷道里绕了过去，而加藤原二的人，也在后面紧紧跟着。小叔拍着我的肩膀，说走，我们去看看。杂毛小道跟着他一起走出阴影，往那边走过去。

因为这里面聚集的人很多,我们在人群边角处站着,也没有被注意到。跟着来到了店铺的后面,那是一个大作坊式的院子,也是铁将军把门。我往上空看了一下,还是没有看见一只类似于肥母鸡的生物。门上的锁被一个矮个儿僧人摸了一下,然后就很轻松地被打开了,僧人和日本人都走进了院子,又接着进到了房间里。我们顺着拥挤的人群挤进去,但是工坊的门口却被人把持住了。

门打开,我轻嗅了一下,一种腐臭欲呕的血腥之气,就从里面飘了过来,接着院子里的苍蝇嗡嗡乱飞,战斗机一般,到处都是,引得我体内的金蚕蛊欢呼雀跃,蠢蠢欲动。这股味道十分浓烈,熏得旁边围观的人,都纷纷忍不住想呕吐,有的小孩子抵抗力不够,直接一股酸臭的苦胆水和食物残渣,就喷射了出来,又是一阵忙乱——嗯,这孩儿晚上吃的又是大米饭。

我找了一个角度,瞥一眼进去看,只见正对着门的就是一台解石机,而地上,则是……

天啊!那是一地的尸体肉块,血淋淋,被人为地堆积成了一个佛塔的形状。

在这人肉堆积而成的佛塔前面,是八颗大小不一的人头,全部面朝门口。

我清清楚楚地看到最前面的那颗硕大的头颅,便是黑胖子李秋阳。只见他眼睛圆睁着,写满了惊恐,脸由于太黑了看不清什么,只是嘴角那一丝诡异的微笑,让人觉得心中搁着一根刺,古古怪怪的。八个成年人的肉块堆积,让那里面看起来简直就是一个修罗屠宰场,我这才发现,已经有血水咕噜咕噜地往外面蔓延开来,流到了院子里。

这恐怖的场景不止是我看到了,许多人都从大开的门中,看到了一切。

人群顿时就炸了窝,闹哄哄的,有人立刻尖叫着朝外面跑去,有人则扑通跪在地上,朝那些僧人们虔诚地跪拜祈祷着,房间里面还传出来一声凄厉的怒吼。这声音听着耳熟,我琢磨了一下,竟然是加藤原二的。因为身处异国,语言不通,我们根本就不知道这些人在议论着什么。

一个僧人高声在宣讲,只看到他嘴唇张合。虽然听不懂其中的意思,然而,这个僧人的声音就像洪钟大吕,一开始宣讲起来,周围的杂声,立刻就变得小了很多。最后停止不见,唯有这僧人嘴巴开合。

空气中有嗡嗡的声音回荡,我知道,这个僧人是个有道行的人,因为我感受到了真言的力量。

我听到旁边有两个人在议论,居然用的是中文,只不过是云省那边的方言,让我听得有些吃力,于是跟他们打了招呼,然后探询到底怎么回事?身在异国,最惊喜的莫过于碰到祖国的人,那个叫做老巴的汉子先是问我们是不是来仰光的游客,然后主动跟我们翻译起了这些话语:原来这些僧人,是附近某寺院的师傅,为首的那个叫做伯努上师,他在寺中修行的时候,感觉到这里有异常,便带着自家的弟子,过来一探究竟,然而却发现这里有妖魔在作祟;而那伙小日本,却是因为有两个人失踪了,所

以才找过来的。

说到这里,老巴低声跟我笑,说哄鬼呢,老子在这里做了十几年生意了,也没有见过哪样妖魔哦。很明显就是一起故意杀人案嘛,不过这手段实在太凶残、太变态了,令人发指。不过你们别说出去啊,这些和尚在这里的地位很高的,诋毁他们的话,会被围殴的。

他旁边的一个同伴责怪他幸灾乐祸,说老林在这条街上也有七八年了,抬头不见低头见,也是咱中国人,他死了你很高兴?

老巴撇了一下嘴,说老林他这人向来独来独往的,人也傲得很,不团结……

说着,他的眉头又皱了起来,叹了一口气,说不过这一死,心里怪难受的。

过了一会儿警察来了,吹着警哨,把这里闹哄哄的人群都赶了出去,只留下了日本人和寺庙的僧人们。我们随着人群挤出了院子,老巴和他同伴热情地邀请我们去他家做客,我们谢绝了,握手告别。往回路上走,路过巷口,发现刚刚被敲晕的那女人不见了。

虎皮猫大人从空中飞了回来,我问它情况怎么会是这个样子的?

这肥鸟儿一副疲倦的样子,说你们猜刚才发生了什么事情?我们哪里肯动这个脑筋,让它直接说便是,它拿了一下架子,然后妥协了,说你们怎么都想不到,在那作坊里面,居然有咒灵娃娃出没的痕迹。不但如此,而且还有一头受降头的食猴鹰在。刚刚它也是因为在空中,跟那个被赞为世界上"最高贵的飞翔者"的扁毛畜生遭遇,并恶斗了一场,所以才拖延了这么久。

食猴鹰?我们一惊,那种畜生身长一米、翼展三米,可算是鹰中之虎,光听它名字就知道,是真正厉害的猛禽,而就虎皮猫大人这肥母鸡的身材,能够斗得了那么厉害的家伙?这时我们才发现落在小叔铁臂上的虎皮猫大人身体瑟瑟发抖,羽毛凌乱,像是被人凌辱了一般,左翅下面的羽毛上还有一团湿漉漉的暗红色。

我们赶忙问它是不是受伤了?

虎皮猫大人声音都有些低沉,说你啊,现在才看出来?不过大人我也没有让那扁毛畜生得意,它也被我啄瞎了眼睛,论损失,比我严重,所以不吃亏。不过这家伙身上被人下了降头术,受控了,而且有毒。小毒物,让你家小肥肥给大人我通一通经脉,不然最迟今天凌晨,你们就有鹦鹉汤喝了。

笑话,谁敢吃这老鬼的肉啊?

我流着冷汗,赶紧唤金蚕蛊的名字,把这小祖宗给请出来。肥虫子一出现,便往我身后躲,像个受气的小媳妇。它最近被虎皮猫大人追得都苗条了,所以怕。虎皮猫大人有气无力地喊小肥肥,说这几天不吃你了,被下毒了,过来给大爷松松骨,做一个马杀鸡。肥虫子这才安心,飞到虎皮猫大人的身后去蠕动了一下,找准地方,然后狠狠地一钻,进了虎皮猫大人的体内。

就这一下,虎皮猫大人发出了有史以来最悲愤的哀鸣:"你个死虫子往哪里钻……"

大人虎躯一震,男儿泪滚滚地流了下来。

我们往回走,顾老板打电话给我,问,在哪里?赶紧回来!我问怎么回事儿?顾老板严肃地说他们接到内部消息,说今天下午拍到105号石头的李秋阳,被人残忍地杀死了,一起的还有他的几个马仔,手段十分残忍。现在大家都在传,说这里不安全,都准备回国了。主办方正在安抚人心,而且还在进行秘密调查。

挂了电话,我们面面相觑,这消息怎么传得如此之快?后面似乎有什么推手在啊?

到底是谁呢?

第十二章　小叔离去，兵分两头

回到酒店之后，才感觉到人心惶惶。包括仰光这边的分公司经理郭佳宾在内的人员，全部聚集在李家湖的套间里面商谈事情。小叔要去给虎皮猫大人处理伤势，而我和杂毛小道在工作人员的带领下，进了房间。见我们进来，李家湖深深地看了我一眼，然后让我们都坐下来，继续商谈刚才的话题。

我听了一下，原来是关于这几天投标下来的石头，如何托运回去的事情。

郭佳宾是一个三十来岁的精干男子，他侃侃而谈，说这些货物一般都是由保险公司托运的，而这保险公司又有军方的背景，并不用担心货物的问题。至于大家的安全，他刚才联系了一家有名的安保公司，增派了六名保镖过来。希望大家最近不要单独行动，一旦交易会结束，立刻就返回香岛。

他谈到了李秋阳的死，说这个家伙太大意了，竟然把石头带出去，脱离了组织方的监控，真的不知道怎么想的。这种恶性案件，特别是涉及外国投资商的死亡，官方一定会迅速反应，给出一个解释来的。

李家湖征求雪瑞的意见，问明天送她返回香岛，好不好？

雪瑞断然拒绝，说要跟大伙儿一起回去。

一堆人又商量了一些相关事宜之后，各自返回房间，李家湖把我们几个留了下来，旁边还有顾老板在。深吸了一口气，李家湖严肃地问我，说陆左，这件事情跟你们没有关系吧？我说你怎么会这么想？李家湖说也许是我想多了，但是那块石头正好就是你们此行的目标，而且事发的时候，你们正好在外面。别人不知晓，但是我和老顾对你和萧道长的本事，都清楚着呢……

我摇摇头，说不是我们，麒麟胎我们确实想要，但是杀人的事情，绝对是不会做的。那件事情发现的时候，我们正好赶到现场，也看到了，是一个降头师下的手，跟我们没有半点儿关系。

顾老板一拍大腿，说老李你看看，我就说了，陆左这个人最重情义了，哪里能够做出那么恐怖血腥的事情来？李家湖也长叹了一口气，解释道："不是我想管你们，是真的把你们当作朋友了，所以不希望你们满手血腥。而且，看到雪瑞跟你们走得这么近，心中就有些过度的担心了。不过，最近这几天形势有点儿紧张，动手的那个人，很明显的在挑衅军政府的威严和底线，所以风声可能会很紧，你们最好不要乱走动。"

我们都说晓得了，然后两人又是交待了一番。

出了门,发现雪瑞正堵在门口,而她的那个女保镖则在楼道的转角,跟郭经理在聊天。雪瑞的眼睛水盈盈的,像蒙上了一层烟纱,看着我们,说:"刚才就闻到你们身上,一股血腥子的味道,刚刚到底干吗去了?你们和爹地谈什么,怎么还不让我知道?"

杂毛小道虎着脸,说:"大人的事情,小孩子别参与了。"

雪瑞揪着杂毛小道胳膊上的肉就拧,说你到底讲不讲?

杂毛小道一脸的痛苦表情,无奈地看着我,说:"小毒物,这小妮子无法无天了,你到底是管不管?"我指着门,说她爹在里面,要不然你找李先生谈一谈?说完这话,我赶紧溜到小叔房间里,后面传来了杂毛小道的破口大骂,以及雪瑞又急又气的娇嗔声。

我路过女保镖(貌似叫做崔晓萱?)和郭经理的身边时,这个英姿勃勃的女孩子莫名地脸一红,而郭经理则朝我礼貌点头,然后朝旁边让了一让。两人显然是有些猫腻,但是我却并不关心,匆匆来到了小叔的房间,查看肥鸟儿的伤势。

小叔自有他老萧家的外伤良药,现在已经上好了,虎皮猫大人像只死母鸡一样双脚朝天,瘫在床上,见我进来,大骂,说小毒物你这个挨千刀的家伙,赶紧把你家肥虫子叫出去,奶奶的,把大人我这里当家了,我喊了半天,都不肯出来,擦!

我听它骂人的声音中气十足,便知道这家伙是得了便宜还卖乖,不理它,坐下来问小叔接下来怎么办?

李秋阳死了,那块疑似麒麟胎的石头现在也不翼而飞了,死了这么多人,风声鹤唳,暗流湍急,我们该如何是好?那个食猴鹰不是只出现在菲律宾的原始丛林中吗?这东西稀有得很,怎么会跑到仰光的城市上空来?还有虎皮猫大人说的咒灵娃娃,到底是怎么回事?

一下子,局势就变得错综复杂起来了。

小叔还未开口,杂毛小道就推门而入,笑嘻嘻地冲我说道:"你这个没义气的,雪瑞都哭了,看你怎么办?"说着话,他一屁股坐在床上,然后摸着虎皮猫大人的肥肚皮,说大人,感觉如何啊?肥鸟儿直哼哼说,下次你来试试就知道了——小毒物你个该死的混蛋,也不好好教训一下你家小肥肥,麻辣隔壁,老子我二十多年的节操……

我很无辜地说关我屁事啊。杂毛小道和虎皮猫大人都意味深长地看着我,不说话。

不谈笑了,虎皮猫大人跟我们解释起咒灵娃娃这种东西来。

咒灵娃娃这东西就跟养金蚕蛊一样,将许多鬼娃娃聚拢在一起,数额一般都是九的倍数,越高越好,然后布置一个怨咒灵阵,让所有的鬼娃娃自相残杀,相互吞噬,这样子经过大概三年以上时间的炼制,便得到一个浑身毛茸茸的恶鬼崽子,这个恶鬼崽子就是通常所说的咒灵娃娃。这样的鬼崽子心性已经完全入魔,凶残得很,而且也不怕阴风洗涤,可以存活人间许多年。唯一的坏处,恐怕就是太暴戾凶残了,如果炼制的人道行不够,极其容易被反噬。

布置怨咒灵阵的法子,知道的人不多,即使知道,也没有多少人有财力搞出这些来,所以咒灵娃娃的名声并不显。

但是每一个咒灵娃娃,都是一个厉害的角色。

而且它背后,还站着一个实力雄厚的家伙。

小叔问虎皮猫大人,说那作坊里面有解石机,想来已经是把那里面的玉胚子弄出来了。这玉胚一旦问世,便会在空间里面留下痕迹。大人,你当时看到了什么?

虎皮猫大人说有一股暴戾之气,似乎是妖气,血腥气直接得很,不像是麒麟胎传言中的那种中正平和。两者应该属于同一类型,但是却有着不同的功效。小叔皱着眉头说,那就是说不是麒麟胎咯?虎皮猫大人说是的,老幺,你有什么想法。小叔点头称是,说三哥撑不了多久了,过一天少一天,拖不得。这里如果不可行,那么我就需要去泰国清迈跑一趟,去契迪龙寺请一请那个般智和尚出面才行。

我说行,那我们一起去。

小叔摆手说不用,这件事情他一个人去办就好了,在泰国他也有关系,不用麻烦这么多人。虎皮猫大人的推测也许是正确的,但是总感觉那个石头里面,有着至关重要的东西在。这是他的直觉,也就是灵光一闪,这种情况不多见,不过却是很准确。所以,让我们留在这里,继续跟进,而他则先去泰国。

他还补充了一个理由,现在我们三个一起离开,确实会让人产生我们参与了李秋阳碎尸案的怀疑。

我们点头,认可了他的决定。

当晚小叔收拾了行李,然后找到郭经理,让他帮忙安排小叔前往泰国的事宜。因为是大老板的朋友,郭经理倒也十分热情,毫不犹豫地答应。小叔他是多年的驴友,行李并不多,一大堆零零碎碎,铁手,再加上三叔的那一把雷击枣木剑,便是他全部的家当。

次日我们并没有参加最后一天的交易会,那些重量级的昂贵原石,已经勾不起我们半分的兴致。

郭经理通过关系,紧急买到了仰光飞清迈的机票,于是我们两个加上雪瑞(含一男一女俩保镖),便把小叔送到了明加拉当机场,小叔给我们交代妥当之后,挥手告别,虎皮猫大人展翅飞进去送他。雪瑞回过头来,眼睛里面有一种朦胧的黑色,她指着那胖鸟儿的背影,说她怎么感觉那是一个老奸巨猾的家伙,而不是一只单纯的虎皮鹦鹉?

我们都点头,对雪瑞的这个判断,连声认同。

丫那肥母鸡一般的躯体里面,定然装着一个顶级龌龊的灵魂,而且还是一个超级装波伊犯。

我们变着法编排这个让我们欢喜让我们忧的脏话鹦鹉，正聊着天，杂毛小道的手机响了，他接听，然后脸色立刻就严肃了起来，一直点头，然后问了几句话。挂了电话，他也不避着雪瑞，告诉我那边来消息了，说昨天晚上的案子有眉目了，死的人里面，除了李秋阳和林记玉器行的老板外，还有手下的马仔和店员，除此之外还有两个潜入进去的日本人，而李秋阳手下有一个叫做姚远的参谋，则消失了。

有消息称，这个人将要前往掸邦的大其力市。

第十三章　高手出现，顾总失踪

很多人可能不了解掸邦是什么，而身处缅甸的我，却多少有些知晓：这是一个以掸族为主体的多民族地区，曾多次宣布独立，与缅甸军交战不断，各路豪强你来我往，一直到2006年都还有战乱发生，局部小冲突更是常见。讲一下它的地理位置：它位于缅甸的东部，与云边省西纳、老挝和泰国接壤，与缅甸四省相连，境内高山密林盆谷密布，地形复杂多样。

其实我只要讲三个字，大家就能够明了那是一个什么样的地方：金三角。

对，没错，就是金三角！而位于缅泰边境的大其力市，则是金三角的中心城市。

我不知道大师兄给我们安排的那条暗线是哪里来的情报，但是也大约知道了那个叫做姚远的山羊胡老头，为什么会前往那个地方了。偷渡！越是乱的地方，越能够火中取栗，这个老棺材应该就是碎尸案的凶手，或者其中之一。他身上怀揣着105号玉石，为了避免军政府的缉捕和各方势力的追杀，所以才会跑到跟军政府关系并不好的掸邦自治区，找机会离开缅甸，最后返回他自己的目的地。

大概也是因为有这么一个内线在，李秋阳才会做出这样愚蠢的决定，最终身死人亡吧？

"追吗？"杂毛小道问我。

我说姚远昨天才跑，不可能现在就到了大其力，而且我们在大其力人生地不熟，去哪里找姚远？即使找到他，他手里面到底还有没有105号玉石？那个人为什么确定姚远会去大其力？这些都没弄清楚，怎么追？杂毛小道说那个人的消息，应该有八成可靠——常年在国外混生活打拼的人，比起国内体制里面的同行来说，要精锐得多。因为尸位素餐的人，都已经死于残酷的地下斗争了。

雪瑞在旁边用雾蒙蒙的眼睛看着我们，说你们在讲什么，好像很厉害的样子。

我们对望，默默不语。

在回去的路上，在雪瑞的强烈要求下，我们一行人还是去了位于皇家园林西圣山上面的雪德宫大金塔（也称仰光大金寺）。这个被认为是缅甸人民的骄傲、国家象征的大金塔里面，盛放着拘留孙佛的杖、正等觉金寂佛的净水器、迦叶佛的袍及佛祖释迦牟尼的八根头发，站在这恢宏的建筑面前，能够感觉到有沉重的压力扑面而来。

大金塔东西南北处都有大门，门口均有两个石狮子，虎皮猫大人根本就不敢靠近，远远地闪开去。

我们站在售卖金箔、香烛、鲜花、幸运符、佛像、书籍、伞子的东面口，雪瑞想要进寺一游,而我灵敏的鼻子则有些受不了随风飘荡的臭脚丫子味,再加上体内的金蚕蛊莫名其妙地战栗,所以远远地站开。身边游人如织,也有本地人过来朝拜,裸着右肩、披着红色袈裟的赤脚僧人从身边默默走过。而我的视线,最终停在了角落里一个闭目盘坐的老和尚身上。

这是一个长得枯瘦的老人,穿着一套破旧的红色袈裟,浑身都没有二两肉,眉目苦楚地盘腿坐在台阶侧面。

这样的僧人在缅甸很多,他们大多都是苦行僧的模样,常常往来于平民街头,宣传佛家教义,而对自己的生活没有什么要求,将此生都奉献给了佛祖。心有信仰,这样的人自然是让人敬佩的,然而我之所以注意到他,是因为这个老和尚,在这熙熙攘攘的人群之中,完全没有存在感,仿佛是一幅画、一面墙、一个装饰物,虽看得到,但是转眼就会忘记。

此人修禅的功夫,已经到了"坐忘"的境界,忘己、忘外物,所以才会如此。

这个国家级的建筑遗迹之中,自然有佛门高手镇场,而这一位,我想就是其中之一吧。正看着,只见一个穿着缅甸传统笼基、戴着白色帽子的黑瘦男人,从我身边擦肩而过,然后来到了那个老和尚的身边跪坐着,静静等待着这个老和尚的出禅。我心中一震,这个黑瘦男人,不就是交易会中镇场的那个降头师吗?

活动还没有结束,他怎么会出现在这里呢?

雪瑞邀请我进去礼佛参观,我便将心一横,跟着进去了,而杂毛小道则折回去找虎皮猫大人。走在这寺庙里,塔上挂着成百上千的金铃银铃,风一吹,清脆响亮,还有僧人们梵唱佛音,让人心中有一种宁静的感觉,舒适得很。我们在里面走了半个小时,竟然发现有不少气场强大的家伙,都是僧人打扮。

出来的时候,我发现那个老和尚已然不见踪影,而那个黑瘦男子则站在门口,望着我。

他在等我,我看出来了,于是大步迎了上去。

黑瘦男子僵直的脸上挤出了一丝勉强的笑容,然后跟我说道:"我叫貌武伦(前面提过,缅甸人只有名没有姓,'貌'是自谦的称呼,而'吴'则是尊称有一定社会地位的男子),你可以叫我武伦法师。你好,来自北方的年轻人。"他说的是中文,但是带着浓重的云省口音。这话跟我们家的口音有点儿像,但是更加软绵一些。

我说:"武伦法师,你好,我叫陆左,来自中国。"

武伦法师疑惑地看着我,说:"我早就注意你了,能够看到你周身有着'碧霞宝光',可是研习了《念佛三昧宝王论》?"我心中汗颜,他所谓的碧霞宝光,也就是通常说的佛光,这些都是修佛修到一定境界方有的现象。我这哪里是佛光,这明明就是金蚕蛊那黄灿灿的表皮遗漏出来的颜色。不过这个家伙真够厉害的,一眼就能够看出金蚕蛊的气息,果真不是一个寻常角色。

见我不答,武伦法师也便不再追问,说见你也是一个礼佛之人,最近这几天仰光的局势混乱，你们最好不要参与了，不然的话我们很难保证你的安全。说完这话，他执佛礼一敬，然后离开。

　　我听出来了，这个家伙是在警告我们。

　　只不过，这个家伙不是许鸣口中那个练飞头降的降头师吗？这种恶毒诡异的降头术练到第三层，每隔七七四十九天，就需要吸食孕妇腹中未成形的胎儿，不然就要功力尽丧，尸骨化水，不入佛家轮回，永世不得超生。看这人虽然严肃刻板，但是却并不像那般恐怖之人。而且练就了飞头降，他怎么可能自由出入佛家圣地，并且说出这么一番冠冕堂皇的话来？

　　雪瑞告诉我，这个男人身上有着很浓的煞气，从头顶上冒出来，如虹。

　　经过这件事情，我们再也没有游玩的心思，返回了酒店。

　　酒店里已经是一片忙碌，李老板的私人秘书告诉我们，李老板还在交易会的解石现场，准备将石头剖好之后，办理运回香岛的相关事宜，然后准备乘坐明天中午的专机，返回香岛，不作停留。他问我们要不要给我们办理回国手续，我和杂毛小道说不用了，我们可能还要到掸邦那边旅游，顺便去泰国看人妖。秘书皱着眉头，说去泰国可以理解，但是掸邦……那里最近比较乱，最好还是不要去。

　　我们谢绝了他的好意，返回了房间。

　　这两天杂毛小道一有时间就在雕琢答应雪瑞的玉符，翡翠属于硬玉，本来需要很多工具仔细打磨才行，然而杂毛小道天生一副好力气，凭着那把汽车底盘钢改制的雕刀，已经完成了两块。他这人有个毛病，就是做事的时候不能分心，需独处，所以都是等我睡着之后偷偷赶工的。

　　虎皮猫大人批评他，说做不到红尘炼心，刻再多也达不到大成的境界。

　　我们都在等待暗线给我们的下一步消息。

　　有了金蚕蛊在，虎皮猫大人的伤已经痊愈，破烂的口子也长起了新肉，站在床上跟小妖朵朵吵架，一个是骂国老手，一个是初生牛犊，吵得不亦乐乎。小妖朵朵不是善茬，搞得虎皮猫大人不断地饮水，补充消耗的体能后，再次撸起羽毛上阵。杂毛小道不胜其扰，决定搬到对面小叔的房间去，逃得清静。肥虫子在一旁瞪着黑豆子眼，强势围观，我也不好离去，只有听两人对骂。

　　其实也是蛮解闷的，如果你们能听到的话。

　　到了晚上的时候，李家湖和顾老板才带着一应随从返回酒店，得知我并不打算跟他们一同返回的消息，找上门来，问怎么回事？我说我和老萧准备去一趟大其力市，然后过境去泰国，与小叔萧应武汇合。两人劝了一阵，我只说有事，李家湖欲言又止，点头出去，而顾老板则留了下来，语重心长地跟我说小心。他说大其力那一带靠近泰国，密林里面毒蛇猛兽自然是数不胜数，而还有很多黑巫僧在里面行走，莫看你们很有本事，但是那些人一辈子都只敬一个佛，也是很厉害的。

　　我点头说晓得，你们明天走，我们去送你们。顾老板叹气离去。

虎皮猫大人与小妖朵朵吵了大半宿，后半夜才休战，我沉沉睡去。第二天凌晨，我被一阵紧急的敲门声吵醒，我起床开门，许鸣沉着脸告诉我一个坏消息：顾老板不见了。

第十四章　女秘丢魂，小道揩油

听到许鸣说的这句话，我心中大惊，急忙跟着他往楼道的东面跑去。

顾老板的房间在李家湖的斜对面，这是一个大套间，门口敞开着。这个家伙来缅甸，除了带着助手秦立和两个保镖之外，还有一个妩媚迷人的私人女秘书。通常套间外面会有两个保镖轮流值班，而女秘书则白天办事，晚上陪床。当我们进去的时候，两个保镖像死猪一样躺在沙发上，而卧室床上则有一个裹着床单的女子，露在外边的肌肤雪白，但是双目睁着发呆，并无神采。

李家湖、雪瑞等人都在，然而却没见着秦立这小子。

见我们进来，李家湖迎过来，说今天早上听到保镖说楼道里有异常，接着发现老顾的房门大开，他带人进来，发现是这个样子，连忙叫李致远（许鸣）把我叫醒了。说话间，一对黑眼圈的杂毛小道也走了进来，听到解释之后，用手掐住了昏睡着的保镖的人中。没反应，他又拨开两个保镖的眼皮观察了一下，抬起头来说："没事，这两个是被人用乙醚给迷晕了而已，过一阵就会醒过来了。"

我问秦立呢？他老板出事了，他人跑哪里去了？

杂毛小道走到里间的大床上，看着床上那具曲致玲珑的美女躯体，暗自咽了一下口水，俯下身来，盯着女秘书茫然的眼睛瞧了一会儿，然后回头对李家湖说："清一下场吧。"

李家湖知道事关重大，不能让太多人知晓，于是叫几个助理和保镖把沙发上那两个男人抬走去治疗，一阵忙乱，我看到杂毛小道趁人不注意，偷偷摸摸地抓了一把女秘书饱满的酥胸，差点儿笑出声来。最后，房间里只留下了我、李家湖、许鸣和雪瑞几人。

雪瑞不肯走，李家湖也没有办法。

李家湖皱着眉头问到底怎么回事？

杂毛小道还回味似地搓着拇指，脸上却一本正经地说："顾老板的女秘书倒没事，应该是看见了什么恐怖的事情，吓掉了魂而已。"他问我，说陆左你有没有发现什么事情？我动了动鼻子，说闻到了一种熟悉的味道。他的眉头锁紧，说看来我们的感觉是一样的，诅咒猫灵，对不对？

我点头，说是的。看来是秦立这个家伙身上出了问题，他没有把那猫灵的尸体给焚化掉，所以变异了。

当初我们之所以一直跟秦立强调，说那黑色的猫灵一定要焚烧掉，就是因为死猫身上有一股子怨气在。这怨气十分活跃，很容易沾染同类，像病毒一样侵入体内，重塑一个自己来。这便是猫有九条命的由来，然而更加离奇的事情是，这怨灵还能够感染上人，让这人也变成猫灵的一部分，西方传说中的"猫女"，便是这样子形成的。

当初叫秦立处理，一是在香岛人生地不熟；二是因为如果十二个小时以内将那猫灵焚烧了，则无大碍。

不然，那股怨灵附身，久久隐藏着，不仔细，是很难看得出来的。

这一下，我们都不由得后悔了。

李家湖问现在怎么办？要不要报警？我和杂毛小道都点头，说这是当然，在缅甸仰光这个地头，我们都不熟，自然还是要交给当地的警察机构来破案搜查。不过也不能够全信，我们自己也要多留心。杂毛小道问我，说这个女人应该知道一些东西，不过现在她丢魂了，谁来喊？你还是我？

我说你来吧，杂毛小道很无奈，说："就知道你这家伙会这么说。"他虽然埋怨，但是也不拖沓，跑到自己房间里拿来了勾魂幡、招魂铃、香烛和一应用具，摆开架势，问清楚这女秘书叫什么名字之后，开始唱道家招魂歌，铃声悠悠，且歌且舞。我们退到了卧室门口，只见杂毛小道幅度越来越大，幡影浮动，最后竟然分不清人影，还是幡影，连成了一片。

一股强力的意识漩涡从杂毛小道的罡步中，逐渐地流动起来。

我看着这个家伙，有一种他变得越来越强的感觉。

每一刻都是崭新的。

招魂歌被杂毛小道唱了两遍之后，倏然立定，幡子一停，直定在那美貌女秘书的眉心，杂毛小道口中清啸："赦令，女子赵研，魂魄还不速速归来，且等府兵拘你？"这一声如春雷炸响，振聋发聩，所有人的心中都一阵心神不宁，而正在这时，一直呈痴呆状的女秘书骤然咳嗽起来，一口浓痰吐在了毛巾被上，乌黑黏稠，内中有血丝游布，腥臭得很。

咳了差不多一分钟，女秘书这才悠悠回过神来。

当看见我们一群人在旁边，自己竟然丝缕未着，全身赤裸，顿时就是一声尖叫，十分刺耳。杂毛小道连忙喊道："女居士莫慌，女居士莫慌……"喝了一口无根水，扑哧一下，全部都喷射到了这小姐妩媚的小脸之上，然后凌空画了一道符，她终于消停下来了。

之后又是一阵安抚，雪瑞递了一块毛巾给女秘书擦脸，她才终于明白了状况。

留下雪瑞陪她将衣服换好，我们都出了房门。

再次返回房间时，女秘书已经坐在沙发上了，只是小脸还有些苍白。一番询问，女秘书赵研告诉我们，说大概凌晨两点左右，她睡得迷糊，突然感觉与她搂抱而睡的顾老板，被人猛力地往外拖拽，她醒过来，借着床头灯那昏暗的光线一看，竟然是一个脸上毛茸茸的男人。这个男人的脸长得像一只野猫，眼睛是蓝绿色的，在黑夜里闪着幽幽的光亮。她刚刚醒转过来，头有些昏，骤然见到，脑子还没转过来，那猫脸人就朝她"喵"地叫了一声，顿时天空昏暗，没了知觉。

"那个男人长得像是谁？"

面对着我的追问，赵研凝神回想了一会儿，吓得直哆嗦，浑身发冷，不由自主地收起双脚，抱膝而坐。

她沉默了一会儿，看着周围的我们，哆嗦出了两个字："秦立！"

警方终于来了，过来调查取证一番之后，告诫我们最好不要离开酒店。

李家湖本来预计要返回香岛的，但是老友出事，他自然是走脱不得的，他又担心自家女儿在这个鬼地方不安全，于是征询了许鸣的意见，让他们两个先返回香岛，他留下来处理这一堆事情。家属肯定是要通知的，到了中午，阿根的电话就打到了我这里，询问他表哥的事情。我坦白相告，阿根咬着牙说秦立这个忘恩负义的家伙，当初跟他是一个村子的，要不是他表哥带他去香岛，他能有今天？不过……这小子平日里虽有些小气，但还算是靠谱，怎么就突然朝他表哥下手了呢？

我告诉他，这里面的事情有些复杂，不好讲。还有王姗情的事情，我上次已经告诉过他，现在忍不住又将这个狠毒的女人已经成为通缉犯的事实，再给他谈起，让他不要又着了道，到时候，谁都救不了他的。

阿根也是很气愤，说屁大点儿的小孩都要杀，这女人太没有人性了，当初把她送局子里面去就好了。

中午的时候雪瑞和许鸣要去机场，同行的还有两个保镖。李家湖忙得头晕脑涨，自然无法顾及，我们说要不要去送一送，雪瑞还没说话，许鸣便直摇头，说不用了吧，那么客气，又不是干吗去。到时候你们回来，我和雪瑞到机场来接你们倒是真的。安全方面，有小崔她们两个，不成问题。至于吗？好歹这里也是缅甸的原首都呢。

雪瑞跟我和杂毛小道告别，说确定归程之后打电话给她，她应该还会在香岛待一段时间的。

说完她又摸着虎皮猫大人的羽毛，说可爱的鸟儿，你可要减肥了，怎么越来越像是母鸡了！

虎皮猫大人不干了，振翅飞了起来，说水灵灵的小妞儿，你再这么说，大人我就要泡你了。一阵哄笑，告别的气氛一下子就烟消云散了。

交易会的客商出现了第二起恶性事件，虽然这事有可能是客商的内部人所为，但是警方还是予以了高度的重视，在第二天的早上我们就接到了通知，说警方有内线消息，那个叫做秦立的中国男子已经出现在前往泰国的路上。至于他是一个人还是几个人，这就不得而知了。他是要经泰国返回国内吗？顾老板是生是死？这些都不得而知。

虽然缅甸的警方高度重视，然而各省各邦的联系并不紧密，所以想要立刻破案，很困难。

　　李家湖心急如焚,他接到了顾老板家属的好几个电话,都是苦苦哀求,让他想办法营救。要不是香岛到仰光的航班每个星期只有两班,顾老板家属早就过来了。我和杂毛小道合计了一下,在仰光苦等缅甸警方的结果,也是浪费时间,于是买了前往大其力市的飞机票,准备查询姚远和105号石头的踪迹。

　　前往泰国,大其力是必经之路。

　　而顾老板那一边,李家湖已经通知了当地的中国大使馆,请求中方介入,向缅甸警方施加压力。

　　我和杂毛小道前往大其力,随时准备支援解救顾老板的行动。

第十五章　掮客差猜，恐怖人彘

踏上大其力的街头，看着悠闲自在的当地人和穿梭如织的游客，完全感觉不出来这就是盛传已久的金三角中心城市。这个城市并不大，但是却有着独特的一面，它是缅甸靠近泰国边境城市，与泰国的湄赛仅仅一河之隔，所以在这里泰铢和缅币都是流通的，我们在兑换货币的同时，找了一个向导。

这个向导叫做刚，我们按照惯例称他为吴刚，他乐得脸都开了花，而我们则笑得略微尴尬。

吴刚……这位仁兄，和在月宫外面天天砍树的那个哥们儿，名字着实很像。

此行最重要的目的就是找寻顾老板，因为没有头绪，我们来的时候已经求助了大师兄所在部门的暗线，他在电话那头考虑了一会儿，告诉了我们一个名字和地址，让我们到了大其力，直接找那个人。这个人的外号叫做老鬼，大号叫做廖添丁，在大其力开了一家专营日用品批发的商铺，专门从国内批发廉价的小商品过来卖。

跟以前一样，虎皮猫大人又展翅高飞，单独行动去了。

吴刚是我们下飞机时在机场外面遇到的，因为大其力已经发展为旅游和边境外贸城市，所以在附近像他这样的闲人，一般都很多。他们通常都会说点儿缅语、泰语和含糊的云省话，口齿伶俐，而且熟识大其力的一切事情。吴刚是少数能够听懂普通话的向导，从机场到大其力市的路上，他告诉我这都是看中国电视剧学的，他说在中国电视剧里面，他最喜欢看《西游记》和《还珠格格》，特别是后面那一部，他反复看了十几遍，连中国的普通话，都是在那里学到的。

吴刚的口音古古怪怪的，当他说起"憨猪哥哥"的时候，我和杂毛小道愣了好半天。

不过还好，我们只是需要他帮忙指路而已。

大其力市区并不大，说像国内的小县城都有些抬举它，但因为是边境城市，所以也比缅北其他地方要繁华一些。走在小城里有着浓郁的异国气息，听吴刚说这一片生活着将近一百个各不相同的民族，看着这些风情各异的建筑和穿着，确实也是有一种不一样的味道。

我们在达洛商业街的附近，找到了老鬼。

这是一个接近六十岁的男人，眉毛掉光，眼睛通红，皮肤和当地人一样的颜色，要不是他说着一口正宗的云省昆明话，我们还真的不敢把他和一个中国人给联系到一起来。老鬼店子的生意还算大，除了有两个儿子在帮忙外，另外还请了四个本地人。

当我们说是那个暗线介绍过来的（名字就不透露了），他点了点头，遣走吴刚之后，把我们带到了后院，沏茶谈事。

老鬼以前是云省的知青，上个世纪六十年代末期的时候，因为缅甸发生了大量的排华反华大暴动。在仰光，很多华人、华侨被杀害，华人团体、学校被查封，这个义愤填膺的少年便和同伴们越过了国境线，来到了靠近云省的果敢，跟着彭家声的武装，一起加入了缅甸人民解放军。经历了几十年的硝烟洗礼，岁月峥嵘，往事如烟，现如今的他，已经隐居在了大其力市这么一个异国他乡，讨了一个掸族的婆娘，开枝散叶，过上了平淡的生活。

当然，这只是表面的样子，老鬼其实还有一个身份，就是秘密战线的一个重要联络人。

说明了我们前来的目的，老鬼说他的人确实看到了姚远，他没有过关到泰国，而是往北边的深山去了，而秦立这个人他并不知晓，还需要继续查才是。他的回答并没有出乎我们的意料，因为在大其力，一个华人所拥有的能量并不算很大。当然，如果北上直走，到了第一特区果敢，那就另说了。

这两天我和杂毛小道一直在讨论为什么秦立会将顾老板绑了，然后跑往大其力这个方向来，然而却一直没有头绪。老鬼答应我们，帮我们留意一下秦立这个人，至于跑到北部山区的姚远，这个他也帮不上忙了。北边的山区交通闭塞、层峦叠嶂、丛林密布，众多民族在那里生存繁衍，还有各式各样的割据势力、区域力量和民族武装，一旦进入那里，别说他，就是军政府，都施展不开手脚。

那里是毒蛇猛兽和山民的天下。

他犹豫了一会儿，让我们去湄赛河畔找一个叫做差猜的泰国人，这个家伙是一个情报掮客，整个大其力若说谁的消息最灵通，那一定不是当地政府，而是差猜。他与周边的各个势力都保持着良好的关系，并且利益共享，是一个相当传奇的家伙。

老鬼说如果我们很急，可以让他二儿子带我们去找差猜。

我们点头，站起来与老鬼握手道别。

老鬼的二儿子是一个二十多岁的年轻人，因为母亲的原因，长相跟本地人差不多，只是高一些。他会讲汉语，同样是云省口音，行事干练，话也不多，没有如旁人般好奇地问东问西。我和杂毛小道叫他小廖。我们走着，来到了湄赛河畔的一座院落，小廖在门上轻拍了三声，然后静静等待。过了一会儿，门开了，露出一个络腮胡的中年男人，一脸戒备地看着我们。

小廖跟他用泰语交谈了几句，那个男人好像有些不乐意，跟小廖凶狠地呵斥着。

小廖并不怯弱，而是又急速地说了几句。我们不知道他们到底在说什么，最后那个男人不情不愿地把门打开，把我们请了进去。进了房间，我们才发现这个外面看着清冷的小院，其实有好多人在，好像是一个赌场之类的。这些人都在玩牌，见我们进来，一下安静了，都扭头看我们，气氛压抑得可怕。

络腮胡吩咐了旁边的一个小弟去通报，过了几分钟，那个小弟跑了过来，说了几句话，络腮胡点头，然后径直把我们领到房子的最里间，轻轻敲门。

一个女人从里面把门打开来，我们走进里面，只见房间里面一张夸张的大床，前面有一排竹椅，正中间坐着一个留着胡须的大胖子，而他旁边，还站立着三个美丽的女人，风姿绰约。这四个女人身材高挑火爆，皮肤白皙，眉目间有着一股异域风情的味道，哪怕是放在国内的夜总会，都可以算得上是头牌。

这样子的女人在东南亚，还真的少见呢。

那么，中间这个胖子，应该就是老鬼口中的情报掮客差猜了。

小廖上前与大胖子差猜交涉了一番，然后这个男人点了点头，手一挥，络腮胡和旁边的几个小弟双手合十行礼，把门关上。然后他用生硬的中文，招呼我们坐了下来。一切妥当，他问我们想找什么人？

来的路上我们已经把姚远的照片打印了出来，这时便拿出来给他看，并且将此人的身份讲明。差猜拿着照片看，眉头紧锁，过了一会儿问我们，你们是警察？还是……我们笑，并不说话，他也笑了，说可以，这事情他接了，晚上等他的消息吧，我们问多少钱？他伸出右手，比了一个"三"字。见我们疑惑，他笑了，说准备三十万泰铢吧。我默算了一下，三十万泰铢相当于人民币六七万块钱。我们这次前来，提前兑换了四十万泰铢备用，正好够了，于是点头同意。

差猜伸手送客，我们站起来，在转身离去的一瞬间，我看到差猜的脖子后面，有一个黑色的蜘蛛文身。

这个蜘蛛文身青黛如墨，在差猜左肩到脖子处，虽然被衣服挡住了一部分，但是却能够隐约看出来。它的纹理几乎是刻在脖子上的，或者说是一个烙印和伤疤。而这一个文身，也如同闪电一般击中了我的心，另一个场景中的文身也浮现在我的脑海中——那个出现在李秋阳死亡现场附近、并且不问缘由攻击我们的女人，身上也有着同样的文身。

之前我们只以为这是一个普通的文身，然而此刻的巧合，却让我们不得不怀疑：这个文身到底代表着什么？

和我一样，杂毛小道也看到了，不过我们都没有说话，与差猜告别，静静地走出了院子。

回去的路上，我问小廖，说差猜脖子后面的文身，你知道代表着什么意思吗？小廖说是不是黑色蜘蛛？我们点头，说是的。小廖左右打量了一下，咽了咽口水，说既然你们是我父亲的客人，告诉你们也无妨，在我们这里，有一个拥有神秘力量的团体，叫做契努卡，里面的成员一般都在身上文一只蜘蛛。这事情一般人不知道。什么是神秘力量呢？降头师你们听没听过？我就亲眼见到过……

接着，小廖低声跟我们讲起他所遇见的一个真实降头术的事件，而我则和杂毛小道对视一眼，彼此眼中都有些惊诧。契努卡？莫非差猜和那个狸猫一般的女人，有着紧密的联系?

　　正说着,前面突然传来了小孩的叫声,好像很热闹的样子。我问小廖,这些小孩子在叫什么?小廖仔细听了一会儿,说:"他们在叫什么中国女人,中国女人之类的……"听到这话,我们也往前面走去,瞧一瞧发生了什么事情。只见有一辆牛车,一个矮瘦的男人正指着车上的一个女人大声说着什么,然后旁边的人都笑。我一看,顿时一阵无名怒火从心中翻腾而起——这是一个双手双脚都被斩去的女人,全身赤裸,就像一个肉蛆一般,在车上蠕动着。

　　男人手中拿了一个碗,正在跟周围的人要钱呢。

　　是中国女人吗?!!

　　只见这个女人浑身脏兮兮的,身上一片红一片青,还有好多结痂的伤口和烟头烙印,她的头发结成了一束一束的,油腻腻,将脸全部都遮挡起来。四肢被斩断之后,伤口处已经愈合,呈现出粉红的颜色。在周围人群轻佻的欢笑声中,这个女人就像一条肮脏的蛆虫,在牛车狭小的范围里蠕动着,但凡停下来,那个矮瘦男子便拿着一条拇指粗的鞭子,恶狠狠地抽打着女人的下体和胸口。

　　女人口中发出一声声悲哀的嘶鸣,唔唔唔,然而却说不出话来,我一听,就知道她的舌头也被割了。

　　周围的人群发出一种病态的哄笑,哈哈哈,然后有几个男人一边往碗里面扔钱,一边大声提着要求。

　　我和杂毛小道的脸色发青,想不到在这么一个地方,竟然会发生这么残忍的事情,而且旁人还习以为常,这简直、简直是泯灭人性!而且最重要的一点是——小孩们好像在喊:"中国女人……"小廖冷着脸,他虽然出生于缅甸,但是骨子里,却仍然认为自己是一个中国人,有着一个让他骄傲的祖国。我们完全不顾及旁边的人,直接挤进了人群之中,走到了牛车的前面来。

　　周围一阵骚乱和叫骂声,那个女人似乎听到了什么,抬起头,朝我们看来。

　　我和这个女人混浊麻木的眼睛对上了,心中一阵巨震。

　　这个女人年纪并不大,脏兮兮的脸如果仔细看,其实还算是一个美丽的女孩子,她的嘴唇开裂了,全部都是血口子,鼻梁塌了一边,显然是被人暴力打的,在左脸颊上还有一道蜈蚣一样的刀疤……但是这些都不重要,让我心中又惊又痛的是,我认识这个女人!

　　时间回到了七个月前,我和杂毛小道乘火车从南方市前往金陵的路上,有两个女孩子坐在我们对面。

　　她们一个叫做古丽丽,一个叫做秦雯,都是武市某大学的学生。

　　火车上,古丽丽的钱包丢了,为此我还出动了金蚕蛊帮忙找寻。

　　她对我千恩万谢,然后还邀请我以后到武市,一定要去找她们玩,她可以请我吃当地有名的热干面。当时我们还彼此留了电话号码。七个月后,这个叫做古丽丽的漂亮女孩,居然像一条肉虫一般,双手双脚被斩去,赤裸着身子出现在异国他乡的街头,被这么一个矮瘦的男人,用鞭子抽打着,当街乞讨。

她认出了我来,麻木的眼球转动,顿时一大股泪水,涌现在她干枯的眼睛里……

第十六章　匹夫一怒，当街杀人

我已经无法用文字来描述当时我的愤怒了。

这样的场景，让我有一种对人性的恐惧和悲哀。

这愤怒和恐惧就像郁积在地底几十万年的滚烫岩浆，在一瞬间爆发出来——"啊！"那个还在口沫四溅地招揽着生意的矮瘦男子，被我一个跨步冲上去，把他的腰给掐住，凌空举起来，朝着远处狠狠地掷去。这个男人身高不过一米六，被我一掷七八米，哎哟一声叫，杂毛小道早已冲到前面，把身上的青袍解下，覆盖在古丽丽的身躯之上。旁边的观众纷纷大叫，朝我们指指点点，特别是花钱的那几个男人，叫声最大。

杂毛小道上去就是一巴掌，把那个叫嚣得最凶的家伙，抽得牙齿都掉了下来。

我心头那滔天的怒火哪里能够停歇，将人群几脚拨开，一个箭步就冲到了那个矮瘦男子的身边。他被我摔得头晕脑胀，躺在地上还没起来，然而却也狠戾，见我冲过来，抬手就是一鞭子。这鞭子，刚才抽在古丽丽身上，血淋淋的。我一脚就将狗东西的手腕给踩中，猛力一踩，立刻传来一阵骨头碎裂的声音。

我左膝一下子就跪在他的肚子上，扬起手来，左右开弓，使劲儿地扇耳光。

啪啪啪，啪啪啪……

金蚕蛊在我的体内攒动着，将源源不断的力量输入我的双手之中。一想到那么一个可爱的女孩子，一个本应该在校园的金字塔里学习知识、承载着父母期冀的女孩子，就这样如蛆虫一般出现在金三角的街头，我的脖子就红得发烫，心中有一个狂躁的声音在吼叫着："杀死他，杀死他，将他的全身撕裂，将他的灵魂粉碎，让他永世不得超生！"

我开始变得不受控制起来，燥热的气息在我的身体里流窜着，我仿佛变成了另外一个人，死死地用膝盖压住这个男人，发疯地抽他耳光。抽完耳光不解气，站起来，大头皮鞋就朝他的脑袋、胸腹的要害使劲踹，每踹中一脚，心中就觉得无比的畅快，连这男人的哀号和挣扎，也变得美妙起来……

他叫得越大声，我心中的愤怒和痛苦便减轻得越多！

杀、杀、杀！

就在我全身发烫，脑浆子都沸腾着的时候，一只手捉住了我的臂膀，我毫不犹豫地反抓过去，右手的拳头就攥紧了使劲揎过去。拳头被紧紧抓住了，一个声音在我的脑海里面响了起来："小毒物，你疯了？"我有点儿恍惚，过了一两秒钟才反应过来，这人是杂毛小道萧克明。这时我才清醒了一点儿,僵直的身体这才软了下来,往周围看去,只见所有人恐惧地看着我,像是看一个洪荒怪兽。

杂毛小道没好气地骂我,说人都死了,你还在这里虐尸,走火入魔了?

我这才发现,这个矮瘦男子脸肿得跟猪头一样大,全是血,脑浆子都流了出来,早已没有了声息。而我的鞋子、裤子上,全部都是红的白的血和脑浆。小廖抱着裹了袍子的古丽丽朝我们喊,还不快跑?等在这里被人抓啊?我们这才反应过来,挣脱围上来的这些人,跟着小廖跑。

好在见到我如此疯狂,竟然没有几个人敢追上来。

小廖并没有朝家里跑,而是往这附近的小巷子钻。杂毛小道把古丽丽接了过来,小廖就边跑边打电话,转了好几个弯,然后带我们走进附近的一户人家。门打开,里面有一对中年夫妻,男人跟小廖说了几句,然后带着我们来到后院,将我们带到了角落的一个隐藏地窖里面。

东南亚这边气候潮湿,土壤湿润,并不适合挖地窖,但是我们下了地窖后,发现居然还算宽敞,里面有两铺干净的床和一些生活用具,通风条件也很好,显然是特意准备的。

小廖跟我们介绍,说这个男人是他父亲老战友的儿子,十分可靠,自己人。以前国内来人,遇到敏感的事情,也是在这里避过风头的。我们跟他打招呼,他则腼腆地笑,说条件不好,多担待着。

说完这些,他便去准备些用具和吃食,还问我要不要洗澡?我说好。

男人走后,小廖埋怨我,说怎么这么冲动?其实最好的办法,应该是报警,然后等警察来的。像他这种事情,其实是违法的,到时候我们一样可以解救这个女人。现在当街将那个家伙打死了,事情就变得被动了,会很麻烦。我没说话,看着床上的古丽丽,她的脸侧过去,睫毛颤动,大滴大滴的眼泪在滑落。杂毛小道在旁边解释,说这个女孩子是我们认识的,就因为认识,所以陆左才对那个家伙更加憎恨,下手也没有留情。

哎——小廖长叹了一声,没有说话,而是走到地窖的通风口去打电话。

我能够明白小廖的这一声长叹里面,蕴含着多少无奈和不满。今天这一死人,他和我们走在一起,就是同谋,如果不能把我们交出去,他肯定要受到牵连。我们还好,潜伏一阵,拍拍屁股就回家了。而他就是本地人,自然只有流落在外面,有家不能回。

我心中也觉得诧异,我多少也见过那么些世面,向来也自认为是一个沉稳的人,怎么在刚才那一刹那,就那么没有自制力,变得如此热血、冲动,竟然将那个矮瘦男子活生生打死了?

我努力回想起当时的场景,感觉到心中充满了暴戾、冷血和漠视生命的狂躁。

那是我吗?是我陆左吗?

265

杂毛小道顾不上男女之别，检查起古丽丽身体上各种各样的伤势来，然后皱着眉低声跟我说："她的伤需要好好地治疗，如果放任这样下去，估计熬不了多久的。你打死的那个畜生，变着法地虐待她、凌辱她，我虽然没检查，但是也知道古丽丽的内脏，都应该已经病变了。特别是她的四肢，竟然被残忍地切除了，这使得她全身的机能都在萎缩，坦白说，即使受到最好的治疗，也活不过两三年了。"

杂毛小道家学深远，也懂些医术，既然他这么说，事实应该也是如此。

我蹲在床头，看着这个女孩子，她开始不敢看我们，怯怯懦懦地回避，像受惊的小兽，我伸手给她揩去糊住眼睛的泪水，没想到越擦越多。我不知道她是怎么来到这异国他乡，又变成这般模样的，只是知道她遭受到了怎样恐怖和非人的折磨，时至今日，还没有疯掉，已经是足够坚强了。

终于，她看着我，然后"啊吧啊吧"地叫了起来，却发不出一句完整的话语。

我看到她的舌头，被人为地割了去。

那个死去的矮瘦男人也就是一个普通人，他根本没有能力将一个远在武市的女孩子拐到国外来，再下如此狠手。那么，到底是什么样的人，会有着这么残忍而变态的心，将一个还在花季的女孩子，给炮制成了这样？一想到这种丑恶的事情，我心里面的怒火又熊熊燃烧起来。

这时候，这家的女主人下了地窖来，双手合十，跟我们行礼，然后说带床上的这个女孩子去洗一洗。

我们连声道谢。杂毛小道开了一张药单出来，有西药，也有中药，委托屋子的男主人去帮忙采购回来。虽然为防暴露我们的位置，不能够把古丽丽送去医院治疗，但也要尽力先帮助她恢复一些，尽尽人事。

这时小廖打完电话了，他表情凝重地跟我们说，他父亲老鬼已经知道了这个消息。当时现场的人很多，相互指认，很快就能够查到他家的。所以老鬼让他先不要与家里面联系，躲藏起来，等风头过了，再安排我们越境返回中国去。我们委托调查的事情，他会继续跟进，但是希望我们暂时不要轻举妄动。

我们点头，说知道了，先等等，看看情况。

说完这些，小廖的气也消停了不少，指着我大头皮鞋笑，说陆左，话说回来，你踹的那几脚，真是个爷们，解气！刚刚我看到这女孩子的样子，心中也恨不得弄死那狗东西。

杂毛小道也宽慰我，说小毒物确实是个纯爷们，杀起人来，真有一股子血勇。小廖跟我们讲，他老爹给他两条路选择，说要么去第一特区，老鬼有很多关系在那里；要么就回国内去，落叶归根，手续也会有人帮忙办。他寻摸了一下，还是回国吧，第一特区打打杀杀，他并不喜欢。以后回国了，还要有劳两位关照。

他老家是云省怒江傈僳族自治州的，估计回去的话，还是有些亲戚的。

我们都说好，大家相互照应。

过了一会儿古丽丽被用毛巾小心地包裹好,送了回来。我们把古丽丽小心放在床上,在一盏小小台灯的照耀下,这个女孩子头发被吹得香香的,脸虽然苍白,也有很多伤痕,但是总算是有了一些颜色。小廖一个人躲在通风口抽烟,而我和杂毛小道则蹲在床头,问询起古丽丽这大半年的遭遇来。

她没有四肢,也不能说话,但是听力还在,意识依然清晰。

杂毛小道让古丽丽不要抵抗,他尝试着用《金篆玉函》上面的方法,挖掘古丽丽的记忆。

第十七章　恶魔回忆，我要回家

古丽丽是在今年的五月份被掳到了缅甸的，她至今也想不明白，自己怎么到的这里。

在国内最后的记忆，是她陪同学一起去商场买衣服，看上了一件打折的T恤，然后在进试衣间换衣服的时候，眼前莫名一黑，结果醒来的时候，便到了一个潮湿的地下室里。周围还有五个女孩子，有一个肥胖如猪的女人管着她们，每天除了拜神像，就是打骂她们，还三天两头不给吃的。

过了不知道多久，来了一伙男人，把她们全部都给奸污了。

她本以为那段日子就像地狱一样，然而没有想到的是，恐怖的日子才刚刚开始。有一天她吃完泔水一样的食物，眼前又是一黑，醒来的时候全身都被绑住，嘴也被堵上，然后在一片黑暗中摇啊摇，摇啊摇，摇了不知道多久，仿佛一个世纪那么久远，然后她又昏了过去。

醒来的时候，发现身处一个或许是山洞，或许是别的什么地方，然后出现了一伙又瘦又黑的家伙，脸上涂着白色的颜料，在昏黄的烛光中打量她们。她才发现自己被戴上了脚镣手铐，被铁链子一样的东西拴在柱子上，与她一般的，还有几十个女孩子。那些人操着她听不懂的语言在她们之间挑来挑去。这些人很凶，但是并不饿着她们，给吃的，在受到长时间的饥饿折磨下，这待遇便已经让她很满足了。

主食是大米饭，而菜则有荤有素，不过这肉味有点儿怪，是酸的。

如此待了一个多星期，古丽丽发现身边的同伴越来越少了，从三十几个，逐渐变为二十几个、十几个。她开始留心了，发现每天深夜，都会有一个同伴被人悄悄地押走，再也没有回来。恐怖的气息在女人们之间蔓延，她们不敢交谈，因为一旦交谈，旁边看守她们的人就会甩鞭子抽过来。所有人都用眼神做着无声的交流，彼此看到对方眼中的恐惧。

在寂静的夜里，古丽丽能够听到嘶嘶的叫声，她感觉，那是蟒蛇在吞吐信子。

终于一天夜里，沉睡的古丽丽被人捂住嘴巴，带到了一个四面雪白的房间里面。房间的正中央，有一个祭坛，还有熊熊燃烧的火焰。古丽丽看见在这个房间里面，有那十几个消失的同伴在，她们都被安放在一个简陋的陶瓮子里，露出一张麻木的脸孔来。

很奇怪的是，这些瓮子都很小，根本就不能够装下一个正常的人。

很快，古丽丽就知道，为什么这些陶瓮子这么小，却能够装下一个人了。

她先是在古怪的音乐和咏唱声中，被超过五个以上的男人凌辱，然后被放在一个手术台上，打上了麻药，昏睡过去。当她再次醒过来的时候，发现自己被装在一个陶瓮子里面，铺天盖地的疼痛将她的神经撕裂。她恐惧地发现，自己根本就动不了，也失去了双手和双脚的知觉。她悚然看到在熊熊燃烧的祭坛上面，有用巨大的银盘子盛着流着鲜血的肢体，那肢体，原本是在她的身上的……

古丽丽不知道在那个四面雪白的房间里面待了多久，恐怖的寂静里面，唯有那火焰在熊熊地燃烧着。

那火焰，是靠人油在维持着燃烧，散发出一种诡异的芳香。

脸上抹着白灰的男人有好多个，他们在祭坛里祈祷着，有人念诵着古怪的咒语，有人能够化身为毛茸茸的猴子；有人能够一跃好几丈；还有人的头颅能够飞起来，连着一串串血淋淋的肠子内脏……古丽丽一度以为自己已经死去了，而那里，则是恐怖的十八层地狱。

每天都有肉汤喝，还有一种又黑又腥的草药。

直到有一天，几个脸上抹白灰的男人站在了她的面前，摇头叹息，不住地讨论和咒骂。最后有人给古丽丽打了麻药，然后她醒来时，发现自己的舌头被割去了一截。第二天，有人将装着古丽丽的陶瓮抬起来，走出了那个白色的房间。黑暗中不知道过了多久，古丽丽突然觉得眼前一亮，她看见了太阳光，还闻到潮湿中带着树木芬芳的空气。

这是她在漫长得如同一个世纪的囚禁之旅中，第一次见到这两样宝贵的东西。

她被带到了一个山谷的水涧旁边，她动不了，但是能够通过余光，看到周围还有好几个同伴，和她一模一样的同伴，装在陶瓮里面的女人。然后把她们抬过来的人则快速离去，不见了踪影。这么久的时光过去，古丽丽和她的同伴们一样，除了心中深藏的那股怨毒之外，已经对一切外物都麻木了，所以也就静静等着。

太阳下山，月亮爬了上来，山风在呼呼地刮着，山涧里面游出了一条十几米长的巨蟒，眼睛是碧绿色的，像深潭一般荡漾。古丽丽看到了，她直勾勾地看着那巨蟒，解脱的心情多过于害怕。那巨蟒灯泡大的眼睛盯了她好一会儿，然后从她身边错身而过，接着她听到了陶瓮破碎的响声。

腥臭的气息在空气中飘散，古丽丽在静静地等待死亡的到来，等待着解脱。

然而陶瓮的破碎声响起了四五次，那条巨蟒始终都没有动她分毫。当慷慨激昂的想法逐渐淡去，即使如同蛆虫一般活着的她，真正要离开这个带给她无数伤痛的世界，心中又多了几分恐慌。她的脸上被一条长长的湿滑的蛇信子给抚摸着，过了一会儿，那水涧中传来一阵声响，巨蟒吃饱了，离开了。

丛林中的蚊子在古丽丽的头顶盘旋了一夜，漫漫的长夜终于过去了，白天来临。

还留了两个陶瓮，但是古丽丽发现她旁边的这一个人，已经被吓死了。

白天中午，太阳最烈的时候，来了一个矮瘦的男人，发现了她。男人将这陶瓮打破，然后背着她翻山越岭，来到了一处村庄里。古丽丽听不懂这个男人和别人的话语，那个男人把她当作宠物一样养着，然后肆意凌辱她，后来还把她带到各处去挣钱……

杂毛小道将他与古丽丽意识交流时所看到的浮光掠影，低声讲给我听，听得我浑身一阵战栗和冰凉。

看着古丽丽那迷茫的眼睛，我心中生寒，这世界上竟然会有这样的地方，会有这样的人，会做出这样的事情……人心啊人心，你为什么会这么的可怕？杂毛小道讲述到后面，嘴唇都在颤抖。我很难想象我面前的这个女孩子，她是怎么面对那些痛苦，且直至如今，她居然还没有崩溃。

古丽丽嘴巴叼着一支笔，然后在纸板上写下了：我要回家，我想妈妈。

这八个字，就是承载着她所有信念的精神支柱吧。

我将手托着古丽丽的左腮，上面有一道蜈蚣般的狰狞伤疤。我小心地摩挲着，心中有一种很想哭泣的冲动，哽咽着承诺她，说我们一定会带你回家的。

她盯着我瞧了一会儿，突然又张嘴，我把笔给她，她又写了几行字："不用了，我这个样子回家去，是负担，家里太穷了，养不起我，还是算了吧。杀了我，然后把我的骨灰带回家……"她写得很认真，那字虽歪歪扭扭，却有力，然后，她将她的家庭住址、父亲母亲的名字和电话号码都一一写了下来。

这些内容并不多，但是她写了足足有半个小时。

小廖抽完烟回来，一个人阴着脸在旁边看，这个男人的眼泪从开始到现在，一直都没有停过。杂毛小道拿着手机，去通风口处给他小叔打电话，通报我们现在的处境。

见我们没有反应，古丽丽翻转过身子来，不断地用头去磕床。

她这是在乞求我，在乞求一次真正意义上的解脱。虽然她对这个世界有着许多美好的回忆，有着刻入骨髓、难以忘怀的牵挂，但是现如今，她需要的只是解脱，彻彻底底的解脱。看到她这个样子，我的心更加难受，心中对那些幕后之人，也更加愤恨。这房子的男主人进来地窖，带来了杂毛小道列的药品。我们给古丽丽吃了一片安定药片，让她先睡去。男主人告诉我们，说之前警方已经来这一片搜查过了，不过大概这里本来就乱，他们也并没有太上心，草草应付而已。

我跟着他去上面洗了一个澡，返回来时，杂毛小道已经给古丽丽上好了药。

他拉着我到一边，轻声说他刚才打电话给他小叔，他小叔说那个般智和尚半年前就已经离开了契迪龙寺，北上行脚修行了，听人说他最近曾经在清莱附近出没。而清莱距离大其力很近，他已经准备启程过来了。我看了一下手表，说已经到晚上了，要不要去见一下泰国人差猜？

杂毛小道有些吃惊，说你现在还想着去找寻姚远？那个石头应该不是麒麟胎！

270

听到我们的谈话，小廖也断然否决，说现在风声紧，最好还是不要去的好。我心中沉甸甸的，跟他们说，不知道为什么，我总感觉我们遇到的这些事情里面，似乎有一些联系。我还是想去找一下差猜，把姚远的行踪弄到手。在这里蹲着，我会郁闷死的。

杂毛小道盯了我一会儿，叹气，说好吧。

第十八章　出城进山，乱象丛生

夜幕初上，我换了一身衣服，独自一人来到了湄赛河畔。

依然是那个小院落，开门的还是络腮胡子，他盯着我，然后看了看后面，四处张望一番，咕哝一句，好像喉咙里面在咽痰，然后转身朝里面走去。我跟着进去，中午时分打牌的男人们不见了，只是在院角蹲着三两个醉鬼。差猜依然在最里面的房间里，他的四朵金花没在，一个人静静等待着我的来临。

络腮胡把我领到了房间里，然后躬身退下，把门关上，差猜让我坐下，然后笑容满面地说："没想到你中午刚刚杀了人，晚上还有胆子跑到我这里来，就不怕我通知警察局？"

我笑了笑，说你要是跟警方联系这么密切，就不会在大其力这地界，混得风生水起了。他拍拍手，说不错，艺高人胆大，这样的过江猛龙，我还真的惹不起。不过，钱带够了没有？我拍拍随身携带的背包，说都在里面。说着，我把拉链拉开，露出一沓沓泰铢，然后放在桌子上，说要不要数一数？

差猜笑了，说要不是为了结交一个朋友，这种小生意，他未必有心思做，数钱就不必了。他舔了舔嘴唇，说我找的那个老头已经找到了，有人看见他到了孟霍邦南部的一个小村子里，那里是克扬族的聚居地，叫做错木克。如果来得及的话，他可以保证，这两天之内，姚远还在——消息如果不准确，分文不收，可以退款。

说完这些，他把地图和交通路线递到我面前，说欢迎下次惠顾。

我抬头看着差猜，他的眼睛里面没有丝毫的隐瞒，而是同样回视着我。我笑了，说当然。拿着地图起身离开，当我走到门口的时候，差猜突然说道："说一个事，警方已经将你和你朋友的画像交到我这里来了，而我却并没有将你们出卖，你似乎欠了我一个人情……"

我转过头来，微笑，说那么欠着吧，等我回来，会还你一个大礼的。

他哈哈大笑，说哦，不错啊，我喜欢"惊喜"。

出了差猜的院子，我低下头，行色匆匆地走着。好在作为一个旅游城市，又是旅游的黄金时节，大其力的中国游客其实还是蛮多的。我在街上转了几圈，然后又在小巷子里绕了路，甚至把金蚕蛊放飞，守着后路，发现并没有人跟踪而来，这才放心，返回了藏身之处。

我回来的时候，已经是夜里十点，古丽丽吃了安定药已经睡熟，而小廖则在另一张床上打盹，杂毛小道搬了一把椅子，坐在台灯下面，专心地雕着玉。雪瑞的任务他只完成了两块，交给了雪瑞，其余的玉胚还一直在百宝囊中放着没动。不过他现在正在刻的，却是那一块蓝花冰玉石。见我下了地窖来，他便收起来，问情况怎么样？

我把从差猜那里得到的消息告诉他，他没有说什么，而是问有没有碰到虎皮猫大人？

我说没有，这个家伙不是一下飞机就飞走了吗？它神出鬼没的，我都习惯了。

我和他商量要不要去错木克？如果去的话，我们越快出城越好，因为这两天，姚远都还在那里，我们能够遇得上。杂毛小道问一定要找到姚远和105号石头吗？我点头，说我相信小叔的直觉，那块石头即便不是麒麟胎，也是一件对你我都有用的东西。其实我最想做的事情，是找到秦立那个吊毛，顾老板现在也不知道怎么样了？这缅甸警方的效率，真够垃圾的。

在一旁打盹的小廖突然插嘴，说他们的效率要是高的话，说不定你已经在大牢里面蹲着了。

他的这个冷笑话有点儿噎到我，不过他既然已经醒了，我们三个就聚在一起商谈接下来的事情，小廖说要出城也可以，他可以找关系把我和杂毛小道搞出城去。不过有一件事情，要讲清楚了：现在外面真不太平，特别是像错木克那种地方，以前都是种罂粟的，乱得很。我说不妨，这些我们都清楚。小廖说好，既然你们都决定了，那我就安排你们离开，我留在这里照顾古丽丽，过些时日，说不定我老子能够打通些关系，也就没事了。

说完他又拿起电话，打点我们出城的事宜。

待他说完，杂毛小道将药方和注意事项讲给小廖听，并且让他好好鼓励古丽丽，让她恢复生活的勇气，如果有条件，把古丽丽送到医院去，最好能够回国去，让她和家人团聚一下，也算是满足心愿吧。

小廖说放心，他的心不比我们的冷，热腾腾的，自然会好好照顾。

谈完这些，小廖又缩回床上去睡觉，杂毛小道拿出玉胚仔细雕。我抱膝坐在地面的草席上，看着古丽丽苍白的脸，她的眉头舒展开来，终于没有了我走的时候那种愁容。唉，现在的她，也许只有在梦中，才能够无拘无束、开怀的笑吧？我突然想到，像她这般的生活，是不是还不如朵朵开心呢？

昏黄的灯光下，杂毛小道一刀一刀地刻着玉，而我则缓缓闭上了眼睛。

清晨的时候，小廖联系了一辆送货的车和一个向导，将我们送出了城。

而他自己，则留在了那个地窖里面，照顾着心无生志的古丽丽。这个倔强的女孩子心中所有的坚强，在见到我们之后彻底地消失了，唯一的心愿就是让我们将她的骨灰送回故乡，告知一下她的父母亲。然而这种残忍的做法并不是我们所能够承受时，所以唯一的方法就是离开她的视线。

很巧的事情是，小廖联系的向导，正是我们来大其力的时候碰到的吴刚。

出了大其力，沿江而行，一路风光如画。

然而这些美丽的风光都是只"可远观而不可亵玩焉"，倘若真的走近，你就会发现那些远处看着美丽如画的一排排草棚子里，有着怎样的贫穷和困苦，而且这种现象离大其力城区越远，越严重。贫穷导致了人们不得不另外找寻致富的道路，于是便有人种植毒品。而毒品却是一个畸形的东西，贫者越贫，富者越富，军阀们割据着这山地，年年战乱不休。

当然，大其力这一片，因为达到了势力平衡，并没有太过厉害的冲突。因为人总是要吃饭的，人总是要交易的，人总是要消费的，所以没有多少人愿意把大其力变成一个混乱之都。

货车一路沿湄赛河而行，弯弯曲曲，足足有三个多钟头，又拐进一条岔路，一直把我们送到了山脚下，然后司机指着远处的山巅跟我们说，翻过那座山，再过了那片林场，背后就是错木克村了。我们问大概要走多远，他想了想，说没多远，走走吧，很快就到了的。

我们下车，然后递了五百缅币表示感谢，他喜滋滋地收了，回赠了我们一把丛林大砍刀。

来的路上，杂毛小道已经将此行的目的告知了他小叔，我也打电话给远在仰光的李家湖，说了大概的情况。李家湖的语气十分低沉，过了一会儿，告诉我一个不好的消息：雪瑞并没有乘坐飞机返回香岛，她与许鸣和那个叫做崔晓萱的女保镖一同消失了。为了这件事情，他叔叔李隆春也着急了，准备抛下手中事务，前来缅甸坐镇。

事情越来越乱了。

站在这层峦叠嶂的山林脚下，我们的手机已经没有信号了。问题越多，我们越要冷静，就目前而言，要先将姚远给找到，然后将105号石头抢到手上，看看对三叔的病症，到底有没有帮助。上山入林，有一条绿草丛生的小路，这是山民们一脚一脚踩出来的，唯有靠步行，别无他径。

在我体内憋了好多天的肥虫子这时终于不再等待，从我体内浮出来，停在我的眼前，一双黑豆子眼睛可怜巴巴地看着我，一副快要饿死的表情。我点了点头，也难为这小东西了，让它自由活动，去觅食，但是不要离我太远了。肥虫子欢呼雀跃，生怕我反悔一般，摇着尾巴就冲进了山林里。

热带雨林里面，蚊虫滋生，肥虫子热爱的食物数不胜数，它自然是开心到了极点。

不过这里丛林密布，枝繁叶茂，路并不好走。向导吴刚乍一看见金蚕蛊，十分惊讶，见这虫子竟然听我的话，心中又多了几分畏惧。吴刚是那种有钱挣，良心都肯出卖的人，金三角一直都不是一个稳定的地方，他自然也不会因为我们昨天的事情而惧怕我们。但是看到金蚕蛊，却又转换了态度。

他以前去过错木克，也跟克扬族的人打过交道，这也是小廖委托他人找到吴刚的原因。

　　林中不好走路，我们默默地前行着，我和吴刚的手中都有一把自制的丛林大砍刀，用来砍小路荆棘的，而杂毛小道将他的桃木剑拿在手上，紧紧跟随着。进山没有两里路，吴刚就已经斩掉了一条蛇，放到了背篓里面去，然后跟我们笑言去村子里面找人炖蛇汤喝。

　　绕过一片林，肥虫子突然从林间朝我奔来，而它的后面，有一道黑影在追逐着它。

第十九章　格朗佛庙，善藏法师

一看到这道黑影肥硕的体形，我就想骂娘。

虎皮猫大人这扁毛畜生，又来欺负我家的肥虫子，真的是上瘾了？没几分钟，肥虫子吃得体型都大了一圈，此刻飞得也不便利，一坠一坠的，眼看着要被肥鸟儿给抓到了，它又奋力一冲，终于绕到了我的身后。

虎皮猫大人看清楚了我们，悻悻地收回了爪子，说："嘎嘎，好久不见啊你们两个？大人我刚才在林间穿梭，看到金光一闪，可口诱人之极，跟你家小肥肥一样美味，便追，没想到还真的是它啊，早知道不飞了。我和小肥肥已经有了深厚的感情，舍不得吃它的。"

说完话，它收起翅膀，落在杂毛小道的肩膀上面，发现吴刚惊讶地看它，顿时就破口大骂，说："看个毛啊，有哪样好看的？没见过这么英俊潇洒的鸟儿啊？把裤腰带解开，自己看一看，过瘾不？"

吴刚瞠目结舌，半天不知道说什么好。

肥虫子小心翼翼地在背后看着这嚣张的扁毛畜生，气喘吁吁。我指着这肥鸟儿，说你别得意，小心我让肥虫子再给你爆一次菊花开，信不信。虎皮猫大人顿时蔫了，说日防夜防，家贼难防，不逗你们了。我们继续前行，然后问虎皮猫大人这几天跑哪里去了，怎么赶过来的？虎皮猫大人有些郁闷，说它本来很好奇泰国人妖的，于是下了飞机就屁颠屁颠跑到大其力对面、泰国的湄赛去看，结果逛了大半天，还是没有找到一个顺眼的，于是就回来了，结果没找到我们，最后还是算了一卦，才来这里蹲守的。

说完这些，虎皮猫大人东嗅嗅西嗅嗅，然后问我，说小毒物，怎么煞气这么重？

杂毛小道笑了，说这丫的昨天刚刚杀了一个人，所以才有煞气嘛。接着他把昨天我们遇到的事情跟虎皮猫大人说了一通，虎皮猫大人连声称赞，说小毒物这个蔫不拉叽的家伙，竟然有这么凶猛的一天，倒也是难得。大人我要是在，一定要在那家伙头上拉一泡屎，熏死丫的先。

不过那个小丫头的事情……如果我们能够找到那个害人的地方，将其摧毁，最好。

我们说着话，前面的向导吴刚背影都在发抖，杂毛小道走上前去，一把拍在他的肩膀上，吴刚吓了一跳，回过头来问怎么了？他的眼神不由自主地朝我这里瞟，定然也在奇怪，为什么这么一个斯斯文文的人，杀起人来那么凶狠。我笑了，说吴刚你别吓到了，昨天之所以那样子，主要还是气愤不过——你比如说，尔康见到自己家丫鬟金锁被人凌辱了，他是什么样的反应？

不愧是吴刚最喜爱的电视剧，他立刻说肯定要将那人给大卸八块啊！我说尔康是坏人不？他摇摇头，说除了鼻孔大之外，倒还算是个好人……不过他不喜欢第三部，尔康应该留在缅甸，跟八公主好的！

说了几句，吴刚就没有再像之前那般对我们有着惧意了，谈起了自己对那部风靡亚洲的电视剧的看法来，滔滔不绝，不时地要跟我们探讨剧情。杂毛小道一副哭笑不得的表情，而我，则后悔作了这么一个比喻，想不到远在缅甸这么一个地方，那部电视剧竟然有这么执着而狂热的粉丝存在。

果然不愧是中国电视剧史上的神话。

虎皮猫大人实在听不下去了，振翅高飞，一声傻瓜，便飞到前面去，而肥虫子也跟在它屁股后面，找食去了。

望山跑死马，此言果真不错，货车司机随手一指，说就在那里，而且还补充说很快，结果我们从中午开始进山，走了两个多小时，居然是没有翻过那座山，依然在山下的密林里穿行着，问吴刚，他则告诉我们，最早估计也要到傍晚的时候，才能够到达错木克。克扬族的人喜欢住在深山里面，与世隔绝，到现在都还是母系氏族制度呢。

我不再说话了，默默地走着，速度并不慢。

说实话，在我老家，十万大山的最东首，这样的山路并不是没有走过，但是却没有这里那么潮湿，让人烦闷。雨林里经常有小溪流淌而过，低矮的丛林里时常窜出一些不知名的小动物，或者蛇、蜥蜴，以及鬼鬼祟祟的蜘蛛和多脚爬虫。这里的植物也是枝繁叶茂，非常茂盛，将狭小的道路遮掩。在这样的热带雨林中无言地行走，气氛无疑是让人压抑的，或许往日的职业蛊师会感到兴奋，然而我却不是。

看着这让人绝望且似乎没有尽头的丛林之路，我唯一的想法是赶快到达错木克村。

丛林、荆棘、溪流、起起伏伏的山地，旁枝斜出的雨林植物，森林地表上枯枝落叶积累的腐烂层……这些便是我们的敌人。然而，金蚕蛊和虎皮猫大人却是欢喜得要命，精力旺盛地跑了好多个小时，不时揪出一条蜈蚣、长虫过来玩。一直到太阳西斜的时候，我们的面前突然出现了一条稍微宽阔的道路。吴刚很激动地告诉我们，说快到村子了——绕过那道山弯弯，应该就能够看见一个个茅草屋子耸立在路边。

而那里，则有着一个身怀重宝的男人。

他的名字叫做姚远，是一个留着山羊胡子的枯瘦老头。

我们沿着道路走，道路两边是一种古怪的黑褐色植株，往里走还有一片片的水田。从路的尽头处走来了两个人，是两个穿着暗红色袈裟的僧人，一个垂垂老矣，眼帘低垂，眉毛发白且格外的长，脸上的皱纹层层叠叠堆积在一起，像是从坟墓走出来的；还有一个年轻的和尚，十七八岁，一双眼睛晶晶亮，像黑色的宝石，也很灵动，四处张望，看着丛林的风景。

吴刚见到这两个僧人，赶忙上前行礼问好。

三人交谈一番，那个老和尚眯着眼看了我们一眼，与吴刚说了几句话，然后与我们擦肩而过，朝我们的来路行去。他们说的并不是缅语，似乎是泰国话。现在已经是傍晚时分，我们都很诧异，他们这时候出山，可能没到一半的路程，天就完全黑了，为什么不等到明天凌晨再出发？我愣愣地看着两个黑瘦和尚渐行渐远的孤单背影，落日将他们的身影拉长，最后头的影子都落在了我的脚下。

我上前两步，拉住吴刚问这两个人干啥去，刚才到底说了些什么？

吴刚很诧异，说："这两个禅师是泰国来的苦行僧，行路至此，因为有教义在，不得留宿这里，便要连夜走回去，找寺庙投宿。他们并没有说什么，只是问了一下你们俩的事情，我说是来自香岛的客人，来探访克扬族的。他们点头就离开了。"

是吗？

我有一种奇怪的感觉，这两个僧人，特别是那个老和尚似乎像是一座随时爆发的火山，看似一片平静，却让我感觉很恐怖。

我看向了杂毛小道，他也若有所思地看着离去的两人，他的桃木剑微微地颤抖着。

我们继续前进，还没有拐过那个弯，就听到有牛的声音传过来：哞……这声悠长的声音像是一出音乐剧目的开场，所有的一切都变得生动起来。我们面前出现了一个河流交汇处的平坝子，大片的平地上面有着一排排的窝棚，这些窝棚有大有小，然而都是木建筑，顶上铺着金黄色的茅草。东南亚多雨，被淋湿的草棚子厚厚的，远看着湿答答，呈现出一种腐败的样子。

窝棚之间，人影幢幢。

在我们的不远处，有三个女人头顶着陶罐，从另外一条岔路出现，往村子里走去。那陶罐里应该装有水，然而让人觉得新奇的是，这些女人的脖子上套着一轮又一轮的铜圈，将脖子拉得又细又长，十分地古怪。来的时候吴刚跟我们介绍过，说克扬族的女人从五岁起就要往脖子上面套铜圈，然后静待脖子变成畸形，并且以此为美——这跟中国古代裹足是一般的道理，不同的是，克扬族是母系氏族社会。

吴刚上去与她们交涉了一番，我和杂毛小道跟在旁边，她们看着我，吴刚也朝我挤眉弄眼，我立刻反应过来，拿出小廖帮我们准备好的礼物（一大口袋的精装盐以及调味品、洗发水和肥皂），递到女人面前。她们很惊喜，个子最高的女人立刻放下头顶的罐子，将这十几包盐翻来看了一下，双手合十，朝我噼里啪啦说了一堆。

吴刚说她们很高兴，请你们去做客呢。

人不可一日无盐，作为一种生活必需品，盐的地位不可取代。然而由于山路的问题，这一支住在深山中的村民却并没有常常下山的机会，总是在山里过着自给自足的生活，衣食住行皆可保证——除了盐。所以，上门带上盐作为礼物，是最受欢迎的。

除此之外，其他东西也是很受欢迎。

我们跟着这三个女人走进了村子，最高的女人带着我们来到了村头的一家。我们进了茅棚里，黑乎乎，夸张点说伸手都不见五指。我们让吴刚帮忙问起姚远的消息。那个女人听后，沉默了一会儿，说那个白胡子老头在村子深处的格朗庙里，是善藏法师的客人。

第二十章　克扬族人，跳墙掉坑

我们打听了一番，姚远并没有离开，天已然黑了，也不着急立刻前去找寻，而是留下来打听情况。

这个克扬族的女人名字很复杂，吴刚给我们翻译叫做杜若噶。这个窝棚里除了她之外，还有她的丈夫和三个小孩（两男一女）。之前提过，克扬族是个母系氏族的社会结构，家里面的主事人是女人，所以这个男人比较没有存在感。克扬族是一个多灾多难的民族，在山外面的同族们，大部分都生活在难民营或者旅游景点，如同动物，供人参观。而在深山中生活的克扬族还比较好一点儿，能够按照自己的想法，延续着自己的种族。

在这人迹罕至的深山中生存着，不但会面临物资匮乏的境况，而且还会遭到猛兽毒蛇、恶劣天气以及周遭少数民族山民的袭击。

不过"大道五十，天衍四九，人遁其一"，存在即真理，这里的克扬族自然有着顽强的生命力。我看到在窝棚的角落里，似乎还有着老式步枪的身影（多亏了朵朵给我提供的夜视），而吴刚跟我介绍，克扬族的长者能够驯蛇，用群蛇来维护村庄的安全。说到这里，杜若噶弄了一些黑紫色的植物汁水洒在我们几个的身上，说沾上了，蛇就认为我们是自己人了，没有命令，不会贸然攻击的。

另外两个女人拿着东西离开了，而杜若噶则给我们和家人忙碌起了晚餐。

杜若噶有一个女儿，叫做莫丹，只有六岁大，和朵朵一般的年纪，虽然在这贫困的窝棚里长大，然而却美丽的像一个小公主一样，爱笑，咯咯的笑声就像清澈的山泉水，洗涤着我们的心灵。可惜的是，她脖子上也套着铜圈，虽然没有她母亲那般夸张，然而看得我们仍旧是心中难受。

有人说克扬族崇拜远古生物长颈龙，束脖颈是为了威吓丛林中的老虎，然而年代久远已不可考，现在已经演化为一个民族的习惯。

作为接受现代教育的我们，并不能够理解这种如同裹足一般的畸形习俗。

晚餐并不好吃，这种又黑又怪的米饭是我吃过的最差劲的大米，然而主人小口小口地嚼着，仿佛很享受。除了米饭之外，还有一种黑黄的酱，她们裹着吃，很香的样子，然而我吃了一点儿，感觉是用不知名的虫子做成，有一股莫名的膻腥味，一嚼，有一根昆虫腿在。包括吴刚在内，我们吃得都不多，饭后，我从背包里找出了巧克力、九九能量棒和压缩饼干，还有火腿肠、方便面和小面包，分给三个小孩子。

我至今犹记得那三个小孩子小心翼翼地吃着一块黑色巧克力时，露出的欣喜

笑容。

他们的眼睛在那一刻，如同繁星一般闪亮。

不过这些东西很快就被杜若噶给收起来了，吴刚给我解释，说杜若噶不让小孩子吃太多，要留着做奖励。

作为唯一的女孩，莫丹被奖励了一整块巧克力糖，幸福地含着，旁边站着她两个可怜巴巴流口水的哥哥。

饭后半个小时，一个之前离去的女人领着两个穿着白色衣服的老女人，来到了这里，跟我们介绍这是村中的长者。我们站起来行礼，因为礼物都送光了，所以只有奉上了缅币。她们也收，然后笑吟吟地问询我们一些事情。吴刚作为一个翻译还算称职，我们聊了一会儿天，她们离去，但是告诫我们，不要靠近格朗佛庙，那里面的法师并不是她们本族人，脾气暴躁得很。

我们虽然惊奇，但是颔首称是。

村子里没有电，到了晚上八点，除了灶房未熄的柴火，基本就四下无光了。这个叫做莫丹的小女孩特别可爱，她头上戴着花，穿着节日的盛装，不停地哼着小调，给我们跳着民族的舞蹈，像一个快乐的小鹿。我和杂毛小道总是逗她玩，她更加开心，笨拙地将自己的所学都表现出来。杂毛小道偷偷告诉我，说如果他有这么一个可爱的女儿就好了。当天色全部都黑下来，杜若噶和她男人搬来一大把晒得干燥、有着太阳香味的稻草，均匀地铺在地板上，让我们准备休息。

夜色渐深，雨林中潮湿闷热，不过村子正处于两山间的风口，临靠溪流。凉风习习，透过并不严实的木板缝进入屋内，倒也不是很难受。

肥虫子野了一天，终于想到回家了，从缝隙中溜了进来，然后遵着我的意思，将这窝棚中的主人和吴刚，全部都迷晕。

这一招，肥虫子曾经给丢魂的阿根用过。

我们走出窝棚，整个村子都陷入了寂静和黑暗之中，只有村尾，在山腰的中间有一丝隐约的亮光在。那里就是格朗佛庙，整个山村中唯一用得起油灯的地方。虎皮猫大人站在一块突出的木头上休息，像一头猫头鹰，眼睛发亮。我们很奇怪，既然是佛庙，为什么在村口碰到的和尚不住宿在这里，而是匆匆离去呢？不过，那里面有着我们想要找寻的姚远和105号石头在，所以，也管不了这许多，我们要去那里瞧上一瞧。

在这样一个陌生的地方，我们自然小心翼翼，小妖朵朵也从我胸前的槐木牌中浮现出来，深深吸了一口气，说这个地方，她很喜欢。

事实上，这个地方除了我和杂毛小道两个人外，小东西们都喜欢。

出了窝棚，我们沿着村中的道路往前行走，路上是草地，旁边有荆棘，左右都是月光下影影绰绰的茅草屋，从四面八方处传来了虫子的叫声，吱吱吱⋯⋯而从窝棚里还传来了男人女人沉闷的嘶吼声，杂毛小道轻声低笑，说没有夜生活的山村，似乎都只有这样一种娱乐活动，这让单身的年轻人们情何以堪？

我们本来以为会一路平静地行到格朗佛庙，然而没走出五十米，便被三个人用枪指着了脑袋。

虎皮毛大人幸灾乐祸地给我们翻译，说这些是村子里伏击的暗哨——处于金三角的深山里，这些山民的警觉性自然不会像家中的小山村一样，如同绵羊。这些人在说，抱头蹲下，不然就开枪了。我们无奈，抱头蹲在原地。三个人持着枪走上来，想要给我们检查，并且还嚷嚷着，结果没接近三米，两个便栽倒在地，一个直立不动，后面飘浮着小妖朵朵，伸出一个白嫩的手指顶住了他。

金蚕蛊和小妖朵朵，两个小家伙自然都不是易与之辈。

不过由于没有虎皮猫大人的提醒，导致村中的流动哨与我们发生冲突，估计我们明天就不能够再出现在这村子了。不过不要紧，我们加急前往山腰间的格朗佛庙，直接找到姚远，大不了跑到老林子待半晚上。有了刚才的教训，我们便让肥虫子、小妖朵朵在前面探路，连疲惫的虎皮猫大人，也给我们赶上了天空。

有了这些神奇的哨兵在，我们一路前行，路过无数矮小的窝棚和灌木丛，来到一座缅甸风格的小庙。

这是整座山村中唯一的石头建筑，有一栋不高的佛塔，就艺术和建筑价值来说，跟我们在仰光和大其力看到的相比，简直就是乡下石匠的小玩意儿。然而当我们走到格朗庙下面的山路时，抬头仰望着这黑影，心中有种说不出来的压抑。

这并不是建筑本身所施加给我们的，而是里面的人。

肥虫子和小妖朵朵都止步于这山坡埂下，不再前进，虎皮猫大人严肃了，扑腾着翅膀在外围盘旋着。我和杂毛小道对视一眼，坚决地踏前一步，缓慢地接近那座庙宇。没进去，便闻到了一种清冽的香味从里面飘出，是花香混合着香烛的古怪味道。肥虫子和小妖朵朵相继返回，不再在外面飘荡着。我跟着杂毛小道的步子慢慢走过去，没有进庙门，而是侧耳在外面倾听。

有一阵模糊的诵唱梵声传来。

在我们的视线里，那烛光一直在闪动，跳跃着，仿佛有风在将它轻轻拂动着。而这念佛之声缥缈如烟，淡淡地在我们心中停留着。若不是在这寂静的夜里，我定然会觉得心情舒畅、愉悦。然而当我们听了一会儿，却感觉整个世界有些摇晃，如同被催眠一般。杂毛小道忍不住了，两米高的土墙，他顺着泥巴往上蹿，一下子就跳上了墙头，然后翻身下去，接着有一股闷哼声传来。

我心中激动，折回几米，一个冲刺也上了墙头，只见杂毛小道掉到了一个小黑坑中。

这家伙怎么这么背？

我也来不及想其他的，翻身跳到小黑坑的旁边，然而脚刚一落地，感觉脚下的土地在移动，正想抽身，便感觉天旋地转，脚下一空，整个身体倏然下坠，重重地摔在了坑里潮湿的浮土上。我手刚一撑地,便感觉到坑里面有一阵腥甜的风,扑面而来。杂毛小道的桃木剑倏然从我身边掠过,往前一刺,有一物猛然后退。

我睁开眼睛一瞧,一对电灯泡般的眼睛正在我面前的五米处,直勾勾地看着我们。

第二十一章　黄金蛇蟒，红云扑身

看到这如电的双目之时，我心中先是一跳，然后顿时反应过来。

蟒蛇！

吴刚跟我们说过，克扬族的人并不是纯洁的小绵羊，在这山中生存，为了维护自身的安危，除了有枪，他们族中的长者还能够驯蛇，将这些恐怖的长虫化为自己的武器。而作为山村中唯一的寺庙，领导着整个部落的信仰，这寺中的善藏法师自然是此道中的高手，这里有蛇在，也不奇怪。

只是明明看着一片平地，怎么就突然掉下来了呢？

那蛇被杂毛小道一剑刺中头部，往后一缩，头轻轻颤动，并没有立刻再次袭来，而是朝黑暗中游走而去。

黑暗中，我发现其实这个坑并不大，不过几平米，而我和杂毛小道则离奇地跌在了一起。我站起来，手伸直，感觉离那地面还有一米多远。正想说话，黑暗中又是一道风扑面而来，刚才游走的蟒蛇又蹿了过来，一下子就缠住了我的身子，我伸手去拉，感觉那蛇头张口即来，嘴呈一百二十度张得巨大，一阵腥风扑面而来。

我也不是善与之人，双手避开这一咬，然后死死掐住了蟒蛇的脖子，不让它咬到我。这蛇皮肤滑腻，有黏液在身上，我的手被它大力挣扎，但是稳稳勒住，使劲角力着。

这蟒蛇足足有五米长，月光下，能看到其周身呈现黄白的纹路，似乎是极其稀有的黄金蟒。

黄金蟒是缅甸蟒蛇的白化突变种，我以前听说过，脾气温顺，一般是不攻击人的，很多家庭拿来当宠物养。然而在我身上的这一条，显然并不是好好先生的类型，只见它缠着我的身子，不断地游动，皮肤像鼓气一样绷紧。我浑身都受到这无所不在的压力，被绞杀着。

我能坐以待毙吗？当然不能！

随着杂毛小道一剑刺入这蛇七寸，我也唤出了我的金蚕蛊大人，顺着这蟒蛇的嘴就溜了进去。

三秒钟后，当我的身体已经到了承受不住这压力的临界值时，绷紧的压力骤然一松。

这条刚刚还如同钢筋一般坚硬的肉块，现在已经化为了下水的面条。

软绵绵的。

肥虫子一出马,所有问题立刻解决。我从背包里面拿出司机送的大砍刀,刚准备将这条稀有的黄金蟒蛇来一个了断,结果头顶上传来了一个声音,开始我们没听懂,然后坑口冒出了一个老态龙钟的秃头来。不懂外语真的让人郁闷啊……不过那个秃头的主人随即发现了这个问题,用英语问了一句话,杂毛小道赶紧接话,说:"Chinese。"老和尚沉默了一下,然后用云省口音的中国话问我们:"你们是什么人,咋个会出现在这里?"

　　见到我手中的刀子又高高举起来,他急忙喊:"手下留情……"

　　我疑惑地看着他,他则皱眉说道:"这条黄金蟒,是我这里养的。"我仰着头,看着这个老和尚,想来他应该就是若噶口中所说的善藏法师。这是一个东南亚的老头,长得很普通,满脸的皱纹,只是左眉头处长了一个大痦子,上面一撮白毛,一动一动的,尤其吓人。我看他并不是善与之辈,这地面的怪异和突然出现的深坑,定是这个老家伙搞的鬼。既然他这么看重黄金蟒,我也不揭穿,让他放我们上去再说。

　　他答应了,过了一会儿,抛下来一根藤绳。

　　我让杂毛小道先行上去,然后不管地上的黄金蟒以及它肚子里面的金蚕蛊,顺着这道藤绳也往上爬,三下两下,终于出了深坑。

　　月光下,佛塔前,一个枯瘦的老和尚,披着破旧的袈裟。

　　说起来,我在缅甸这边见到过形形色色的和尚僧人,几乎都是"浑身没有几两肉"这种类型的,所以提及的时候,总是说"枯瘦的和尚""枯瘦的僧人"。这些和尚僧人跟国内常看到的那些佛爷有着很大的区别,他们不商业化,吃得清苦,单纯而执着地信奉着自己的信仰,将自己献予佛,而不是欲望,他们是这喧嚣尘世中的一缕清静。

　　然而,倘若他不仅仅只是一个寺庙中的僧人,那么就另当别论了。

　　他盯着我,说:"我的小蟒,可是被你下了蛊降?"

　　我扬起眉头,发现虎皮猫大人正挂在树梢上,离那低矮的佛塔远远的,似有顾忌。我笑着,跟善藏法师说,你倒是知道蛊降?他点了点头,说:"放过小蟒吧,你们自行离去。"我还没有说什么,杂毛小道在旁边插嘴,说:"放过那条黄金蟒可以,我们离开也可以,不过我们是过来找一个叫做姚远的中国人的,我们有很重要的事情要找他,见不到,是不会离开的。"

　　善藏法师问杂毛小道:"你们,咋个要找姚远?"

　　杂毛小道说,此人拿了一件东西,而我们却需要这东西来救命,十万火急,刻不容缓……他两个说着话,而我却仔细打量着这座小寺庙——整个寺庙由一个佛塔和几个矮小的起居室和几片围墙组成;除了佛塔本身外,其他的建筑全部都是筑泥夯土而成,存在的日子比较久远了,所以显得格外破旧;这佛塔三层楼高,砖石结构,在二楼处开窗,供奉着一个四面八手的菩萨,夜里面,点着一盏油灯,有金色的光芒传来,不是金身,而是金粉。

整个寺庙之中,除了善藏法师之外,我们没看到另外的人在,包括姚远。

善藏法师静静地听完了杂毛小道的描述,然后坚决地摇了摇头,说:"姚远你们可以带走,至于他手头上的东西,不行。那个东西,不是你们要找的。离开吧,不要再出现,不然,克扬族的守护神灵将要苏醒过来,将你们全部带向无尽的深渊,永受阴风洗涤之苦……"

杂毛小道冷笑了一声,说,我们千里迢迢过来,总不能够让你一句话打发了,多少,还是要给我们过上一眼的。不然我们怎么回去呢?

善藏法师面露愁苦之色,思索了一会儿,让我们稍等,折身返回佛塔之内。

虎皮猫大人从庙外树枝处扑棱飞来,声音变得很低:"这个地方很邪门,我望到了蛟龙之气,不同凡响。而这个老棺材,也是个厉害的角色,一会儿你们千万别跟他起冲突,不然脱不了身的。"它说完便离开,留下疑惑的我和杂毛小道,面面相觑。

这个老和尚竟然有如此厉害,连虎皮猫大人都说了这话?

什么是蛟龙之气?这玩意儿不是传说么,难道还有真的不成?而且,一提到蛟龙,杂毛小道的眉头便皱了起来,默默地看着这空荡荡的寺庙四周。那里是黑暗,如同翻滚的雾云。

我侧了身子,只见那条五米多的黄金蟒依然软趴趴地伏在深坑中。

这时候低矮的佛塔里,二楼处的光陡然发亮,如同有一个小太阳,灼灼发亮。亮光在一瞬间绽放,又如同昙花般一现即逝,接着,有响亮的铜钟敲动,咚咚咚——钟声朝四面八方传去,在山谷中回荡,接着又返回了这座半山腰的寺庙院落中来,震得我耳朵发烫。

一缕古怪的韵律声似乎从地底下面发出来,说不出来的奇怪。

是佛经吗?不是!是傍晚我们在杜若噶家中休息时莫丹给我们哼的民族小调,这调子那个小女孩哼起来,童趣盎然,如同鲜花绽放,而此刻一听,却感觉是幽暗的夜里,一条条毒蛇在草丛中潜伏爬行,默默地吐出信子探路。莫名的恐惧在空气中蔓延着。

几乎在钟声响起的同时,杂毛小道便不顾其他,纵身朝佛塔处冲去,我紧随其后,几步便冲了上去。

一道三米宽阔的沟渠霍然出现在我们的面前,这沟渠足有两米多深,里面黑色的削尖竹钉纵横交错。我的速度一旦提了上来,便停不下来,纵身一跃,便过了沟渠,冲到了佛塔的台阶下。后面似乎传来了杂毛小道的呼叫,我来不及回顾,一脚便将这扇精雕镂空的门给踹开去。

佛塔第一层,除了一个熏黑的铁鼎和缭绕的烟雾之外,空荡荡的,别无他物。

人去楼空,山风吹来,将黑黄色的幔布翻卷。

我抬起头,看向了二楼处的佛堂。

那里供奉着一尊四面八手的鎏金佛像和一盏永不熄灭的长明之灯。或许还隐藏着善藏法师和只在仰光玉石交易会上露过一面便再无踪影的山羊胡老头姚远。

我手提着开山大砍刀,四处张望,终于找到一个木质楼梯。这楼梯旋转着连接上去,我大喝一声壮胆,噔噔噔,箭步冲了上去。光明渐开,人影便现,当我来到二楼之时,只见一个光着脊梁骨的男人正背对着我,五体投地,朝着那佛像跪拜,对这边的动静充耳不闻。

看这个人的身形,便是姚远。

我正想往前冲去,一阵红云裹着恐怖的气息朝我喷来,我避无可避,只有低头捂住双眼,感觉浑身一麻,耳朵边响起了善藏法师嘶哑的声音:"受死吧,你们这些亵渎者!"

第二十二章　仓皇逃窜，夜宿林溪

一瞬间我有一种被热油泼中的痛感，从与这红云接触的肌肤上传来。

随后我立刻发现，这哪里是红云，而是一大片成团的带翅虫瘿（一种虫蛊），微小得简直肉眼不可见，于是便化为一团气雾，萦绕在我身里，附在我的肌肤上，大口大口地噬咬着我的肌肉。一阵酥麻感传来，我明白了，这虫瘿定然是一种降头之物，内里有剧毒。

而此刻，我的金蚕蛊还在院子的深坑里，钳制着黄金蟒蛇。

我已经完全没有再往前冲的想法了，全身发麻的我如果再不去把金蚕蛊召回上身，清除残毒，估计不用多久就要去见我地下的外婆了。

当下我也毫不犹豫，一张"净身神咒"便燃烧起来，里面蕴含的微弱法力将这团虫瘿化身的红云给暂时逼退，一个纵身，我便顺着楼梯跳下一楼，然后火速地冲到了门口。门口的这道三米沟渠仍在，只是在月光下，出现了一大片的黑色、灰色和红色的长虫之物，正顺着这沟渠的边缘往外边蜿蜒爬行、纠缠打结，都不用仔细数，至少都有三四十条。

"快点过来！"杂毛小道在沟渠不远的地方焦急地喊道："咋个这么冲动咧？快，快……"

我也顾不得这些恐怖的长蛇在前，一个飞跃而过，大声召唤金蚕蛊。

三米宽的沟渠并不是一个狭窄的距离，匆忙之下，我刚刚落到了沟渠边，一脚就踩到了好几条盘着身子的长蛇。这蛇一被踩，立刻受痛，惊乍而起，张嘴就朝我咬来。一咬即中，我的小腿至少被缠上了五条未及半米的细蛇。而由于脚下滑腻，我的重心已然朝后转移，眼看就要跌落下那密密麻麻的蛇窝之中。

很难想象这沟渠和刚才那个深坑是怎么陡然出现的，可是它便这般存在了。

一只手稳稳地拉住了我，猛地一拽，然后我耳朵边传来了杂毛小道的哀号："你妹啊……"我被杂毛小道一把拉起来，我们两个头也不回地往外面猛跑。跑出门外时，肥虫子已经回归到我的身子，帮我清理残存的虫瘿，而我这时才发现杂毛小道的屁股后面，也钉着两条一米多长、五彩斑斓的毒蛇，死死不动。

而我，大腿之下缠着五条小蛇。

蛇行路一般是蜿蜒爬行，然而攻击的时候却是如同箭矢一般射出来，一旦咬住，绝不松口，无毒还好，有毒的立刻从毒牙中注射出一大股毒素入肌肉中。我跑了几步，感觉头昏眼花，天旋地转的，杂毛小道也是一阵趔趄。不过人的潜能真的是无限的，杂毛小道看着山下陆续亮起的火把，双手掐住屁股后面的毒蛇七寸，朝我大吼："上山，下面全部都是端着枪火的人，这个时候跑村子里面去，只有挨枪子的份……"

我也有样学样，一边跑，一边矮下身子，去将那几条蛇给揪出来，用砍刀斩掉。

我们一阵狂奔，竟然将那蛇群给遥遥抛在了后面。当然，这其实也并不是我们的功劳，在我们上山十几米，远离佛塔寺庙的时候，金蚕蛊突然爆发出一股煞人的气息，而虎皮猫大人也飞过来，帮我清理掉了最后的一条细蛇。我麻木地朝山上跑着，也不知道目的地，腿上的伤已经肿大得不行了，一阵又一阵的剧痛像潮水一样朝我蔓延而来。

这蛇毒里面，有神经毒素在，可以放大痛觉。

我们跑上了一个山坳子，山谷里的村子已经完全醒过来，火把燃起，一排排地朝寺庙中聚集，像一条火龙。我借着月光，看到杂毛小道的脸已经完全变成了铁青色。我还好一点，因为在刚才的跑动中，肥虫子已经把我的毒给吸得差不多了，虽然痛，但是毒素却停止了蔓延。

我心念一动，肥虫子立刻又跑到了杂毛小道的屁股处，钻来钻去，奋力地吸食着毒素。

肥虫子吸得欢畅，杂毛小道却"哎哟哎哟"地叫着，脚步踉跄。我扶着他，一点都不敢停下脚步。

道路两边被开辟出一些土地来，种上了香蕉和玉米，我们一直跑，又越过这一大片山地，跑到了深入丛林的地方。出于被射成筛子的恐惧，我们反而对这黑黝黝的丛林野地生不出太多的害怕感来。随着肥虫子的深入，杂毛小道的气色也渐渐好转过来。最后，他肌肉松弛下来，长叹了一口气，说："啊，头终于不晕了。今天真的是倒霉，没想到那佛塔，居然就是个蛇窟。今天要不是金蚕蛊在，估计我们早已经毒发身亡了！"

大概是听到了杂毛小道的夸赞，肥虫子露出头来，高兴地在前面飞，屁股一扭一扭的。

到了林子里，小妖朵朵也冒出了头，她对于雨林的熟悉程度比我们都高，便帮我们四处探路。

我们接着往前走，便已经没有路了，低矮的藤蔓植物附满了地面。我们在林子里穿梭，也不知道方向，恐惧那善藏法师驱赶着蛇群朝我们这边而来，便对着天上的星辰跑。观天象这事情杂毛小道比我熟，他驻足停留了一会儿，看着天，然后带着我们往北边行走。

匆忙地在林子里赶着路，天空和黑暗的林间不时传来奇怪的声响，有鸟叫，有虫鸣，还有猛兽的长啸声，我们路过一段溪流的时候，甚至听到有猩猩或者猴子"嗷嗷"的叫唤。

这样的情景无疑是让人害怕的，然而正应了那一句"艺高人胆大"的古话，有金蚕蛊、小妖朵朵和虎皮猫大人在,我们倒还不是很怕这些。特别是金蚕蛊,一切毒虫鼠蚁,无论大小,在它那黑豆子眼中,都只是一盘菜而已。这样的事实,让我们心中多了一万条退路。

雨林中,如果不惧毒的话,我们还有什么好害怕的呢?

行路的过程中,我和杂毛小道一直在探讨,这个老态龙钟的善藏法师,到底是一个什么样的人呢?他隐居在这座偏僻的山村中,守着这么一个破旧的庙宇,一个人或者几个人,吃斋礼佛,日夜供奉。这样一个人,我似乎要对他心生敬意,然而一见到他,我们才发现,这个人十分高明,能够让地下凭空多出一个深坑或者一条沟渠,能操纵蛇,甚至懂一定的术法,那座低矮的佛塔里,居然还有让虎皮猫大人不敢接近的东西。那么,这么一个老和尚,就不仅仅是"简单"两个字可以来形容的了。

他是一个高明的降头师。

还有,姚远到底跟善藏法师有什么关系呢?为什么将李秋阳残忍地杀死之后,立刻马不停蹄地跑到这里来,然后在佛塔之中乖乖地拜佛,连我杀上门去都置之不理?而且还有一个疑问,我们下午在村口碰到的那一老一少两个僧人,明明这村子里便有寺庙,为什么并未留宿,而是匆匆离开呢?

我想起那个年老的僧人深深地看了我们一眼,现在回忆起来,似乎有一些怜悯的含义在。

大概奔行了一个多小时,黑夜里,我们并没有拿手电筒照,只是凭借着清冷的月光,在林间穿梭着。我和杂毛小道的黑暗视力还好,所以虽然摔了无数次跤,但是总算没有出现太大的纰漏。来到一条水深漫过小腿的溪流前时,杂毛小道提议我们先行停下来,等天明再走。

我点头说好。

这么久的高强度行走,将我的体力耗费得有些大,再加上一路颠簸曲折,摔了不少跤,人也困乏。我们来到溪边,找了几块突出的石头坐下,将身上的背包取下来,这才长长地舒了一口气。杂毛小道埋怨我太冲动了,虎皮猫大人还教训我们不要轻举妄动,结果钟声一响,人就窜进了佛塔里。

他问我,在佛塔里面,到底碰到了什么?

我讲起了那一片红色的云雾,无数细微的虫瘿密密麻麻地集结到一起来,扑在身上,如同热油开水一般滚烫,若不是我果断撤退,金蚕蛊及时赶到,估计现在已经是白骨一堆了。

杂毛小道盘腿坐在一块大石头上,掏出百宝囊中的红铜罗盘,对着皎月星光,仔细地研究着天池中的黑色指针,听到我说的话,他抬起头来,凝神想了一下说,这东西,有点恐怖了。为什么?不比其他生物,蠹虫一般都是没有智慧的,只有本能,能够将这么一团细小若微尘的虫子驱使得如同臂使,算是厉害。

我笑说,得了吧,我的十二法门中有提到,只要掌握到方法,这类没有智慧的虫子是最好控制的,一种植物、一泡尿或者一丝意念,都可以。

  杂毛小道也不和我争,摇头叹气,说:"我们这一趟算是白来了,虎皮猫大人说庙中有蛟龙之气,那善藏法师又是个厉害角色,各种布置一应妥当,哪里有可乘之机?而且,那105号石头,想来应该不是麒麟胎,我们何必为了它送命?"

  我坐下来也叹气,难道我们这次进山,要虎头蛇尾地告终了?

  虎皮猫大人飞上了枝头,说:"夜猫子们,大人我睡觉了,明天有得你们忙呢……"我和杂毛小道商量了一番,这丛林本来夜里就不好行路,我们这样,善藏法师的人也是,不如养精蓄锐,睡一觉再说。安排好小妖朵朵和金蚕蛊值班守夜后,我和杂毛小道沉沉睡去。

  这一天各种劳累,我很快就睡熟了。

  迷迷糊糊之间,我耳畔传来一阵奇怪的叫声。

第二十三章 狂猴山魈，猿尸降现

一路惊魂，即使睡觉，我们也是半睡半醒，哪里敢呼呼大睡，不顾其他？所以这声音一出现，我们便立刻清醒过来。杂毛小道从石头上一跃而下；而我，则睁开眼睛，翻身起来，看向了头顶那黑蒙蒙的上空。

这一声接一声的啼叫，便是从我们头顶上空传来，越来越近。

我从背包侧边抽出了开山大砍刀，放在右手紧紧握着，小心翼翼地仰头看。

倏然，本来就没有多少星光的天空陷入了一片黑暗，接着一阵飓风朝我扑面而来。我看着前方那一道疾驰而来的巨大黑影，毫不畏惧，提着刀子就迎了上去。噌！这一刀子跟黑影对拼一记，竟然迸出了许多火花，接着我被一阵巨力给撞倒，向后跌去。一阵风吹得我头发舞动，接着，我听到虎皮猫大人义愤填膺的怒吼声传来："又是你这扁毛畜生！待俺来战你！"

虎皮猫大人化作一条黑线，冲上了天空。

我这才反应过来，原来是在仰光与虎皮猫大人狭路相逢的那头食猴鹰来了。一想到这个结果，我们的心就立刻揪了起来——要知道，将李秋阳等八人全部斩为碎肉，头颅堆砌成佛塔的那伙人，可并不是姚远这么一个糟老头子所为，而是有着一个神秘的团伙在后面：有被下降头的食猴鹰，有恐怖的咒灵娃娃，还有一张让人透不过气来的大网……

我甚至在那一瞬之间想到了那个小巧如狸猫的女子，和与她有着同样黑蜘蛛标识的情报掮客差猜。

黑暗的丛林上空，那是虎皮猫大人和食猴鹰的战场，它们的速度飞快，几乎不能够用肉眼去找寻，只是偶尔会传来几声凄厉的鹰啼，还有虎皮猫大人的脏话。它们似乎进入了胶着状态，然而从虎皮猫大人的骂骂咧咧声中，我能够听出来，似乎它并不处于下风。

如此便好！

我很好奇，这个痴肥得如同肥母鸡的家伙，是怎么和比自己大十几倍的怪物搏斗的？

要知道，就体型而言，这完全就是堂吉诃德战风车、螳臂当车的不自量力之举。

然而虎皮猫大人上次的战绩，却是啄瞎了食猴鹰的一只眼睛，而自己的翅膀下面被抓破出血。说是两败俱伤，但是伤其十指不如断其一指，就这方面而言，虎皮猫大人其实还算是胜利者，真不知道它是怎么做到的。

不过,"虎皮猫大人"这五个字,不就是代表着一切皆有可能吗?

正在我们心急着丛林上空的结果时,小妖朵朵突然出现在我的身边,出声示警,说有状况。我和杂毛小道立刻顺着小妖朵朵指点的方向看去,只见黑黝黝的林子里,有好多个暗影在树梢浮动着,影影绰绰。没等我们反应过来,"嗖嗖"的石子破空声响起,接着有好多石子朝我们这边甩来。

这些石子力大势沉,如同炮弹。

好在这溪边有些高大的石头竖着,我和杂毛小道立刻躲到石头后边,避开了这一波攻击。我趁着一波石子攻击的间隙,伸头出去看,竟然是一群黑乎乎的猴子,尾巴长长,正朝我们这边扔石子呢。然而让人奇异的是,这些猴子又瘦又小,如同三四岁孩童那般大,力道却不小,半个拳头大的石子被扔得"嗖嗖"作响。

而且,它们的攻击目标十分明确,就是在溪边的我和杂毛小道。

我们两个蹲在石头背后,心中其实已经大概明了一些因果:自从那巨大的食猴鹰出现之后,我们就知道善藏法师后面的力量已经开始行动了,他并不仅仅只能够控制错木克的村民武装,而且还有着极强大的后援和帮手在,这些厉害的角色,并不因为夜间的丛林,便轻易放弃追逐我们的生命。

我想起了善藏法师在佛塔二楼时嘶哑的吼叫声——"受死吧,你们这些亵渎者!"在宗教里面,亵渎是很严重的罪行,即使宽容祥和如佛教,都是罪不可免的。佛前有罗汉,有金刚,有八部天龙,都是干这脏活的。而且,善藏法师并不是简单的佛教徒。

他懂降头术,能驱蛇,应该是一个黑巫僧。

然而驱使这些猴子来对我们进行骚扰,这种行为并不能够对我们造成多大的损害,反而使我们心中多了一丝愤怒。在佛面前,众生平等,这些猴子都是无辜的,然而却被驱使来置我们于死地,我们是出手反击呢,还是坐以待毙?这是一个让人很纠结的问题。

十二法门中有记载,两岁以上的猴子,都能够懂得一些道理,通灵了。

对付这样的智慧生物,让我们如何下得去手?

正想着,一道瘦小的身影便越过我们藏身的大石头,出现在我们的面前,朝我的脸抓过来。我这人便是这样,动手之前会犹豫,顾虑很多事情,然而一旦交手,涉及生死,便果决很多。当下也不再磨磨唧唧悲天悯人了,直接用开山大砍刀的刀面,使劲儿拍开这袭击而来的猴子。

那猴子尖叫一声,跌落而去。

然而有了第一个,陆续又有不少猴子越过大石头,朝我们攻击而来。这些孙悟空的猴子猴孙们敏捷得不行,上蹿下跳的,我尽量不伤它们,都是用刀面去拍飞。而杂毛小道的桃木剑舞起来,如一虹游龙,绽放出了绚丽的剑花,将这些疯狂的猴子给全数挑飞出去。小妖朵朵已然奔袭到了另外一边,朝着林间的一高个黑影指去,说:

"是那个人在捣鬼!"

射人先射马,擒贼先擒王,这个道理我和杂毛小道自然明白,当下也不停留,拔腿就朝那个隐于暗处的幕后主使狂奔而去。那人见我们奔来,也不惊慌,先是将手中的一物往天空一抛,瞬间烟火灿烂,接着他仰天长啸一番,嗷嗷嗷,有着古怪而疯狂的嘶吼声。

当我们冲到这家伙面前时,借着清冷的月光,被他吓了一大跳。

站在我们面前的,并不是一个人,或者说他不是一个普通的人:这个家伙骨骼奇大,全身黑毛长达寸许,鼻塌嘴大,一口狰狞的獠牙,脸上的皱纹层层叠叠,毛茸茸的双手长过膝盖,爪子上的指甲乌黑尖锐,最让人恐惧的是他的眼睛——这是一双充满着暴戾、愤怒和嗜血的狭长眼睛,通红,像宝石一般晶亮。

这哪里是一个人?完全就是一个黑金刚的缩小版。

这个家伙足足有一米九,比我和杂毛小道都高出一个头来。

而在他的背后,还有两个蹲地的"黑猴子"。

这两个"黑猴子",跟刚才袭击我们的猴子并不是同一个种类。它们体型粗壮,体长接近一米,尾短粗,头大而粗,马脸凸鼻,血盆大口,有着艳丽色彩的脸。就是这脸,让我一下子就认出来了——这是山魈,一种生活在东南亚丛林中的凶猛猴子,它凶猛好斗,胆大暴躁,具有极强的攻击性和危险性。

一看到这山魈,我立刻想起了面前的这个人为什么这么的熟悉。

王洛和,猿尸降。

这个死于我手中的男人,是我永远都忘不了的恨。就是因为他,小美死了,而他也让我认清楚了这世间的残酷,和游离于法律和道德之外的另外一种规则——丛林法则。弱肉强食,你不强大,便只有接受痛苦、失望和欺辱。这个世界温情脉脉的面纱,被我这个便宜师叔给一下子揭了开来。

我要杀你,与你何干?

拥有力量的人,就是这般的自信和冷血无情。

思想在电光火石间结束,我的开山刀、杂毛小道的桃木剑都全部招呼到了这个降身为猿尸的男人身上。我的砍刀被避开去,而杂毛小道的桃木剑则直刺入男人的左腹柔弱处。他的剑法角度刁钻,被刺中的这个男人"嗷"的一声惨叫,后退一步,伸手去抓杂毛小道的桃木剑,然而剑却被杂毛小道果断收回。

围攻的好时光总是结束得太早,在地上蹲伏的两头山魈如箭一般弹射而出,分别扑向了我和杂毛小道。

紧急时刻,我哪里还想得到动物保护法?也不用刀面了,也不用刀背了,直接抡着刀片子,就朝这山魈脑袋砍去。这畜生的身手敏捷得很,居然在空中都能够停顿,然后伸手抓住了我的刀口。我似乎砍中了,因为我听到了一声厉喝;然而那山魈直接就撞进了我的胸前。

轰……

我往后跌倒下去，只见腥风一起，一股子难闻的酸臭味道扑面而来，接着我怀里的山魈已经张大了嘴巴，那獠牙，白得如同冬日里的初雪。

我的后心重重摔在地上，一根树木的根节硌到我的腰，疼得我泪花立刻就飘了出来。

这山魈的嘴一旦张大，可以容纳我整个的脑袋。

我惊悸到了极点，全身的肌肉紧绷，正想将怀中这毛茸茸的家伙抛飞去，忽然一把木剑从侧里斜出，阻止了山魈的一咬。是小道出的手，他将冲向他的山魈逼退之后，一剑将我怀中的山魈嘴封好，一大脚将其踹飞，给我解围。——就搏斗能力而言，杂毛小道高我几层楼。

然而当我刚刚爬起来，却被那猿尸降的男人一把抓住了手，朝天举起来。

第二十四章　刀斩山魈，夺路而逃

被人朝天举起，我经历的也不是一次两次了。

通常我都会面对这样力道大得出奇的对手，也经常有被举高过顶的经历，所以我早就请教了杂毛小道如何破解此法——那便是身体如同柔韧的蒲柳，不与其硬碰硬地拼力气，而是柔软下来，缠着对手的身体，不让他将我甩飞出去。

所以当我的手臂受力，然后被高高举起的时候，我立刻弯曲过来，钳住了这个男人的脖子，用著名的"夺命剪刀腿"，试图将此人的脖子给一举拗断。然而，在经受了猿尸降的改变之后，这人的脖子并没有我想象中的那么脆弱。我顺着力道，双腿一绞杀，感觉自己好像夹着一棵坚韧有力的老树根，怎么都动弹不了。

什么叫坚如磐石？这便叫坚如磐石。

好在我与他纠缠的时候，杂毛小道已经摆脱了复杀上来的山魈，一个正宗萧氏弹腿，直踹到这男人的心窝子里。他一吐劲，便是有着猿尸降在身的金刚男，也承受不了，张开双手往后倒去。我失去束缚，立刻跳了起来，毫不犹豫，一刀砍在了朝我张牙舞爪而来的山魈身上。

唰……有鲜血飘飞出来，淋湿了我一脸。

这血既热又腥，连着我心头的怒火，一下子就蹿到了脑门上来。我扬起手中的开山大砍刀，劈出第二刀，然而却被这家伙给避开，伸出爪子来挠我。果然不愧是凶猛的生物，受了伤，不逃不避，反而只想着杀死敌人。这时候溪边的空间里，突然传来了一声尖锐的嚎叫声，这声音本来应该是一个可爱的童声，然而此刻听到耳朵里，却让人感觉到无比的威严和恐惧。

我躲开山魈这一抓，只见跟那伙猴子周旋的小妖朵朵浑身变得红光流溢，像一块烧红了的烙铁，而在离她的身体半米处，有浓郁到肉眼可见的青色气浪出现。随着这一声尖嚎，那些刚才还积极展开攻势的猴子，立刻就夹着尾巴，露出红色的屁股，朝着黑色的林间奔散而去。

便是那两头素以凶猛著名的山魈鬼物，都不由得停顿了一下。

在丛林里，小妖朵朵的法力大得出奇。

就在这山魈顿足之时，林间的野草也立刻疯长起来，将这两个鬼狒狒周身缠绕住，包裹成绿色木乃伊一般，牵制了山魈的所有动作。然而遗憾的是，这些野草似乎对下了猿尸降的男人有些恐惧，如同怪物触手一般、一米高的野草，在离他半米之外游动着，始终不敢接近他。

这个男人立刻感觉到情况对他有些不利，倒地后一个"鲤鱼打挺"，翻身而起，连退了四五步，然后喘着粗气，虎视眈眈地看着浮在空中的小妖朵朵。作为一个鬼妖，小妖朵朵有着妲己褒姒一般的妩媚面孔和模特一般的身材，只可惜的是，这是一个袖珍美人儿，几乎是按照比例缩小了一倍。

这样奇怪的存在，自然让第一次见到她的人心生好奇。

尤其是她是如此的强大。

其实不光是他吃惊，我心中的惊讶也并不比他少。我有过一次与猿尸降交手的经历，知道这种邪门的术法是多么的可怕。它不但能够让人的生命缩短至十年，而且，施术期间，周身的神经都兴奋地依循着山魈的本能在行事，根本就缺少自我的判断力。

力量和智慧，并不能兼备。

也正因为猿尸降提升了强大力量的同时却失去了人类本身的判断力，所以使得它并没有大规模流传开来，反而是成为一种被淘汰的法子，湮灭在历史之中。然而我们面前的这个家伙，却仿佛有着一定的自我意识。

或者说，他根本就是一个清醒的人。

这便是可怕之处。

试想这法子如果能够加以推广，不考虑受降之人每个"圆月当空、十五之日"所受到的痛苦和只有十年的寿命，有能力、有资源的组织方甚至可以拉出一票堪比超人的队伍来。这样一群聚集了恐怖怪物的队伍将会有多大的破坏力和威慑性，是不言而喻的事情。

现代社会，最看中的一个因素，便是稳定。这样一个不安定的因素存在，会让很多人睡不着觉的。

这个男人的目光落到了我和杂毛小道的头上来，沉默了几秒钟，然后开口了："刀疤脸，小道士，你们这样的组合让我想到了很多东西，告诉我你们的名字……"他的开口让我们心中大惊，然而久经沙场的我并没有流露出任何蕴含感情色彩的表情，而是眯着眼睛看向他后面鬼鬼祟祟的肥虫子。

杂毛小道右手上的桃木剑挽了一个古朴沉重的剑花，凝神说："想知道别人的事情，是不是该介绍一下自己叫什么？"

"王初成！"这个高大的男人说道，"我的中文名字叫做王初成，你们呢？说出你们的名字！"

他张了张口，还待说着什么，肥虫子却已经在我的命令之下，电射向他的背部。

然而这个自称为王初成的家伙虽然看着我们，后脑勺似乎长了眼睛一般，五指竖成爪，看也不看，便朝后抓去，准确无比。肥虫子一动，我和杂毛小道便也动了。杂毛小道挽着桃木剑前冲，而我却折身返回，一刀偏过绿草间隙，将与我战斗的那头山魈的喉咙给抹开。这刀快，方才我在溪边涴水洗刀，磨得铮亮，所以一下子便将那凶

297

躁异常的山魈脖间切开了一个婴儿嘴唇般大小的口子，鲜血立刻喷射出来。

它气管一破，立刻迸发出生命中最后的挣扎，浮在空中的小妖朵朵表情狰狞，青筋露出来，与之角力。

"嗷……"

王初成狂喝一声，蛮力竟然将杂毛小道的缠绕剑法给破开，又用气势将金蚕蛊镇住，朝我狂奔而来。小妖朵朵浑身通红，显然是尽了全力，这机会稍纵即逝，我自然不会傻乎乎地放过剩余的山魈，让它变成王初成的帮凶。当下也顾不得王初成的攻击，抽刀又朝右边那一头受困山魈砍去。

血光一现，又一条生命处于最后的时光。

我则再次被王初成给捉住，砍刀丢落在地。他双手一用力，竟然想将我活活地撕成两半。

我的身体哪里会这么脆弱？当下我也起了蛮劲，紧绷起肌肉，与这黑猩猩一般的家伙搏力。我自有金蚕蛊，已是一年有余，尽管它现在不在我身，但是我的身体素质无疑是高了很多，竟然也有气力与这家伙一搏。然而也仅仅是心中一口气而已，比不得这家伙受了邪术之后的绵长。

不过就是这么一拼，使得一直游离在外的金蚕蛊终于得了下手机会，倏然钉在他毛茸茸的后脑勺上。

金蚕蛊的催眠大法对于有道之人不利索，所以王初成并没有栽倒在地，只是眉头蹙紧，狂喝一声，加诸我身上的力道更加地大了几分。而这时，山林的黑暗尽头，已然传来了小队人马的脚步声。

尽管有着极度的自信，王初成还是在一开始就呼叫了同伴过来围猎我们。

猛虎架不住群狼啃，我们可经不起这般耗损。王初成拿我当盾牌，隔着杂毛小道，但是他却忘记了还有一个如鱼入大海的小妖朵朵在。正当我憋红了脸，与这恐怖男人搏命的时候，小妖朵朵出现在我们的头顶上空，念了一段极其绕口的咒诀，然后一股青色的罡气从半空之中灌注到王初成的身上去。

就像被戳破的气球一样，随着这青色之气源源不断地进入头顶，王初成的身形开始变小了。

逐渐地，我抓着的这个男人从一米九的魁梧身材，开始慢慢消融，变成了一米七几，而脸上、手臂和脖子间旺盛的黑毛，也开始慢慢收回了毛孔中，露出一张年轻而苍白的脸孔来。

他的眼睛依然是通红的颜色，眼窝子里糊满了眼屎。

杂毛小道已经冲到了溪边的石头处，拎起了我们的背包，边跑边喊："小毒物，别跟这个家伙纠缠了，他们的大部队要杀过来了，不要逞强。"不用杂毛小道提醒，我心中其实也焦急万分，一待王初成变得力气减小，都懒得杀他，直接奋力把他提起，双手反抓住他的手臂，两个大幅度回旋，将他狠狠地扔了出去。

我扔的时候并没有注意方向,结果人一出去,却发现他化作一道黑影,朝着黑乎乎的溪流中央摔去。
　　"扑通……"溪水中溅起了浪花,这人便毫无声息地沉没下去。
　　我丝毫不作停留,俯首拾起那把廉价开山砍刀,朝着小溪上游的杂毛小道狂奔而去。而我们身后,已经露出了几个黑影,强力手电朝我们这边照耀过来,口中还高声冲我们喊着什么。是"站住"还是"别跑"?鬼才会听他们的话呢,我们借助丛林的复杂地形,发足狂奔。
　　在我们身后,突然爆响出一连串的枪声。
　　是半自动步枪。

第二十五章　狗急跳墙，手掐白衣

再邪门凶狠的术法，一碰到枪炮这些现代武器，立刻抓瞎。

王初成已然中蛊，死与不死，都留给时间来考验，我们也没有心情顾及这个狭路相逢的家伙。夜间的丛林中响起的枪声，像发令枪，用"抱头鼠窜"这四个字来形容我和杂毛小道两个再妥帖不过了。雨林树密，我们一阵猛冲，感觉子弹雨泼一般地朝我们这边扑来。——我后来看美剧《血战太平洋》，当看到雨林中作战时子弹横飞的场景，回想起当初也就是这般被人拿着枪子撵的。

不过或许是因为我们命大，竟然没有一颗子弹咬到我们。

只不过旁边的树林子却是一片狼藉，木屑横飞。

死神刀尖上跳舞的感觉真的不是一般的体验，所以我和杂毛小道一阵疾行，再次窜出了几百米。等到后面的枪声渐渐远去，杂毛小道喘着粗气，在我旁边，语气低沉，边跑边说，小毒物，这样不行啊，晚上我们还可以趁夜色隐蔽，如果到了白天，这里可是他们的地盘，路况可比我们熟悉千百倍，到时候一搜起林来，我们可跑不了啊。

这可是战乱之地，人命如草芥，死一个人，跟死一只蚂蚁，几乎没有什么区别。

这样肯定不行，我和杂毛小道商量了一下，依姚远这一伙人在解石工坊的那血腥手段，又出动了身怀猿尸降这般邪术的王初成，持枪持炮追杀，显然是想要我们的小命了。跑没有希望，坐以待毙这种没胆的事情我们也做不出来，那么就反过头去，尽量将敌人的有生力量在天亮之前消灭掉，这样说不定还会有一线的生机呢。

我们两个折回了刚刚逃窜的路上，像猴子一样爬上了树梢，憋着气，寻思着搞死几个人再说。

至于虎皮猫大人，我们都没有心思管了，只有听天由命吧。

刚一停歇，等了差不多有两分钟，就有六个黑影从我们藏身的树下五六米处经过，动作灵敏，训练有素，行进的时候十分警觉，不时地开枪试探可疑的树丛，强力手电的光照不时朝四处扫描。我这时不敢露头了，只是让肥虫子在隐秘的地方窥探着。

这六个人中，有一个是穿着白色薄衫、双手空空的家伙，其他五个全部都是穿着迷彩绿的军服。他们肯定不是错木克村的山民，而像是善藏法师请过来的外援，或者半职业的雇佣兵。当然，除了那个白衣男外，其他的都是本地人模样。

掸邦常年战乱，这种训练有素的战士并不少见。

我们不知道这样的士兵到底会有多少个,但是只要他们手上有着枪,便是我们最大的威胁。待这六个人渐行渐远,朝着我们刚才的方向追去时,我和杂毛小道则溜下树,静静跟随着。我让肥虫子跟着,伺机下毒,能够不正面冲突,那是最好的。

小妖朵朵在我旁边,问我可以吃人肉么,她好饿。她要吃人肉,不然她没力气干活。

我说可以,你吃吧,但是离我远点,不要让我看到,就行。

刚一说完,这小狐媚子便飞到我的腿下,在我刚刚被蛇咬破的伤口处使劲一吸,已经愈合的口子立刻裂开,顿时一阵火辣辣的疼痛就传到我的神经来。我疼得要命,又不敢出声,脸都扭曲了。小妖朵朵冲我甜甜地笑,说,那些猴子的肉太臭了,吃你的,甜的。

她说完,不顾我的反应,便飞向了黑暗的丛林前方,留下气爆了的我和幸灾乐祸的杂毛小道。

借着月光,我看了一下手表,凌晨四点,来搜查的肯定不止这六个人,而且也不仅仅只是这种手段。我们当务之急,是要把前面这伙人给弄掉,能解决一波,便解决一波。

我和杂毛小道跟着那六人一小段路程,小心翼翼,不敢有太大的动静。过了一会儿,只听到前方一阵叽里咕噜的喊叫声,接着又是人的惨叫。我们两个心中大定,从侧面绕上了前头,只见林中的小空地上面,有五人结阵念经,而中间被围的那人,满地下乱滚,哇哇地叫着。

那是金蚕蛊的功劳。

而小妖朵朵,则在林子的黑暗处时隐时现,空间里飘荡着她隐约的哭泣声,飘渺凄美,让人恨不得立刻放下刀兵,不再让她如此伤心地哭泣。这五个人想来也是见过这些邪物的人,尤其是穿白衣的那个人,他手中持着一个黄铜法轮,不断地转动着,而随着他的不断转动,一圈又一圈的气场,将这五人紧紧覆盖着,不留一丝空隙出来。

金蚕蛊在林间鬼鬼祟祟地钻来钻去,像是一个偷人东西的小贼。

对付不可知的事物,这个队伍有着足够的经验,所以小妖朵朵和肥虫子的第一轮偷袭,并没有多少效果,只以一人中蛊而告终。这成绩并不让人满意,然而那个白衣男子显然也是同道中人,再次偷袭肯定不易。我和杂毛小道一筹莫展,正在这时,那个白衣男子将手放在嘴中,一声唿哨清亮,穿透林间。

我和杂毛小道蹲在灌木丛的背后,静候着,没有半分钟,头顶的树梢处,树叶一阵乱动,然后有一只翼展三米的大鹰出现在林中空地上。灰色的背,白色的羽毛,身上有着好多血红色的杂乱痕迹,这头扁毛畜生就是刚才和虎皮猫大人纠缠的食猴鹰。——原来这个白衣男子便是那个神秘的驯鹰人。

这是它出现了,虎皮猫大人在哪里呢?

说曹操，曹操到。只见林间又飞来一道黑乎乎的影子，大声地叫骂："你个扁毛畜生，大战正酣，你跑个锤子？来来来，再跟大人我大战一百个回合，看看到底你是鸟中之虎，还是大人我称霸鸟坛？"

这凶猛的食猴鹰竟然腾身往人群的身后躲去。

回答虎皮猫大人的，是一连串的枪声。子弹在黑夜里肆意地飞扬着，一通乱射。虎皮猫大人没有冒头，便又消失在了黑暗之中，留下了一连串的脏话，和对持枪者亲切的问候。食猴鹰展翅飞起来了，它朝着小妖朵朵扑去。在这个世界上，有一些神奇的生物和王洛和的那只塔特索原狐猴一般，可以对灵物有着独特的杀伤力。我不知道这个食猴鹰是不是这样的一个，但是小妖朵朵却第一时间感受到了威胁，往黑暗中退去。

鹰是一切虫子的天敌，一物降一物，肥虫子也不敢跟它硬碰，找个地方闪开去。

这头被下了降头的食猴鹰一出现，立刻将金蚕蛊和小妖朵朵营造的困局给一力破开去。

端的厉害，难怪虎皮猫大人还跟它纠缠那么久。

小妖朵朵逃跑的方向是我们这一边，与我们擦肩而过，如同一道妖风，那食猴鹰也顺着林道倏然刮过。我和杂毛小道屏着呼吸蹲在荆棘的阴影处，不敢动弹。危机解除了，那没事的五个人立刻有两个扶起那个在地上打滚、痛不欲生的同伴，另外两个人则跟着食猴鹰往前冲。

六人呈前进队形往回跑来，最中间的就是那个白衣驯鹰人。

看样子，这男人也是一个降头师。

五秒钟，他们便路过了我和杂毛小道藏身的荆棘前。时不我待，我和杂毛小道再也藏不住心中的火气，双双扑出。我的目标是那个白衣驯鹰人，而杂毛小道则舞着桃木剑，朝着另外几个人的手腕处抹去。

肉搏我们并不怕，就怕被枪轰。

我在扑向白衣驯鹰人的同时，手中的开山大砍刀已经化为一道白线，朝着前面探路两人组中左边的那一位脖子处甩去，而右边那个，自然有鬼头鬼脑的金蚕蛊对付着。战斗在一瞬间爆发开来，黑暗中，我几乎无暇顾及太多的大局，眼中只有那个白衣驯鹰人的身子。

我们两个轰然撞在一起，滚落下地上来。

如果有人问我，打架最重要的是什么？我只能跟你说，血勇，咬着牙包谷顶头而上的狠劲，这些就是我那个阶段最重要的元素。没有技巧，没有方法，调动自己求生的本能，跟这家伙拼了，不留情，并且尽量快速地杀掉他。

人在文明的时候，是最美好的生物，然而也可以一瞬间，转变为无情的野兽。

我感觉我的头被那个黄铜法轮给狠狠地砸了一下，然而他没有第二次机会了，因为我已经掐住了这个家伙的脖子，双手合拢。显然，同样为降头师，修外物和修自身是有着很大区别的。受猿尸降的王初成和我比,就是卡车跟拖拉机,而这个白衣驯鹰人却仅仅只是单车的级别了。所以,就像掐鸡一样,我轻而易举地将他弄死了。

白衣驯鹰人一死,杂毛小道那边也差不多结束了。

桃木剑只降妖捉鬼,杀不了人,但是到了杂毛小道手里却能,这个男人一身的牛劲,真正发起狂来,并不是这几个打过仗的人就能够抵挡的。当我站起来的时候,那三个人都已经躺倒在地上,奄奄一息,而杂毛小道,已然冲到了前方去。在那里,被我甩刀未中的男人已经举起了步枪,指向了我们这边来。

第二十六章　剑吐死穴，连夜狂奔

那人的枪口已经稳稳地对准了杂毛小道，倘若扣下扳机，杂毛小道即使一身本事，也只有化作一团烂肉，再无任何作为。

然而他能够扣下扳机吗？

显然，金蚕蛊并不会答应。

这条脑门上长了个青春痘的肥虫子，并不是一般之物。它在第一时间将两个前锋中的右边那个迷晕之后，倏然钻进了左边这个家伙的鼻孔之中，就在他将枪口指向杂毛小道的时候，突击进脑髓的肥虫子骤然发力，将这一件杀人的"进程"给断然中止了。一身冷汗的杂毛小道冲到了近前，桃木剑带着风声，猛然朝这个家伙肚脐中央的神阙穴，大力刺去。

人体内，有三十六个大穴被历代武家称为"死穴"，意思是在遭受点击或击打后如果不及时救治，会有性命之忧之处。而这神阙穴，则是最重要的一处。被枪这么指着，性命悬于一线，杂毛小道顿时吓得快要尿了，哪里还留得了手，劲气一吐一收，这人便立刻栽倒在地。

那人倒地之后，由身体带动着，手中的自动步枪居然开火了，嗒嗒嗒，像清脆的打字机。

地上的草地顿时炸了开来，一股子的火药硝烟味。

全部解决了，杂毛小道双腿跪在地上，身体直发抖，吓得半天没有说一句话。

生死就在一瞬之间，或生或死，全部都关乎运气。这样的感受，说实话，即使玩世不恭如杂毛小道，都无法释怀。因为老萧承担了大部分的压力，所以我还好一些，也不去安慰心中忐忑的杂毛小道，而是提着锋利的开山大砍刀，四处给人补刀。

说实话，做这活真的很考验人的心理素质。

我内心挣扎了许久，终究还是下不了手，便将几人身上的武装带取下来，将这四个还活着的家伙（除了白衣驯鹰男和这个被点中死穴的家伙外）给捆起来，然后指使金蚕蛊给这些家伙下了二十四日子午断肠蛊。倘若明天巡山的时候还碰到他们，自然有金蚕蛊来对付便是。

如无必要，我还是不要让自己手中再多添杀孽了吧。

当我把这四人都分别捆在了密林中的树干上时，杂毛小道这才回过神来，一脑门的冷汗，看着我的成果，指了指他们的嘴巴，说用袜子把嘴堵上。我背包里有大卷的宽面透明胶，不过为了恶趣味，将这四人军靴里的臭袜子脱下来之后，交叉放入对方

口中,最后用封口胶,将其封住。

杂毛小道摇着头说,你觉得你是在尊重生命,但是你想过没有,把他们留在这密林里,多少毒蛇猛兽经过,他们能够活下来的希望,有多大?

我说我不知道,不过,我手上的血太多的话,自己会做噩梦的。

杂毛小道不说话了,拎着桃木剑,说:"我们折返回去吧,在溪边说不定还有一伙或者几伙人,我们杀个回马枪,只要不是太厉害的降头师,咱们怕个球?不给这些人一点颜色瞧瞧,明天的日子肯定更不好过的。"我搜这些人的身,只留下两把长枪,其余的全部都拆掉了零件丢在草丛中。这两把长枪是中国的五六式冲锋枪,早已经淘汰的产品,然而在这异国,却又勃发出了生命来。

除此之外,还有两把军用匕首,刀口的品质比我那把砍刀要好得多,我也一并没收。

杂毛小道并不是拘泥细节之辈,接了我递过来的冲锋枪和匕首,研究了一下,提起来点头说走。我们返身,从侧面树林中折回,去寻找被食猴鹰追逐的小妖朵朵和消失的虎皮猫大人。林中黑黢黢的,雨林中的植物繁盛得很,很难找到有很好下脚行走的地方。虽然这丛林是小妖朵朵的主场,而且她如果不敌,找个茂密的荆棘丛中一钻,便可避开那个体型庞大的家伙,但是我心中仍然有些担忧,生怕这小妮子一个不小心,给那扁毛畜生占了去便宜。

翼展三米的食猴鹰,其实还是很吓人的。

我们悄悄地折回了溪边,看到刚才的溪边石头旁蹲得有好几个身影。而在周围,还有好几个穿迷彩服的士兵在边缘警戒。我和杂毛小道伏在暗处观察,只见那几个人似乎在救助中了蛊毒、又被小妖朵朵的那一道青色气罡消融解降的王初成。

今天的月光清冷,大致还是能够看清一些。

为首的,正是左眉处长了一颗大痦子的善藏法师,旁边还有一个男人,身材魁梧,一身劲装,站在那里仿佛是一把寒光乍现的刀子。

当我一探出头来,看向溪边的空地时,那个劲装男人立刻便迎上了我的视线,与我对视。

我心中大惊:他的第六感竟然如此可怕?!

虽然我们这里黑乎乎的,看不清什么,但是我第一反应便是被他发现了!顾不及去验证什么,当他的手往腰间掏去的时候,我已经握着刚到手的五六式冲锋枪,朝着溪边的空地上泼洒子弹了。五六式冲锋枪其实就是高仿的AK47,曾经在我军中广泛运用,并且大量出口东南亚各国,我高中军训打靶时用的就是这枪,其特点就是操作方便,火力强劲。然而我并不是职业军人,打枪这事需要的是持之以恒的练习,而不是天生的无师自通。

于是我的这一下基本全部打空,变成了火力掩护。

倒是杂毛小道似乎开过枪,打得有板有眼,似乎撂倒了几个。

黑乎乎的夜里也来不及看结果,杂毛小道射了几枪,便拉着我往回路狂跑。没跑十几米,我们刚才待着的地方便传来一声巨大的爆炸声响,光亮在瞬间绽放。这是手雷,亏得杂毛小道反应迅速,不然我的身上肯定已经塞满了无数攻击性碎片和铁钉。

我心中发凉,回头又是一阵猛跑,后面枪声大作,耳朵边有着子弹"嗖嗖"飞行的声音。

这时候从树林旁边蹿出一个小巧的身影,是小妖朵朵。她也不多话,喊一声:"跟我来!"便带着我们往密林的深处跑去。有小妖朵朵在,复杂的丛林变得十分好走,地上蔓延爬行的藤蔓植物也没有那么的烦人了,总是恰到好处地避开我们的脚步。

善藏法师在,那么必然会有各种各样滑腻腻的蛇出现,而且那个劲装男人显然是这些士兵的头儿,如此惊人的敏锐洞察力和战场意识,显然不是一般人。普通的小杂鱼,我还是有些信心的,然而跟这种身经百战的家伙战斗,我却是没有那个自信。

唯有跑,不停地跑,逃出这些家伙的视线范围去。

此念一打定,那脚步便没有停歇。肥虫子钻进了我的身体里来,而小妖朵朵则在前面给我们指路。她并没有来过这里,但她是草木成精,这枝繁叶茂的丛林对她来讲并不是陌生的地方,所以她一旦出了力,便比我们这些人要厉害得多。

头顶的月亮在西移,我们脚步不停歇,一路披星戴月,穿山过水。

这一番赶路,足足到了太阳从群山的深处露出了半个头,金黄的朝阳照射进了我们的眼帘时,小妖朵朵这才躲进了槐木牌中,然后让我们继续北行。天亮之后,我们已经翻越了无数道山峰和丛林,出现在一个月亮一般的碧波小潭附近。

我的双腿几乎麻木了。

然而我好歹有着金蚕蛊提供的源源不断的力量在,杂毛小道却没有这么幸运。当小妖朵朵因为天明的原因藏身之后,他便跪坐在地上,顾不得地上的泥浆,伸展四肢,长长地舒展了一口气。这气息绵长,仿佛想把这一夜所有的劳累,都呼喊出来。

我们狂奔了差不多有两个多小时,以我们的速度,至少走了几十里地,这方圆数百里的丛林里,即使牛到极点的组织,也未必能够立刻搜寻到我们这两个人来。

所以,我们似乎暂时安全了。

这样的心思一浮上心头,一阵又一阵的疲倦就如潮水一般袭来。然而我们却不敢立刻睡去,而是带着沉重的身躯,来到这个小潭边,草草地洗了一个脸。清冽的潭水让我们麻木的神经稍微有了一丝好转,我们这才发现,虎皮猫大人这厮,又消失不见了。

其实这个发现并不是现在就有的,只是我们一直以为它在我们头顶上跟着我们。

然而没有,这个家伙没有再出现。

它不会……不会被流弹击中了吧?

呸呸呸!我怎么会有这种不祥的想法呢?我和杂毛小道在小潭边洗着脸,然后一边商量着接下来的事情。凌晨的时候，我们手上已经有了人命在，善藏法师和姚远这一伙人，必然不会善罢甘休，接下来的自然是报复，特别是多出这么一伙武装分子，我们遇上了，只有突围。当下之际，我们只有走出丛林，远远离开才是。

至于姚远手中的105号石头，唯有放弃了，我们没有力量跟这么一伙强人争夺它。

只是我们现在一夜奔行，基本上没有多少气力了，所以，我们目前要做的，是去找一个地方，好好休息几个小时。

图书在版编目（CIP）数据

金蚕往事.3 / 南无袈裟理科佛著. — 上海：上海社会科学院出版社，2020
 ISBN 978-7-5520-3014-3

Ⅰ.①金… Ⅱ.①南… Ⅲ.①长篇小说－中国－当代 Ⅳ.① I247.5

中国版本图书馆CIP数据核字(2020)第001248号

金蚕往事.3

著　　者：南无袈裟理科佛
责任编辑：王　勤
封面设计：人马设计
出版发行：上海社会科学院出版社
　　　　　上海市顺昌路622号　　邮编 200025
　　　　　电话总机 021-63315947　销售热线 021-53063735
　　　　　http://www.sassp.cn　　E-mail:sassp@sassp.cn
印　　刷：上海盛通时代印刷有限公司
开　　本：890毫米×1240毫米　1/32
印　　张：10
字　　数：372千字
版　　次：2020年10月第1版　2020年10月第1次印刷

ISBN 978-7-5520-3014-3/I·378　　　　　　定价：49.80元

版权所有　翻印必究